HEYNE

Boris Koch
gebissen

Roman

Originalausgabe

WILHELM HEYNE VERLAG
MÜNCHEN

FSC
Mix
Produktgruppe aus vorbildlich
bewirtschafteten Wäldern und
anderen kontrollierten Herkünften
Zert.-Nr. SGS-COC-1940
www.fsc.org
© 1996 Forest Stewardship Council

Verlagsgruppe Random House FSC-DEU-0100
Das für dieses Buch verwendete FSC-zertifizierte Papier
Holmen Book Cream
liefert Holmen Paper, Hallstavik, Schweden.

Originalausgabe 10/2009
Redaktion: Catherine Beck
Copyright © 2009 by Boris Koch
Copyright © 2009 dieser Ausgabe
by Wilhelm Heyne Verlag, München,
in der Verlagsgruppe Random House GmbH
Printed in Germany 2009
Umschlaggestaltung: Nele Schütz Design, München,
unter Verwendung einer Illustration von Geoff Taylor
Satz: Buch-Werkstatt GmbH, Bad Aibling
Druck und Bindung: GGP Media GmbH, Pößneck

ISBN: 978-3-453-52568-9

www.heyne-magische-bestseller.de

Für Kathleen

Prolog

Niederbachingen, August 1986

Der Grashüpfer sprang davon, bevor er Feuer fing. Alex hatte es ja gleich gesagt, doch Jochen und Franz hatten ihm die Brille abgenommen und versucht, die Sonnenstrahlen mit dem dickeren, linken Glas so zu bündeln, dass Flammen entstanden. Im Fernsehen ließen sich so Lagerfeuer entzünden, zumindest Heu oder Stroh. Doch der Grashüpfer hatte nicht einmal zu rauchen begonnen.

»Nimm den braunen Hüpfer da drüben, der ist bestimmt trockener als der grüne von eben«, schlug Jochen vor.

Im Kreis knieten sie sich um das Insekt.

Alex kniff die kurzsichtigen Augen zusammen, um besser zu sehen. Das Gras kitzelte an seinen nackten

Beinen, die bloßen Fußsohlen waren dunkel vor Erde. Ganz langsam, um das Tier nicht zu erschrecken, beugte er sich vor. Die Sonne brannte auf seinen Nacken und die Schultern herab, und er spürte, wie ihm der Schweiß aus den Poren trat.

Nach dem Mittagessen hatte seine Mutter ihn trotz aller Proteste mit Sonnencreme eingerieben. Mit Lichtschutzfaktor zwölf! Sonst nahm er höchstens vier, wenn überhaupt, das fand er männlicher. Old Shatterhand und Huck Finn hatten schließlich gar keine Sonnencreme benutzt; Helden hatten sowieso immer sonnengebräunte und wettergegerbte Gesichter. So ein bisschen Sonnenbrand tat doch nicht weh. Außerdem gefiel es ihm, wenn sich die Haut schälte – dann versuchte er immer, mit Zeigefinger und Daumen ein möglichst großes Stück abzuziehen, ohne dass es zerriss. Die verbrannte Haut war ganz weiß und so faszinierend dünn. Vielleicht hatte seine Mutter beim Eincremen ja eine Stelle übersehen, dachte er hoffnungsvoll.

Keiner der drei Jungen sprach ein Wort, sie atmeten sogar kaum, um den Grashüpfer bloß nicht zu vertreiben. Franz' ausgestreckte Hand mit den dicken Fingern und den abgekauten Fingernägeln zitterte nicht, und das helle Licht spiegelte sich in den ungeputzten Gläsern.

Alex konnte nicht genau erkennen, ob die Sonnenstrahlen wirklich exakt auf dem Grashüpfer gebündelt wurden, aber er war sicher, dass Franz genau darauf achtete. Der kräftige Junge mit den kurzen blonden Haaren, den ständig zerkratzten Beinen und der großen Nase fixierte das Insekt so konzentriert, als könne er es allein mit seinem Blick entzünden. Sein Mund stand leicht offen, die Zungenspitze zeigte sich im linken Mundwinkel.

Sekunden verrannen, in der Ferne tuckerte ein Traktor, um sie herum zirpten Grillen und brummten Käfer. Eine Bremse setzte sich auf Alex' Schulter, und er versuchte, sie lautlos wegzuwünschen; bewegen durfte er sich jetzt nicht.

Der Grashüpfer sprang mit einem weiten Satz zwischen Franz und Jochen hindurch und davon. Sofort schlug Alex die Bremse tot; deren Stiche brannten höllisch. Hoffentlich hatte er sie noch rechtzeitig erwischt.

»Dem ist sicher zu heiß geworden«, sagte Franz, und Jochen nickte.

»Wahrscheinlich hat er die Flammen schon züngeln gespürt. Wir müssten die Viecher irgendwie anketten«, grinste er, und seine unruhigen braunen Augen huschten hin und her. Er war schmächtig und sein Körper voller Leberflecken, die wirren dunklen Haare fielen ihm tief in Stirn und Nacken. Zwischen den oberen Schneidezähnen zeigte sich eine breite Lücke, durch die er oft die Melodien verschiedener Fernsehserien pfiff, allerdings nur selten erkennbar. Grinsend fragte er Alex: »Meinst du, Grashüpfer können Sonnenbrand kriegen? Dann ist der heute Abend krebsrot und kann als Glühwürmchen arbeiten!«

Lachend erhoben sie sich, und Alex schüttelte den Kopf. »Die kriegen keinen Sonnenbrand, die haben doch gar keine Haut.«

»Aber lustig wär's«, sagte Jochen.

Alle drei hatten ihre T-Shirts ausgezogen und in den Bund der Turnhosen gestopft. 33 Grad im Schatten, und die Sommerferien hatten gerade erst begonnen. Fünfeinhalb Wochen Freiheit lagen noch vor ihnen, bevor sich ihre schulischen Wege trennen würden. Alex würde ab September auf das fünfzehn Kilometer entfernte Gymnasium gehen, Jochen und Franz – wie die meisten aus ihrer Klasse – zunächst weiter auf die Schule im benachbarten Oberbachingen. Teilhauptschule bis zur sechsten Klasse. Doch andere Schule hin oder her, ihre Freundschaft würde bleiben, das hatten sie sich geschworen. Schließlich hatte es sie bislang auch nicht gestört, was Alex' Eltern von Jochens hielten und umgekehrt.

»Lasst uns zum Goldbach gehen«, schlug Franz vor und gab Alex die Brille zurück. »Es klappt einfach nicht.«

»Ich hätte gern einen brennenden Grashüpfer rumspringen sehen. Wenn der so voll über die Wiese vom alten Storck fegt und alles anzündet, stell dir das mal vor! Voll geil!« Jochen lachte. Er lachte stets, wenn es um Feuer ging, er liebte Flammen und trug immer mindestens ein Feuerzeug mit sich herum, meist zwei oder drei in unterschiedlichen Größen und Farben. Manchmal fantasierte er sich Dinge zusammen und vergaß dabei Kleinigkeiten wie die, dass auch sie sich gerade auf Storcks Wiese aufhielten und beim Abfackeln selbst geröstet würden. So etwas fiel Alex dagegen immer zuerst auf, aber er hielt die Klappe und lachte mit. Auch ihm war der alte Storck unheimlich, ein bulliger Griesgram mit wulstiger Unterlippe, der zur Antwort nur knurrte, wenn man ihn auf der Straße grüßte. Kinder scheuchte er wie Tiere herum. Trotzdem spielten sie oft auf seinen Feldern; sie durften sich eben nicht erwischen lassen.

»Hey! Lasst uns versuchen, Fische anzuzünden!«, rief Jochen. »Stellt euch das mal vor, wenn Fische brennen könnten und so im Goldbach rumschwimmen würden! Dann bräuchte man nachts auf der Hauptstraße gar keine Straßenlampen mehr.«

»Idiot!« Franz grinste.

Aber Jochen lachte nur und ging voran – auf den Außenseiten der Fußsohle, denn seit der WM versuchte er, den Gang des o-beinigen Dribblers Pierre Littbarski zu imitieren.

Sie folgten dem schnurgeraden Lauf des ausgetrockneten Überlaufgrabens, vorbei an der verwitterten Messlatte für Hochwasser und der Kuhweide vom Hintermayr aus dem oberen Dorf bis hin zum Goldbach. Als sie sich seiner Biegung vor der alten Mühle näherten, sahen sie ein Mädchen am Ufer kauern, dort, wo der Bach bei Hochwasser in den Überlaufgraben schwappte. Das andere Ufer war mit Bäumen und dichten Büschen bewachsen, welche die Mühle und die nächsten Häuser verdeckten.

»Ist das die dumme Luzzi?« Jochen verzog angewidert das Gesicht, und Franz schlug ihm mit der flachen Hand auf den Rücken.

»Du bist ja blinder als unsre Brillenschlange! Das ist die Simone.«

Jochen hustete, und Alex ließ die Brillenschlange über

sich ergehen und fasste das Mädchen fest ins Auge. Ja, es war Simone. Franz hatte mal Ärger in der Schule bekommen, weil er sie in der Pause einfach auf die Wange geküsst hatte. Erst hatte ihn Frau Giebinger zusammengestaucht, und nach der Schule hatte ihn dann Simones großer Bruder Kalle vermöbelt. Der war fünf Jahre älter und ein richtiger Sauhund. Regelmäßig vertrieb er mit seinen Kumpels Jüngere vom Bolzplatz, wenn sie dort spielen wollten, oder von der Schaukel, wenn sie eine rauchen wollten. Einen Ball hatte er Alex schon weggenommen, und Alex kannte keinen Jungen in ihrem Alter, der von Kalle noch nicht wenigstens herumgeschubst worden war oder auf dem Pausenhof einen Tritt in die Eier kassiert hatte. Kalle legte sich mit jedem an, sogar mit den Älteren.

Alex konnte sich aber nicht mehr erinnern, wie Simone auf den Kuss reagiert hatte. Vielleicht gar nicht. Er wusste nur noch, dass er während der Rechenstunde darüber nachgedacht hatte, weshalb nicht er Simone geküsst hatte.

Erst als sie fast bei ihr angekommen waren, drehte sie sich um. Ihr hübsches schmales Gesicht war ernst, eine blonde Strähne hatte sich aus dem Pferdeschwanz gelöst, und die dunkelgrünen Augen blickten verstört.

»Hi Simone.« Franz lächelte und hakte die Daumen lässig in den Bund seiner Turnhose.

Simone sah keinen richtig an und deutete auf einen toten Fisch vor ihren Füßen, der vielleicht einen halben Meter neben dem ruhig dahinfließenden Bach lag. »Schaut mal da.«

Der Fisch war größer als eine Forelle, ein richtiger Brocken, hatte schillernde blau-grüne Schuppen und erstaunlich große Flossen gleich hinter den Kiemen. Sein Bauch war aufgerissen, die verschrumpelten, ausgetrockneten Innereien auf den Steinen des Walls verteilt, über den das Hochwasser bei Regen und Schneeschmelze in den Überlaufgraben abfloss. Von der zerrupften Rückenflosse war nicht viel übrig; zwei tiefe Wunden zogen sich über die Flanke hin, rosa Fleischfasern wie Fransen an ihren Rändern. Das runde, glasige Auge hing halb aus der Höhle und stierte Alex an. Er konnte den Blick nicht abwenden.

»Der hat ja Flügel.« Jochen ging in die Knie und tastete über den Boden, vermutlich nach einem Stock. »Ein Fisch mit Flügeln, Wahnsinn.«

»Quatsch mit Soße! Das sind Flossen!« Franz schob den Unterkiefer vor.

»Ziemlich große Flossen, oder?«, mischte sich Alex ein, auch wenn er noch nie von geflügelten Fischen gelesen hatte und diese Auswüchse für Flügel auch ziemlich klein waren. »Und irgendwie verkehrt herum, als wären sie umgedreht worden.«

Jochen nickte. »Vielleicht ist es wegen Tschernobyl.«

»Was soll sein wegen Tschernobyl?« Franz starrte auf Jochen hinab.

»Der Fisch ist wegen der Radioaktivität mutiert. Mein Vater hat gesagt, dass man keine Pilze mehr essen darf. Das ist gefährlich.«

»Und was meinst du, wie viele Pilze so ein Fisch im Goldbach findet? Wachsen die jetzt neuerdings unter

Wasser, oder was?« Franz tippte sich gegen die Stirn, auch wenn er dafür den Daumen vom Hosenbund nehmen musste.

»Es muss ja kein Pilz gewesen sein«, überlegte Alex. Ihm hatte der Unfall in dem Kernkraftwerk im vergangenen April Angst gemacht, die Bilder im Fernsehen und die Geschichten, die überall erzählt wurden. »Wer weiß schon, was bei dem Super-GAU sonst noch alles verseucht wurde.«

»Die Flossen sind doch egal«, flüsterte Simone. »Was ist das für ein Vieh, das einen Fisch derart zerfetzt und ihn dann liegen lässt, ohne ihn zu fressen?«

Die Jungen starrten sie an, dann wieder den Fisch.

Eine Katze tat so etwas sicher nicht, dachte Alex, vielleicht ein tollwütiger Hund oder Fuchs. Aber wie sollte ein Hund einen Fisch fangen? Erneut sah er Simone an und hatte das Gefühl, sie würde gar nicht auf eine Antwort warten.

»Es gibt Spinner, die halten sich Krokodile daheim«, sagte Jochen. »Und wenn sie keinen Bock mehr haben, spülen sie sie im Klo runter, und die leben dann in der Kanalisation weiter. Vielleicht ist von dort eins entkommen?«

»Quatsch!« Franz schüttelte den Kopf. »Der ist wahrscheinlich nur in irgendeine Turbine geraten und wurde hier an Land gespült.«

»Ja klar, und den letzten halben Meter vom Wasser bis hier hat er sich hergeschleppt, obwohl er keine Beine hat und tot war. Voll der Zombiefisch.« Jochen erhob sich und schüttelte den Kopf.

»Du glaubst doch, er hat Flügel. Dann ist er halt geflogen!« Franz starrte Jochen an.

Alex hörte den beiden nur halb zu, er beobachtete Simone, die immer noch vor dem Fisch kauerte und sacht den Kopf schüttelte.

»Weißt du, was es war?«, fragte er ruhig und kniete sich vor sie hin.

Simone hörte auf, den Kopf zu schütteln, und wandte sich ihm zu. Noch immer wirkte sie verstört, aber Alex hatte jetzt das Gefühl, dass sie ihn wirklich ansah.

»Ich weiß nicht, vielleicht … Aber das kann eigentlich nicht sein.«

»Und wenn es eine Bisamratte war, die lauter Tschernobylpilze gefressen hat?«, rief Jochen, und Franz entgegnete: »So ein Stuss. Fragen wir lieber mal den Bernd, der ballert doch dauernd mit der Steinschleuder auf Fische.«

»Was war es?«, fragte Alex und versuchte, seine immer lauter werdenden Freunde zu überhören.

»Kalle …«, fing Simone an, dann schüttelte sie den Kopf und kaute auf der Unterlippe herum.

»Dein Bruder?« Alex hatte zwar noch nie gehört, dass er auch ein Tierquäler war, aber zutrauen würde er es ihm.

»Nein.« Simone verzog das Gesicht und lachte plötzlich los. »Idiot.«

Jochen und Franz verstummten und sahen zu ihnen herunter.

»Was ist dann mit Kalle?«, hakte Alex nach.

»Er …« Sie zögerte kurz und atmete durch. »Kalle hat

irgendein Tier gefangen, ein ganz komisches. Ich hab gehört, wie er zum Hubi gesagt hat, dass er so etwas noch nie gesehen hat. Er hat es Kreatur genannt.«

»Und wie sieht dieses Vieh aus?«, fragte Franz.

»Ich weiß es nicht, ich hab es doch nicht gesehen. Mir zeigt er so was ja nicht, ich bin nur die doofe kleine Schwester.«

»Dann geh doch einfach in sein Zimmer, wenn er nicht da ist.«

»Nein!« Heftig schüttelte sie den Kopf. »Es ist doch nicht in seinem Zimmer. Es ist viel zu groß, um es da zu verstecken. Es ist in der Scheune, auf der Wiese beim Wald.«

»Dann lass uns da nachschauen!«, rief Franz begeistert. Auch Jochen und Alex nickten.

»Nein! Bloß nicht! Wenn Kalle uns erwischt, bringt er uns um!« Simone sah sie furchtsam an. Wahrscheinlich bereute sie inzwischen, ihnen davon erzählt zu haben. »Außerdem hat er es schon vor ein paar Tagen gefangen, es hat also sicher nicht den Fisch auf dem Gewissen.«

Franz lachte. »Der Fisch ist mir doch egal. Ich will dieses Ding sehen, diese Kreatur.«

»Aber Kalle prügelt uns windelweich!«

»Wir dürfen uns halt nicht erwischen lassen.« Er zuckte mit den Schultern. Alex wusste, dass er regelmäßig von seinem Vater geschlagen wurde, manchmal sogar mit dem Gürtel. Wahrscheinlich schreckte ihn deshalb der Gedanke an eine Abreibung nicht. Doch Alex wollte nicht von Kalle verdroschen werden.

»Vielleicht ist das ja ein Vieh, das zu viele Pilze gefressen hat. Wenn es so ungewöhnlich ist«, sagte Jochen. Er hatte sich so sehr in den Gedanken an Tschernobyl verbissen, dass er noch gar nicht begriffen zu haben schien, dass Prügel drohten.

»Aber …«, versuchte es Simone noch einmal, doch Franz unterbrach sie: »Du musst ja nicht mitkommen.«

Sie öffnete den Mund, schloss ihn, öffnete ihn wieder und stampfte mit dem Fuß auf. Sie biss sich auf die Unterlippe und rief schließlich: »Ich will das Vieh aber auch sehen. Ohne mich wüsstet ihr doch gar nichts davon!«

»Dann komm eben mit.« Alex lächelte sie vorsichtig an, doch sie starrte nur verkniffen zurück.

»Aber erst am Abend, da ist Kalle beim Open Air am Grubensee.«

»Geil«, sagte Franz, und damit war es abgemacht.

Den Nachmittag verbrachten sie mit weiteren Spekulationen, um was für eine Kreatur es sich handeln könnte, und mit den wildesten Geschichten darüber, wen Kalle schon wie verdroschen hatte. Den kleinen Ecki aus der Dritten hatte er angeblich mal an den Hosenträgern an einen Baum gehängt und mit Tannenzapfen beworfen. Alex war nicht sicher, ob er das glauben sollte – Hosenträger mussten doch reißen –, aber Ecki nervte wirklich jeden, und beim Kämpfen biss und kratzte er; es konnte also gut sein, dass Kalle sich ihn vorgeknöpft hatte.

Alex lachte mit den anderen über die alten Geschichten von Kalles Prügeleien mit Banden aus Nachbardörfern, und sie lachten laut, um einander zu zeigen, wie wenig sie eine Abreibung fürchteten.

Doch während Alex Simone beobachtete, die mal schwieg, mal viel zu schrill und laut lachte, wurde ihm doch mulmig zumute. Sie hatte wirklich Angst, und sie kannte ihren Bruder schließlich am besten. Wenn sie entdeckt würden, kämen sie wohl wirklich nicht mit ein paar Schrammen davon.

»Stimmt es, dass Kalle letzte Woche ein Huhn vom Huber mit einer Eisenstange zermanscht hat? So dass der Huber nur noch gefiederten blutigen Brei im Hof gefunden hat?«, fragte Franz einige Zeit später.

»Nein, hat er nicht!«

»Wusst' ich's doch, dass der kleine Bene wieder lügt.« Franz lachte, aber Simone kaute erneut auf ihrer Unterlippe, und Alex schauderte.

Er glaubte ihr dieses Nein nicht, doch vor Franz und Jochen wollte er nicht als feiger Schisser dastehen. Also schwieg er.

Als sie sich nach dem Abendessen an der Bahnunterführung hinter dem Spielplatz wiedertrafen, war die Sonne noch nicht untergegangen, auch wenn Häuser und Bäume schon lange Schatten warfen. Die Jungen hatten inzwischen ihre T-Shirts angezogen und auch Schuhe an den Füßen. Alex trug seine Turnschuhe – wenn sie vor Kalle fliehen müssten, war das besser als Sandalen.

Während die Kirchturmuhr acht schlug, schlenderten sie den betonierten Feldweg an der Bahnlinie entlang. Simone hatte gesagt, Kalle wolle um acht am Grubensee sein, dann war er jetzt sicher nicht mehr bei der Kreatur. Das Dorf lag links hinter dem Bahndamm, von dort konnte man sie nicht sehen, und auch die Felder rechts waren verlassen. Die meisten Bauern hatten um diese Zeit die Stallarbeit beendet und Feierabend.

Nur die bedepperten Brüder vom Koch rasten auf den Rädern an ihnen vorbei; sie fuhren wohl wieder ein Rennen und hatten nur Augen für den Tacho mit der zitternden Nadel. Ansonsten trafen sie niemanden, nicht einmal Spaziergänger aus der neuen Siedlung.

Beim Maisfeld des Huberbauern bogen sie auf den grau gekiesten Feldweg, der zum Rauen Forst führte; die Sonne versank bereits hinter den Spitzen der höchsten Bäume. Die Gräser auf der Mitte des Feldwegs waren staubbedeckt, hier und da mischten sich Flächen aus roten Bruchstücken zerschlagener Biberschwänze unter das helle Grau.

Nach Hubers Maisfeld folgte ein abgeerntetes Weizenfeld, darauf wieder Mais, und schließlich die Wiese von Simones Familie.

»Da.« Sie deutete auf eine Scheune aus verwittertem dunklem Holz, die am hinteren Wiesenrand stand, ein gutes Stück vom Feldweg entfernt und beinahe an der Waldgrenze, im Schatten der Bäume. Ihre Stimme klang dünn. »Da drin ist die Kreatur.«

»Dann los.« Entschlossen stapfte Franz quer über die ungemähte Wiese, und die anderen folgten ihm.

Alex hatte die Socken bis zu den Knöcheln hinuntergerollt, die hohen Gräser kitzelten seine Haut.

Neben ihm lief Simone und murmelte vor sich hin.

»Wenn Kalle das rausfindet, bringt er mich um.« Aber sie schlug nicht vor, umzukehren.

Vor dem Tor sahen sie sich um, weit und breit war niemand zu sehen.

»Psst«, zischte Jochen, obwohl keiner etwas gesagt hatte. Er legte das Ohr an die Ritze zwischen zwei Brettern und lauschte. Alex hielt die Luft an, er konnte nichts hören, und auch Jochen schüttelte den Kopf.

»Dann also rein«, drängte Franz und drückte die Klinke runter. Langsam zog er das Tor nach außen auf, nur einen Spaltbreit. Die Scharniere quietschten nicht. Franz schlüpfte hinein, Jochen folgte ihm sofort, Simone zögernd und Alex dicht hinter ihr, so dicht, dass er sie fast berührte.

»Mach zu, es soll keiner sehen, dass jemand hier ist«, zischte Jochen, und Alex zog das schiefe Tor ins Schloss. Nun drang nur noch durch zwei kleine Fensteröffnungen knapp unter dem Dach Licht, und durch die wenigen schmalen Spalten zwischen manchen Wandbrettern. Alex brauchte einen Moment, bis er in dem diffusen Halbdunkel mehr erkennen konnte. Da es draußen noch hell war, hatten sie natürlich keine Taschenlampen eingesteckt.

Die Scheune bestand aus einem großen Raum, in dessen hinterer Hälfte auf etwa drei Meter Höhe ein Boden aus klobigen Balken und breiten Dielen eingezogen war, zu dem eine krumme Holzleiter hinaufführte. Oben wie unten stapelte sich Heu, im Eingangsbereich stand ein mattroter Heuwender, dessen Doppelzinken verdreckt waren, und an den Wänden hingen verschiedene Gerätschaften: Heugabeln, breite Rechen mit langen gebogenen Zinken und ein alter Spaten.

Nichts Auffälliges war zu sehen, und doch war Alex angespannt. Fast erwartete er, dass Kalle jeden Moment das Scheunentor eintreten und mit seiner Bande hereinstürmen würde, um sie alle krankenhausreif zu schlagen. Er hatte Angst, und darüber war er sauer. Die feige Brillenschlange, die aufs Gymnasium ging – das wollte er nicht sein.

»Und? Wo ist es jetzt?«, raunte Franz so leise, als hätte auch er Angst, erwischt zu werden.

»Ich weiß nicht.« Simones Stimme zitterte.

Was war mit ihnen los? Von Kalle war doch weit und breit keine Spur zu sehen.

Die Luft in der Scheune war drückend und schwer, die Sonne hatte sie den ganzen Tag aufgeheizt. Es roch nach Heu, und doch musste Alex an das Raubkatzenhaus im Zoo denken.

»Es muss irgendwo sein, wo deine Eltern es nicht sofort sehen«, flüsterte Jochen. »Auf dem Boden oder hinter dem Heu.«

Auf einmal hörte Alex ein leises, gedämpftes Kratzen. »Ruhig!«, sagte er.

Franz lief zur Leiter hinüber. »Das kam von oben.«

Aber Alex schüttelte den Kopf. »Nein. Von da hinten.«

Hektisch blickte Simone hin und her. »Ich hab nichts gehört.«

Nur Jochen sagte gar nichts, sondern stapfte einfach zu dem schmalen Zwischenraum zwischen dem gestapelten Heu und der Wand hinüber. Franz sprang von der Leiter und folgte ihm, er wollte auf keinen Fall etwas verpassen, und Simone und Alex ging es ebenso. Alle Angst vor Kalle war plötzlich der Neugier auf die Kreatur gewichen.

Der Raum zwischen Heu und Wand war schmal, so schmal, dass Erwachsene ihn gar nicht als Zwischenraum erkannt hätten, die vier mussten sich seitwärts an den Brettern entlangschieben. Nach drei oder vier Metern öffnete sich vor ihnen eine Art kleine Höhle. Kalle und seine Bande hatten hier irgendwie einige Heuballen herausgeschafft, so dass eine etwa drei Meter durchmessende Fläche frei war, spärlich beleuchtet durch zwei, drei Ritzen in der Wand und eine Handvoll Astlöcher.

Direkt an der hinteren Wand stand eine alte, vielleicht zwei Meter lange und ein Meter hohe Saukiste, deren Bretter mit alten rostigen Eisenstreben verstärkt worden waren. Breite metallische Winkel waren an die hölzernen Kanten genagelt worden, als könnten einfache Holzverstrebungen kein Schwein halten. Alex hatte noch nie gesehen, dass jemand tatsächlich ein Tier in einer solchen Kiste transportierte.

In der Saukiste kauerte etwas, das die Bezeichnung Kreatur wirklich verdiente. Ein etwa dachsgroßes Wesen, schwarz wie Torf und mit schmalen weißen Augen, dessen Körper mit kurzen Borsten übersät war und dennoch fast nackt wirkte, wie ein Schwein. Doch es war kein Schwein, hatte nicht einmal Ähnlichkeit mit einem, sondern schien eine bizarre Mischung aus Affe, Schäferhund und Maulwurf zu sein. Das Maul oder die Schnauze war in der Düsternis nicht auszumachen. Es regte sich nicht, nur der Blick der schmalen Augen schien ihnen zu folgen, und Alex vermeinte, ein schwaches Schnüffeln zu hören.

»Tschernobyl! Ich hab es doch gleich gesagt«, krächzte Jochen.

Franz trat einen Schritt auf die Kreatur zu, aber nur einen kleinen. »Verdammte Scheiße«, murmelte er.

Alex sagte dagegen gar nichts. Stumm ging er an Franz vorbei und direkt am Käfig in die Hocke. Er würde den anderen schon zeigen, dass er nicht feige war!

Aber was war das für ein Tier? Niemals zuvor hatte er so etwas gesehen, nicht einmal in einem seiner Tierbücher.

Es regte sich noch immer nicht, kniff nur die Augen zusammen wie eine Katze und starrte Alex an. Er bekam Gänsehaut, ein leichtes Zittern überlief seinen Körper. Was sollte das? Es war doch nur ein Tier. Er würde sich jetzt keine Angst machen lassen. Langsam griff er nach dem Riegel an der Trage und schob ihn zurück.

»Was tust du da …«, flüsterte Simone.

»Ich schau mir das Vieh an«, antwortete er so lässig wie möglich und schob die Gittertür auf. Er wusste nicht, warum, er musste es einfach sehen, und das nicht durch die Bretter dieses dunklen Verschlags. Es würde ihnen schon nicht entkommen. Und wenn, dann müssten sie es eben wieder einfangen. Die Scheunentür war zu, wohin sollte es schon fliehen? Aber so reglos, wie es in der hintersten Ecke herumlag, würde es wohl nicht freiwillig herauskommen, um sich begaffen zu lassen. Unentwegt stierte es Alex an, der ihm den Weg aus dem Käfig versperrte. Wahrscheinlich hatte es Angst vor Menschen.

»Hat jemand beim Werkzeug vorne eine Lampe gesehen?«, fragte Alex, und in diesem Moment sprang das Vieh plötzlich los. Alex zuckte unwillkürlich zurück und machte ihm damit Platz zur Flucht.

Simone kreischte, Franz und Jochen fluchten.

Aber das Vieh wollte nicht fliehen. Fauchend riss es das Maul auf und entblößte breite, spitze Zähne. Es ging zu schnell, als dass Alex viel hätte erkennen können, aber er dachte an das Gebiss eines Hais, eine Zahnreihe hinter der anderen, und war sicher, dass die Zähne gezackt waren wie eine Säge.

Dann sprang es ihn an.

Er konnte gerade noch die Arme hochreißen, da prallte es auch schon gegen seine Brust und verbiss sich in seinen linken Unterarm statt in seine Kehle. Er taumelte zurück, stolperte und krachte gegen die Wand. Mit dem Hinterkopf schlug er gegen die rauen Bretter, ein dumpfer Schmerz breitete sich in seinem Kopf aus.

Die weißen Augen der Kreatur bohrten sich in seine, sie waren nur wenige Zentimeter entfernt. Das Vieh roch nach Erde, Kompost und Blut, die Krallen zerrissen sein T-Shirt und drangen ihm in die Haut.

Und dann explodierte der Schmerz in seinem Arm.

Es war, als würde sich von der Wunde brennende Säure in seinem Körper ausbreiten. Sein Blut und der Geifer der Kreatur liefen über seine Haut, er fühlte nur den Schmerz, der restliche Körper wurde taub. Mit aller Willenskraft drückte er ihr den Arm tiefer ins Maul. Er durfte ihn nicht herausziehen, das Vieh würde sofort wieder zuschnappen und sich dann in seiner Kehle verbeißen.

Simone kreischte noch immer.

»Du Hurenbock!« Franz trat nach dem Vieh und traf es mit voller Wucht in die Seite. Dann trat er noch mal zu und noch mal, es wurde weggeschleudert, die Zähne lösten sich aus Alex' Arm und schnappten ins Leere. Es knurrte und fauchte.

Alex versuchte sich aufzurichten, aber auch die Beine und sein unverletzter Arm wollten ihm nicht gehorchen. Alles drehte sich, und er blieb liegen, Rücken und Hinterkopf gegen die Wand gelehnt.

Plötzlich war Simone an seiner Seite. »Geht's?«

Doch er wusste nicht, was er sagen sollte, spürte nur, wie sein Blut auf den Boden aus festgestampfter Erde tropfte.

Er sah, dass Jochen bei Franz stand und eine Heugabel in den Händen hielt. Beide Jungen schrien und fluchten, und die Kreatur fauchte und schnappte nach ihnen, aber sie konnten sie mit Tritten und der Gabel auf Abstand halten. Alex war zu benommen und das Licht zu schwach, um alles genau zu erkennen. Er wollte Simone sagen, sie solle den beiden helfen, aber sie schrie nur: »Sperrt es wieder ein! Sperrt es ein!«

Aber sie sperrten es nicht ein. Jochen spießte es mit der Heugabel auf.

Er rammte ihm die Zinken mitten in den Bauch. Gemeinsam packten er und Franz den Stiel und zwangen das Vieh auf den Rücken. Sie pressten es gegen den Boden und rammten die Heugabel so tief in seinen Körper, dass die Zinken am Rücken wieder austraten und sich in den Boden gruben.

Das Vieh fauchte und schnappte noch immer, es warf den Kopf hin und her.

»Nein!«, schrie Simone.

Franz hielt seine Füße möglichst weit von dem geifernden Maul entfernt und umklammerte die Heugabel mit aller Kraft, während Jochen nach vorne raste und eine zweite holte, um dem Vieh auch diese in die Brust zu rammen.

Alex röchelte, aber er konnte nicht sprechen. Ihm war übel.

Das Vieh wollte einfach nicht sterben, trotz der eisernen Zinken, die seinen Körper durchbohrten. Alex konnte nicht erkennen, ob es blutete. Es musste doch bluten! Aber es schrie nicht vor Schmerz, sondern fauchte nur weiter.

Die anderen Jungs wirkten ratlos und fluchten wieder.

Simone kreischte: »Kalle bringt mich um! Kalle bringt mich um!«

»Halt's Maul!«, brüllte Franz.

»Ihr habt seine Kreatur kaputt gemacht! Ihr wart's! Aber er gibt mir die Schuld! Immer gibt er mir die Schuld! Kalle bringt mich um!« Ihre Stimme überschlug sich, und Alex sah, dass sie weinte.

»Das Vieh ist nicht kaputt! Es geht nicht kaputt!« Franz rüttelte an seiner Heugabel, und Jochen sagte auf einmal:

»Lasst uns die Scheune abfackeln.«

»Du immer mit deinem Scheißfeuer!«

»Ich mein's ernst! Wir brennen alles nieder, dann weiß Kalle nicht, dass irgendwer sein Vieh gefunden hat. Zumindest glaubt er nicht, dass Simone das Feuer gelegt hat, niemand wird das glauben.«

»Meinst du?«, schniefte sie.

»Ja. Die Scheune gehört deinen Eltern.« Jochen nickte. »Und das verdammte Vieh stirbt auch. Das ist doch nicht normal, dass das noch lebt!«

Alex wollte irgendwas sagen, aber er wusste nicht, was. Er wollte protestieren, aber er wusste nicht, warum.

Franz und Jochen drückten die Heugabeln so fest in den Boden, wie sie konnten. Das Vieh krallte sich in die Erde, als wollte es sich hineinwühlen und so den Zinken entkommen. Es stierte zu Alex herüber, doch er konnte sich noch immer kaum bewegen. Mühsam presste er die Rechte auf die Wunde, damit er nicht noch mehr Blut verlor, aber sie war größer als seine Handfläche. Das Blut lief und lief.

Während Franz die Kreatur weiter gegen den Boden presste, bedeckte Jochen sie mit Heu. Dann zerrte er die Saukiste aus trockenem Holz herbei und setzte sie auf die strampelnden Beine der Kreatur. Darüber warf er noch mehr Heu.

»Hilf Alex auf«, rief Franz Simone zu. »Und dann verschwindet ihr!«

Von Simone gestützt, kam er mühsam auf die Beine. Sie traute sich nicht, seinen verwundeten Arm anzufassen, und fragte immer wieder, ob es wehtat.

»Nein«, knirschte er. Ihm schwindelte, die Wunde pochte inzwischen dumpf. Langsam führte sie ihn in den schmalen Durchgang zwischen Heu und Scheunenwand. Er warf einen Blick zurück und sah, wie Jochen das Heu auf dem Vieh anzündete. Rasend schnell fraßen sich die Flammen voran, züngelten um die Saukiste und die Kreatur.

Jetzt erst ließ Franz die Heugabeln los, die noch immer aufrecht in der Erde steckten.

Die Kreatur schrie. Ihr Gellen hallte in Alex' Ohren, ein Zittern durchlief seinen Körper, mehr Blut floss aus der Wunde, und er glaubte durch die Schuhsohlen zu spüren, wie der Boden vibrierte. Er ließ sich von Simone zur Scheunentür zerren.

Die Schreie der Kreatur hielten an, und doch meinte er, das Prasseln des Feuers zu vernehmen. Es wurde warm, alles war voller Rauch. Simone stieß die Tür auf, frische Luft strömte ihnen entgegen. Sie fachte die Flammen an.

»Raus!«, hörte Alex Franz rufen.

Die Schreie der Kreatur wurden leiser, verklangen zu einem Röcheln und erstarben dann ganz.

Jochen stürzte ins Freie, direkt gefolgt von Franz. Ihre Gesichter waren rußverschmiert, die Haare angesengt.

Alex wankte, aber langsam verschwand die Taubheit aus seinen Beinen, während Simone leise neben ihm schluchzte.

Vorsichtig löste er die Hand von der Wunde und riss sie so wieder auf. Doch sie blutete nicht mehr so stark, wie er befürchtet hatte. Trotzdem sah sie furchtbar aus, er war sicher, an einer Stelle den blanken Knochen zu sehen.

Franz zog sich das T-Shirt über den Kopf und wickelte es um den Arm. »Geht's?«

»Ja.« Alex zog Rotz hoch, und während sich die Flammen durch das Dach der Scheune fraßen, stapften sie in den Wald. Niemand sollte sie hier sehen, wenn die brennende Scheune bemerkt wurde. Tief drinnen setzten sie sich unter eine alte Buche und warteten auf die Sirene der freiwilligen Feuerwehr.

1

Berlin, Mai 2009

»Und? Hast du ein nettes Mädchen kennengelernt?«, fragte seine Mutter wie immer, und wie immer schaffte sie es, zugleich drängend, hoffnungsvoll und tadelnd zu klingen. Alex bedauerte, vor drei Minuten ans Telefon gegangen zu sein, noch vor dem Frühstück, vor der ersten Tasse Kaffee und mit schwerem Kopf vom Alkohol des Vorabends.

»Viele«, antwortete er und starrte auf den wackligen Stapel diverser Musikzeitschriften auf dem schwarz lackierten Wohnzimmertisch, die leere Bierflasche mit dem abgerissenen Etikett und den Brief der Gaswerke, den er gestern nicht mehr geöffnet hatte. »Aber eigentlich möchte ich ja eine Frau kennenlernen.«

»Ach, du.« Sie lachte. »Du weißt doch, was ich meine.«

Ja, das wusste er. Er war mit Anfang dreißig noch immer ihr Sohn, und deshalb fragte sie nach Mädchen und nicht nach Frauen.

Sie fragte, ob er jemanden kennengelernt hatte, und dachte dabei bereits ans Heiraten und Enkelkinder. Könnte sie seine Wohnung sehen, würde sie noch beharrlicher fragen und feststellen, er bräuchte endlich wieder jemanden, der Ordnung in sein Leben brächte. Als wäre Ordnung das Wichtigste, und als hätte jede Frau einen Putzfimmel und wäre fürs Saubermachen und Kochen bestimmt.

»Du bist doch ein netter und gut aussehender Junge«, fuhr sie fort. Sie sagte selbstverständlich auch *Junge* und nicht *Mann*. »Warum findest du niemanden?«

»Das kann ich dir auch nicht sagen. Das wüsste ich selbst gern.«

»Vielleicht, wenn du dir mal neue Kleidung kaufst?«

»Ach, Mama.«

»Sag nicht *Ach, Mama!* Ich weiß doch, wie du immer rumläufst!«

»Du siehst mich einmal im Jahr«, gab er zu bedenken, aber das Argument hatte schon die letzten drei Jahre nichts genutzt. Seit Veronika ihn für einen joggenden Banker verlassen hatte.

»Und wenn du dir dann noch einen festen Job suchst …«

»Ich arbeite aber gern so.«

»Mir musst du nichts vormachen, ich bin deine Mutter, und ich sehe doch, wie wenige Sicherheiten du hast. Ich weiß ja, dass es nicht leicht ist, und schon gar nicht zurzeit und in Berlin, aber du bist doch ein kluger Junge. Du kannst doch eine Festanstellung …«

»Mama! Ich arbeite gern so, wie ich arbeite. Wie oft denn noch?« Seine Stimme wurde lauter. Er wusste, dass sie es gut meinte, doch er wollte dieses Gespräch nicht wieder und wieder führen. Wieder und wieder ihre Ängste durchkauen, die sie auch ihm unterschieben wollte. Dabei hatte er seine eigenen.

»Aber so kannst du doch keine Familie ernähren.«

»Ich hab doch gar keine Familie!«

»Genau das versuche ich dir die ganze Zeit zu sagen. Du brauchst einen festen Job, sonst kannst du keine Familie gründen.«

»Für eine Familie bräuchte ich in erster Linie eine Frau.« Er versuchte zu lachen, um die Schärfe in seiner Stimme abzumildern, aber es gelang nicht. Obwohl er Kinder mochte, wusste er nicht, ob er je eigene haben wollte, doch für seine Mutter musste jedes Leben auf eine Familie mit zwei oder drei Kindern hinauslaufen. In ihrer Welt gab es keine anderen Lebensentwürfe, alle anderen waren unfruchtbar, unglücklich oder entzogen sich ihrer Verantwortung.

»Ja, aber eine Frau will doch Sicherheiten«, beharrte sie. »Denk doch an Veronika.«

»Ich hab echt keine Lust, an sie zu denken, Mama. Wirklich nicht! Und ich hab keine Lust, noch mal so eine wie sie abzubekommen.«

Daraufhin sagte seine Mutter nichts mehr. Sie hatte Veronika so sehr gemocht, wie eine Mutter die Freundin ihres Sohnes eben mögen kann. Obwohl er schon fast dreißig gewesen war, hatte er oft genug das Gefühl gehabt, die beiden hätten sich verbündet, um ihn zu erziehen, um aus ihm einen verantwortungsvollen Erwachsenen zu machen, oder zumindest das, was sie unter verantwortungsvoll und erwachsen verstanden: einen Familienvater. Beide hatten sie gepredigt, jeder müsse an sich arbeiten – und woran er arbeiten müsse. Doch sie hatten nie daran gedacht, an ihren Vorstellungen von ihm zu arbeiten. Veronika war inzwischen Vergangenheit, doch weder sein Alter noch achthundert Kilometer Entfernung schützten ihn vor mütterlichen Ratschlägen, sie konnte nicht aus ihrer Haut.

»Du hättest mit ihr glücklich werden können«, sagte sie leise. »Sie wäre dir eine gute Ehefrau geworden. Auch eine gute Mutter.«

»Lass uns das wann anders ausdiskutieren, Mama. Ich muss noch arbeiten, ja? Da wartet noch ein Radiobeitrag auf mich.« Arbeit war das sicherste Argument, seine Mutter friedvoll abzuwürgen. Es war zu früh, um zu streiten.

»Arbeite nicht zu viel, geh auch mal raus an die Sonne, ein wenig frische Luft schnappen.«

»Mach ich.«

»Und pass auf dich auf.«

Er beendete das Gespräch, atmete durch und starrte ein paar Sekunden auf seine CD-Regale, die von Schwarz dominiert wurden. Viel Gothic, Postpunk, Darkwave, EBM, Punk, melancholischer Hardcore und auch düsterer Metal aus den 80ern und 90ern, dazu all die Promoscheiben, die er zu Rezensionszwecken zugesandt bekommen hatte. Kurz dachte er daran, Shock Therapys Knaller *Pain* einzulegen, aber das Album war nicht an seinem Platz, und sich durch die hohen Stapel neben der Anlage zu wühlen, hatte Alex keine Lust.

»But I'm not one of you, I'll never be one of you«, murmelte er Passagen des Songs vor sich hin und schlurfte in die Küche. Die Bierflasche nahm er mit und stellte sie zu den anderen neben die Spüle, auf der sich das Geschirr von zwei Tagen stapelte. »A new day is upon me. A new day is upon me. I won't ever let this pain control me! I won't ever let this pain control me! I won't ever let this pain control me! I won't ever let this pain control me!«

Langsam zog er die Jalousie einen Spalt hoch, nicht weiter, es war einfach zu hell draußen, trotz Erdgeschoss und Hinterhof. Er warf die Kaffeemaschine an und schaltete das Radio ein, den alternativen Sender motor fm; gerade liefen die 13-Uhr-Nachrichten. Irgendwo auf der Welt war wieder was explodiert, acht Tote und zwei Dutzend Verletzte. Und aus einem Berliner Krankenhaus waren zahlreiche Blutkonserven entwendet worden, ein Zivildienstleistender und eine junge Krankenschwester wurden der Tat verdächtigt. Von den Konserven fehlte jedoch noch jede Spur, die beiden bestritten die Tat.

»Verrückte Welt«, brummte Alex, während er nach dem Zucker suchte und der Sprecher im Radio zu Blutspenden aufrief, um die Vorräte wieder aufzufüllen. Anschließend erzählte er was von Sonnenschein in den nächsten Tagen, und endlich kam Musik. Netter Britpop, der vor sich hinplätscherte und niemandem etwas tat. Alex hatte den Zucker gefunden und schaufelte drei Löffel in den großen schwarzen Pott Kaffee. Keine Milch. Dann starrte er vor sich hin und ließ den Kaffee abkühlen.

Pass auf dich auf. So beendete seine Mutter jedes Gespräch mit ihm. Ihr war Berlin noch immer unheimlich, sie vermutete überall Verbrechen und Gewalt, und zwar so viel, als wäre die ganze Stadt, der Moloch, ein Krisengebiet. Bis heute verstand sie nicht, warum er hierher gezogen war, warum er nach dem Studium geblieben und nicht wieder heimgekommen war. Als fühlte er sich in Niederbachingen zu Hause! Das tat er nirgendwo.

Selbstverständlich liebte er seine Mutter, aber es war gut, dass die ganze Republik zwischen ihnen lag. Sie wollte einfach nicht akzeptieren, dass er gern selbstständig arbeitete, keinen Chef über sich, keine Kollegen, die er Tag für Tag acht Stunden lang sehen musste, jeden Morgen dieselben Witze, jede Mittagspause denselben Kantinenfraß und heuchlerische Freundlichkeit bis in die letzte Überstunde hinein.

»Du hast Vorurteile«, erwiderte seine Mutter stets darauf. »Du hast es nie richtig ausprobiert. Es gibt auch nette Kollegen. Dein Vater arbeitet seit fünfunddreißig Jahren im selben Betrieb.«

Natürlich hatte er Vorurteile, so wie jeder Mensch, doch Vorurteile hin oder her, den Feierabend verbrachte sein Vater auf der frisch gepolsterten Couch vor dem Fernseher, um vom Stress des Tages runterzukommen. Geplagt von der Angst, bei der nächsten Stellenkürzung auch betroffen zu sein, weil er in zwei Jahren sechzig wurde und die ganze Welt nach Jugend schrie. Erfahrung war nur noch am Computer gefragt.

Seine Mutter wollte einfach nicht verstehen, dass sich Alex als selbstständiger Journalist und DJ genauso sicher fühlte wie in einer Festanstellung, aber freier. Ihr machte die Vorstellung von unregelmäßigem Verdienst zu viel Angst, doch Alex kannte es gar nicht anders.

Auch mit den Frauen war es immer dieselbe Leier. Es war ja nicht so, dass er nie jemanden kennenlernte, aber er würde sicher nicht mit seiner Mutter über One-Night-Stands reden, auch nicht über die sporadischen Drei-Wochen-Beziehungen. Das hatte er beim ersten und zweiten Mal gemacht, seither konnte er ihre Fragen nach jeder Trennung nicht mehr hören, dieses sorgenvolle und unterschwellig vorwurfsvolle Nachbohren, ob es ihm gutginge und wer oder was denn schuld gewesen sei, als ginge es im ganzen Leben nur um das Zuweisen der Schuldfrage. Ob sie zu jung oder er zu *irgendwas* gewesen sei?

Dieses Irgendwas betraf meist seine Lebensweise, seine fehlende Festanstellung oder angebliche Bindungsunfähigkeit, als müsse man nach drei Wochen bereits das Zusammenziehen planen. Manchmal war *irgendwas* auch nur eine Kleinigkeit, die sie gerade an seinem Vater störte. Dabei zogen sich diese telefonischen Befragungen länger hin, als die Beziehungen gedauert hatten, und wurden garniert mit gut gemeinten Ratschlägen und der Feststellung, man müsse in Beziehungen auch etwas investieren, man müsse darum kämpfen und sich bemühen, man müsse Kompromisse eingehen und dürfe nicht zu früh aufgeben!

»Nein, Mama«, murmelte er über seine dampfende Tasse hinweg. »Man muss nicht krampfhaft versuchen, etwas vierzig Jahre zu erhalten, das nach zwei Wochen schon nicht mehr funktioniert. Was der Mensch zusammengefügt hat, das darf er auch trennen.«

Vorsichtig nahm er einen ersten Schluck, dann holte er sein Handy aus dem Flur. Sollte seine Mutter doch sagen, was sie wollte, gestern erst hatte ihm eine junge Frau ihre Nummer gegeben. Eine Studentin, fünftes Semester Jura und trotzdem ungekünstelt. Hübsch, lebendig und mit großen dunkelgrünen Augen. Ihr helles Lachen hatte ihn sofort begeistert, die doppelten Grübchen und das schelmische Strahlen der Augen. Sie kam aus dem Rheinland und hatte den Karneval vehement gegen alle anwesenden Berliner, Schwaben und Bayern verteidigt: »Das hat nichts mit eurem Fasching zu tun, das ist eine Mischung aus Loveparade und altrömischen Saturnalien.«

Alex flirtete gern und oft, doch gestern hatte er dabei ein Kribbeln im Bauch gespürt, das seinen ganzen Körper erfasst hatte, als sie ihm ihre Nummer gegeben hatte.

Mit einem lockeren Spruch und süß-debiler Verwirrung im Hirn hatte er die Nummer gespeichert, aber jetzt war ihm ihr Name einfach entfallen … Das konnte doch nicht wahr sein! Sein Schädel pochte, er starrte auf das kleine Display, aber ihm wollte einfach nichts einfallen. Wie hatte sie nur geheißen? Er konnte jetzt doch nicht alle Namen durchklicken, dafür hatte er zu viele im Speicher.

Fluchend trank er noch einen Schluck Kaffee. Langsam wurde er wach, doch der Kopf blieb schwer und leer. Ihre Freundin hatte Sandy geheißen, daran konnte er sich noch genau erinnern. Solche ostdeutschen Namen fielen ihm als Wessi noch immer auf.

»Lisa!« Er schlug mit der flachen Hand auf die Tischplatte. Lisa, klar! Wie hatte er das nur vergessen können? An das ganze Gespräch mit ihr konnte er sich noch erinnern, oder zumindest an so viel, wie der Alkohol zuließ. An jedes Lachen und Lächeln. Nüchtern hätte er alles behalten, auch ihren Namen.

»Lisa«, murmelte er noch einmal, dann klingelte erneut das Telefon.

Niemand, der ihn kannte, rief ihn vor 14 Uhr an, auch nicht an einem Mittwoch. Na ja, niemand außer seinen Eltern.

»Wehe, das ist ein Telefonanbieter oder eines dieser *Sie-haben-garantiert-gewonnen*-Bänder«, brummte er, stapfte ins Wohnzimmer und nahm das Telefon aus der Station. Oder eine Umfrage, die ihn *garantiert nur eine Minute Zeit kosten würde*. Er sollte sich endlich ein Gerät kaufen, das die Nummer des Anrufers anzeigte.

»Ja? Gruber«, meldete er sich und schlurfte zurück zu seinem Kaffee.

»Hab ich dich geweckt? Hier Salle.«

Alex hatte ihn an seiner weichen Stimme und dem jovialen Tonfall sofort erkannt. Vor Jahren hatte er mit Salles damaliger Freundin und heutigen Exfrau Birgit studiert, seitdem standen sie in losem Kontakt. Inzwischen fast ausschließlich beruflich.

»Ich sitz schon beim Kaffee ... Was gibt's?«

»Ich hätte was für dich. Wir bräuchten bis Freitag einen längeren Artikel über Satanisten in der Gothic-Szene, etwa neuntausend Anschläge.« Erwin Salzgruber, Salle, war Feuilleton-Redakteur der *Berliner Allgemeinen* und schusterte Alex hin und wieder einen Auftrag zu. Wenn es um dunkle Musik, dunkle Bücher, dunkle Filme oder dunkle Comics ging, oder eben die dazugehörigen Jugendkulturen. Für ihn war Alex der freie Mitarbeiter fürs Dunkle. »Einfach eine Handvoll Beispiele aus den letzten zehn, zwanzig Jahren zusammenfassen, ein paar Verbindungen ziehen. Es soll keine komplexe Analyse der Szene werden, nur das Wesentliche anreißen, vor allem das Dramatische ihrer Taten betonen, du weißt schon: Von der Teufelsanbetung über Tieropfer auf dem nächtlichen Friedhof bis hin zum Ritualmord. Du kennst dich da ja besser aus als ich, sollte ein Klacks für dich sein. Wenig Recherche, leicht verdientes Geld.«

»Ich schreib eigentlich ungern, ohne zu recherchieren«, erwiderte Alex brummig, weil ihm Salles lockerer Tonfall auf die Nerven ging.

»Natürlich. *So* war es ja auch nicht gemeint. Hab nur Spaß gemacht. Natürlich darfst du so gründlich arbeiten, wie du willst.«

»Und weshalb gerade dieses Thema?« Alex rieb sich nebenbei den letzten Schlaf aus den Augen und rührte im Kaffee. An Silvester hatte er sich geschworen, nie wieder unüberlegt einen Auftrag anzunehmen, egal, wie lukrativ er auf den ersten Blick erschien.

»Wegen der Geschichte in Schöneberg. Wir wollen in

der Wochenendausgabe ein bisschen Hintergrund liefern, es nicht bei den Schlagzeilen der Boulevard-Kollegen belassen.«

»Das war diese blutige Ritualgeschichte? Wo die junge Frau nackt auf den Wohnzimmertisch gefesselt wurde, weil die Spinner keinen Altarstein hatten?«

»So ungefähr.«

»Und jetzt willst du von mir einen Artikel, der belegt, dass das Ganze kein Einzelfall, sondern der Satanismus eine ganze Jugendbewegung oder zumindest Teil einer bestimmten Subkultur ist. In diesem Fall der Gothic-Szene, nicht der Black-Metal-Szene.«

»So in etwa, ja.« Salle klang zögernd, wahrscheinlich konnte er mit dem Begriff *Black Metal* nichts anfangen.

»Was ist mit Fotos?« Alex versuchte, möglichst beiläufig zu klingen. »Soll ich da auch welche von ein paar scharfen Gothic-Chicks liefern, die wenig anhaben und gefährlich posieren?«

»Danke, haben wir schon.«

»Dachte ich mir.« Alex lachte. »Jetzt aber mal im Ernst, weshalb rufst du an? Der Artikel ist doch ein Scherz, oder?«

»Nein, kein Scherz. Ich ruf wegen des Artikels an. Ehrlich.«

»Komm schon, Salle, du kannst doch nicht erwarten, dass ich ein paar alte 80er-Jahre-Klischees ausgrabe und Gothics als Buhmänner darstelle, damit ihr Bilder von halbnackten Mädels abdrucken könnt. Gerade hast du gesagt, ihr wollt euch von den Boulevard-Schmierern abheben.«

»Mach mal halblang. Die Satanisten von Schöneberg waren nun mal Gothics.«

»Mag sein. Aber ihr Opfer auch. Und du willst von mir keinen Artikel über die Gothics der letzten zwanzig Jahre, die Opfer von Satanisten wurden.«

»Alex, du weißt, dass das Unsinn ist ...« Trotzdem klang Salle irritiert.

»Ja. Genau wie der Satanisten-Artikel. Du erstellst ja auch keine Liste von Giftmörderinnen, die Tina Turner hören. Ich schreib dir aber gern was über den konkreten Fall in Schöneberg, wenn du mir ein wenig Zeit gibst, mich da einzuarbeiten.«

»Tut mir leid, da sitzt schon wer dran.« Allzu bedauernd klang es nicht. »Ich dachte einfach, du könntest den Auftrag und das Geld gut gebrauchen.«

»Ja, kann ich. Du weißt, dass ich dankbar für Aufträge bin. Aber doch nicht so was!«

»Ach, komm schon. Nichts wird so heiß gegessen, wie es gekocht wird. Niemand nimmt einen solchen Artikel richtig ernst.«

»Warum druckt ihr ihn dann? Welchen Sinn haben Artikel, die niemand ernst nimmt? Ich denke, du bist Journalist und nicht Rahmenschreiber für Nacktbilder.«

»Mensch, Alex, mach doch jetzt keine Grundsatzdiskussion daraus. Es geht hier nicht um Weltpolitik. Die Leute wollen das, und ich hab Kinder zu ernähren.«

»Welche Leute wollen das? Werd' doch mal konkret.«

»Willst du jetzt den Artikel oder nicht?«, fragte Salle scharf.

»Nein. Ich will, dass man meine Artikel ernst nimmt! Wenigstens mein Redakteur!«

»Ich nehm dich ernst, verdammt, und das weißt du! Ich wusste nur nicht, dass du so ein Prinzipienreiter bist. Ich dachte einfach, du brauchst Geld.«

Zwei Sekunden lang sagte niemand etwas, und Alex fragte sich, warum die ganze Welt dachte, dass er Geld brauche. Seit zwei Jahren schon zahlte er seine Miete pünktlich.

»Sorry«, entschuldigte er sich. »Ich bin erst bei der ersten Tasse Kaffee, und du weißt, was für ein Morgenmuffel ich bin. Und meine Mutter hat auch schon angerufen.«

»Schon okay. Ich melde mich einfach wieder, wenn ich was anderes hab. Frühstück noch schön.«

»Danke.« Alex verkniff sich gerade noch die jahrelang üblichen Grüße an Birgit und legte auf. Von Salle würde er trotz der letzten Beteuerung wohl eine Weile nichts mehr hören.

Natürlich hätte er gegen das Geld nichts einzuwenden gehabt, und jetzt schrieb irgendwer den Artikel, vielleicht ein ahnungsloser Praktikant, der alle Klischees und Details reißerisch und mit gespielter Betroffenheit ausschlachtete, der weder Satanismus noch Gothic differenziert betrachtete. Wahrscheinlich interessierte es in drei Wochen tatsächlich niemanden mehr, bis dahin waren Satanisten out und sonst wer der Untergang der Zivilisation. Vielleicht wieder einmal Amokläufer, und die bösen Computerspiele standen deswegen unter Generalverdacht. Vielleicht hätte er den Artikel einfach schreiben, das Geld kassieren und auf die Vergesslichkeit der Menschen bauen sollen, aber das konnte er nicht. Unter solches Geschmier wollte er seinen Namen einfach nicht setzen.

Alex bezeichnete sich nicht als Gothic, er fühlte sich keiner Szene zugehörig, egal, wie oft er schwarze Hosen und Lederjacken trug. Aber Salle wusste, dass er Freunde in der schwarzen Szene hatte, dass er den halben Tag lang Musik aus der Szene oder Verwandtes hörte, dass er oft genug bei schwarzen Partys auflegte, dass er hin und wieder für ein Szenemagazin schrieb. Wie war er nur auf die Idee gekommen, Alex würde so etwas mal schnell rausrotzen?

Noch so ein Telefonat, und er bräuchte kein weiteres Koffein, um wach zu werden. Trotzdem schenkte er sich noch eine Tasse ein. Vielleicht hätte er ganz diplomatisch sagen sollen, er habe keine Zeit für den Artikel; mit dem Radiobeitrag zu Edgar Allan Poe und seinen modernen Erben hatte er ja noch einen Auftrag in Arbeit. Wozu so ein Jubiläumsjahr alles gut war, auch noch Monate nach Poes zweihundertstem Geburtstag.

Alex beobachtete eine Fliege, die über seinen hellen Küchentisch aus eng gemasertem Fichtenholz mit leicht rötlichem Schimmer lief, dabei ständig die Richtung änderte auf der Suche nach letzten Bröseln der Pizza, die er gestern noch schnell vor der Party runtergeschlungen hatte. Seine Gedanken wanderten zu Lisa. Denn egal, was er seiner Mutter bei jedem Telefonat erzählte – er war einsam.

Da saß diese gefräßige schwarze Leere in ihm, ein

Loch, als wäre er unvollständig, als hätte er etwas verloren. Eine Leere, die sich wie ein Parasit jedes Gefühl der Nähe einverleibte, die ihn immer daran erinnerte, dass er allein war, egal, wie viele Freunde er hatte, egal, ob er gerade in einer kurzfristigen Beziehung steckte oder nicht. Nicht einmal Veronika hatte dieses Gefühl der Einsamkeit in ihrem ersten Jahr verschwinden lassen können. Vielleicht in den besten Augenblicken, aber die waren immer seltener geworden, je länger sie zusammen gewesen waren. Die ersten Tage und Nächte, in denen es nur um den Moment ging, die ersten Wochen, in denen man einfach gedankenlos genoss, hatten ihn manchmal die Leere vergessen lassen. Sie hatten sie nicht gefüllt, aber verdrängt.

Als irgendwann die Fragen aufgekommen waren, wohin das alles führen sollte, als die Routine eingesetzt hatte, waren diese Augenblicke immer seltener geworden. Trotzdem hatte er sich an sie geklammert, bis Veronika ihn verlassen hatte.

Er war ein Idiot gewesen.

Jetzt klammerte er nicht mehr und war überzeugt, dass jeder Mensch allein war und mit der Schwärze in sich leben musste. Und trotzdem hoffte er bei jeder Frau, die er kennenlernte, dass seine Theorie nicht stimmte. Dass in ihrer Gegenwart seine innere Leere verschwinden würde, nicht nur im Rausch der Nacht, sondern den ganzen Tag lang. Er erträumte sich keine heile, flauschig pinke Puppenhauswelt, nur dass er sich nicht mehr ständig einsam fühlte, selbst wenn er mit einer Frau, die er liebte, durch eine milde Sommernacht lief.

Er dachte an Lisa, an ihre lachenden grünen Augen, und spürte wieder diese irrationale Hoffnung in sich aufsteigen. Er wusste nicht, warum er sie auf einen anderen Menschen übertrug, doch wie sollte man Einsamkeit sonst besiegen? Allein wohl kaum.

Er konnte sich nicht erinnern, wie es war, nicht dieses nagende Gefühl in sich zu spüren, dass da etwas fehlte. Vielleicht war es vor der Pubertät anders gewesen, in der Grundschule, aber das war zu lange her, die Erinnerungen daran verschwommen.

Nach der dritten Tasse Kaffee wollte er duschen und mit der Arbeit beginnen, aber dann rief er doch bei Lisa an. Eigentlich hatte er das erst am Wochenende tun wollen, um nicht übereifrig zu erscheinen, um sie nicht zu vergraulen, aber je länger er an sie dachte, umso weniger wollte er taktieren. Er wollte sie einfach wiedersehen.

»Ja? Hallo?«, meldete sie sich. Gestern war ihm gar nicht aufgefallen, wie sexy ihre Stimme klang.

Instinktiv bemühte er sich, männlich tief zu sprechen. »Hi. Hier ist Alex.«

»Alex?«, fragte sie. Im Hintergrund waren Straßengeräusche zu hören, irgendwer sprach, irgendwer lachte.

»Ja. Wir haben uns gestern ...«

»Ach, *der* Alex! Schön, dass du dich meldest.«

»Dafür hast du mir die Nummer ja gegeben. Und ich dachte, ich ruf am besten gleich an, bevor du mich vergisst.« Er versuchte, lässig ironisch zu klingen. »Vielleicht können wir uns ja treffen?«

»Ja?«

»Ich dachte ans Wochenende. Freitag vielleicht?«

»Eigentlich gern. Aber ich bin gerade am Bahnhof und bis Freitag weg.«

»Schade. Was hältst du dann von Samstag?«

»Ich ruf an, wenn ich zurück bin. Okay?«

»Okay. Ich freu mich.«

Sie legte auf. Zwei Sekunden lang starrte Alex das Handy an und wusste nicht, was er von dem kurzen Gespräch halten sollte. Dann ging er duschen. Er würde wohl erst am Wochenende rausfinden, ob sie sich wirklich mit ihm treffen wollte.

Jeder ist allein.

2

Als Alex schließlich Feierabend machte, hatte er Lust auf Tabak. Er hatte bis kurz vor Mitternacht gearbeitet, den Poe-Bericht fast fertig geschrieben und in drei neue CDs reingehört, um herauszufinden, ob etwas Taugliches zum Auflegen dabei war. Jetzt wollte er einfach noch mal raus, um den Block laufen und eine rauchen. Zu Hause rauchte er nicht, er ging dabei gern ziellos umher oder starrte aufs Wasser. Eine selbstgedrehte Zigarette in der Abenddämmerung am Meer, während man auf dunklen Klippen saß und die Wellen heranrollen sah, das war wunderschön. Leider lag Berlin nicht am Meer.

Da er nicht jeden Tag rauchte, war sein Tabak schnell trocken und bröselig, immer wieder landete ein kleines Stückchen auf seiner Zunge, wenn er zog. Irgendwie gehörte das für ihn aber genauso dazu wie das Selbstdrehen. Filterzigaretten rührte er nicht an.

Alex wich einem Hundehaufen aus, die in Friedrichshain so häufig waren, dass jede Fliege ihren eigenen besetzen konnte, und bog in eine schmale, kaum befahrene Straße ein, in der die Hälfte der alten Fassaden neu gemacht war. In ungeheurem Tempo schritt hier die Sanierung voran, nur vor einem grau gewordenen Haus mit verziertem Erker und großen Balkonen stand seit bestimmt einem Jahr ein Baugerüst, und die Wohnungen blieben verlassen. Ein Stück der verschmutzten, milchigen Plastikplane hatte sich vom eisernen Gestänge gelöst, der Fußweg war staubig, denn es hatte seit Tagen nicht geregnet. Alex lief außen am Gerüst vorbei.

Auf der anderen Straßenseite sah er einen Mann im dunklen Anzug an der Bordsteinkante knien, die Nase fast auf den Rinnstein gepresst. Er hatte einen sauberen Kurzhaarschnitt, und sein Kopf ruckte unruhig hin und her. Der Oberkörper zuckte, als wolle er sich übergeben. Dabei zischte er vor sich hin.

»Alles in Ordnung?«, rief Alex nach kurzem Zögern.

»Kümmer dich um deinen Kram!« Die Stimme war unerwartet fest, fast ein Knurren. Dabei hob der Mann nicht einmal den Kopf.

»Leck mich doch.«

Der Mann reagierte nicht, er hantierte weiter mit etwas herum, das wie ein Strohhalm aussah. Vielleicht ein Kokser, dem sein Pulver auf den Boden gefallen war, dachte Alex. *Der wird sich freuen, wenn er Dreck und Glassplitter mit hochzieht.* Kein Wunder, dass Kokain die Nasenschleimhäute schädigt.

Anders als seine Mutter mochte Alex Berlin. Seit

elf Jahren lebte er nun in Friedrichshain und vermisste das Dorfleben nicht. Er mochte die Anonymität und die Hektik, die Stadt war lebendig und hatte trotz aller Booms und Hypes seit dem Mauerfall noch immer ihre traurigen Ecken. Ihm gefielen die bröckelnden Wände voller Graffiti besser als die glänzenden Glasfassaden am Potsdamer Platz. Gebäude mussten Narben haben, Risse, die das Eis in den Verputz gesprengt hatte, ausgebleichte oder abgewaschene Farben, verwitterte Fenster und Türen, damit er sich in ihnen heimisch fühlen konnte. Sie mussten Charakter haben, so wie die unsanierten Häuser hier, und auch die renovierten, wenn sie nicht gerade hellblau oder fliederfarben gestrichen waren. Wie viel helle Farbe die Berliner auch auf ihre Fassaden kippen mochten, sie konnten den Charakter ihrer Stadt nicht ganz verdecken.

Alex drehte sich noch einmal kurz zu dem Typen um, der noch immer auf den Knien lag. Auch sein Anzug konnte nicht verdecken, wie fertig er war.

Als Alex die Kippe ausgetreten hatte, wollte er noch nicht wieder heim, zu unruhig war er innerlich. Gemächlich schlenderte er bis zur Spree, holte sich unterwegs noch ein Bier beim 24-Stunden-Döner und warf den nuschelnden Punks vor der Warschauer Brücke 50 Cent in den zerknautschten Pappbecher. Egal, bei welchem Wetter, sie saßen immer unter dem einzigen kleinen Baum an diesem Straßenstück oder dösten bei Sonnenschein auf dem schmalen Rasenstreifen dahinter. Es waren nicht immer dieselben, sie sprachen unterschiedliche Sprachen, aber es waren immer Punks.

Am Wasser angekommen, drehte er sich noch eine zweite Kippe, was er selten tat. Er stand auf der Mitte der Oberbaumbrücke an der steinernen Balustrade unter einem der vielen Bögen, auf denen die U1 fuhr. Hier war die Spree breit.

In aller Ruhe zündete er sich die Zigarette an und zog ganz langsam an ihr. Dann nahm er einen Schluck Bier und starrte in die Richtung des verlassenen Osthafens. Links ragte dort ein Kran in den Nachthimmel, nahe dem rechten Ufer tanzten drei große durchlöcherte Statuen auf dem Wasser. Hinter ihm stapften lachende Stimmen vorbei, Autos fuhren von Kreuzberg nach Friedrichshain und umgekehrt, doch er drehte sich nicht um, sondern blickte weiter aufs Wasser, das dunkel unter ihm dahinfloss. Unter seinem Bogen fühlte er sich von allem abgeschieden.

Ein sanfter Wind wehte zwischen den Brückenpfeilern hindurch, und Alex spuckte einen Tabakkrümel aus. Dabei dachte er darüber nach, wie es wäre, jetzt zu springen, auf dem Wasser aufzuschlagen, langsam zu versinken, tiefer, immer tiefer, gezogen von den vollgesogenen Klamotten, bis hinab in den schweren Schlick am Grund des Flusses, um dort einfach zu sterben und eins zu werden mit dem Boden. Irgendwann wurde ohnehin jeder Mensch zu Kompost. Oder zu Asche, klar. In der Erde zu versinken, hatte für ihn nichts Erschreckendes, es würde sein, als käme er nach Hause.

Er nahm noch einen Schluck Bier, schwang sich auf die Steinbrüstung, zog die Füße hoch und starrte rauchend und trinkend weiter ins Wasser. Die leise plätschernde Schwärze ein paar Meter unter ihm erschien ihm so verlockend, die Tiefe so einladend, er wusste nicht, warum er nicht springen sollte. Er brauchte keinen Grund, es zu tun, seit Jahren suchte er immer wieder Gründe, es *nicht* zu tun.

Dabei dachte er weder den ganzen Tag an Selbstmord noch hörte er Stimmen, die ihm befahlen, sich die Pulsadern aufzuschneiden, doch manchmal brauchte er seinen ganzen Willen zum Weiterleben. Dann packte ihn diese dumpfe schwarze Leere, die in ihm lauerte, und überrollte ihn. Es war keine Verzweiflung, keine Angst, keine Schwermut, es war eine Art taube Schwärze, die unvermittelt über ihn hinwegschwappte. Als wäre er schon gestorben, völlig gefühllos, und müsste nur noch den Tod nachholen. Das tiefe dunkle Wasser zog ihn an wie jeder Abhang in den Bergen, jede Tiefe vor einem Fenster, der harte Asphalt unter einem Balkon oder einer Brücke und eine einfahrende U-Bahn, wenn er am Bahnsteig wartete. Immer ging er dann einen Schritt zurück, weil er nicht wusste, ob sein Körper nicht doch einfach springen würde, auch gegen seinen Willen. Um mitgerissen, um von den schweren Eisenrädern in die Erde gemanscht zu werden.

Das schwarze Wasser plätscherte und wartete.

Zentimeter um Zentimeter beugte er sich weiter hinab. Er könnte sich einfach fallen lassen, und alles wäre für immer vorbei.

»Verdammt«, murmelte er und schlug mit der Faust gegen die Steinsäule, so dass die Fingerknöchel aufgeschürft wurden und spitzer Schmerz durch seine Finger fuhr, bis hinauf ins Handgelenk. Schmerz half gegen die Taubheit in seinem Innern.

»Nein«, knurrte er. Er würde sich nicht umbringen, niemals, die verdammte Leere würde ihn nicht besiegen, auch heute nicht.

Zitternd stieg er wieder zurück auf den Fußweg der breiten Brücke, brachte die Balustrade zwischen sich und die wartende Spree.

»Verdammt«, fluchte er noch einmal und schleuderte die Zigarette fort. Zwei, drei orangefarbene Funken lösten sich im Wind, dann verlosch die Kippe im Wasser und wurde von den Wellen schaukelnd davongetragen. Diese Leere war ein Teil von ihm, und doch begriff er sie nicht als solchen. Er sah in ihr einen Feind, der sich in ihm festgesetzt hatte und den es in Schach zu halten galt.

Zwei Mädchen liefen hinter ihm vorbei, die eine schwärmte von einem Tom, der so furchtbar süß sei, die andere sagte: »Wenn du ihn anmachst, kratz ich dir die Augen aus. Er hat mich zuerst angesprochen, nicht dich.«

Wie schön, eine beste Freundin zu haben, dachte Alex, starrte weiter zum Osthafen und spuckte in den Fluss; er wollte den Geschmack der Zigarette loswerden. Dann nahm er einen langen Zug vom Bier.

Warum drängte es ihn danach, sich umzubringen? Er war kein Teenager mehr, warum hörte das nicht auf? Dieser Leere in ihm war es egal, wie alt er war und wie es ihm gerade ging. Sie war einfach da, saß lauernd in ihm. Doch sie würde ihn nicht kleinkriegen, schwor er sich erneut und spuckte in die Spree. Zigmal hatte er das

Rasiermesser ohne psychologische Hilfe aus der Hand gelegt, hundertmal war er nicht gesprungen, und er würde noch tausendmal nicht springen.

Lächelnd dachte er an Lisa und leerte die Flasche. Dann stieß er sich von der steinernen Brüstung ab und schlenderte nach Hause.

3

»Drecksack! Verdammter Drecksack!« Sandy schrie den niedlichen handgroßen Teddy mit dem schwarzen Vampirumhang an. Mit der Linken presste sie ihn gegen das Küchenbrett, das sie auf den Tisch gelegt hatte.

»Schenkst mir kleine süße Teddys und bumst gleichzeitig meine große Schwester!«

Sie nahm noch einen weiteren Schluck Wodka aus der viel zu kleinen Flasche, hob dann den Hammer und stierte auf das Stofftier, das Martin ihr geschenkt hatte. Der verlogene, betrügerische, hinterlistige Drecksack! Ihn anzuschreien, hatte nichts genutzt, er hatte sofort aufgelegt – und sie fühlte sich noch immer beschissen. Verraten und schrecklich gedemütigt, einsam und wertlos. Seit sie es wusste, hatte sie nicht mehr durchgeschlafen, gehetzt von Träumen, an die sie sich nicht erinnern wollte. Wie hatte er ihr das antun können?

Und wie Judith?

Wodka und Wut kreisten in ihrem Kopf. Jetzt musste eben der arme Vlady dran glauben. Warum nur hatte der Teddy keinen Penis, den sie ihm abreißen konnte?

Sie setzte den Nagel auf Vladys weiches Ärmchen und drosch ihn hindurch und ins Holz. Schwer atmend kramte sie den nächsten Nagel aus der grauen Pappschachtel mit dem orange leuchtenden *Sonderpreis*-Aufkleber und schlug auch den anderen Arm fest, und schließlich die Beine. Vlady an ein Brett zu kreuzigen, war ihre Form von Voodoo. Es war nicht wichtig, ob es Martin tatsächlich Schaden zufügte, ihr tat es gut.

»Und jetzt brech' ich dein Herz«, sagte sie dennoch und drosch dem Teddy einen Nagel mitten in die Brust. Dabei rutschte der Hammer ab und schrabbte über ihren Daumen.

Sandy schrie vor Schmerz, Blut tropfte auf Vlady. Nicht mal das konnte sie, ohne sich selbst wehzutun! Als hätte sich alles und jeder gegen sie verschworen.

Sie hielt den pochenden Daumen über die Spüle und ließ kaltes Wasser drüberlaufen. Sie hatte mal gehört, dass das helfen solle. Fluchend sah sie zu, wie ihr Blut in den Abfluss gewaschen wurde. Tränen tropften hinterher, sie hatte gar nicht gemerkt, dass sie weinte.

»Du blödes Arschloch«, flüsterte sie und entschied, dass ein Pflaster besser wäre als Wasser.

Als sie sich verarztet hatte, hängte sie den gekreuzigten, blutbefleckten Vlady dort an die Wand, wo das Bild von Martin und ihr in Prag gehangen hatte. Das Foto hatte sie längst in den Müll geworfen.

4

»Faith for the faithless, for the lost, for the forgotten ones«, forderte der Sänger von *The House of Usher* über den schleppenden Rhythmus des Songs hinweg, den dunklen Bass, die verzerrte sägende Gitarre. Wieder und wieder, bis der Song Tempo aufnahm und treibend und hypnotisch auf sein Ende zujagte, um in den Klassiker *Do you believe in the Westworld* der Post-Punk-Combo *Theatre of Hate* überzugehen.

Es war Freitagabend, beinahe Mitternacht, und das *Gilgamesch* war voll. Alex hatte sein zweites Bier in der Hand und stand mit Jens, Mela, Sonja und Koma im First Floor des Clubs, wo die dunkle Musik spielte. Das Licht war gedimmt, und die Luft roch nach Trockeneis, Patschuli, anderen Parfüms und Schweiß. Auch Alex war durchgeschwitzt vom Tanzen und ließ die Klänge über sich hinwegschwappen.

Es tat gut gegen die innere Schwärze, obwohl er nicht wusste, warum es half – vielleicht war es wie Impfen, Schwärze in kleinen homöopathischen Dosen. Schwermütige oder wütende Musik zog ihn nicht runter, sie hielt ihn aufrecht und die gefräßige Dunkelheit in ihm klein. Als könnte sie sich von den Songs nähren und deshalb ihn in Ruhe lassen. Die Musik drückte das aus, was er oft fühlte, was in ihm brodelte und lauerte, und deshalb war sie sein Verbündeter.

Er selbst hatte nie genug Talent gehabt, musikalisch auszudrücken, was in ihm steckte. Auf der Gitarre konnte er eine Handvoll Klassiker klampfen, doch weiter hatte er es nie gebracht. Auch beim Komponieren elektronischer Musik war ihm kein Song geglückt, der es wert wäre, auf eine CD gepresst oder ins Netz gestellt zu werden. Zu monoton, zu dumpf, zu leblos, zu banal waren seine Versuche geblieben, aneinandergereihte gängige Versatzstücke, seelenlos. Er konnte das Dunkle in sich nicht fassen – und etwas anderes, das er musikalisch ausdrücken wollte, hatte er nicht.

Der DJ spielte *Love Like Blood*, und Alex sang lautlos mit – *We must play our lives like soldiers in the field / life is short I'm running faster all the time.*

Langsam tauchte er aus seinen richtungslos trudelnden Gedanken und der Musik auf, träumte einen kurzen Moment von Lisa und versuchte wieder mitzubekommen, wovon die anderen sprachen. Wovon Koma sprach, der wieder einmal mit Anekdoten von seinem Job in der Presseabteilung eines Medienkonzerns den Alleinunterhalter gab.

Koma trug eine zerrissene Jeans und ein blau-grau gestreiftes Hemd ohne Kragen und Knöpfe. Bucklig wie Quasimodo stand er da, ließ die langen Arme baumeln und imitierte einen eifrigen Kollegen, der vor dem Chef buckelte, deshalb mehr Arbeit und weniger Achtung bekam als andere und dem zu entgehen versuchte, indem er immer mehr buckelte.

»Der Teufelskreis der Rückgratlosen. Aber der viel größere Trottel bin ich«, fügte Koma nahtlos an und erzählte, wie er es sich innerhalb von zehn Minuten bei der neuen Kollegin verscherzt hatte, indem er sich nacheinander über Ledersitze im Sportwagen, Prosecco und Kakteensammler amüsiert hatte. »Mit Prosecco verbinde ich einfach diese schrecklichen Bussi-Bussi-Stehempfänge, wo allen das Lächeln ins Gesicht getackert ist. Woher sollte ich wissen, dass sie Prosecco wegen des Geschmacks liebt, auf einen Flitzer mit Ledersitzen spart und auch noch Kakteen sammelt? Ich meine, kann sie nicht wenigstens Orchideen züchten und Kakteen hassen? Das passt doch viel besser zum Rest. Trägt diesen Alternativchic und steht auf Sportwagen, wie soll ich das denn riechen? Das geht nicht mal mit meinem Riesenzinken, der acht von zehn Frauen vertreibt. Den Rest schlage ich mit einer ganzen Armada erlesener Fettnäpfchen in die Flucht. Ich trete nicht nur rein wie andere Leute, ich bade richtiggehend darin! Jetzt muss ich wohl doch reich werden und dann entscheiden, ob ich mir eine Schönheits-OP oder gleich eine Frau ohne chirurgische Umwege leiste.«

»Hey!« Mela, die ein enges schwarzes Shirt trug, auf

dem ein sabbernder Zombie mit ausgestreckten Händen jungen aufgetakelten Blondinen hinterherlief und »Breasts, breasts ...« sabbelte, boxte ihm in gespieltem Ärger gegen die Schulter.

»Was willst du denn investieren?« Sonja klimperte mit den dunkel geschminkten Lidern.

»Wieso? Was sollst du kosten?«, mischte sich Jens ein, was auch ihm einen Schlag von Mela einbrachte: »Noch so eine Frage, und du schläfst auf der Couch.«

Alex lachte mit den anderen und dachte wieder an Lisa. Er hoffte, sie würde sich morgen wirklich melden. Oder schon heute Abend, schließlich wollte sie heute zurückkommen.

»Wisst ihr, wen ich am Mittwoch auf der Straße getroffen hab? Andi!«, sagte Sonja.

»Deinen Andi? Also deinen Ex, sorry?« Koma richtete sich wieder auf und hielt die Arme ruhig.

»Nein. Würde ich das so vergnügt fragen? Andi, den Möchtegern-Schlagzeuger.«

»Der wollte doch wegziehen, nach Köln oder so. Cool. Wie geht's ihm?«

»Keine Ahnung. Er sagte gut, hervorragend, ganz ausgezeichnet, aber es klang wie bei diesen Karrierezombies, die zwölf Stunden am Tag arbeiten und lächeln und in Sätzen aus Werbebroschüren reden, die sie selbst verfassen oder gestalten. Ich fragte *Wie läuft's in Köln?*, und er sagte, er sei nun doch in Berlin geblieben. Er will nicht weg, die Stadt sei so toll, seine Heimat.«

»Heimat? Der ist doch Schwabe. Aus Reutlingen oder so«, sagte Koma.

»Was kennst du denn für Käffer?«

»Fußball, es ist immer Fußball«, grinste Koma. »SSV Reutlingen spielt Regionalliga und ...«

»Schon gut«, unterbrach ihn Sonja. Keiner von ihnen außer Koma interessierte sich für Fußball, höchstens noch Mela zu WM-Zeiten. »Auf jeden Fall habe ich Andi gefragt, warum er sich dann nicht gemeldet oder mal hier blicken hat lassen, ob er noch in der alten Wohnung sei. Und er sagte *Nein*, aber er würde sich mal melden, nur momentan sei er leider zu beschäftigt. Er habe ein furchtbar großes Projekt am Laufen, ein Projekt, das ganz Berlin verändern werde, das verdammt vieles verändern werde. Das Aufschneiden kennt man ja von ihm, aber sonst hatte er sich verändert. Er wirkte zielstrebiger, fast besessen, und kälter. Es war nicht mehr dieser kindische Größenwahn, mit dem er von irgendwelchen Drummerkarrieren fantasiert hatte, sondern lauter schwammige Parolen. Also hab ich nachgefragt, und er sagte, darüber dürfe er leider nicht reden, Verschwiegenheitsklausel, ich wisse schon. Aber schon bald werde ich davon hören. Und dabei lächelt er wie der Banker neulich, als er mir meinen Dispo halbiert hat.«

»Dir haben sie den Dispo halbiert? Warum?«, wollte Mela wissen, und Alex stellte sein Bier ab, um auf die Toilette zu gehen. Er hatte ja schon immer gesagt, dass Andi ein Idiot war. Auch wenn er eigentlich eher zu viel gequatscht hatte und nicht zu wenig. Er hatte Klatsch schneller verbreitet als das Internet, wenn auch nicht ganz weltweit. Der Typ und Verschwiegenheitsklauseln passten so gut zusammen wie ein Tiger und vegetarische Ernährung.

Alex schlängelte sich zwischen den zumeist schwarzgekleideten Clubbesuchern hindurch und nickte im Takt zur Musik. Er passierte die achteckige Säule mit den bleichen aufgemalten Fratzen, umrundete die gut gefüllte Tanzfläche und warf einen abwesenden Blick in das verglaste Kabuff des abrockenden DJs mit der breiten Glatze. Dabei achtete er nicht auf die Leute um sich herum, nicht auf die versprengten Silben, die von ihren Gesprächen an sein Ohr drangen, nicht auf die beiden Großbildleinwände rechts und links der Tanzenden, über die stets stumme Mitschnitte von Konzerten flimmerten, manchmal auch Videos.

Dann sah er etwas im Augenwinkel, nur unbewusst und undeutlich wie eine Ahnung, doch er wandte den Kopf – und erblickte sie.

Eine wunderschöne blonde Frau, die an der Theke saß und mit ihrem kurzen weißen Rock und dem blau glitzernden Top nicht hierher zu passen schien. Sie war vielleicht ein bisschen jünger als er, um die dreißig, eher neunundzwanzig, dieses ewige Neunundzwanzig, und hatte ein schmales Gesicht mit gerader Nase, strahlenden Augen, schweren hellblauen Lidern und vollen, rosa schimmernden Lippen.

Abrupt blieb Alex stehen und starrte zu ihr hinüber. Jemand rempelte ihm gegen die Schulter, drängte sich grob an ihm vorbei, doch er bemerkte es nicht. Er hatte den Takt des Songs verloren, jeden Gedanken, er konnte nur zu ihr hinüberstarren.

Noch nie hatte er eine Frau mit einer solchen Ausstrahlung gesehen. Einen Moment lang sah er nur sie deutlich und scharf, alle anderen waren grau und verwaschen, konturlose Schemen wie Gestalten im nächtlichen Regen. In diesem Moment existierte nur sie, diese makellose Schönheit auf einem Barhocker. Dabei war sie nicht ätherisch wie eine Elfe, sondern strahlte Sinnlichkeit aus. Ihm schoss das Blut zwischen die Beine, doch zugleich entwickelte er eine tiefe Abneigung gegen diese perfekte Frau, diese fleischgewordene Aphrodite. Die war doch zu schön, um wahr zu sein! Wie sie dasaß mit diesem Wissen, schöner zu sein als alle anderen hier, wie sie ihre Hand mit geradezu widerlicher Anmut nach dem Cocktailglas ausstreckte, diese kalte Arroganz … es ärgerte ihn. Er spürte, wie Wut in ihm hochkochte.

Erwachsene Frauen, die ihre Lippen mädchenhaft rosa schminkten, nahm er nicht ernst, Blondinen schon gar nicht, auch wenn die Hälfte von ihnen ja nichts für ihre Haarfarbe konnte. Er hatte nun einmal keine Schulmädchenfantasien, er konnte rosa Lippen so wenig leiden wie Mädchenzöpfe über den Ohren oder Kniestrümpfe.

Was war so toll an unerfahrenen Jungfrauen? Die wussten doch gar nicht, was man alles miteinander anstellen konnte im Bett, auf dem Schreibtisch oder sonst wo. Warum nur hieß es immer wieder, Männer standen darauf? Vielleicht gab es diese Männer ja, doch er gehörte nicht dazu. Er nicht, rosa Lippen konnten ihm gestohlen bleiben.

Doch das war es nicht, seine spontane Abneigung saß tiefer, noch nie hatte er so auf jemanden reagiert, mit dem er noch kein Wort gewechselt hatte. Es war, als wäre die Leere in ihm knackend aufgebrochen wie ein Ei. Als würde Hass daraus schlüpfen, wie ein kleiner schwarzer Vogel. Ein Vogel, der tot war. Ein hässliches, verschrumpeltes, nacktes Ding mit blinden Augen, das sich auch tot regte und stumm nach Nahrung schrie. Ein totes Ding, das nicht fressen konnte und seinen Hunger doch hinausschrie.

Mit jeder Sekunde, die Alex zu ihr hinüberstarrte, wurde seine Abneigung größer, und auch sein Begehren. Er stierte hinüber, der Penis drückte so schmerzhaft gegen seine Jeans, als müsste er platzen. Alex atmete schwer durch den leicht geöffneten Mund, seine Hände zitterten und wurden feucht. Abwesend wischte er sie an der Hose trocken und stellte sich vor, es wären ihre Oberschenkel, über die er strich. Mit der Zunge befeuchtete er seine spröden Lippen und schluckte. Wie ein Idiot stand er da und gierte nach jeder ihrer Bewegungen.

Und er war nicht der Einzige, der sie angaffte. Männer an den umliegenden Tischen sahen zu ihr herüber, Teenager schielten vorsichtig über die Schulter ihrer Freundinnen, während sie deren Hände hielten, und auch Frauen und Mädchen warfen ihr Blicke zu, voll unverhohlener Neugier oder zickig-abschätzig. Der Barkeeper musste sich sichtlich anstrengen, seiner Arbeit nachzugehen und sich auch um die anderen Gäste zu kümmern, jetzt, da immer mehr an den Tresen strömten und Bestellungen aufgaben. Sie alle waren von ihrer Schönheit gefangen.

Doch keiner sprach sie an. Es war, als wüsste jeder, dass er nicht gut genug für sie war. Niemand hatte sich auf einen der beiden Barhocker links und rechts von ihr gesetzt.

Sie selbst schien all die Blicke nicht zu bemerken und nippte lächelnd an ihrem hellgrünen Cocktail.

Selbstverliebte, arrogante Schlampe, dachte Alex und wollte sie flachlegen. Er wollte nicht einfach mit ihr schlafen, er wollte ihr das selbstsichere Lächeln aus dem Gesicht vögeln, er wollte sie knien sehen. Mit jedem Atemzug wuchs seine Erregung, und es verlangte ihn danach, sie zu unterwerfen. Als könnte er so ihre widerliche Unnahbarkeit brechen.

Erschrocken fragte er sich, weshalb er derart auf diese Frau reagierte, und langsam zog sich diese plötzliche Abneigung zurück, als kröche sie wieder in ihre gebrochene Schale tief in seinem Inneren. Doch das Verlangen blieb.

Die Feigheit der anderen war seine Chance. Er könnte zu ihr hinübergehen und sie ansprechen. Sie war auch gar nicht der Typ für rosa Lippen, da war er sicher. Er könnte einfach *Hallo* sagen, oder: *Was ist denn das für ein Cocktail? Sieht lecker aus.*

»Ganz tolle Idee«, brummte er vor sich hin. Außerordentlich subtil und originell, das hatte sie sicher noch nie gehört. Sie saß einfach da, allein und lächelnd und war doch unnahbar. Warum also sollte er sie überhaupt ansprechen? Sie hatte rosa Lippen, schimmerndes Feuchtrosa, und ihr Lächeln war arrogant, die ganze Körperhaltung hochnäsig. Jede Faser ihres Körpers schien zu sagen: *Seht alle her, ihr Würmer, ich bin etwas Besseres.*

Er sollte auf seine spontan aufgebrandete Abneigung hören. Trotzdem schlug sein Herz schneller. Erst jetzt bemerkte er, dass nicht nur seine Hände leicht zitterten, und wie trocken sein Mund war.

Wenn er sie anspräche, würde sie ihn ansehen wie einen kleinen, hässlichen Käfer, da war er sicher. Jemand wie sie ging nicht allein weg, bestimmt wartete sie auf ihren Typen, irgendeinen Promi oder Millionär, die bekamen ja immer die schönsten Frauen ab. Ihre Schönheit umgab sie wie ein unüberwindlicher Schutzzaun. Wahrscheinlich hatten alle im *Gilgamesch* Angst vor ihrem Blick, der einen in einen Käfer verwandelte, mit zappelnden Beinen und auf dem Rücken liegend, Schwachsinn stammelnd.

Genau solche Schnepfen, die sich für was Besseres hielten, nur weil sie gut aussahen, hatte Alex gefressen. Nur hatte bislang keine der Schnepfen so gut ausgesehen wie diese hier, nicht mal annähernd, und er wusste, dass er mit ihr ins Bett wollte. Unbedingt. Bei keiner anderen war dieser Drang jemals so intensiv gewesen, und zugleich brodelte diese Abneigung in ihm, ja fast schon Abscheu, und kurz spürte er das Verlangen, sie zu schlagen. Sie zu Boden zu stoßen und von hinten zu nehmen, bis sie schrie.

Verdammt, was war nur los mit ihm?

»Blöde Pute«, brummte er und setzte sich widerstrebend wieder in Bewegung. Seine Blase drückte immer mehr, auch zwischen seinen Beinen drückte es, er musste hier einfach weg, bevor er irgendeinen Unsinn anstellte.

»Was hast du gesagt?«, fragte eine Frau mit roten Stoppelhaaren, an der er sich eben vorbeidrängte. Vage kannte er sie, er hatte schon mal mit ihr gesprochen, sie war öfter hier und lächelte jetzt. »Ich hab nichts verstanden, ist zu laut.«

»Äh, nichts«, stammelte er.

»Was?«

»Nichts! Ich habe nichts gesagt! Sorry.« Er zuckte mit den Schultern und deutete Richtung Toiletten.

Ihr Lächeln erstarb, und Alex drängte sich an ihr vorbei zu den rosa und hellblau gestrichenen Türen.

»... ein rattenscharfes Ding«, sagte einer der beiden schmalbrüstigen Männer, die das Klo gerade verließen, als er ankam.

»Wenn ich nicht treu wäre, dann würde ich ihr meinen Prügel ...«, antwortete der andere, einer dieser zahlreichen Konjunktiv-Helden und hypothetischen Casanovas, und die Tür fiel hinter ihnen ins Schloss.

Alex sperrte sich in eine Kabine, er wollte mit einem Steifen nur unbeobachtet auspacken. Noch nie hatte er sich in einer öffentlichen Toilette einen runtergeholt, und auch jetzt ließ er es sein, so sehr es ihn auch nach Befriedigung verlangte. Natürlich ließ er es sein. Wieso dachte er überhaupt daran? Zwei Bier waren doch nicht viel. Kopfschüttelnd pinkelte er und ließ den Blick über die mit zahllosen Band- und Besuchernamen übersäten Kacheln schweifen.

Beim anschließenden Händewaschen starrte er sich im

Spiegel in die braunen Augen. *Sprich sie an, verdammt noch mal. Sprich sie einfach an.*

Mehr als eine Abfuhr konnte er sich nicht einhandeln. Gut, er würde sich wie ein Käfer fühlen, klein und unbedeutend, aber auch das ging vorbei. Wenn er schon vorher aufgab und sie gar nicht erst ansprach, würde er sich wie eine Maus fühlen, das war nicht besser.

»Mann oder Maus?«, hatte ihn Veronika immer gefragt, und jetzt fragte er es sein Spiegelbild und musterte es skeptisch. Seine Bartstoppeln erschienen ihm plötzlich nachlässig und überhaupt nicht cool. Wenigstens hatte er die schulterlangen schwarzen Haare frisch gewaschen, dann wirkten sie nicht so dünn. Mit den Händen fuhr er zweimal hindurch und wusste nicht, was er mit ihnen anstellen sollte. Nein, nicht zusammenbinden. Gut, dass er seit dem letzten Jahr wenigstens Linsen und keine Brille mehr trug. Trotzdem musterte er sich unsicher.

Verdammt, er war doch ein Mann, kein Mädchen! Einer von jenen, vor denen Mütter ihre Töchter warnten. Es wurde Zeit, dass er sich wie einer verhielt, schließlich wollte er die Töchter ja nicht enttäuschen. Besonders diese eine nicht. Niemand verwandelte ihn in einen Käfer!

Lässig grinste er in den Spiegel, nickte gewichtig und schritt wieder hinaus ins Getümmel. *Sieh es einfach als Jagd,* sagte er sich, *und sie ist die größte Trophäe im Revier.* Der Gedanke gefiel ihm.

Noch immer saß sie ruhig am Tresen und wurde noch immer von hundert Blicken gestreift, kurz fixiert von schüchternen Augen aus allen Ecken. Der Mann, der gerade noch gesagt hatte, er sei treu, stand einen knappen Meter von ihr entfernt, nickte cool zur Musik – das hypnotische *Love under Will* von den *Fields of the Nephilim* – und trommelte mit den Fingern gegen seine schwarze Lederhose, während er auf sein Getränk wartete. Alex sah, wie er mehrmals Luft holte, ansetzte, etwas zu sagen, ihr den Kopf halb zuwandte, doch bei keinem Anlauf brachte er tatsächlich etwas heraus, und sie beachtete ihn nicht. Sie saß einfach vor ihrem Cocktail und wartete ab. Der Mann bekam seine Bierflasche gereicht, verharrte noch eine Sekunde, stieß sich dann vom Tresen ab und stapfte mit verkniffenem Mund davon.

Maus, dachte Alex.

Nach diesem Kerl war es nun also an ihm, sich zum Affen zu machen, und noch bevor er wusste, was er sagen sollte, stand er auch schon am Tresen und bestellte: »Ein Pils, bitte.«

Der Barkeeper nickte.

»Oder warte. Mach mir einen Caipi, ja?«, korrigierte er sich. Das dauerte länger, da blieb ihm mehr Zeit nachzudenken, wie er sie ansprechen könnte. Sein Hirn war vollkommen leer, jeder Satz, den er zu dieser Frau sagen konnte, erschien ihm banal und hohl. Käfersprech eben. Die Narbe auf seinem Unterarm juckte plötzlich, was sie sonst nur tat, wenn das Wetter umschlug.

»Ist nicht leicht, sich zu entscheiden, was?« Die Schöne lächelte ihn an, ihre Stimme klang tief und weich.

Jetzt wusste er noch weniger, was er sagen sollte, fühlte sich beinahe wie ein Teenager. Ja, sogar fast wie damals bei Simone in der Grundschule. Aber sie hatte ihn tatsächlich angesprochen. Sie ihn! Nicht anders herum.

Sein Herz schlug noch schneller, und er wartete nur darauf, dass er errötete wie mit sechzehn. Seine Hilflosigkeit war ein weiterer Brocken Nahrung für die tief in ihm lauernde Abneigung.

»Die mixen hier gute Cocktails«, sagte sie, und der Barkeeper grinste glücklich, als hätte er sie über die Musik hinweg verstanden.

»Dann habe ich ja das Richtige gewählt.« Er lächelte und war froh, dass er nicht gestottert hatte. »Ich bin Alex.«

»Danielle«, sagte sie und hielt ihm die rechte Hand entgegen. Sie trug zwei goldene Ringe mit blauen Steinen und hatte die langen Fingernägel vorn weiß lackiert. Das konnte er ebenso wenig leiden wie rosa Lippen, und natürlich war ihm Silberschmuck lieber als Gold. *Sie hat einen miesen Geschmack,* dachte er, aber er wollte um alles in der Welt mit ihr ins Bett.

Bilder zuckten durch sein Hirn, die ihm zeigten, wie er sie jetzt gleich hier auf dem Tresen nahm. Die schwere Musik mit den harten Gitarrenriffs wurde zu einem dumpfen Pochen in seinen Ohren, treibend wie sein Herzschlag. Er wollte sie flachlegen, sie vor sich knien sehen und zugleich in diese Augen schauen. Begehren und instinktive Abneigung mischten sich, tief in sich wollte er dieser hochnäsigen, arroganten Schlampe den miesen Geschmack aus dem Leib vögeln, er wollte sie flachlegen, um sie zu zähmen. Das war es, sie zähmen. *Sie zureiten,* dachte er kurz, und an jedem anderen Abend hätte er schallend über diese Formulierung gelacht, doch nicht heute. Er wollte es ihr zeigen, bis sie schrie, und dann tauchten diese Gedanken wieder ab in dem Chaos in seinem Innern, dem Strudel aus Begierde und Hass. Ihre Schönheit trieb ihn in den Wahnsinn, aber er nahm einfach nur ihre Hand und drückte sie höflich, wie es ihm entsprach, und hoffte, dass seine nicht zu schweißig war und nicht zu sehr zitterte. Dass sie sein Verlangen nicht allzu deutlich spüren konnte.

Ihr Händedruck war fest, die Berührung ließ seinen ganzen Arm kribbeln.

»Freut mich. Freut mich sehr.« Er drängte die Bilder zurück, die ihn wieder überschwemmten, schluckte und lächelte einfach weiter. »Bist du öfter hier?«

»Ab und zu. Aber das ist ohnehin nicht meine Art.«

»Was?«

»Irgendwo öfter zu sein. Ich liebe die Abwechslung, bin mal hier und mal da, wohin es mich gerade verschlägt.« Jetzt fiel ihm auf, dass sie einen leichten Akzent hatte, den er nicht einordnen konnte. Französisch wie ihr Name war er jedoch nicht.

»Klingt spannend. Aber gibt es so viele gute Clubs in Berlin? Die Stadt ist groß, aber ...«

»Noch gibt es für mich welche zu entdecken, ich wohne noch nicht lange hier.«

»Woher kommst du dann?«, rutschte es ihm heraus, und sofort verfluchte er sich. Das war die Standardanmache, die Standardfrage für den Beginn eines dieser typischen langweiligen Kennenlerngespräche, die auf Sex erst nach dem dritten bis siebten Treffen hinausliefen, und da auch nur vielleicht. Eine dieser *Wir-lassen-es-langsam-angehen*-Fragen, Interesse an der Vergangenheit des anderen heucheln, statt das Interesse am Hier und Jetzt und der heutigen Nacht zu bekunden. Sie würde von ihrem Dorf erzählen und nach seinem fragen, keiner das des anderen kennen, und dann, was er so mache, beruflich. Blablabla. Weder mit seiner Herkunft noch mit seinen vielen kleinen Jobs würde er groß punkten können. Nicht bei ihr.

Der Barkeeper stellte ihm seinen Caipirinha vor die Nase, und Alex bemerkte in dem Moment, dass Danielles Glas zu zwei Dritteln leer war. »Willst du auch noch einen?«

»Danke, aber ist ja noch halb voll.«

»Halb leer.«

»Ach so einer bist du.«

»Was für einer?«

»Ein Pessimist.«

»Realist.«

»Das antworten sie immer.«

»Mag sein. Aber wie könnte ich Pessimist sein, wo ich eben mit der schönsten Frau im ganzen Laden rede? Ich will einfach nicht glauben, dass sie den Drink ausschlägt, den ich ihr spendieren will.«

»Na, dann.« Sie sog wieder an ihrem Strohhalm und sah ihm dabei herausfordernd in die Augen. Das machte sie mit Absicht. »Dann muss ich wohl annehmen.«

Alex bestellte ihr einen Swimmingpool, und dann sprachen sie weiter über Cocktails, Musik, Berlin und die Welt, die *Wo-kommst-du-her?*-Frage war vergessen.

Einmal kam Koma vorbei, holte drei Bier und zog mit vor Staunen offenem Mund, aber grinsend wieder ab, ohne ein Wort zu sagen, breitbeinig wie John Wayne.

Nicht mehr ganz so viele Blicke wie zuvor wanderten zu Danielle, oder hatte sich Alex das vorher nur eingebildet? Die Männer hielten ihre Frauen im Arm, keiner schielte zum Tresen, nur die einsamen Jungs, die nicht die Tanzenden beobachteten.

Inzwischen war die Musik elektronischer geworden, und mit jedem Song beugte sich Alex näher an Danielles Ohr, um nicht schreien zu müssen, wie er sagte, aber in Wahrheit, um ihr einfach näher zu sein. Mit der Nase berührte er ihre vollen blonden Haare, die trotz der stickigen Luft frisch rochen, nach Gewitter im Frühling. Ihr Parfüm dagegen war süß und schwer und roch einfach nach Sex. Zumindest für ihn, ein anderer hätte bestimmt eine exotische Blume genannt, aber Alex kannte keine Blumen, dafür interessierte er sich nicht.

Er wurde seine Erregung nicht los. Es war unglaublich schwierig, ihr nicht einfach die Hand aufs Knie zu legen oder sie zu küssen. Zum ersten Mal verstand er die Formulierung, von jemandem völlig in Bann geschlagen zu sein. Nichts außer ihr interessierte ihn mehr. Wenn sie ihm etwas erzählte, berührten ihn ihre Lippen fast, er spürte den Hauch ihrer Worte und wollte ihren Kopf packen und noch näher heranziehen. War das die oft beschworene Liebe auf den ersten Blick?

Doch was hatte es dann mit dieser tiefen, instinktiven Abneigung auf sich, die er noch immer spürte, ganz tief drin?

Als die Gläser fast leer waren, verschwand sie für eine Minute, und er blieb einfach sitzen und starrte ihr nach, wie sie in der Menge untertauchte. Selbst wenn sie sich an jemandem vorbeidrängte, tat sie es mit Anmut und scheinbar wippenden Hüften.

Ein Junge mit kurzem schwarzem Haar gaffte ihn neidisch an, der Barkeeper nickte anerkennend, in der Nähe stritten zwei Pärchen. Alex grinste dämlich und fragte sich, wie er Danielle nur fragen konnte, ob sie mit zu ihm käme, oder ob er mit zu ihr …

Sie war nicht nur schöner, sondern überhaupt anders als alle Frauen, die er bisher getroffen hatte, auch wenn er den Grund dafür nicht richtig fassen konnte. Sie verunsicherte ihn, obwohl sie ihn nicht ein einziges Mal mit dem befürchteten Käferblick angesehen hatte. Und er konnte hundertmal an Jagd denken, daran, sie zu zähmen, bislang blieb er im Gespräch passiv, ließ sich von ihr leiten. Nur manchmal wollte etwas in ihm ausbrechen. Vielleicht der Höhlenmensch, der in jedem Mann schlummerte, wie Mela immer behauptete, doch es war anders.

Es war, als wäre die Leere vorhin wirklich aufgebrochen, als hätte sich in ihm etwas verändert. Er dachte an den toten schwarzen Vogel, der hungrig auf die Fütterung wartete.

Sollte er erst einmal vorsichtig nach ihrer Telefonnummer fragen? Oder ganz unverbindlich, ob sie sich wiedersehen könnten, irgendwann? Dabei wollte er sie jetzt. Jetzt! Er war schon halb wahnsinnig vor Erregung, aber er wollte es auf keinen Fall versauen. Wenn er diese

Frau doch noch vergraulte, dann würde er beim nächsten Mal tatsächlich von der Brücke springen.

Erst mal würde er natürlich fragen, ob sie noch was trinken mochte, die Nacht war schließlich noch jung.

»Nein danke«, sagte sie, als sie zurück war. Sie hatte ihre Lippen frisch nachgezogen, mit diesem fürchterlichen rosa Wet-look, aber Alex konnte an nichts anderes denken, als von ihnen geküsst zu werden, überall. Er hatte jede Kontrolle über seine Gedanken verloren, seine Augen mussten brennen, während er sie ansah. Er sog ihren Duft nach Gewitter und schwerer exotischer Süße förmlich ein. Er wollte, er musste, er …

»Ich würde jetzt gern austrinken und gehen«, sagte sie.

»Gehen?«, echote er und vergaß, den Mund wieder zu schließen. Das konnte sie ihm doch nicht antun! Ihn jetzt einfach so sitzen lassen.

»Oder willst du noch bleiben?«, fragte sie.

»Ähm, ich …« Er zuckte mit den Schultern. Wieso er? Was hatte das mit …?

»Ich dachte, wir gehen noch wohin, wo die Musik leiser ist und weniger Leute sind.«

Wir? Sie hatte *wir* gesagt!

»Okay!« Mit einem Lachen stürzte er seinen Drink in einem Zug runter. »Gehen wir.«

»Da hat es einer aber eilig.« Sie zwinkerte ihm zu und sog ganz langsam an ihrem letzten Rest Cocktail, setzte ihn wieder ab und ließ Alex zappeln. Dann leerte auch sie das Glas. Alex zahlte und gab ordentlich Trinkgeld.

Er half ihr in die dünne, auf Taille geschnittene Lederjacke, die ebenfalls weiß war, und flüsterte ihr ins Ohr, so dass seine Lippen sie berührten: »Wie viel weniger Leute sollen es denn sein?«

»Sehr viel weniger.« Sie sah ihn mit Raubtieraugen über die Schulter hinweg an und lächelte. »Ich hoffe, du wohnst nicht in einer WG?«

»Nein. Dafür bin ich zu sehr Einzelgänger.« Alex nahm sie bei der Hand und führte sie aus dem *Gilgamesch*, ohne sich von seinen Freunden zu verabschieden. Morgen würde er sich melden oder irgendwann, sie würden das verstehen. Wenn nicht, waren es keine Freunde.

Als er die Wohnungstür hinter sich schloss, kam er nicht mehr dazu, Danielle Kaffee oder sonst etwas anzubieten. Selbstverständlich wollte er selbst weder Kaffee noch sonst etwas, aber er dachte, das gehöre sich so. Doch Danielle drückte ihn einfach gegen die Tür und küsste ihn.

Er ließ den Schlüssel fallen, packte den Kragen ihrer Jacke und zog sie fester an sich heran, schob ihr die Zunge zwischen die geöffneten Lippen. Er zerrte ihr die Jacke über die Schultern, schob diese bis zu den Ellbogen runter und hielt ihre Arme fest. Küsste ihre freie Schulter, dann den Hals, atmete das schwere, süße Parfüm ein. Er spürte, wie ihre Adern pochten, er knabberte an ihrer glatten gebräunten Haut, schmeckte das Salz ihres Schweißes, wollte sie beißen, weil ihm küssen zu wenig erschien, zu weich, zu zurückhaltend. Er wollte sie haben, besitzen, unterwerfen. Alles Denken, alle Zurückhaltung wurde von lustvoller Gier fortgespült. In ihm brach endlich auf, was ewig verkrustet gewesen war.

Er schob die Jacke bis zu den Handgelenken und stieß Danielle zurück, folgte ihr, drückte nun sie gegen die Flurwand, presste seine Hüfte gegen ihre, stand breitbeinig vor ihr. Sie stöhnte und packte seine Haare, zerrte seinen Kopf in den Nacken und küsste ihm den Hals. Ihre Jacke lag längst auf dem Boden, er starrte an die Decke. Sie war stärker, als er gedacht hatte.

Er fasste an ihre Brüste, suchte mit Daumen und Zeigefinger durch den dünnen glatten Stoff ihre Nippel und drückte zu. Sie riss ihm den Gürtel aus der Hose und kämpfte mit der widerspenstigen Knopfleiste. Er packte ihren Hintern und schob den Rock nach oben, seinen Oberschenkel zwischen ihre Beine. Sie rollte sich zur Seite und presste nun wieder ihn gegen die Wand. So kämpften sie sich Meter um Meter, Kleidungsstück um Kleidungsstück in sein Schlafzimmer vor und auf das Bett.

Er wollte sie von hinten nehmen, ihr ebenmäßiges Gesicht in das Kissen drücken, die Hand in ihr Haar graben, die andere auf ihrem herrlichen Po, er wollte sie packen und gedankenlos nehmen. Er musste einfach.

Doch sie stieß ihn auf die Matratze, hielt ihn auf dem Rücken und setzte sich auf ihn. Reglos und zitternd ließ er es geschehen, dass sie ihn in sich aufnahm. Er war nicht der Jäger, sie keine Trophäe.

Dann presste sie ihre Beine gegen sein Becken und spielte mit ihren Brüsten, und er vergaß all seine Fantasien und ließ sich einfach reiten, krallte seine Finger um ihre Knie und stöhnte. Stöhnte, bis er schließlich kam und dabei schrie. Anschließend japste er und lachte und keuchte, und dann nahm sie ihn erneut.

Zweimal schliefen sie miteinander, danach lagen sie nebeneinander auf dem Laken, die Decke hatten sie längst zu Boden gestoßen.

»Du hast mir die Seele aus dem Leib gevögelt«, sagte Alex glücklich und strich ihr die Haare aus dem Gesicht. Er fühlte sich so frei und leicht wie lange nicht mehr, vielleicht wie noch nie. Selbst wenn er in sich hineinlauschte, spürte er die Leere nicht mehr, der Wunsch, Danielle zu zähmen oder gar zu schlagen, war verschwunden.

Friedlich betrachtete er ihren verschwitzten Körper, entdeckte nicht ein einziges Muttermal auf der makellosen Haut, keine noch so winzige Verfärbung, keine Narbe. Wahrscheinlich war sie Model und hatte alle Fehlbildungen entfernen lassen, oder es gab tatsächlich Menschen mit makelloser Haut.

»Eigentlich stelle ich mir das immer anders herum vor«, erwiderte sie. »Vögeln ist gut für die Seele, es erhält sie, es vertreibt sie nicht.«

»Erhält oder erhellt?«

»Beides.« Sie lachte und streichelte mit den Fingerspitzen seine spärliche Brustbehaarung, dann über den Oberarm und schließlich über seine Narbe. Die Narbe kribbelte und pochte, während sie mit den Fingernägeln über die alte Wunde fuhr. »Woher hast du die? Sieht schmerzhaft aus.«

»Ist schon lange her, ewig lang. Als Kind hat mich ein

Hund angefallen, so ein bissiger Mischling. Wahrscheinlich hatte er Tollwut, so wie er sich aufgeführt hat. Vielleicht war er ein Kettenhund oder einfach von Natur aus so. Ich hab' eine Spritze gekriegt und einen ganzen Stapel Comics von meiner Mutter, die furchtbare Angst hatte, als ich heimgekommen bin. Viel zu spät am Abend und blutend wie ein Schwein.«

Diese Geschichte erzählte er jedem, der fragte. Was sollte er auch sonst erzählen?

Vielleicht würde er irgendwann, wenn er sie besser kannte, über den lange vergangenen Sommer reden. Aber nicht jetzt, der Abend war zu schön, um die Kreatur aus der Scheune in ihr Gespräch und seine Gedanken zu lassen. Außerdem traf es *Mischling* wohl ganz gut, ebenso Tollwut, auch wenn er bis heute nicht wusste, was für ein Wesen das damals wirklich gewesen war. Er versuchte, nicht daran zu denken, es war schlimm genug, dass die Narbe manchmal juckte und er noch immer von der aufgespießten, kreischenden Kreatur träumte. Nicht jede Nacht, aber doch immer wieder.

»Sieht aus, als hätte es ins Auge gehen können.« Fasziniert streichelte sie weiter die Narbe, fuhr jede Linie mit den Fingernägeln nach.

»Ja.« Alex bewegte sich nicht und hielt den Arm ruhig. Er hatte Angst, sie würde sonst aufhören, und er genoss das Kribbeln unter der Haut. »Eigentlich wollte mir das Vieh an die Kehle, ich hab den Arm gerade noch rechtzeitig hochgerissen.«

»Gut.« Sie lächelte. »Sonst wärst du jetzt nicht hier.«

»Und das wäre eine Tragödie.« Alex grinste und küsste sie auf die Brust.

»Bereit für eine weitere Runde?« Ihre Augen blitzten.

»Bereit, wenn du es bist.« Er beschloss, sich einfach nicht zu wundern, dass er mehr Ausdauer als sonst besaß, ohne Koks, ohne Viagra. Sollte sein Körper für die nächsten Tage vollkommen ausgelaugt sein, das war morgen und egal.

5

Grausamer Mord in Pankow

Am Freitagnachmittag wurde in einer Pankower Wohngemeinschaft die grausam zugerichtete Leiche eines 28-jährigen Mannes gefunden. Vom Täter oder den Tätern fehlt jede Spur.

Maik K. (28) wird von seinen Nachbarn als »höflicher junger Mann« beschrieben.

»Er war freundlich, hat mir bei meinen Einkäufen geholfen, wenn die Tüten zu schwer waren«, erzählte die Rentnerin Bärbel V. (73). Von nun an muss sie ihre Tüten allein tragen, denn Maik K. wurde ermordet. Laut gerichtsmedizinischer Aussagen vermutlich in der Nacht von Mittwoch auf Donnerstag.

»Wir waren drei Tage weg, und als wir wiederkamen, haben wir ihn im Bad gefunden«, berich-

ten die Studenten Erwin S. (25) und Hagen F. (24). Ihre Augen sind verquollen, sie sind sichtlich schockiert, und Hagen F. beginnt zu schluchzen, zieht die Nase hoch und entschuldigt sich.

Ihr Freund Maik wurde nicht einfach ermordet. Der oder die Täter haben ihn gefesselt und kopfüber mit einem Fleischerhaken an die Duschstange über der Badewanne gehängt, ihm die Halsschlagader geöffnet und ihn vollkommen ausbluten lassen.

Weder in der Wanne noch auf Boden oder Wänden waren jedoch Blutflecken zu finden.

Das Motiv ist noch unklar. Ein Polizeisprecher sagte, es gäbe keine Hinweise auf Verbindungen des jungen Mannes zur Drogenszene oder zu anderen Kriminellen, ebenso wenig zu irgendwelchen Extremisten. Auch das familiäre Umfeld scheint weitestgehend intakt.

»Nein, eine feste Freundin hatte er nicht«, erzählt Erwin S., »nur manchmal einen One-Night-Stand oder etwas Kurzfristiges. Aber es stand nie eine keifende Frau vor der Tür und hat ihn beschimpft, wenn Sie das meinen. Auch kein gehörnter Ehemann.«

Von Eifersucht als Motiv geht auch die Polizei nicht aus, noch sucht sie nach Spuren und Hinweisen. Der Frage, ob es eine Verbindung zu den Satanisten von Schöneberg gäbe, weicht der Sprecher aus: »Beide Taten wirken in der Tat rituell, sind aber sehr unterschiedlich gelagert. Noch gehen wir von unterschiedlichen Tätern aus. Mehr kann ich Ihnen zum momentanen Zeitpunkt leider nicht sagen.

Wir werden aber alles nur Erdenkliche tun, um diesen Fall möglichst rasch aufzuklären.«

Selbst ihm sieht man an, dass dieser bestialische Mord keine Routine ist, nicht mal für einen erfahrenen Beamten.

Tagesspiegel,
Samstag, 16. Mai 2009

6

Als Alex erwachte, war er allein. Langsam tauchte er aus rasch verblassenden Träumen von einem gierig krächzenden, toten Wesen im Schatten schwarzer Schalenbruchstücke und Sex an einem einsamen Strand auf, er wusste nur nicht mehr, mit wem. Sein Schlaf war tief und lang gewesen, doch er fühlte sich immer noch schlapp und ausgelaugt. Danielles Duft hing in der Luft und im Kissen, draußen beschimpften sich zwei Vögel, ihre Stimmen drangen leise durch das geschlossene Fenster. Helles Sonnenlicht drang durch die Ritzen zwischen den Jalousielamellen, und doch hatte Alex einen Moment lang das Gefühl, es wäre November, nass und kalt, und nur hier im warmen Bett die Welt in Ordnung. Nachwehen eines Traums.

Er sog Danielles Geruch nach Blumen und Gewitter ein und fühlte sich gut. Er lag ganz am Rand des Betts, in die dünne Decke gekuschelt, viel freier Platz auf der Matratze neben sich, auf dem nur ein zerknautschtes Kissen und eine Decke lagen, aber keine Danielle.

»Danielle?«, nuschelte er und strich mit der Hand über das Laken, wo sie vor Stunden eingeschlafen war. Obwohl ihr Duft noch immer in der Luft hing, war ihre Körperwärme nicht mehr zu spüren. Er fühlte nur einen getrockneten daumengroßen Fleck, sicherlich Sperma.

Doch sie antwortete nicht, die Wohnung blieb still. Er hörte überhaupt keine Geräusche durch die halb offene Schlafzimmertür hereindringen.

»Danielle!«, rief er jetzt lauter. Die Angst, allein zu sein, wallte in ihm auf. Die freie Seite des Betts hatte noch nie so verlassen gewirkt wie jetzt. Dort, wo sie gestern eingeschlafen war, war nun nichts. Ein Nichts, das sich mit einem Schlag in ihn krallte und sich festbiss. »Danielle!«

Niemand antwortete.

Verschlafen, aber mit pochendem Herzen schlug er die Decke zurück, um sie zu suchen. Sie konnte doch nicht einfach gegangen sein, nicht nach dieser Nacht! Langsam stützte er sich auf die Arme, um aufzustehen. Da entdeckte er die Blutflecken auf der Decke und dem Laken, dunkel und eingetrocknet, die Ränder unscharf.

Sie waren nicht groß, kleiner als eine Zwei-Euro-Münze, und nur wenige, er zählte fünf, aber nun war er schlagartig wach.

Was war passiert?

Beim Einschlafen waren die Flecken noch nicht da gewesen, dessen war er sicher. Hatte er Danielle verletzt?

Daran erinnerte er sich nicht. War sie etwa noch Jungfrau gewesen? Nein, sicher nicht, nicht sie.

»Danielle!«

Niemand antwortete. Er erhob sich, um nach ihr zu suchen, dabei fiel sein Blick auf seinen Unterarm. Die Narbe sah aus, als wäre sie frisch aufgebrochen, rostbrauner Schorf hatte sich auf ihr gebildet.

»Das kann doch nicht wahr sein«, murmelte er überrascht. Nicht nach so vielen Jahren. Das war ein dummer, alberner Zufall, eine neue Verletzung, er musste sich heute Nacht irgendwo aufgeschürft haben. Nicht wild, die Adern unter der alten Wunde pochten leicht, aber er fühlte keinen Schmerz.

Dann durchströmte ihn Erleichterung, es war sein Blut auf dem Laken, Danielle ging es gut, ihr war nichts passiert. Nur, wo steckte sie?

Hastig lief er in den Flur, warf einen Blick ins verlassene Wohnzimmer und eilte weiter in die Küche, klopfte dabei an die Badezimmertür. Keine Reaktion, keine Danielle, keine Spur von ihr. Weder hing ihre Jacke am Haken neben dem Flurspiegel, noch lag sie auf den Dielen, wo sie gestern gelandet war. Keine Stiefel waren zu sehen, kein Rock, nichts.

Auf dem Küchentisch stand eine unbenutzte Tasse, die einen beschriebenen Zettel beschwerte. Durch die geschlossene Jalousie drang genug Sonnenlicht herein, um ihn lesen zu können. Die Schrift bestand aus Großbuchstaben, die meisten Striche waren schnurgerade und stießen in exakten Winkeln aufeinander. Fast fühlte sich Alex an babylonische Keilschrift erinnert.

Lieber Alex,
es war wunderschön gestern, aber auch einmalig, und das nicht im übertragenen Sinn. Du wirst mich nie wiedersehen. Wie ich schon sagte: Ich bevorzuge die Abwechslung.
Hab ein schönes Leben –
Danielle

Ungläubig starrte er den Fetzen Papier an und stützte sich mit beiden Händen auf den Tisch. Sein Magen krampfte sich zusammen, er fühlte sich ausgelaugt und schwach. Dumpf nagte die Einsamkeit in ihm, er hatte das Gefühl, als wäre ein Teil von ihm herausgerissen worden. Nicht das Herz, das spürte er noch schmerzhaft in seiner Brust zucken. Aber all die Leichtigkeit, die er gestern kurz verspürt hatte, war verflogen.

Warum war sie gegangen?

Minutenlang verharrte er reglos, dann warf er mechanisch die Kaffeemaschine an und starrte an die Wasserflecken auf dem Küchentisch, auf die schwarze runde Fläche, wo er vor drei Jahren einen heißen Topf mit Nudeln ohne Untersetzer abgesetzt hatte, an dem Abend, als Veronika ihn verlassen hatte. Und jetzt war Danielle weg.

Rosa Lippenstift und Goldschmuck, er hätte es gleich wissen sollen! Die instinktive Abscheu war wieder da, kalte Wut füllte ihn aus. Er packte die Tasse und schleuderte sie in den Flur, wo sie neben dem Spiegel an der Wand zerbarst. Splitter fielen zu Boden und in die Schuhe, die dort standen. Er hoffte, dass wenigstens ein Teil des Bluts im Schlafzimmer von ihr stammte. Sein Instinkt hatte ihn gewarnt, und was hatten seine Triebe getan? Hatten nicht darauf gehört.

Und ihm so den besten One-Night-Stand seines Lebens verschafft. Ernsthaft hatte er doch nicht hoffen können, dass eine Frau wie sie länger bei ihm blieb. Sein Zorn war mit der Tasse zersplittert, er zuckte mit den Schultern und grinste zögerlich. Von allen sabbernden Männern im *Gilgamesch* war er es gewesen, mit dem sie nach Hause gegangen war. *Ha!* In gespielter Jubelpose ballte er die Faust – und doch fühlte er etwas Hohles in sich, wie ein frisch ausgehobenes Loch.

Hab ein schönes Leben.

Wut, Einsamkeit, Glück, Hass, Stolz und zahlreiche andere Gefühle wirbelten in ihm durcheinander. Sie vermengten sich, ließen ihn zugleich lachen und den Kopf verzweifelt gegen die Wand schlagen. Zu viel von allem tobte in ihm, irgendetwas in ihm knurrte und schrie, er habe versagt, doch zugleich hielt er sich für den größten Aufreißer der Welt und den einsamsten Mann aller Zeiten. Und wenn er an die Nacht zurückdachte, war die Erregung sofort wieder da. Keine Empfindung hielt sich länger als einen Augenblick, ein Mensch konnte doch nicht so Unterschiedliches zugleich fühlen.

Wurde er vielleicht wahnsinnig? Schizophren?

Der Kaffee war längst durchgelaufen, und Alex setzte sich mit einer neuen Tasse an den Tisch. Mühsam versuchte er, das Chaos in seinem Inneren zu beruhigen, an die Leine zu nehmen. Sein Blick schweifte über die weiß gestrichenen Wände, die festgepinnten Fotos von verfallenen Fabriken im A2-Format und die billige Reproduktion von Füßlis Nachtmahr bis hin zur nachtblauen Plastikwanduhr über der Tür, die seit zwei Jahren auf kurz nach halb sieben stand, weil er die leere Batterie nie austauschte. Wozu auch, es war Veronikas Uhr, die sie vergessen hatte, er besaß genug andere Uhren, nach denen er sich richten konnte.

Weiter wanderte der Blick über die zahlreichen Fotos, die er an den dunklen Eichenschrank, einen stolzen Flohmarktfund, gepinnt hatte. Manche aus Zeitungen oder Magazinen ausgeschnitten, doch die meisten selbst geschossen und schwarz-weiß. Bilder aus dem verschneiten Niederbachingen im Winter, seine lachenden Eltern, die seine kleine Schwester Moni in die Mitte genommen hatten, an Weihnachten vor fünf oder sechs Jahren. Im Sommer hatte er das Dorf seit Jahren nicht gesehen. Posierende und lachende Exfreundinnen, ehemalige Freunde und auch Haustiere seiner Verflossenen. Aber kein Bild von Danielle. Warum hatte er sie gestern nicht einfach mit dem Handy fotografiert? Er hätte sich doch denken können, dass sie verschwinden würde.

»Zum Frühstück hätte sie doch bleiben können«, brummte er und fluchte, weil er wie seine herummäkelnde Mutter klang. Draußen schepperte es, irgendwer warf Flaschen in die Glastonne, eine nach der anderen, ganz langsam, als würde er sich von jeder separat verabschieden.

»Idiot.«

Sie hatten kein Kondom benutzt, fiel ihm plötzlich ein. Sonst dachte er immer daran. Warum nicht gestern? So geil oder betrunken durfte man nicht sein!

Mit einem Mal hatte er das Gefühl, als jucke sein Sack, als kribble seine Vorhaut, aber das war natürlich Unsinn. Das war der Schreck, nichts weiter. Trotzdem würde er zur Sicherheit einen Bluttest machen. Aber nicht heute, heute war es zu früh, um eine HIV-Infektion zu erkennen. Lautlos fluchte er vor sich hin und beruhigte sich dann wieder und wieder selbst: Sie würde schon kein Aids haben. Alles eine Frage der Stochastik, und die Wahrscheinlichkeit war minimal. Und selbst wenn – das bedeutete nicht automatisch, dass er sich angesteckt hatte. Warum hatte er nur das Kondom vergessen? In der Nachttischschublade lagen doch genug.

»Idiot«, motzte er wieder, und das galt diesmal ihm selbst. Wenn sie wirklich so versessen auf Abwechslung war, dann hatte sie vielleicht doch irgendwas. Aber das wollte er nicht glauben, daran wollte er nicht denken. Die Wut war wieder da: Er hätte sie zähmen, sich nicht reiten lassen sollen.

»Meinst du Trottel, dann wäre die Chance kleiner gewesen, sich anzustecken?«, murmelte er. Tief atmete er den Kaffeeduft ein und dachte an Zigaretten, obwohl er nie vor dem Frühstück rauchte. Doch jetzt wäre Rauchen genau das Richtige, irgendwas, das ihn von innen auffraß, zumindest ein wenig. Vielleicht sollte er gleich ein Stamperl Essigessenz trinken?

Doch er blieb einfach sitzen, starrte weiter die Fotos an und zupfte in Gedanken versunken am Schorf seiner Narbe herum. Er machte sich mehr Gedanken um Danielle als um irgendwelche Krankheiten oder irgendwas sonst. Vielleicht war sie ja verheiratet, mit einem älteren

Manager, der viel auf Geschäftsreisen war, und dann zog sie durch Clubs, in die er freiwillig keinen Fuß setzen würde, und ging fremd. Mit jemandem, der in ganz anderen Kreisen verkehrte.

Doch warum sollte sie das tun?

Weil sie nymphoman war oder so.

Oder sie hatte ein völlig normales Bedürfnis nach Sex, und ihr Mann war schlicht impotent? Ein alter reicher Sack, der in der Öffentlichkeit den Macho gab, aber keinen mehr hochbekam und sich in den Schlaf streicheln ließ wie ein Kleinkind. Der sie allein oder mit Freundinnen weggehen ließ, aber nicht über Nacht wegbleiben. Als würde das einen Unterschied machen, wenn man fremdgehen wollte. Es würde zumindest ihren überstürzten Aufbruch erklären, und Alex wollte eine Erklärung, auch wenn er wusste, dass es oft keine gab, keine, die ein anderer nachvollziehen konnte. Trennung, Selbstmord, Mord, egal, immer blieb jemand zurück, der nach dem Warum fragte.

Die meisten der Mädchen und Frauen auf den Bildern hatten ihn das gefragt. Veronika nicht, oder eben anders: »Willst du nicht erwachsen werden?«

Dass er so glücklich sei, hatte sie ihm nicht geglaubt. Nun, richtig glücklich war er ja auch nicht gewesen, aber das hatte nicht daran gelegen, dass er einen stets lächelnd alles monierenden Chef im Anzug und zehn Überstunden die Woche vermisste, auch nicht am fehlenden Geld. Irgendwas anderes hatte ihm gefehlt, schon immer, aber er wusste nicht, was.

Jetzt fehlte ihm Danielle.

»Waschlappen«, murmelte er, aber er konnte nicht damit aufhören, die zahllosen Fotos nach ihrem Gesicht abzusuchen, nach ihren vollen Lippen, egal, wie rosa sie schimmern mochten. Natürlich vergeblich. Er vermisste sie, als hätte er sie jahrelang gekannt. Die Wut war verschwunden, er fühlte nur noch Verlust.

Er nahm den kurzen Abschiedsbrief, wendete ihn in den Händen hin und her und pinnte ihn schließlich zwischen all die Fotos. Er war das Einzige, was er von ihr hatte.

Minutenlang saß er einfach da und tat nichts. Dann nahm er einen Schluck Kaffee. Er war kalt.

Auf dem Boden entdeckte er drei Blutstropfen, unbemerkt hatte er die Narbe aufgekratzt. Doch inzwischen verheilte sie bereits wieder.

Murrend wischte er die Flecken vom Boden und sammelte die Scherben im Flur ein, schüttelte sie aus den Schuhen. Dann setzte er neuen Kaffee auf und ging ins Badezimmer, wo er den Kopf unter einen Strahl kaltes Wasser hielt. Er musste wach werden und endlich aufhören, wegen einer fantastischen Nacht Trübsal zu blasen. Während er sich den Kopf trocknete, dachte er an gestern und hätte schreien können vor Glück, doch als er vor dem nächsten Kaffee saß, hatte ihn der Blues wieder.

Warum konnte das Glück nicht länger bleiben als eine Nacht?

Trotzig trank er einen Schluck und verbrannte sich fast die Lippen.

Als das Handy Metallicas *Enter Sandman* spielte, rechnete er mit Koma, doch es war Lisa. Fast hätte er *Wer?* gefragt, aber er schaffte schließlich doch ein halbwegs freundliches »Hi«. Gefolgt von: »Schön, dass du anrufst, ich bin noch nicht ganz wach, sorry.«

Sie lachte, sagte, sie sei wieder zurück und fragte: »Und? Wie sieht's jetzt bei dir aus?« Das klang fast so, als hätte sie erwartet, dass er zuerst anrief.

»Äh, ja.«

»Ja? Ja zu was?«

»Ja. Ich hab Zeit, klar, wie gesagt. Worauf du Bock hast. Kaffee in einer halben Stunde oder Bier am Abend, vielleicht ein Club?«

»Bier klingt auf jeden Fall gut. Wegen Tanzen können wir dann ja schauen.«

Sie verabredeten sich für acht Uhr, und Alex beschloss, genug Geld einzustecken, um sie auch zum Essen einladen zu können. Auch wenn er nach gestern Nacht nicht wusste, was er eigentlich von ihr wollte. Keine Frau würde Danielle das Wasser reichen können, so viel war klar. Wie sollte er je wieder eine andere begehren können? Sich überhaupt noch mit Frauen zu treffen, erschien ihm wie Zeitverschwendung. Das Kribbeln im Bauch, das er bei Lisa verspürt hatte, war nur noch als schwaches Echo vorhanden. Immer noch hatte er Danielles Duft in der Nase, ihren Geschmack auf den Lippen.

Hab ein schönes Leben.

Trotz erwachte in ihm. Gut. Wenn Danielle es so wollte, würde er eben eines haben. Sollte sie doch mit ihrem alten, eifersüchtigen, impotenten Sack glücklich sein, oder mit seinem Geld, wenn sie so scharf darauf war. Rosa Schnepfe! Er würde sich ein schönes Leben machen, das hatte sie nun von ihrem albernen Brief.

Obwohl er nur wenig Lust auf ein Gespräch über Danielle verspürte, rief er Koma an. Aufschieben half nichts, spätestens heute Abend würde sich Koma von sich aus melden, wahrscheinlich, wenn er gerade Lisa gegenübersaß, und dann hätte er noch viel weniger Lust auf ein solches Gespräch.

»Hey, Mann!«, dröhnte Komas Stimme aus dem Handy. »Was hast du dir da gestern angelacht? Nicht schlecht, nicht schlecht!«

»Ja«, erwiderte Alex knapp.

»Und? Erzähl schon, lass dir nicht alles aus der Nase ziehen! Bist plötzlich weg, und ich seh sie auch nicht mehr an der Bar. Wart ihr in der Kiste? Wie bist du an die gekommen? Erzähl.«

»Na, ich wollte mir ein Bier holen, da hat sie mich angesprochen.«

»Sie hat dich … Komm, erzähl keinen Stuss! Echt jetzt?« Koma lachte. »Sie hat dich angesprochen? Das kann doch nicht wahr sein …«

»Toller Freund bist du, ganz toll! Danke!« Aber Alex musste auch grinsen, er wusste, wie Koma es meinte. Er fühlte das Glück vom Vorabend wieder, den Stolz, als er mit dieser Frau zusammen aus dem *Gilgamesch* abgezogen war, zahllose neidische Blicke im Rücken. Möglichst lässig erzählte er von der Nacht mit ihr. Den einsamen Morgen verschwieg er.

»Mann, du Glückspilz!«, brach es aus Koma heraus.

»Ja.«

»Jens hat das auch gesagt, als ich den anderen gestern gezeigt hab, wo du abgeblieben bist. Mela und Sonja fanden, dass sie nicht zu dir passt.«

Alex musste lächeln. Natürlich passte Danielle nicht zu ihm, das sah ein Blinder im schwärzesten Tunnel, aber wenn das Frauen über eine andere sagten, gleich als ersten Kommentar, dann bedeutete das oft genug etwas Ähnliches wie das männliche *Wow*. »Aber für eine Nacht hat es gepasst.«

»Alter Womanizer!« Koma lachte. »Wie sieht's heute Abend aus? Machen wir was?«

»Kann nicht. Ich treff mich mit Lisa.«

»Welche Lisa?«

»Die hab ich Mittwoch kennengelernt.«

»Kommt der Frühling, oder was? Mann, wie machst du das? Ich krieg nicht eine ab, und du …«

»Mir laufen sie nach einer Nacht davon.« Alex lachte. So viele Frauen lernte er üblicherweise auch nicht kennen, aber es tat gut, so zu tun, als ob.

»Besser danach als davor wie bei mir, oder?«, erwiderte Koma. »Aber ich sag's ja immer. Man hat nur Probleme mit ihnen.«

»So ist es. Frauen sind das größte Problem, das wir Männer haben.«

»Du musst reden, du hast wenigstens Probleme. Ich hätte auch mal gern wieder welche.« Koma lachte, wünschte ihm viel Spaß und legte auf.

7

Es war kalt und dunkel, so dunkel, dass er nichts sehen konnte. Irgendwo tropfte Wasser zu Boden, ganz langsam, Tropfen um Tropfen, wie aus einem alten undichten Hahn. Mit einem hellen *Plitsch* traf das Wasser auf die Erde, dann war drei, vier Herzschläge lang Ruhe, bevor ein weiteres *Plitsch* die Dunkelheit durchbrach.

Und wieder Stille, nur durchbrochen von Georgs schniefendem Atem.

Plitsch.

Wieder und wieder. Jeder Tropfen traf hart auf seine Nerven, jedes Mal zuckte Georg zusammen, er wusste nicht, ob sie den Hahn extra für ihn nicht ganz zugedreht hatten, ob sie ihn damit quälen wollten. Er wusste nicht einmal mit Gewissheit, ob es überhaupt ein Hahn war, oder vielleicht ein altes Rohr, das leckte, oder was auch immer.

Plitsch, bohrte es sich in seine Ohren. Das Geräusch war alles, was mit ihm hier unten in der Dunkelheit eingesperrt war.

Seine gefesselten Hände und Füße waren taub, die geschwollene Zunge schmeckte schon lange nicht mehr den bitteren, salzigen Geschmack des alten Lumpen, den sie ihm als Knebel in den Mund gesteckt hatten. Staub und Fussel hatte er genug mit seinem Speichel geschluckt, jetzt war ihm übel, und sein Atem ging rasselnd.

Sie waren zu dritt gewesen, zwei junge Männer und eine Frau, alle drei schwarz gekleidet und mit schweren Schuhen trotz des warmen Wetters. Er wusste nicht, ob sie ihm aufgelauert hatten, ob es ein Zufall gewesen war, dass er plötzlich allein mit ihnen in dieser Gasse gewesen war. Mit ihnen und dem Pärchen, das davongeeilt war, als sie angefangen hatten, auf ihn einzudreschen. Harte, schnelle Schläge, er war sofort zu Boden gegangen, hatte nicht einmal an Flucht denken können, nur daran, den Kopf mit den Armen zu schützen. So gut es eben ging. Stumm hatten sie auf ihn eingetreten, sie hatten ihn nicht beschimpft wie andere. Und als er nur noch gewimmert hatte, gebettelt, sie mögen aufhören, hatte sich einer der Männer ihn über die Schulter geworfen, als wiege er nichts, und sie hatten ihn hier heruntergeschleppt, in die fensterlose Tiefe, und gefesselt. Allein gelassen.

Er wusste nicht, was sie von ihm wollten. Sie hatten ihm nicht gedroht, hatten keinen Ton gesagt, sich unterwegs nur über einen Film unterhalten. Ohne ein einziges

Mal das Wort an ihn zu richten, hatten sie ihn einfach allein gelassen mit seinen Schmerzen und der Angst.

Plitsch.

Das Atmen fiel ihm immer schwerer, er bekam kaum noch Luft, der Knebel verdeckte die Nasenlöcher zur Hälfte, und er hatte Schnupfen. Die Nase war zu, mit jedem Niesen tropfte Rotz auf den Knebel, Rotz, den er nicht wegwischen konnte, nicht einmal an der Schulter abwischen, nur mühsam hochziehen oder laufen lassen. Sein Brustkasten wurde von dumpfem Schmerz beherrscht, eine Rippe stach bei jedem Atemzug, als wäre sie gebrochen.

Plitsch.

Was wollten sie von ihm? Diese Ungewissheit machte ihn fertig. Würden sie ihn hier einfach verrecken lassen, ersticken lassen? Panik packte ihn, er japste nach Luft, und die gebrochene Rippe stach ihm nur noch heftiger in die Seite.

Er wusste nicht, wie lange er schon hier war, ein oder zwei Stunden vielleicht. Es spielte keine Rolle, niemand würde ihn vermissen, zumindest nicht genug, um die Polizei einzuschalten. Niemand würde ihm helfen, so wie ihm das Pärchen nicht geholfen hatte.

Es roch nach Moder und frisch aufgebrochener Mauer, die Luft war feucht und doch staubig. Langsam fielen die Tropfen zu Boden. Mit jedem *Plitsch* wuchs Georgs Angst.

Was konnten sie von ihm wollen?

Er besaß doch nichts von Wert, und er hatte niemandem etwas getan. Zumindest nichts Schlimmes. Nur mal hier und da eine Kleinigkeit geklaut, doch nie mehr, als er brauchte. Dafür hetzte man einem doch keine Schläger auf den Hals.

Plitsch.

Was hatte er nur getan? Weiter und weiter zermarterte er sich das Gehirn, aber ihm wollte nichts einfallen. Wollte irgendwer ein Exempel statuieren? Waren das kranke Spinner, die einen dieser Snuff-Filme drehen wollten? Panisch zerrte er an seinen Fesseln, aber er kam nicht frei, er keuchte nur noch mehr, und die Rippe stach und stach in seine Brust. Er wollte nicht sterben!

Plitsch.

Nein! Er würde nicht sterben. Es gab keine Snuff-Filme. Irgendwann würden sie ihn laufen lassen. Ja, sie würden ihn laufen lassen, sagte er sich immer wieder, während er auf dem bitteren Knebel herumkaute.

Endlich, nach scheinbaren Ewigkeiten, näherten sich gedämpfte Schritte und Murmeln, eine Tür wurde geöffnet, nur wenige Meter vor ihm. Dabei quietschte die Klinke, und irgendetwas kratzte über den Boden, doch es blieb finster, und auch die Luft wurde nicht frischer. Die Schritte waren nun deutlich zu vernehmen und kamen entschlossen auf ihn zu. Georg konnte nichts sehen, nur Schemen erahnen.

»Ein Obdachloser! Muss das sein?«, sagte eine tiefe Stimme. Sie klang angewidert und tief enttäuscht.

»Hat sich eben so ergeben«, entgegnete eine höhere Männerstimme, die Georg als die eines seiner Entführer erkannte.

Hat sich so ergeben? Was bedeutete das? Es klang so

beiläufig, als hätte er die falsche Sorte Eis gekauft. Überhaupt klangen die beiden, als könnten sie sehen. Wieso konnten sie das und Georg nicht? Was war mit seinen Augen los? Wurde er blind?

»Ihr wisst aber, dass ich das nicht mag«, motzte die tiefe Stimme.

»Ja, wissen wir.« Der andere klang genervt. »Aber es fällt einfach weniger auf als das Verschwinden richtiger Bürger. Wir müssen aufpassen.«

Verschwinden. Kalte Angst umklammerte nun Georgs Brustkasten. Ging es etwa doch um Snuff-Filme? Er biss in den Knebel, Tränen rannen seine Wangen hinab, und er versuchte mit den Fingern seine Fesseln zu lösen, zum hundertsten Mal. Doch die Finger waren taub und gefühllos.

»Aufpassen?« Die tiefe Stimme spuckte das Wort richtiggehend aus. Sie klang sauer. »Wir? Ist dir eigentlich klar, wer wir sind?«

»Mir ist klar, wer wir bald sein werden. Dann muss auch niemand mehr aufpassen. Aber noch ...«

»Nein, nichts da! Ich trinke keine Obdachlosen, keine ungewaschenen, stinkenden Bastarde. Junge Frauen machen mich an. Ich will junge schöne Frauen.«

Trinken? Georg verstand nichts, vielleicht wollte er auch nur nicht. Sein Magen krampfte sich zusammen, die Stimmen klangen nicht nach Gnade, sondern nach kaltem Irrsinn. Immer mehr Tränen liefen ihm die Wangen hinab, panisch zerrte er an seinen Fesseln. Wieder und wieder, als müssten sie jetzt endlich nachgeben, obwohl sie es stundenlang nicht getan hatten. Aber das spielte keine Rolle. Nichts spielte jetzt eine Rolle außer der blinden Angst. Er zerrte und brüllte gegen den Knebel an, doch der gedämpfte Schrei, nicht mehr als ein gurgelndes Röcheln, brachte die beiden Stimmen nur zum Lachen, kalt und freudlos.

»Schau ihn dir doch an«, sagte die tiefe Stimme voller Abscheu. »Was für ein erbärmlicher Anblick. Da vergeht einem doch der Appetit, bei dieser verheulten, verstunkenen Rotznase. Ich mag es, wenn sich eine schöne Frau in ihren Fesseln windet. Das hier ist einfach nur abstoßend. Von dem trinke ich nicht. Nein.«

»Bitte, dann eben nicht. Beschwer' dich aber nicht, wenn du nachher Durst hast.«

»Ich beschwere mich nicht, ich fang' mir einfach selber was.«

Was um alles in der Welt waren das für Wahnsinnige?

Georg riss mit aller Gewalt an seinen Fesseln, die nackte Angst setzte noch einmal allerletzte Kraftreserven frei. Trockene Haut schürfte auf, die Adern an den Handgelenken pochten, als wollten sie jeden Moment platzen. Da packte ihn eine kräftige Hand an den Haaren und hielt ihn unerbittlich fest. Eine kalte, furchtbar starke Hand.

Aus Georgs dumpfen Schreien wurde ein flehendes Quieken, er brüllte nicht mehr *Nein*, sondern vor Schmerz. Und: *Bitte!* Immer wieder *Bitte, Bitte, Bitte*. Er glaubte nicht, dass diese Stimmen Gnade kannten, aber er wusste, dass er sich selbst nicht mehr helfen konnte. Wider besseres Wissen flehte er um ihr Mitleid, flehte nach einem Gott, der irgendwo dort oben sein sollte. Doch es half nichts, auch sein Flehen drang nur als unverständliches Röcheln durch den Knebel.

Etwas traf ihn am Hals, etwas Kaltes, Schweres, Scharfes – ein Messer? –, und ein Brennen zog sich unter seinem Kinn entlang, ein scharfes Brennen, das den Schmerz in seinem Brustkorb übertönte. Alle Worte wurden ihm zerschnitten, und er spürte, wie etwas aus ihm heraussprudelte und warm über die Brust hinablief, von dem dünnen Hemd aufgesogen wurde oder zu Boden tropfte.

»Hey. Weint er?«

»Ja.«

»Sehr gut.«

Aus Georgs Kehle drang nur noch ein Gurgeln und warmes Blut, er wusste, er würde sterben, und doch hörte er nicht auf, gegen die Fesseln anzukämpfen. Er wollte um sich schlagen, nur um sich schlagen, doch er brachte nicht mehr zustande als ein harmloses Zappeln.

Er spürte, wie sich volle Lippen gierig auf seine Halswunde pressten, wie jemand an ihm sog und schluckte.

»Das ist widerlich«, ätzte die tiefe Stimme. »Du hast nicht mal den dreckigen Hals abgewischt.«

Lautlos wünschte Georg der Stimme den schlimmsten aller Tode. Er flehte nicht mehr um Gnade oder Hilfe, er kämpfte nicht mehr, er wünschte sich nur noch, dass irgendwer ihn irgendwann rächen würde.

Dann lösten sich die Lippen von seinem Hals, und sein Kopf wurde nach unten gedrückt, zu seinen Knien, und hin und her geschüttelt.

»Halt doch die Klappe.« Die hohe Stimme sprach mit ihrem Kameraden, nicht mit Georg.

Blut spritzte auf den Boden.

Dann wurde sein Kopf wieder hochgerissen, und die durstigen Lippen legten sich erneut auf seinen Hals und tranken. Georg wurde schwächer und schwächer, er zerrte nun nicht mehr an seinen Fesseln, sondern zuckte nur, von Weinkrämpfen geschüttelt.

»Hey, jetzt ist gut«, sagte die tiefe Stimme.

Georg nahm sie nur noch gedämpft wahr, als wären seine Ohren mit Wasser oder Watte verstopft.

»Trink nicht alles. Lass noch was auf den Boden fließen.«

Nach einem letzten tiefen Zug löste sich der Mund wieder und sagte: »Schon gut. Hilf mir mal, den Burschen umzudrehen. Damit es richtig läuft.«

»Ich will den nicht trinken, hab ich gesagt, und ich will ihn auch nicht anfassen.«

»Verwöhnter Rotzlöffel.«

Das waren die letzten Worte, die Georg bewusst vernahm. Dann wurden seine Füße von starken Armen in die Luft gerissen, sein Kopf knallte zu Boden. Es knirschte, stechender Schmerz fuhr ihm quer durch den Schädel. Er spürte noch, wie ihm das Blut über das Kinn ins Gesicht lief, über die Wangen und Ohren ins Haar, dann dämmerte er weg. Keine Erinnerungen zogen an ihm vorbei, da war nur Schmerz, bis ihn die endgültige Schwärze umfing …

8

Wie immer war die Bergmannstraße in Kreuzberg überfüllt; Nachtschwärmer tranken ihr Einstimmungsbier, bevor sie weiterzogen in Clubs, junge Berlinbesucher trafen feiernd auf ältere Studenten und hippe Mittdreißiger. Café reihte sich an Kneipe an Gasthaus, dazwischen fanden sich ein paar jener – um diese Uhrzeit geschlossenen – Geschäfte, die man in einem *Herzstück des alternativen Lebens* erwarten konnte, wie der Bergmann-Kiez in zahlreichen Reiseführern angepriesen wurde: vom Klamottenladen mit Lack und Leder über gehobenen Trödel bis hin zu einer gemütlichen Krimibuchhandlung mit toten Pinguinen im Schaufenster und einem T-Shirt mit *Mord-ist-mein-Beruf*-Aufdruck. Das alternative Berlin für jene Alternative, die inzwischen feste Jobs und ein gutes regelmäßiges Einkommen hatten. Öko, gestylt, hell, freundlich; Schuppen mit rotzigem Punk und billigem Bier suchte man hier vergeblich. Trotzdem mochte Alex die Gegend, auch er wurde älter.

Er saß mit Lisa an einem kleinen Holztisch vor einem orange gestrichenen mexikanischen Café, das leckere Flammkuchen auf der Speisekarte hatte. Nur selten dachte er an Danielle und versuchte, Lisa nicht mit ihr zu vergleichen. Zu verschieden waren die beiden, und ein entscheidender Unterschied war: Lisa war hier, Danielle für immer verschwunden. Er würde nicht sein Leben damit verbringen, einem One-Night-Stand nachzutrauern.

Sie waren beim dritten Bier angekommen, Lisa hatte aus *»linientechnischen Gründen«* nur einen Salat gegessen und dabei ein amüsiertes Kompliment für ihre Figur von ihm abgestaubt. Dann wollte er wissen, ob sie wirklich Jura studiere, sie wirke gar nicht so.

»Wie meinst du das?«, fragte sie.

»Du lachst zu natürlich«, sagte er, was sie wieder zum Lachen brachte. Laut, aber nicht aufdringlich, einfach ansteckend. Schmunzelnd fuhr Alex fort: »Du redest nicht wie so eine, du scheinst keine Standesdünkel zu haben, willst niemanden über den Tisch ziehen und denkst nicht in Paragrafen.«

»Du hast ein ziemlich mieses Bild von Juristen, kann das sein?« Sie blickte ihm in die Augen. »Aber nicht jeder Anwalt ist gewissenlos, nicht jeder Richter rechts und korrupt, und darüber hinaus wird nicht jeder Jurist Anwalt oder Richter. Gesetze sind die Spielregeln, nach denen eine Gesellschaft funktioniert, und ich dachte, es ist gut, sie zu kennen.«

»Es sind die Regeln, keine Frage, aber eine Gerichtsverhandlung ist kein Spiel. Da sollte es um Gerechtigkeit gehen, nicht ums Gewinnen um jeden Preis.«

»Nicht um jeden Preis. Aber das ganze System funktioniert doch nur, wenn jeder Anwalt seinen Mandanten bedingungslos unterstützt und zu gewinnen versucht. Die Gegenseite fährt ihm schon in die Parade, und das Urteil fällt ja der Richter, der selbst nicht gewinnen kann. Natürlich gibt es Fälle …« In diesem Moment klingelte ihr Handy. »'tschuldige.«

»Kein Problem.« Alex nickte, dann sah er weg. Er wollte sie nicht anstarren, während sie telefonierte, wartend und drängend, auch wenn er sie gern betrachtete. Die Haare glänzend rot und hochgesteckt, auch die Lippen rot, die grünen Augen waren voller Leben. Auf der linken Hand, gleich unterhalb des Daumens, hatte sie zwei kleine blasse Leberflecke.

Er hörte, wie Lisas Stimme ernst wurde, »Was?«, fragte und »Echt?« und schließlich sagte: »Das kann er doch nicht machen.«

Dabei ließ er den Blick über die anderen Gäste, den belebten Fußweg und die schmale Straße schweifen. Noch immer waren es bestimmt 20 Grad, kein noch so schwacher Wind regte sich. Die meisten waren im T-Shirt unterwegs. Es ging bereits auf 23 Uhr zu, doch Alex hatte das Gefühl, dass es gar nicht richtig dunkel wurde. Er konnte die Gesichter auf der anderen Straßenseite deutlich erkennen, obwohl dort die Straßenlampe ausgefallen war. An den kleinen Kerzen auf den Tischen der Cocktailbar konnte es schlecht liegen. Er musste irgendeine Lampe übersehen haben, doch auch aus den Fenstern der Bar fiel nur wenig Licht.

Er blinzelte.

Unsinn, niemand konnte plötzlich besser sehen. Vielleicht ging einfach seine Uhr vor. Oder er bildete sich ein, dass alles heller war, weil er das Date genoss und merkte, wie er sich langsam verliebte.

Er konnte nicht sagen, weshalb er sich verliebte, das konnte er nie. Darum ging es ja gerade, dass es nicht mit dem Verstand fassbar war. Dass es mehr war als das Lachen, die Augen, die Schlagfertigkeit, die Intelligenz, der Geruch des anderen oder seine Leidenschaft für das, was er tat. Mehr, als jeder Analyseversuch zutage förderte. Es ging um das, was er nie benennen konnte, wenn er gefragt wurde: »Was liebst du am meisten an mir?«

Veronika hatte nie verstanden, dass er mit einer solchen Frage überfordert war und nicht spontan eine ganze Liste von Eigenschaften und körperlichen Merkmalen runterrattern konnte.

Er ließ den Blick über die Straße wandern. An der kaputten Laterne lehnte ein großer drahtiger Mann in schwarzer Hose und schwarzem Hemd, dessen Ärmel bis zu den Ellbogen hochgekrempelt waren. Die oberen drei Knöpfe standen offen, und da, wo der Hals in die linke Schulter überging, zeichnete sich eine frische rote Narbe ab. Auf dem linken Unterarm hatte er ein verschlungenes Symbol tätowiert, irgendein schwarzrotes Tribal. Mit kalten braunen Augen musterte er die Umgebung.

Als er bemerkte, dass auch er beobachtet wurde, wandte er sich Alex zu und starrte ihn an. Drei, vier, fünf Sekunden lang, Augen wie ein Hai. Ein hungriger Hai. Dann flackerte der Blick des Mannes überrascht. Kaum merklich nickte er Alex zu. Es war kein freundliches Nicken, und es wurde von einem Zucken im Mundwinkel begleitet.

Kannte der Typ ihn? Alex konnte sich nicht erinnern, ihn je getroffen zu haben. Aber als DJ sprach er mit mehr Leuten, als er sich merken konnte.

»Ich komme«, sagte Lisa in diesem Augenblick und legte ihr Handy ab. Zerknirscht sah sie Alex an: »Es tut mir schrecklich leid, aber ich muss gehen.«

Langsam wandte er den Blick von dem Mann ab, es dauerte einen Moment, bis er begriff, was sie gesagt hatte. Dann stotterte er: »Was? Sorry. Schade, ja, tut mir auch leid ... Ist was passiert?«

»Sandy. Meine Mitbewohnerin, die Freundin von letzter Woche, du erinnerst dich? Sie hat Ärger mit ihrem Ex.«

»Schlimm?«

»Ja. Ich muss wirklich ... Können wir uns in den nächsten Tagen noch mal treffen?« Sie klang tatsächlich enttäuscht. Entweder war sie eine gute Schauspielerin, oder der Anruf war ein echter Hilfeschrei gewesen, kein unter Freundinnen abgesprochenes Telefonat, das als rettende Ausrede zur Befreiung aus einem langweiligen Date diente.

Alex nickte und winkte den Kellner herbei, Lisa ging noch einmal auf die Toilette. Neugierig sah er zu der Laterne hinüber, doch der Typ war verschwunden. Was für ein schräger Vogel, sogar ein wenig unheimlich.

»Gute Wahl«, sagte plötzlich eine tiefe Stimme, und der Mann, der eben noch an der Laterne gelehnt hatte, stand neben seinem Tisch.

»Was?«

»Gute Wahl.«

Alex starrte ihn an, dann sein leeres Bierglas. Instinktiv erhob er sich, auch wenn es nicht ganz reichte, um auf gleiche Augenhöhe zu kommen.

»Hier in Berlin teilen wir halbe-halbe, denk daran. Du bist Gast.« In den kalten Hai-Augen regte sich nichts. Waren die Augen wirklich der Spiegel zur Seele, dann besaß dieser Fremde keine.

»Halbe-halbe?«, wiederholte Alex irritiert. Was und mit wem sollte er überhaupt teilen? Und wessen Gast sollte er angeblich sein?

Plötzlich packte ihn das Gefühl, etwas verteidigen zu müssen – sein Revier, seine Frau, seinen Stolz, was auch immer. Abgrundtiefe Abneigung gegen diesen Spinner wallte in ihm auf, ja fast schon Hass. Er fühlte sich von ihm stärker bedroht als von allen anderen Spinnern, denen er je begegnet war, und ihn packte der starke Impuls, ihn wegzustoßen. Etwas in Alex wollte ihn mit aller Gewalt zusammentreten, bis er blutend im Rinnstein lag, aber er riss sich zusammen. Natürlich riss er sich zusammen. Er war noch nie der Typ gewesen, der sich ständig prügelte, doch dieser Kerl reizte ihn einfach durch seine Anwesenheit, seine arrogante Haltung, die kalten Augen und das dumme Geschwätz. Sein Aftershave roch nach frisch aufgeworfener Erde, nach Kompost, und irgendwas schwang darin mit, das Alex beinahe ausrasten ließ.

Was war nur los mit ihm?

Erst bei Danielle und jetzt das hier. Zähneknirschend riss er sich zusammen.

»Halbe-halbe«, wiederholte der Hagere und nickte, ihre Gesichter waren nur zwei Handbreit voneinander entfernt. Plötzlich zitterten seine Nasenflügel, seine Stimme klang aufgeregt: »Nephilim ... Du riechst nach Nephilim. Ist sie eine? Das kann doch nicht sein, oder?«

»Nein«, knurrte Alex, ohne nachzudenken. Dabei starrte er unverwandt in die Haiaugen und erwartete, dass der Typ ein Messer ziehen würde, eine Pistole, vielleicht auch einen Morgenstern oder eine Giftspritze. Er war eindeutig verrückt.

»Du verdammter Glückspilz!« Wieder flackerte der Blick des Hageren. »Ein Nephilim. Wir brauchen einen, weil ... Egal, wir brauchen einfach einen, hier in Berlin. Was ist mit deinem?«

»Hey, Mann, ich weiß nicht, was du von mir willst.« Alex atmete schwer, er ballte die Hände zu Fäusten und öffnete sie wieder. Adrenalin pumpte durch seinen Körper.

»Deinen Nephilim. Hast du ihn ...?«

Wenn Alex schnell zuschlug, könnte er ihm die Nase brechen, so dass das Blut über den ganzen Fußweg spritzte ...

Er kannte niemanden, der sich nach den biblischen Nephilim nannte. Der Typ war einfach neben der Spur.

Eine Fahne konnte Alex nicht riechen, aber was hatte das schon zu bedeuten. Er musste ihn loswerden, sofort, sonst gab es eine Schlägerei. Also sagte er: »Ich weiß nicht, wo er ist.«

»Du hast ihn also entkommen lassen?« Die Haiaugen stierten ihn voller Abscheu und Geringschätzung an. »Das gibt's doch nicht! Aus welchem Kaff kommst du denn? Solltest du das Glück haben, noch mal auf ihn oder einen anderen zu stoßen, gibst du uns Bescheid, ja? Wir wissen, was man mit ihnen tut. Auch das ist in Berlin so üblich.«

»Ja, mach ich«, sagte Alex, um den Kerl loszuwerden, bevor er ihm mit Vergnügen in die Eier treten und immer weiter auf ihn eindreschen würde. »Aber er war nicht in Berlin.«

Der Hagere nickte, dann beugte er sich langsam vor, fuhr mit seiner Nase schnüffelnd wie ein Hund über Lisas Jacke, die über dem Stuhl hing, und richtete sich lächelnd auf. »Sie ist wirklich keine.«

Die Gäste an den Nachbartischen waren inzwischen verstummt, sie starrten in ihr Essen oder in die milde Nacht, lauschten und schielten kurz herüber, gebannt von dem Schauspiel, das ihnen geboten wurde. Irgendwo kicherte eine Frau, ein Mann prustete in sein Bier.

»Das hab ich doch gesagt«, knurrte Alex.

»Ja. Aber woher soll ich wissen, dass du nicht lügst?« Er lächelte kalt. »Dann hab noch schöne Tage in Berlin. Und denk immer dran: halbe-halbe.« Mit einem anzüglichen Grinsen wandte sich der Mann ab und schlenderte zwischen den anderen Nachtschwärmern davon.

Alex starrte ihm nach, voller Hass und erfüllt von einem völlig irrationalen Triumphgefühl, den anderen vertrieben und sein Revier verteidigt zu haben. Sein ganzer Körper kribbelte. Tief sog er die Nachtluft ein, den Geruch der Stadt, genoss das Verblassen des Moderdufts des Fremden. Erst als er von ihm nichts mehr sehen und riechen konnte, klang die Abscheu langsam in ihm ab.

Einen Augenblick später tauchte Lisa wieder auf und zog sich die Jacke über. Alex war noch so in Gedanken, dass er es versäumte, ihr hineinzuhelfen. Was hatte der Irre nur mit *halbe-halbe* und *gute Wahl* gemeint? Das Bier wohl eher nicht …

»Es tut mir wirklich leid«, sagte Lisa eindringlich, die seinen abweisenden Gesichtsausdruck falsch deutete.

»Ich bring dich noch heim«, sagte er.

»Das ist nicht nötig.«

»Doch, ist es!« Es klang nachdrücklicher als geplant. Vielleicht war er ja paranoid, aber irgendwas stimmte mit dem Typen nicht, ganz und gar nicht. *Gute Wahl … halbe-halbe …* Sollte der Lisa anquatschen, wollte Alex nicht, dass sie allein war.

Lisa zog die Augenbrauen hoch, setzte sich aber wieder und wartete, bis er bezahlt hatte.

»Dann haben wir wenigstens noch einen kleinen Spaziergang zusammen«, sagte er, als sie sich auf den Weg machten. Er bemühte sich um ein Lächeln. »Und eine wahnsinnig romantische U-Bahn-Fahrt.«

Sie lachte. »Und ich dachte schon, du willst mich beschützen.«

»Wäre das so lustig?«

»Nein.« Kurz sah sie ihn irritiert an, dann hängte sie sich bei ihm unter. »Aber ich bin schon ein großes Mädchen. Ich finde allein nach Hause.«

»Das glaube ich. Aber ich ... Ach, vergiss es, ich bring dich einfach heim.« Er wollte ihr nicht von dem Spinner erzählen oder über mögliche Belästigungen und Vergewaltiger reden. Wahrscheinlich steigerte er sich auch nur in etwas hinein, es gab keinen Grund, sie zu beunruhigen. Schließlich kannte sie den Weg, und den Spinner konnte er nirgends mehr entdecken. Er war bestimmt schon sonst wo und quatschte andere Leute voll.

In der Bahn standen sie dicht aneinandergedrängt, weder in der U7 noch der U8 fanden sie einen Sitzplatz. Alex hielt ihre Hand, und sie amüsierte sich über all die ach so romantischen Dinge, die sie sahen. Beschmierte Fensterscheiben, drei harte, herausgeputzte Jungs, deren Handy laut und scheppernd einen Hiphop-Song spielte, zu dem zwei betrunkene Mädchen, die sich an der grauen Stange im Türbereich festhielten, mit den Ärschen um die Wette wackelten. Müde Gesichter, die vor sich hinstarrten, ein junger Mann mit Aknenarben im Gesicht und einer Totenkopftätowierung auf dem Unterarm, der in ein Buch mit dem Titel *Geil auf Gewalt* vertieft war. Eine Frau, die in einer fremden Sprache in ihr Handy keifte und dabei zu flüstern versuchte.

»Seit drei Tagen meldet er sich nicht«, beschwerte sich ein Mann mit Dreitagebart bei zwei Freundinnen und erntete ausweichendes Verständnis und beruhigende Sätze wie: »Vielleicht hat er einfach nur zu viel zu tun.«

»Aber eine SMS, eine kurze SMS. Wie viel Zeit kostet das denn?«

Die Frauen schweigen, und eine legte ihm beruhigend die Hand auf den Arm.

»Da haben wir ja den richtigen Wagen für eine romantische Fahrt erwischt. Du solltest wirklich Romantikreisen organisieren«, kicherte Lisa. »Damit könntest du reich werden. Du hast ein unglaubliches Gespür dafür.«

»Ich würde die U-Bahn mit Kamin und Bärenfell einführen.« Alex lachte und streichelte mit dem Daumen über Lisas Handrücken. Er musste sich unheimlich zusammenreißen, um sie nicht einfach zu küssen, ihre roten Lippen und den langen, schlanken Hals.

Er nahm nichts mehr um sich wahr, durch die stickige Luft roch er nur noch Lisas luftiges Parfüm und darunter ihren eigenen Duft. All seine Sinne fokussierten sich auf sie. Es war, als erwache in diesem Moment der Trieb in ihm, der Höhlenmensch. Er wollte sie einfach packen und vögeln. Mit einem Mal war alle Zärtlichkeit aus seinen Gedanken verschwunden, alles fröhliche Lachen, er wollte sie besitzen, sie haben, sie unterwerfen, gleich hier auf dem Boden oder draußen gegen irgendeine raue Hauswand gepresst oder unter den Bäumen im nächsten Park. Jetzt! Er wollte sie schmecken, und nur mühsam konnte er sich zurückhalten, ihr nicht über den Hals zu lecken, an ihr zu knabbern. Er biss die Zähne aufeinander, bis sie knirschten, und dachte: *Nein!*

So viel hatte er doch gar nicht getrunken. Erst wollte er sich prügeln, dann Lisas Hals lecken, über sie herfallen wie ein Tier. Die Hand, mit der er ihre hielt, zitterte.

Sie grinste ihn an.

Spürte sie seine Erregung? Amüsierte sie das?

Er hatte das Gefühl, er könne ihren Herzschlag über das Gemurmel der Fahrgäste und die scheppernde Musik hinweg hören. Oder war es nur die Schlagader ihrer Hand, deren Pochen er fühlte, wenn er über sie hinwegstrich? Egal, ihr Puls ging auf jeden Fall schneller.

»Was meinst du, warum sie das machen?«, fragte Lisa unvermittelt und deutete auf die etwa handgroßen eingravierten Brandenburger Tore, die die Fensterscheiben der U-Bahn zierten. Eines neben dem anderen, über die gesamte Fläche hinweg. »Soll das verhindern, dass irgendwer etwas ins Glas ritzt?«

»Möglich. Vielleicht ist es aber einfach nur eine Form von Lokalpatriotismus. Oder der Hersteller der Scheiben ist ein Bruder des BVG-Chefs, der ihm so die Einnahmen der erhöhten Fahrpreise zugeschanzt hat, während er die vergangenen Streiks für die Erhöhung verantwortlich macht.« Alex starrte auf die eingravierten weißen Tore, die abwechselnd richtig herum und auf dem Kopf angeordnet waren. Die Säulen lagen sich gegenüber wie die gebleckten Zahnreihen eines aufgerissenen Mauls. Lange gerade Hauer, bereit zuzubeißen. Diese Assoziation war von der BVG sicher nicht beabsichtigt.

»Wir müssen raus«, sagte Lisa in der *Bernauer Straße* und stieg aus der Bahn. Seine Hand ließ sie dabei nicht los. Langsam und immer langsamer schlenderten sie eine schmale Straße entlang.

Alex war noch nie zuvor hier gewesen, zumindest erinnerte er sich nicht. Lisa sagte nicht mehr viel, aber sie lachte über jeden von Alex' Versuchen, lustig zu sein. Er wollte lustig sein, er wollte sie zum Lachen bringen, wollte so seinen Trieb übertönen, weil er wusste, es würde heute nichts mehr passieren.

»Wir sind da«, sagte Lisa irgendwann leise und blieb vor der beige gestrichenen Tür eines vierstöckigen Altbaus stehen. An den Ecken blätterte bereits die mattgraue Farbe ab, und auf der Hauswand fanden sich eine Handvoll Tags. Eines dieser typischen Häuser, in denen ein Drittel oder mehr Wohnungen Studenten-WGs waren oder Studienabbrecher-WGs.

»War wirklich nicht weit.«

»Ja.« Sie sah ihn an, trotz der Dunkelheit konnte er erkennen, wie ihre Augen brannten. »Ich kann dir leider nichts zu trinken anbieten, Sandy ist gerade wirklich nicht gut auf Männer zu sprechen.«

»Beim nächsten Mal nehme ich dann einen Kaffee.« Er grinste. Nur immer locker, lustig, lässig.

»Sollst du dann auch kriegen«, sagte Lisa und machte keine Anstalten, hineinzugehen. Stattdessen blieb sie gegen die Tür gelehnt stehen, wartete und hielt dabei noch immer seine Hand. Das war der Moment, in dem er sie küssen sollte, ja musste.

Doch er tat es nicht.

Wie sie da vor ihm stand, der Mund leicht geöffnet, brennende Augen und die obersten Knöpfe der bordeauxroten Kunstlederjacke geöffnet, so dass die Ansätze der Brüste zu sehen waren, der obere Rand des engen, tief sitzenden Tops, sah sie plötzlich so klein aus, jung und schwach, so leicht zu haben – und leicht zu verletzen. Natürlich war sie zehn Jahre jünger, aber bislang hatte sie nicht so zerbrechlich auf ihn gewirkt. Doch in diesem Moment fühlte er sich um so vieles stärker, sie ein kleines Mädchen, und er, er ...

Er küsste sie nicht.

Wenn er sie jetzt küsste, würde er sich nicht mehr bremsen können. Es wäre kein sanfter Abschiedskuss, er würde sie gegen die Tür drücken, sie mit der Zunge küssen, natürlich, sie war trotz allem schön, aber dann würde er ihr in die Lippen beißen wollen, in den Hals. Wie schon gestern bei Danielle dachte er, dass Küssen zu wenig sei. Aber was hieß schon *zu wenig*?

Sie war klein und zerbrechlich, und er wollte sie zur Strecke bringen. Als ginge es hier nicht um Sex, sondern um Jagd. Er dachte daran, ihr in den Hals zu beißen, bis ihr Blut über die schmale Schulter floss und zwischen den Brüsten hinab. Sie hatte die Haare hochgesteckt, der Hals war so nackt und frei, hieß das denn nicht, dass sie es auch wollte? Weshalb sollte sie ihm ihren Hals sonst so darbieten? Er war sicher, ihre Erregung riechen zu können – sie wollte ihn, obwohl Sandy oben wartete.

Nein! Reglos blieb er stehen und küsste sie nicht.

Noch immer sah sie ihn wartend an, doch ihre Finger hielten seine Hand nicht mehr ganz so fest, und ihre Augen flackerten unsicher.

Alex atmete schwer. *Erregung riechen?* Was für ein Schwachsinn. Und wie kam er auf den Gedanken, sie zu beißen, bis sie blutete? Ihm war, als könne er den Geschmack von Blut auf der Zunge spüren, seine Lippen zogen sich zusammen, als hätte er in eine Zitrone gebissen, und doch war der Geschmack so herrlich süß. Seine Zunge tastete danach, er wollte mehr davon, und zugleich wollte er ihn ausspucken, doch natürlich tat er das nicht vor ihren Augen, er schluckte den Geschmack einfach hinunter. Angewidert und gierig zugleich.

Nein, er wollte nicht die Kontrolle verlieren. Nicht dass er Angst davor hatte, mit ihr im Bett zu landen, ganz im Gegenteil, und wenn Sandy die ganze Nacht in ihr Kissen weinen würde, während sie ihnen durch die dünnen Zimmerwände hindurch zuhören musste und abwechselnd alle Männer und ihre treulose Freundin Lisa beschimpfen würde, die lieber mit einem Typen ins Bett stieg, als für sie da zu sein, wenn sie Trost und Beistand brauchte – es wäre ihm egal. Vollkommen egal, er kannte Sandy nicht.

Doch er wusste nicht, wo es enden würde, und er wollte Lisa nicht beißen, ihr nicht den Hals aufreißen, ganz egal, was er eben gedacht und einen dunklen Augenblick lang gewünscht hatte.

Irgendwas stimmte nicht mit ihm. Er konnte sich selbst nicht trauen, er musste hier weg, sofort!

»Dann also bis dann«, murmelte er und versuchte ein Lächeln, um nicht ganz so abweisend zu klingen. »Ich hoffe, das mit Sandy und ihrem Ex kommt wieder in Ordnung. Oder sie kommt damit klar.«

»Danke.« Sie ließ seine Hand los und kramte fahrig den Schlüssel aus der Tasche.

Er trat zwei Schritte zurück, brachte Abstand zwischen sich und ihren herrlichen, bloßen Hals, und wartete, bis Lisa im Haus verschwunden war. Bevor sie die Tür ins Schloss fallen ließ, drehte sie sich noch einmal um. Alex winkte unbeholfen. Seine Beine wollten ihr hinterherspringen, doch er blieb stehen, zwang sich mit aller Gewalt dazu. Sie lächelte schüchtern und verunsichert.

Dann drehte er sich um und schlenderte zurück zur U-Bahn. Als ihm eine Frau mit klackenden Absätzen entgegenkam, wechselte er die Straßenseite und starrte stur zu Boden, die Hände in den Hosentaschen. Anders konnte er nicht sicher sein, dass er sie nicht anfiel.

Grübelnd lief er an dem großen blauen U der Haltestelle und der Treppe vorbei. In den Bahnen waren zu viele Menschen, wie konnte er wissen, dass er nicht einfach einen von ihnen biss? Den Drang, sich umzubringen, hatte er seit Jahren im Griff, aber das war neu. Er traute sich einfach selbst nicht – es war wohl besser, wenn er zu Fuß nach Hause ging. Länger als eine oder anderthalb Stunden würde das nicht dauern, die grobe Richtung kannte er, und er hatte heute Nacht nichts mehr vor und genug Stoff, über den er nachdenken konnte.

Jedoch brachte er keine Ordnung in seine Gedanken, alles ging durcheinander. Er wollte mit jemandem reden, tastete nach seinem Handy und ließ es dann doch in der Tasche stecken. Was sollte er Koma denn sagen?

Ich habe Lisa nicht geküsst, weil ich Angst hatte, ihr den Hals aufzureißen?

Koma wusste von Alex' Selbstmordgedanken, er hörte sich jeden Schwachsinn an, ohne zu verurteilen, auch betrunkenes Gejammer. Aber das? Das war schon ziemlich daneben.

Zu Alex' Linken erstreckte sich inzwischen der Mauerpark, hier kannte er sich wieder aus, er hatte nicht gedacht, dass der so nah war. Er hörte das Lachen der Feiernden und Musik, weiter von der Straße weg brannte ein kleines Feuer. Doch er ging einfach weiter und sah zum Himmel hinauf, ob da ein Vollmond zu finden war, den er für seine kranken Gedanken verantwortlich machen konnte, schließlich war diese Nacht besonders hell. Doch über den Hausdächern zu seiner Rechten hing nur ein bleicher Halbmond.

Solche Gedanken, solche Wünsche hatte er noch nie gehabt. Gut, gestern hatte er Danielle schlagen wollen und sie auch in den Hals gebissen, aber nur ganz leicht, das war spielerisch gewesen, vielleicht auch ein lustvoller Kampf, aber er hatte doch nicht richtig zugebissen. Schließlich war kein Blut geflossen! Oder doch? Nein, nur ein wenig aus seiner alten, neu aufgekratzten Narbe, aber darum ging es jetzt nicht.

Okay, als Kind hatte er an seinen Wunden gelutscht, hatte probiert, wie sein Blut schmeckte, hatte es sicherlich auch mal geschluckt. Aber in dem Alter tat das doch jeder. Vielleicht hatte er auch eine Schürfwunde am Knie mehrmals wieder aufgekratzt, um über Wochen hinweg immer wieder daran zu nuckeln, aber mit elf oder zwölf machte man eben seltsame Dinge.

Und mit siebzehn hatte er seiner ersten Freundin in den Hals gebissen, aber das war ein Versehen gewesen und nicht wirklich fest, auch sie hatte nicht geblutet.

Damals hatte er gelesen, dass Küsse auf den Hals erotisch waren, also hatte er sie vor dem Sex eben auf den Hals geküsst. Nicht zurückhaltend, sondern möglichst leidenschaftlich, er wollte ihr zeigen, dass er ein Mann war, der zupacken konnte, er war angetrunken gewesen, und ... Soweit er sich erinnerte, war es eher peinlich gewesen. Sie hatte »Au« geschrien und: »Spinnst du?« Er hatte sich entschuldigt, und alles war wieder gut gewesen. Zumindest für den einen kurzen, verregneten Sommer.

Das heute war anders gewesen. Keine kindliche Neugier, keine Unbeholfenheit, sondern das absurde Gefühl, dass Beißen mehr war als Küssen. Beißen als Steigerung von Küssen war doch Quatsch! Als wäre Würgen oder Rippen brechen die Steigerung einer Umarmung. Das hatte doch nichts miteinander zu tun. Was war da nur in seinem Kopf vorgegangen? Leidenschaftliches Küssen sollte zu Sex führen, nicht dazu, dem Partner den Hals aufzureißen. Aber hatte er in ihr überhaupt eine Partnerin gesehen? Er hatte sie einfach haben wollen in diesem Moment, so etwas kam vor, doch es war anders gewesen als sonst. Nicht einfach der Wunsch nach Dominanz, sondern ...

»Anders, ja, ja«, motzte Alex vor sich hin. Was sagte das schon aus! Er musste konkreter werden, wenn er verstehen wollte, was in ihm vorging.

Hatte er nur daran gedacht, sie zu verletzen, oder hätte er auch ihr Blut trinken wollen, wirklich trinken? Er wusste es nicht, und es machte ihm Angst, dass er den Durst nach Blut nicht mit Sicherheit von sich weisen konnte. Durst nach Blut, wie das schon klang! Nach Vampir, natürlich, aber das war albern. Schließlich gab es keine Vampire, sie waren Fantasieprodukte und alter Aberglaube. Trotzdem betastete er seinen Hals, ob er irgendwelche Bisswunden spüren konnte. Doch da war nichts. Hätte ihn irgendwer gebissen, würde er sich ja auch daran erinnern. Außerdem war er heute schon in der prallen Sonne gewesen.

Mit Koma konnte er nicht darüber reden, mit keinem seiner Freunde, und zu einem Psychologen wollte er erst recht nicht.

Herr Doktor, ich würde gern jungen Frauen die Kehle aufbeißen und ihr Blut trinken. Oder zumindest verschütten. Küssen ist mir irgendwie zu soft.

Die würden ihn doch sofort einliefern!

Und könnten Sie mir noch einen guten Augenarzt empfehlen? Ich sehe neuerdings in der Nacht besser und weiß nicht, warum.

Die Nacht war nicht plötzlich heller, es war inzwischen Mitternacht, und nicht überall konnten mehr oder stärkere Straßenlaternen leuchten als sonst. Natürlich war es großartig, besser zu sehen, aber wenn es keinen Grund dafür gab, war es auch unheimlich. Gab es Krankheiten, die mit einer Verbesserung der Sehkraft begannen und trotzdem zum Tod führten? Krankheiten, die übertragen wurden, wenn man kein Kondom benutzte?

Unsinn, so ein hirnverbrannter Unsinn, dachte Alex. Darüber würde er sich erst mal keine Sorgen machen, besser zu sehen war momentan wirklich das kleinere

Problem. Er überquerte die belebte Schönhauser Allee, taxierte die Nachtschwärmer und sah nicht kurzen Röcken hinterher wie sonst, sondern freien Hälsen. Speichel lief ihm im Mund zusammen, doch der Drang zuzubeißen war schwächer ausgeprägt als vorhin bei Lisa. Dennoch war er vorhanden.

An der roten Ampel stand er hinter drei jungen Frauen, schloss so weit auf, wie er konnte, ohne sie zu berühren. Die in der Mitte hatte kurze blondierte Haare und einen freien Nacken. Erregt sog er ihr Sandelholz-und-Rosen-Parfüm ein, sie hatte geschwitzt, war gerannt oder hatte getanzt. Mit ihren Freundinnen sprach sie über irgendeine Fernsehserie, kichernd und mit Begeisterung. Als die Ampel auf Grün schaltete, wartete Alex einen Moment, hielt zwei, drei Schritte Abstand. Doch es half nichts, sie liefen in die Danziger Straße hinein, weiter vor ihm her, schon vier oder fünf Schritte voraus, und er starrte ihnen weiter auf die freien Nacken, allen dreien. Kurzentschlossen beschleunigte er und überholte, aus den Augenwinkeln sah er, dass sie hübsch waren. Die linke mit den schwarzen Locken trug eine Sonnenbrille.

Er lief weiter, doch natürlich wimmelte es auf der Danziger nur so von schönen Hälsen. Eigentlich musste er der Straße folgen, aber das würde er nicht schaffen, nicht ohne doch noch jemanden anzufallen oder über den Gedanken daran auszurasten. Er bog rechts in die Knaack-Straße ein, weg, nur weg von den Partyhorden. Er fiel in einen Laufschritt und bog bei nächster Gelegenheit links ab, in eine dieser schmalen Straßen, die parallel zur

Danziger verliefen, nur wenige Kneipen oder Cafés aufwiesen und entsprechend kaum Passanten.

Schwer atmend blieb er stehen und spuckte aus. Wie wurde er diese verdammten Gedanken wieder los? Sie saßen wie Fremdkörper in ihm fest und lechzten danach, die Kontrolle zu übernehmen. Wütend schlug er mit der Faust gegen eine Hauswand, so fest, dass er zu Boden rieselnden Putz zu hören vermeinte.

»Autsch«, knirschte er. Schmerz stach ihm in die Fingerknöchel, er hätte nicht so fest zuschlagen sollen. Instinktiv hob er die Hand an den Mund, er schmeckte Blut, warmes, bitteres Blut. Sofort riss er sie wieder fort.

Vielleicht hatte ihm jemand was ins Bier getan, irgendeine Pille, etwas, das die Sinne verstärkte, schließlich hatte er ja auch geglaubt, Lisas Erregung zu riechen. Er fühlte sich zwar einigermaßen klar im Kopf, nicht so breiig wie nach zu viel Alkohol, nicht breit wie nach einer Tüte, aber gerade synthetische Drogen hatte er nicht genug probiert, um seine wirren Wünsche irgendwo zuordnen zu können. Natürlich, das war eine Möglichkeit – vielleicht rührte seine plötzliche Begeisterung für aufgerissene Hälse und Blut von irgendeinem Stoff her. Er würde einfach bis morgen abwarten, erst mal schlafen, dann würde er ja sehen, ob er noch immer so kranke Ideen im Kopf hatte oder nur einen fetten Kater und Brummschädel.

9

Pressemeldung der Berliner Polizei

*Eingabe: 10.05.2009 –
13:40 Uhr*

*Mann mit Messer
verletzt – Festnahmen
Neukölln*

 # 1217

Ein 21-jähriger Mann ist gestern Abend bei einer Auseinandersetzung in Neukölln mit einem Messer verletzt worden.

Ersten Erkenntnissen und den Aussagen mehrerer Zeugen zufolge wurde das Opfer gegen 21:30 Uhr in der Werbellin-Straße von einem 23-Jährigen und dessen 29-jähriger Lebensgefährtin nach einer intensiven verbalen Auseinandersetzung mit Messern angegriffen. Bei dem Angriff erlitt der 21-Jährige Stichverletzungen und Schnittwunden am Hals, an der Schulter und beiden Unterarmen und verlor in Folge der Verletzungen viel Blut. Alarmierte Polizeibeamte nahmen das Paar noch am Tatort fest. Der 23-Jährige schnitt sich offenbar bei der Tat selbst so stark in das Handgelenk, dass er in ein Krankenhaus gebracht wurde, wo er ambulant behandelt werden musste. Der 21-Jährige wurde operiert und befindet sich noch immer in stationärer Behandlung.

Die Ermittlungen zu den Hintergründen der Tat dauern an. Die Kriminalpolizei der Direktion 5 hat die Ermittlungen übernommen.

10

Die riesige graue Halle hat die Form eines Sargs und weder Fenster noch Lampen an der Decke, dennoch herrscht dämmriges Licht. Wie in einem Gewächshaus durchmessen streng parallel angelegte Reihen mit Pflanzwannen aus grauem Alu die Halle der Länge nach, eine neben der anderen. Doch wachsen keine Blumen, Kräuter oder Kakteen aus der schwarzen Erde, vielmehr dient diese als Liegestatt für nackte, gefesselte Menschen. Reglos liegen sie da, die Augen voller Angst aufgerissen, auch die Münder, doch kein Schrei dringt in die düstere Halle. Ihre Köpfe ragen über die Wannenränder hinaus, fallen in den Nacken, die Hälse appetitlich präsentiert wie auf einem Teller.

Langsam schreitet er die sorgsam angeordneten Reihen ab und verharrt bei jedem dargebotenen Hals. Er pocht gegen die Schlagader, als könne er so den Blut-

fluss anregen, dann beißt er prüfend hinein, nimmt einen kräftigen Schluck Blut und spült ihn im Mund hin und her wie bei einer Weinprobe. Eine Krankenschwester in dunkelroter Tracht folgt ihm und verschließt die Hälse sofort wieder mit geschickter Hand. Die angetrunkenen Menschen röcheln stumm und starren dann weiter angstvoll an das ferne Hallendach.

Jeden Hals teilt er gewissenhaft in eine von drei unterschiedlichen Geschmacksrichtungen ein, von lieblich bis trocken, obwohl sich jeder Schluck säuerlich auf seine Lippen legt, und ritzt entsprechend eine I, II oder III in die Brust der Nackten. Über die Wannen hinweg sieht er andere Gestalten in dunkelroten Laborkitteln, die ebenso wie er ihre Reihen ablaufen und das Blut kategorisieren.

Dann ist er unvermittelt draußen, auf den leeren Straßen einer nächtlichen Siedlung unter einem mondlosen Himmel, und zieht einen großen dunklen Leiterwagen hinter sich her. Der Wagen ist furchtbar schwer, und er schwitzt und keucht, während er mit dem Gewicht kämpft. Mühsam quält er sich Schritt für Schritt voran.

Die kleinen pastellfarbenen Häuser sind alle gleich, charakterlose Wohnkartons mit blank gewienerten Plastiktüren. In ihren Vorgärten stehen die gleichen Gartenzwerge und bewachen mit Spaten, Spitzhacke und debilem Grinsen die immer gleichen dornenlosen Blumen.

Mit der linken Hand läutet er eine schwere schwarze Glocke, stellt vor jedes Haus einen Träger mit sechs roten Plastikflaschen und ruft: »Der Blutmann, der Blutmann ist da!«

Hinter den zugezogenen Vorhängen bewegt sich etwas, doch niemand kommt heraus, während er seine nächtliche Runde dreht.

»Der Blutmann, der Blutmann ist da!«

Weiter, immer weiter geht er, bis plötzlich ein großer weißer Kastenwagen mit zwei rotierenden gelb blinkenden Lichtern auf dem Dach und vergitterten Fenstern die Straße entlangbrettert und neben ihm zum Stehen kommt.

»Lauf!«, schreit ihm jemand zu, auch wenn er niemanden entdecken kann. Zahllose Gestalten in weißen Kitteln springen aus dem Wagen und jagen ihn die Straße entlang. Er lässt den Leiterwagen los und flieht, so schnell seine Beine ihn tragen. Der Leiterwagen stürzt um, die Flaschen fallen heraus und zerbrechen, als wären sie aus dünnem Glas. Das warme dunkle Blut fließt über die Straße, schwemmt die scharfkantigen Scherben mit sich und versickert im Rinnstein oder im Gulli. Er rennt und rennt, hält sich die stechende Seite, dreht sich nicht um, schreit nicht, tut nichts als rennen, bis seine Lunge vor Schmerz zu bersten droht, bis er plötzlich einen leichten Stich im Rücken spürt und mitten im Lauf zusammenbricht. Auf Knien und Händen schlittert er über den harten Asphalt, sackt mit Gesicht und Bauch zu Boden, und alles wird schwarz.

Er erwacht auf einem Zahnarztstuhl, mit Handschellen daran gefesselt. Vor ihm steht Danielle in einem Arztkittel. Sie hat eine rostige Kneifzange in der Hand und lächelt ihn an. »Mund auf.«

Er gehorcht.

»Hab es mir doch gedacht. Da nascht wer zu viel liebliches Blut. Hast du noch nie von Karies gehört? Du bist doch eigentlich alt genug. Aber es hilft nichts, die müssen raus.«

»Raus?«

»Ja. Raus, alle raus.« Lächelnd steckt sie ihm die rostige Zange in den Mund und reißt ihm einen Zahn nach dem anderen aus. Ohne Spritze.

Er brüllt, stechender Schmerz frisst sich durch seinen Schädel, durch seinen ganzen Körper, hinab bis in die letzte Zehe. Tränen laufen ihm aus den Augenwinkeln, aber er kann sich nicht bewegen, kann nicht um sich schlagen, sie nicht von sich stoßen, die Zange aus seinem Mund reißen und fortschleudern. Er kann nichts tun, als alles zu erdulden. Langsam füllt sich sein Mund mit Blut, und die schmerzerfüllten Schreie werden zu einem hilflosen Gurgeln. Immer höher steigt das Blut in seinem Mund, gluckernd schwappt es hin und her. Doch auf keinen Fall will er schlucken.

»Ganz ruhig, du hast es ja bald geschafft. Bist ein tapferer Junge«, strahlt sie und wirft einen weiteren Zahn in eine riesige Tonne in der Zimmerecke, die er erst jetzt bemerkt. Sie quillt über vor Zähnen, und auch seiner hält sich nicht oben auf dem Berg, sondern rollt wieder herab auf die weißen, blutverschmierten Fliesen. »Du musst nicht weinen, es sind doch alles nur Milchzähne.«

Alex erwachte schweißgebadet, japsend und mit einer Erektion. Mit der Zunge fuhr er sich über die Zähne, sie waren alle noch da. Was für ein schwachsinniger Traum! Er hatte in zwei Wochen einen Termin beim Zahnarzt, aber Angst davor hatte er nicht.

Wollte der Traum ihm sagen, dass Danielle ihm alle Zähne gezogen hatte?

Unsinn, Träume wollten einem gar nichts sagen. Sein Unterbewusstsein hatte sich einfach weiter mit dem beschäftigt, was ihn gestern umgetrieben hatte; die Lust zu beißen, das Verlangen nach Danielle. Warum hatte er nicht von Lisa geträumt?

Alex quälte sich aus dem verschwitzten Bett, es ging bereits auf zwei zu, und schleppte sich ins Bad. Langsam klang die Erektion ab, sein Kopf war schwer, schwerer, als er nach drei Bier sein durfte. Vielleicht war es ein altes Fass gewesen, oder ihm hatte tatsächlich jemand was ins Glas getan. Er hatte einen widerlichen Geschmack nach Erde und Blut im Mund und spuckte ins Waschbecken.

Der Blutmann – was für ein Unfug!

Er dachte an Lisa, daran, wie sie erwartungsvoll vor ihm an der Wand gestanden hatte. Seine Erektion war wieder da, aber nicht die Gier, ihr Blut zu trinken. Mit Nachdruck stellte er sich ihren schlanken Hals vor, wie sie ihn ihm anbot, aufreizend, unterwürfig, mit den seltsamsten Verrenkungen, lächelnd und furchtsam, doch er dachte nicht einen Moment daran zuzubeißen. Beruhigt lachte er auf, atmete durch und nahm sich vor, sie nachher anzurufen. Immerhin hatte er sie ziemlich dämlich stehen gelassen.

Zum Kaffee las er in der Wochenendausgabe der *Berliner Allgemeinen.* Gestern, nach Danielles kurzem

Brief, hatte er es ganz vergessen. Tatsächlich fand sich im Berlinteil der Artikel zu den Satanisten aus der Gothic-Szene. Vom Jugendlichen, der dem Teufel auf dem Friedhof Tieropfer dargebracht hatte, bis zum psychisch gestörten Ritualmörder reichten die angeführten Beispiele, und scheinbar jeder von ihnen hatte eine Marilyn-Manson-CD im Regal stehen. Auch andere Bands wurden erwähnt, dabei wurden satanistische Black-Metal-Combos ohne Sinn und Wissen einfach der schwarzen Szene zugerechnet, schwarz war schließlich schwarz. Über das PC-Spiel *Gothic*, das außer der Namensgleichheit nicht viel mit der Szene zu tun hatte, wurde in zwei Nebensätzen eine Verbindung zu gefährlichen Killerspielen hergestellt, in denen nicht nur gemordet, sondern auch gefoltert und geopfert wurde.

»Bei derart offensichtlichen Zusammenhängen muss doch die Staatsanwaltschaft eingreifen«, wurde ein Pfarrer aus einer kleinen Berliner Gemeinde zitiert. Auch wenn der Artikel mit einer vagen Formulierung endete, die davor warnte, allzu überhastet irgendwelche Schlüsse zu ziehen, starrte Alex fassungslos auf die Zeitung.

Kurz ärgerte er sich, dass er den Auftrag nicht doch angenommen hatte, einfach, um diesen gedruckten Unsinn zu verhindern. Aber dann beschimpfte er Salle in Gedanken wüst. Den Schreiberling kannte er nicht, vielleicht war der wirklich so verblödet, aber Salle wusste es besser. Der hatte dies wider besseres Wissen abgedruckt, und das kotzte ihn wirklich an. Alex konnte sich nicht erinnern, dass Salle oder seine Zeitung so etwas vor drei, vier Jahren schon gemacht hätten.

Die beiden Gothicmädels auf den dazugehörigen Fotos trugen ihre Reize so offensiv zur Schau, die Bilder könnten glatt in einem Männermagazin abgedruckt werden. Was machten sie also hier, im Berlinteil einer Tageszeitung, wenn weder die selige Loveparade noch der Christopher Street Day stattfand?

Na ja, eigentlich fragte er sich das nicht. *Sex sells,* wie es so schön hieß. Doch das war nicht das Problem. Sollte doch jede Zeitung so viele halbnackte Frauen und Männer abdrucken, wie sie wollte, nur bitte zu differenzierten und gut recherchierten Texten und nicht zu so etwas.

Was sich aber wirklich verkaufte, war nicht nur Sex, sondern ebenso die scheinheilige Empörung über ihn, Promiklatsch mit scheinbar schrecklichen Fettpölsterchen im knappen Bikini, öffentliche Schuldzuweisungen und Häme, Tod, Drama, Chaos, irgendein Schicksal – meist eine tödliche Krankheit – und immer wieder Angst. Angst vor Tod, Unfällen, Arbeitslosigkeit, Unwettern und diesen oder jenen Personengruppen – hier eben Gothics.

Alex las den Artikel noch mal, doch er wurde dadurch nicht besser. Nicht einmal der Kaffee schmeckte noch, Alex löffelte Zucker nach, aber auch das half nichts, er wurde den bitteren Geschmack im Mund nicht los.

Weiter unten auf der Seite fand sich ein kleiner Artikel, der besagte, dass die Zahl der Vermissten in Berlin letzten Monat im Vergleich zum April letzten Jahres deutlich gestiegen war, um 20 % auf 452. Die meisten waren jugendliche Ausreißer, erfahrungsgemäß kehrten zwischen 80 und 90 % innerhalb von 14 Tagen zurück, man könne davon ausgehen, dass letztlich sogar 98 % der Vermissten wohlbehalten wieder auftauchten. Das hieß aber auch, dass statistisch etwa neun Personen im April in Berlin spurlos verschwunden waren, erfolgreich auf der Flucht in eine neue Identität oder Opfer eines Verbrechens, eingesperrt in irgendwelchen Kellern, verkauft oder ermordet und irgendwo verscharrt, im Meer versenkt oder anderweitig entsorgt. Das wären jedes Jahr über hundert in Berlin, zumindest statistisch.

Alex goss sich Kaffee nach, trommelte mit den Fingern auf der Tischplatte herum und starrte auf die zugezogene Jalousie an seinem Fenster. Draußen schien die Sonne grell, das konnte er an den leuchtend weißen Streifen Helligkeit erkennen, die zwischen den Lamellen hereindrang. Genug Licht, um zu lesen, mehr brauchte er nicht. Solange seine Augen noch von Schlaf verklebt waren, würde er die Jalousie nicht hochziehen.

Ein Fünftel mehr Vermisste im letzten Monat war viel. Aber es war nur eine Statistik, Statistiken gaben das Leben nur unzureichend wieder. Vielleicht war das Wetter diesen April sonniger, und da liefen Jugendliche lieber weg als bei Regen. Nur was, wenn die Steigerung bei den Vermissten andere Gründe hatte, wenn diese 20% nicht zurückkehrten? Sonne hin oder her, es war doch unwahrscheinlich, dass plötzlich ein Fünftel mehr Teenager beschlossen, von zu Hause wegzulaufen. Ein paar mehr, gut, vielleicht 3–5%, aber so viele? War gerade ein großer Ausreißerfilm im Kino? Alex wusste nichts dergleichen.

Vielleicht ein neuer Mädchenhändlerring, der sich auf Berlins Straßen bediente, und erst in ein paar Wochen würde man feststellen, dass der durchschnittliche Prozentsatz der Heimkehrer nicht mehr stimmte. Dass von den Vermissten nicht 98 % zurückkehrten, sondern von den 20 % Steigerung kein einziger. Keine einzige. Das wären 80 oder 90 verschleppte Personen.

Alex beschwor sich, sich nichts einzureden, keinen Teufel an die Wand zu malen, doch er hatte ein flaues Gefühl im Magen. Das konnte am übersüßten Kaffee liegen, aber oft genug hatte sein Gefühl Recht behalten. Und es sagte ihm, dass irgendwas in Berlin nicht stimmte, und zwar nicht nur mit ihm. Morgen würde er bei der Polizei anrufen und schauen, ob er mehr über die Vermisstenstatistik in Erfahrung bringen konnte. Ob sich für den Mai schon eine Tendenz abzeichnete und wie viele April-Ausreißer schon zurück waren. Hier lauerte eine Geschichte, das spürte er.

Erst musste er das Radiofeature über *Edgar Allan Poes Erben* möglichst schnell zu Ende bringen, und dann sollte er endlich wieder einmal auf eigene Faust recherchieren, anstatt auf alberne Aufträge wie die Gothic-Satanisten zu warten, die er dann doch ablehnte. Geld verdiente er in den nächsten zwei Monaten mit Auflegen und dem *Wake-the-dead*-Festival, das er mitorganisierte. Da konnte er sich journalistisch doch um ein Thema kümmern, das ihn packte, das er sich selbst wählte, das nicht von außen an ihn herangetragen wurde. Mochten Kollegen das auch unprofessionell und Zeitverschwendung nennen – wenn er etwas herausfand, würde er auch einen Ort finden, es zu veröffentlichen.

Viel zu viel war in den letzten Tagen und Wochen passiert, vom Ritualmord in Schöneberg bis zu den gestiegenen Vermisstenzahlen, von dem abgeschlachteten Studenten in Pankow bis zu den gestohlenen Blutkonserven. Natürlich bestand nicht zwischen allen Ereignissen ein Zusammenhang, so einfach funktionierte die Welt nur in den Köpfen von Verschwörungstheoretikern, doch irgendetwas stimmte dennoch nicht.

So wie mit ihm etwas nicht stimmte.

Gab es andere, die sich in letzter Zeit wie er verändert hatten? Die sich zerrissen fühlten wie er, zerrieben zwischen Schüben von Einsamkeit, Begehren, Leere, Hass und Wut?

Die makellose Danielle war sicher nicht normal gewesen, sie hatte das *Gilgamesch* und sein Schlafzimmer mit ihrer Präsenz ausgefüllt, und nun schien sein Schlafzimmer verlassen und leer, obwohl es mit dem großen Schrank, Bett und dem mit T-Shirts, Hemden und Hosen beladenen Sessel vollgestellt und sichtlich bewohnt war. Dennoch wirkte es anders als vor ihrem Besuch – kälter, wie der Schrein für eine Tote, der nur noch zur Erinnerung an bessere Zeiten diente.

Ärgerlich schüttelte Alex den Kopf. Es gab ein Leben nach Danielle, eine einzige Nacht konnte nicht alles verändern. Er hatte sie nur begehrt, hatte sich nicht verliebt. Dann zwang er seine Gedanken fort von ihr, griff sich seinen Kaffee und blätterte um.

Auf der nächsten Seite war das Bild eines vollkommen

zerquetschten PKW, der in Berlin-Lichtenberg gegen eine Tunnelwand gerast war. Ein Toter, drei Verletzte. Auf dem Foto waren große dunkle Flecken auf dem rissigen Asphalt zu erkennen, auf der unverputzten Wand im Hintergrund war die untere Ecke eines Werbeplakats für irgendwelche Klamotten zu sehen, daneben hatte jemand »Nephil…« gesprüht, in großen, hektisch hingeschmierten Buchstaben, alles hinter dem »l« stand jenseits des Bildrandes.

»Nephilim«, murmelte Alex und ließ fast die Tasse fallen. Der Spinner gestern war doch auf der Suche nach einem Nephilim gewesen. Hatte er das dorthin gesprüht? Und was stand hinter dem *Nephilim* an jener Wand geschrieben?

Nephilim raus, Nephilim gesucht, Nephilim forever, Nephilim verrecke – oder gar eine längere Botschaft?

Alex wusste, dass Nephilim im Alten Testament zweimal erwähnt wurden, auch wenn sie in den üblichen Übersetzungen als Riesen bezeichnet wurden. Das hatte er nachgeschlagen, als er einen längeren Artikel über die alten Gothic-Rock-Heroen *Fields of the Nephilim* verfasst hatte. Die Nephilim waren die Nachfahren von Gottessöhnen, vielleicht Engeln gewesen, die sich mit Menschenfrauen eingelassen hatten. Groß gewachsen und stark, Recken in den frühen Tagen der Menschheit.

Natürlich lief so jemand heutzutage nicht durch Berlin, es gab keine übernatürlichen Wesen, keine Götter und nichts dergleichen, aber vielleicht konnte er herausfinden, wer sich nach ihnen benannt hatte, irgendein

Motorradclub, ein seltsamer Kult oder eine Wehrsportgruppe, wer wusste das schon. Vielleicht nannten sich auch die Lehrmeister irgendwelcher östlichen Atemtechniken so, und alles war ganz harmlos.

»Du riechst nach Nephilim«, hatte der Spinner mit den kalten Haiaugen gesagt – das klang nicht nach Motorradclub oder Lehrmeister.

Alex fuhr seinen Rechner hoch und schenkte sich eine dritte Tasse Kaffee nach. Dann gab er »Nephilim« und »Berlin« in die Suchmaschine ein.

Der erste Treffer führte ihn zum Onlineshop einer Rollenspiel- und Buchhandlung in Steglitz, zur Abbildung irgendeiner Zinnfigur. Eine humanoide Gestalt mit ausgeprägten Bodybuildermuskeln, monströsem Drachenkopf mit gefletschten Raubtierzähnen, ledrigen Flügeln und einem riesigen, zweihändig geführten Krummschwert.

Unwahrscheinlich, dass es um eine solche Figur ging, die konnte man sich einfach kaufen.

War der Spinner gestern etwa gar kein richtiger Spinner gewesen, sondern nur ein Rollenspieler, der in ihm versehentlich einen Mitspieler gesehen hatte? Alex dachte an die kalten Haiaugen, an die unheimliche Präsenz des Mannes, an die abgrundtiefe Abneigung, die er in ihm hervorgerufen hatte. Nein, das war kein harmloser Spieler gewesen, er hatte es ernst gemeint, so ernst wie jeder Schizophrener seinen Wahn. Alex kannte einige Rollenspieler, und keiner von denen hatte ihm je so direkt ein derartiges Gefühl von Bedrohung vermittelt.

Die nächsten Treffer waren Usernamen in irgendwelchen Foren oder des Betreibers einer Fotogalerie, viele schienen ein Nephilim sein zu wollen, wenigstens im Netz. Groß, stark, geheimnisvoll und alten Mythen entsprungen. Alex lächelte.

Es folgten Blogeinträge zu den *Fields of the Nephilim*, weitere Spiele-Sites, der allgemeine Artikel zu Nephilim auf Wikipedia und so weiter. Nach zwei Stunden hatte Alex nichts und niemanden gefunden, den dieser Spinner gesucht haben könnte. Gut, bei richtigen Spinnern wusste man nie, was sie wirklich wollten, aber nichts passte auch nur annähernd. Dass er eine Zinnfigur hatte kaufen wollen, konnte Alex wohl ausschließen.

Was hatte dieses *halbe-halbe* zu bedeuten gehabt? Als wollte er brüderlich teilen, mit diesen kalten Augen, die ganz und gar nicht brüderlich waren. Und *gute Wahl*?

Kurz entschlossen rief er Koma an, der kannte ein paar seltsame Typen, vielleicht auch jemanden, der von einem *Nephilim* gehört hatte oder sich gar selbst so nannte, und das nicht in einem Forum, sondern auf der Straße. Nicht jeder drängte schließlich ins www.

Doch auch Koma konnte ihm nicht sofort weiterhelfen, dafür wollte er wissen, wie es mit Lisa gewesen war, und Alex erzählte es ihm, sagte jedoch keinen Ton von den Beißfantasien, die ihn plötzlich überfallen hatten. Das war peinlich und vergangen, vielleicht war wirklich was in seinem Bier gewesen, oder es war ihm alles zu viel geworden, die frischen Selbstmordgedanken, Danielle, der Spinner und Lisas überstürzter Aufbruch.

Konnte der Fremde ihm etwas ins Glas getan haben?

Schon bevor er an den Tisch gekommen war, eine ganze Weile zuvor. Möglicherweise hatte er dann sogar auf Alex gewartet und gar nicht zufällig unter der Laterne herumgelungert. Nur warum? Das ergab doch keinen Sinn, er kannte ihn nicht einmal.

»Wann trefft ihr euch wieder?«, fragte Koma.

»Weiß nicht, muss sie noch anrufen. Ich habe bis jetzt nur nach Nephilim gesucht.«

»Was hast du getan? Mann, Alter, vergiss den Spinner, Berlin ist doch voll davon. Ruf sie an oder gib mir ihre Nummer, wenn du nicht magst.« Koma lachte.

»Ja, klar, hättest du wohl gern. Ich ruf da schon noch an, mach dir also keine Hoffnungen. Aber du hast den Spinner nicht gesehen.«

»Nein. Ich hab gestern einen Typen gesehen, ein Mords-Schrank, Drei-Tage-Bart, Haare bis zum Arsch, könnte in jedem Film den Wikinger geben. Der hat sich auf die Tanzfläche gekniet und beim Bangen den Kopf so oft gegen den Boden geschlagen, bis er geblutet hat. Dann ist er aufgestanden, mit verschmierter Stirn zur Theke gewankt und hat keinen Whisky bestellt und kein Bier, sondern einen bunten Cocktail mit Schirmchen. Das nenne ich 'nen Spinner.«

»Okay.« Kopfschüttelnd gab sich Alex geschlagen. »Meinetwegen ernennen wir deinen Spinner zum Spinner des Tages, aber ich möchte trotzdem rausfinden, was mein Spinner mit Nephilim …«

»Du rufst diese Lisa an«, unterbrach ihn Koma. »Auf der Stelle. Lass dich von so einem Spinner doch nicht verrückt machen, das ist Zeitverschwendung. Wahrscheinlich war er einfach breit, und du machst dir 'nen Kopf wegen nichts.«

»Kann sein. Bis dann.«

Obwohl er sein ungutes Gefühl noch nicht verloren hatte, stellte Alex die Tasse in die Spüle und ging erst einmal duschen, als könne ihn Lisa durchs Telefon sehen oder riechen. Dann wählte er ihre Nummer. Sie klang froh, ihn zu hören, lachte und redete viel und sagte, dass sie ihn wirklich gern sehen würde.

»Wie geht's Sandy?«, fragte er.

»Besser. Sie hat sich wohl erst mal gefangen.«

»Gut zu hören. Was hältst du von morgen? Irgendwo in der Simon-Dach-Straße, wo wir noch einen Platz finden.«

»Passt prima.«

»Dann bis morgen.«

Alex legte auf und setzte sich an seinen Artikel über *Poes Erben*. Er war noch nicht weit gekommen, da klingelte das Telefon.

»Ja?«

»Hier Sandy. Ich bin die Freundin von Lisa, wir haben uns letzte Woche kennengelernt.«

Verwundert zog er die Brauen hoch.

Ihre Stimme klang kalt und hart. »Wehe, du verarschst Lisa. Wenn du ihr wehtust, dann tu ich dir richtig weh! So richtig richtig. Dann mach ich dich fertig, hast du mich verstanden?«

»Äh, ja.« Ihr Ausbruch hatte Alex so überrascht, dass ihm nichts weiter einfiel. »Aber ...«

»Was aber?«, knurrte sie.

»Ich hatte nie vor, ihr wehzutun. Wie kommst du darauf?« Er dachte an seine nächtliche Fantasie, Lisa den Hals blutig zu beißen, und fühlte sich wie ein Lügner.

»Schlechte Erfahrungen mit Männern.«

»Nicht mit mir.«

»Nein, nicht mit dir. Aber es gibt noch gar keine Erfahrungen mit dir, auch keine guten.«

Da konnte er nicht widersprechen.

Nach dem Gespräch war er nicht sicher, ob sich Sandy wirklich schon gefangen hatte. Das war ein Anruf, den man vielleicht vom großen Bruder eines Mädels bekam, aber eigentlich nicht von ihrer Freundin. Drehten denn gerade alle ab?

Dann grinste er und beschloss, Sandy zu mögen. Lisa konnte froh sein, so eine Freundin zu haben. Noch immer grinsend vertiefte er sich wieder in seinen Artikel.

11

Es war noch dunkel, als sie erwachte. Sie hatte wieder von *ihm* geträumt, und diesmal hatte sie alles verstanden. Leise erhob sie sich und tippelte auf Zehenspitzen aus dem Zimmer, damit sie Herbert nicht weckte. Sie ging in die Küche und trank ein Glas kaltes Wasser, ihr Mund war ganz trocken.

Noch nie hatte sie so etwas getan, aber auserwählt war auserwählt, da konnte sie sich nicht auf fehlende Erfahrung berufen. Das ging vielleicht auf der Arbeit, aber nicht in diesem Fall. Das war etwas anderes, hierauf war sie auch stolz.

Sie war auserwählt.

Die Uhr an der Mikrowelle zeigte 02:51 Uhr.

Rasch schlüpfte sie in Herberts Gartenschuhe, ging hinaus in die Garage und holte den großen Ersatzkanister in die Küche. Versonnen spülte sie ihn aus und trocknete ihn von außen ab, dann nahm sie das große Messer aus dem Block, Edelstahl, ein Weihnachtsgeschenk von Herbert. Die Klinge war sicherlich über zwanzig Zentimeter lang, drei Finger breit und so blank, dass sie sich in ihr spiegeln konnte. Trotzdem wischte sie noch einmal mit dem Geschirrtuch drüber. Lächelnd ging sie mit Messer, Kanister und dem alten orangefarbenen Plastiktrichter zurück ins Schlafzimmer.

Herbert schlief noch immer.

Ein paar Atemzüge lang verharrte sie neben ihrem schlafenden Mann, betrachtete sein entspanntes Gesicht, das tief im Kissen versunken war. Sie wartete noch einen Moment, aber als *er* ihr keine dem Traum widersprechenden Anweisungen gab, kniete sie sich neben Herbert auf den Boden, hielt ihm den Mund mit der Hand zu, wie sie es manchmal tat, wenn er zu laut schnarchte, und durchschnitt ihm mit einem ergebenen Seufzen die Kehle. Er zuckte kurz, strampelte mit den Beinen, röchelte, dann war es vorbei.

Sie krallte ihre Finger in sein dichtes Haar und hob den Kopf über die Bettkante hinaus, ließ das Blut durch den Trichter in den Kanister laufen. Zärtlich strich sie ihm eine widerspenstige Strähne aus der Stirn und wartete, bis der letzte Tropfen herausgeflossen war. Dann schnitt sie ihm Handgelenke und Füße auf, um zu schauen, ob dort noch etwas Blut zu holen war, presste so viel aus seinen Adern, wie sie konnte. Schließlich schob sie seine Gliedmaßen zurück unter die Decke und bettete den Kopf wieder auf das weiche Kissen.

Sie nahm Messer, Trichter und Kanister und ging hinüber ins Kinderzimmer, um den Kanister mit Anne-Marie zu füllen. Auch sie zuckte nur kurz, strampelte mit ihren kurzen dünnen Beinchen, als hätte sie einen Alptraum. Doch viel Blut bekam sie aus ihrer Tochter nicht heraus, gerade einmal halb so viel wie aus Herbert, sie war noch klein, gerade erst eingeschult und dabei noch so schmächtig.

Danach duschte sie, zog sich das gute dunkelblaue Kostüm an, schminkte sich und trug das frische Parfüm auf, das sie von ihrer Mutter für den Frühling bekommen hatte. Nach kurzem Zögern entschied sie sich für die Goldkette mit dem Bernsteinanhänger, heute war ein besonderer Tag, und schleppte Kanister und Trichter in den Kofferraum. Dann stieg sie ins Auto, verstaute das sorgsam gereinigte Messer im Handschuhfach und fuhr nach Kreuzberg. Montagmorgen um diese Zeit war nicht viel los, da fühlte sie sich auf den Straßen sicher.

Am Südstern hielt sie an und schlenderte mit dem Kanister zur neugotischen Kirche hinüber, die sich hier auf einer schmalen Insel zwischen zwei Straßen erhob. Sie ging zur Rückseite und kämpfte sich zwischen die Büsche. Auf das Kostüm konnte sie jetzt keine Rücksicht nehmen, vielleicht wären aber flache Schuhe besser gewesen.

Er hatte gesagt, sie solle die Pflanzen hier mit dem Blut ihrer Familie nähren. Sie schraubte den Deckel vom Kanister und kippte ihn, um die Wurzeln des stärksten Buschs zu gießen. Doch das Blut war geronnen, kein Tropfen fiel auf die Erde.

»Oh, mein Gott«, hauchte sie. Sie hatte versagt! Bleich

vor Scham und Angst starrte sie auf den festen rotbraunen Block im Kanister. Ihr Herz drohte stehenzubleiben.

»Nein, nein«, stieß sie hervor und rannte zurück zum Auto. Gut, dass sie das Messer mitgenommen hatte. Hastig holte sie es aus dem Handschuhfach.

Zurück unter den Büschen, schnitt sie den Kanister in zwei Hälften, dann löste sie bedächtig seine Überreste vom Blutklumpen und begann, die Erde zwischen den Wurzeln aufzuwühlen. Sie grub ein Loch, das sicherlich einen halben Meter tief war, oder zumindest annähernd. Anschließend hackte sie den Blutklumpen klein und warf die einzelnen Brocken hinab, bevor sie wieder alles mit Erde auffüllte und festtrat.

Die ersten Vögel des Tages begannen zu singen.

Sorgsam sammelte sie jeden Fetzen des Kanisters ein, brachte alles, auch das Messer, zurück zum Auto und fuhr nach Hause. Vor der Arbeit sollte sie noch mal duschen und sich umziehen, außerdem musste sie sich auch noch um Herbert und Anne-Marie kümmern. Wenn sie in Arbeit und Schule vermisst wurden, durften sie nicht mehr im Bett liegen. Sie wollte gründlich sein, wenn sie sie wegbrachte, und auf keinen Fall wollte sie zu spät in die Kanzlei kommen, schließlich war sie seit sieben Jahren jeden Tag pünktlich gewesen. Pünktlichkeit war eine Tugend.

12

Eine schlanke Gestalt huscht über die Hausdächer einer nächtlichen Stadt. Mit vollen Lippen flüstert sie Träume von Sehnsucht und Verlangen durch die Schornsteine hinab, ihr Atem riecht nach fernem Meer, Wüste und heraufdämmerndem Gewitter. Unruhig wälzen sich die Schlafenden unter ihren Worten hin und her, sie schnappen nach Luft wie Ertrinkende.

Er schläft nicht, steht am Fenster. Als er ihre Stimme hört, steigt er hinaus und klettert am Gitter eines abgestorbenen Weinstocks aufs Dach. Oben sieht er sie gerade auf das Nachbarhaus eilen, das mit seinem verbunden ist. Der Mond leuchtet hell. Er folgt ihr, beim nächsten Schornstein wird er sie einholen. Er weiß nicht, was er von ihr will, er weiß nur, dass er sie erreichen muss.

»Niemand kann mich einholen«, lacht sie und rennt weiter, sie hat ihn bemerkt, ohne sich umzudrehen.

Er rennt und rennt und rennt, Schweiß läuft ihm von der Stirn und trocknet fest, Tropfen neben Tropfen, so dass sein Gesicht ganz hart und reglos wird wie unter einer Maske aus durchsichtigem Gips. Er atmet so heftig, dass seine Lunge sticht. Doch sein Herz spürt er nicht schlagen, als wäre es aus Stein oder nichts weiter als eine leere Höhlung in seiner Brust. Ganz langsam holt er auf.

Dann ist die Häuserreihe zu Ende.

Sie läuft einfach weiter, springt ab und fliegt lachend zehn oder zwanzig Meter durch die Luft, landet jenseits der Straßenschlucht auf einem Haus mit rotem Dach und großem Schornstein.

Auch er springt. Mit aller Kraft stößt er sich ab, doch der Wind will ihn nicht tragen, die Erde zieht ihn an. Er stürzt, fällt in die Tiefe, hinab in Richtung grauer Straße, auf der ein Bagger auf ihn wartet. Seine Schaufel schwenkt hin und her, schnappt auf und zu, das Maul eines mechanischen Krokodils. Es schnappt mit seinen erdverkrusteten Stahlzähnen nach ihm. Packt ihn und beißt ihn im Sturz entzwei, so dass sein Blut zur Erde spritzt. Es ist tiefschwarz.

Japsend fuhr Alex hoch, schnappte gierig nach Luft, schlug mit den Armen nach einem eingebildeten Bagger. Dann erkannte er den vertrauten Kleiderschrank, den Stapel ungelesener Bücher auf dem Nachttisch und den alten Wecker mit dem Sprung quer über dem Zifferblatt. Er lag in seinem Bett, atmete schwer und war schweißnass, aber viel zu müde, um aufzustehen.

»So ein Schwachsinn«, murmelte er und drehte sich wieder um. Es wurde Zeit, mal etwas Schönes zu träumen. Als er wieder einschlief, hatte er den verblassenden Geschmack von Salz und Sand auf der Zunge.

Eine heiße Sommernacht in einem Club, der aussieht wie eine romanische Kirche. Dort, wo die Kanzel sein sollte, steht ein goldener Käfig, in dem eine barbusige Frau mit zu Schlangen geflochtenen Haaren und einem Minirock aus Maulwurfsfell tanzt. Ein Bär klammert sich an die Stäbe, bangt wild zu den harten Riffs aus den Boxen und wirft ihr Geldscheine hinein.

Alex tanzt mit Lisa, ihre roten Lippen sind geöffnet, ihre Finger fahren ihm durchs Haar, und ihr Becken schmiegt sich an seines. Sie will ihn küssen, doch er zerrt ihren Kopf zur Seite und beißt ihr in den Hals, reißt Fleisch von ihren Knochen, spuckt es aus, er ist schließlich kein Kannibale, und leckt das sprudelnde Blut von ihrer bleichen, salzigen Haut.

Die Tanzenden um sie herum grölen und applaudieren, er kennt sie nicht, fremde Gesichter, lachende Münder, anerkennendes Nicken, das Klatschen wird rhythmisch, viele rufen: »Hey! Hey! Hey!«

Da taucht seine Mutter zwischen ihnen auf und sieht ihn traurig oder besorgt oder tadelnd an, er erkennt nur, dass ihr Gesicht faltig und grau ist. »Wie kannst du das tun, Junge, wie kannst du das nur tun? Ihr seid noch nicht verheiratet.« Er weiß nicht, was er sagen soll, er möchte weglaufen, aber das Blut schmeckt so gut.

»Ich bring dich um! Ich bring dich um!«, *kreischt Sandy und versucht, sich durch die Menschenmassen zu ihm durchzukämpfen. Doch die Masse tanzt weiter, ineinander verschlungen, immer weiter im hämmernden Rhythmus, und lässt sie nicht hindurch.*

»Bitte«, flüstert Lisa und sieht ihn flehend an, »bitte nicht«, aber er kippt ihren Kopf nur auf die andere Schulter, beißt ihr auch in die noch unversehrte Halsseite und trinkt gierig ihr Blut.

Alex erwachte mit trockenem Mund und bitterem Geschmack auf der Zunge, leckte sich verschlafen über die spröden Lippen und drehte sich wieder um. Er zwang sich, die Augen geschlossen zu halten, doch er konnte nicht wieder einschlafen, zu viele Bilder aus seinen Träumen taumelten in seinem Kopf durcheinander, immer wieder sah er sich Lisa beißen, obwohl sie ihn anflehte. Musste ihn das jetzt auch im Schlaf verfolgen? Konnte er nicht wie früher davon träumen, dass ihm ein durchgeknallter Arzt die Fingernägel mit einer Pinzette ausriss? Damit konnte er besser umgehen, als Täter zu sein.

Er wollte ausspucken, doch nicht auf sein Kopfkissen. Murrend tapste er ins Bad und sammelte Speichel zusammen, was nur schwer ging, da er fast breiig war. Als er schließlich einen Batzen ins Waschbecken tropfen ließ, war dieser blutig.

Er starrte in den Spiegel und riss den Mund auf. Erst konnte er nichts Ungewöhnliches erkennen, doch dann sah er Blut unterhalb des linken oberen Eckzahns, das langsam mehr wurde.

Zahnfleischbluten, nichts weiter, völlig normal, das hatte er manchmal.

Müde schüttelte er den Kopf und spritzte sich kaltes Wasser ins Gesicht. Dann starrte er sich wieder an. Die Augenringe waren deutlich ausgeprägt, da musste er nachher wohl eher mit Charme als mit Aussehen punkten.

Nachdem Alex gestern um Mitternacht einen kurzen Zigarettenspaziergang gemacht und dabei festgestellt hatte, dass er auch in dieser Nacht besser im Dunkeln sehen konnte als all die Jahre zuvor, hatte er Stunden damit verbracht, nach Krankheiten zu googeln, die mit verbesserter Sehkraft einhergingen. Ohne viel Erfolg. In erster Linie hatte er natürlich nach Geschlechtskrankheiten gesucht, nach HIV, Tripper und was ihm sonst noch einfiel.

Wo und wie hätte er sich in letzter Zeit sonst etwas einfangen können? Klar, auf öffentlichen Toiletten ging das immer, aber das schlug einem ja meist eher auf den Magen oder die Blase. Meist.

Immer wieder wanderten seine Gedanken zu Danielle. Mit wie vielen war sie vor ihm im Bett gewesen? Bei ihrem Aussehen hätte sie leicht jeden Abend einen anderen haben können, ach was, drei, vier, so viele sie wollte. Nicht alle diese Männer konnten gesund gewesen sein.

Ich bevorzuge die Abwechslung, hatte sie geschrieben.

Sein Kopf fühlte sich heiß an, wie bei beginnendem Fieber. Schlapp war er aber nicht, höchstens ein wenig zittrig. Das würde sich nach dem ersten Kaffee geben, hoffte er.

Es war kurz nach zwei, er hatte also fast acht Stunden Schlaf gehabt; dennoch fühlte er sich wie gerädert.

Warum plagten ihn gerade jetzt so absurde Träume? Der Gedanke, Lisa den Hals aufzureißen, schreckte ihn auch heute, er hatte nichts Erregendes.

Hatte er so viel Angst davor, doch die Kontrolle zu verlieren, wenn er sie sah?

Dabei freute er sich auf das Treffen. Wenn er an sie dachte, dann mit einem albern glücklichen Lächeln und zärtlich, oder zumindest mit normalem Verlangen. Wie offen man normal in diesem Zusammenhang auch definieren mochte, Halsaufreißen und Blut saufen gehörten definitiv nicht dazu. Er warf die Kaffeemaschine an und ließ den Blick über die Fotos der Schrankwand schweifen. Dabei dachte er ernsthaft darüber nach, wo Platz für ein Bild von Lisa wäre. Natürlich war es Unsinn, sich das schon vor dem ersten Kuss zu überlegen, aber er spürte dieses verliebte Kribbeln im Bauch, wenn er an sie dachte, er erinnerte sich, wie sie ihn angesehen hatte, wie sie in der U-Bahn über die abwesende Romantik gelacht und seine Hand gehalten hatte.

»Eine Jurastudentin.« Er schnaubte verächtlich, konnte aber nicht aufhören zu lächeln. Koma hatte Recht, er hatte Glück mit Frauen. Erst die Nacht mit Danielle, und jetzt Lisa.

Als er an Danielle dachte, bekam er einen Steifen. Wo sie wohl die Nacht verbracht hatte? Er hätte gern gewusst, wo sie wohnte.

Beiläufig kratzte er an seiner Narbe, ein Brocken trockener Schorf fiel zu Boden und legte einen kleinen Flecken frischer rosa Haut neben dem vernarbtem Gewebe frei. Auch wenn er sich am Unterarm kratzte, hatte er das Gefühl, es jucke ihm zwischen den Beinen. Nach dem Frühstück würde er zum Arzt gehen, ein Blutbild machen lassen, Aids-Test und eben alles, zu was ihm der Arzt riet. Nur zur Sicherheit, denn eigentlich glaubte er ja nicht, dass er sich etwas eingefangen hatte.

Zuvor würde er noch schnell sein Radiofeature fertigstellen, einen ganzen Tag vor der Deadline, das war doch auch mal was. So sehr er Poe und ein paar seiner sogenannten Erben schätzte, er wollte es einfach vom Schreibtisch haben, ihm gingen andere Dinge durch den Kopf. Dann sah er wieder auf die Uhr und verschob den Arztbesuch um einen Tag.

Bereits eine Viertelstunde zu früh saß Alex an einem Tisch der neu renovierten Cocktailbar gegenüber des coolen *Conmux* in der Simon-Dach-Straße, er wollte Lisa auf keinen Fall warten lassen.

Eigentlich mochte er das *Conmux* lieber, aber bei Lisa war er sich nicht sicher. Der Laden stimmte einfach nicht mit seinen Vorurteilen gegenüber Jurastudentinnen überein, dafür hatte er einen zu rauen alternativen Charme, musikalisch und auch von den leicht angeschlagenen Tischen her. So hatte er die Simon-Dach-Straße vor Jahren kennengelernt, inzwischen war sie ein Stück hipper geworden. Nicht schlimm, aber normaler, gefühlt touristischer, und am Wochenende stieß man immer auf irgendwelche Mädels oder Jungs, die Junggesellenabend feierten, mit reichlich Alkohol, gellten Sprüchen und albernen Spielen. Warum gingen die nicht zum Tabledance, anstatt sich an ihrem letzten Abend in Freiheit öffentlich zum Affen zu machen?

Auch wenn sein Tisch inzwischen im Schatten lag, schien die Sonne noch warm genug, dass Alex einfach so im ärmellosen T-Shirt dasaß, sein schwarzes Kapuzenshirt hatte er über die Stuhllehne gehängt. Abwechselnd sah er zur Straßenecke, wo Lisa auftauchen musste, und den Pärchen hinterher, die Hand in Hand vorbeischlenderten, vor allem den Mädels. Auch wenn er ein Nachtmensch war, so ein sonniger Frühlingstag hatte schon was.

Tatsächlich war er nervös, er hoffte, dass ihr der Laden gefallen würde, als wäre das entscheidend für den Abend. Nervös wie ein Teenager trommelte er New Model Armys *Poison Street* mit den Fingern auf der Tischplatte nach, es gab wenige tolle Lovesongs, die einen so treibenden Rhythmus hatten. Dabei konnte er sich doch sicher sein, dass sie ihn, Alex, mochte. Oder sogar mehr. Das würde nicht verschwinden, nur weil er die falsche Bar ausgesucht hatte.

Und wenn doch, dann könnte sie ihm eh gestohlen bleiben.

Hoffentlich stand sie auf Dreitagebärte.

Schon daheim hatte er sich den Kopf zerbrochen, wie sie auf ihn reagieren würde, doch richtige Sorgen machte ihm, wie er auf sie reagieren würde. Er versuchte, einfach nicht an ihren Hals zu denken, doch genau deshalb dachte er ständig daran. Daran, sie nicht zu beißen, und genau das rief ihm die Bilder vom Samstag wieder in den Kopf.

Nein, da war er nicht er selbst gewesen, irgendwer hatte ihm was ins Bier getan. Ganz bestimmt.

Er freute sich auf Lisa und hätte den Song in seinem Kopf am liebsten laut mitgesungen: So just a kick / For this dark damned city of ours / And a kiss / Yeah a kiss for you / And just a drink / A toast to the days to come / Now Poison Street won't break us any more.

Ein schwarzer Köter trabte schnüffelnd an der Bar vorbei, irgendein Mischling von der Größe eines Schäferhunds. An Alex Tisch hielt er an und hob den Kopf. Einen Augenblick lang blickte er Alex an, dann ließ er ein heiseres Kläffen hören.

»Ist ja gut«, sagte Alex beruhigend. »Bist ja ein Feiner. Ja.«

Aber der Feine bleckte die Zähne und kläffte noch mal. Die Gäste an den Nachbartischen sahen herüber.

»Ferdi! Hierher!«, rief eine kurzhaarige Frau, die in verschwitzten Joggingklamotten und mit Leine in der Hand angelaufen kam.

Ferdi gab ein Geräusch zwischen Knurren, Husten und Niesen von sich.

Alex starrte ihn an.

»Ferdi!«, bellte die Frau, und endlich wandte sich der Hund ihr zu, lief die zwei Schritte zu ihr hinüber. Er wedelte mit dem Schwanz und sah sie erwartungsvoll an, als hätte er sich ein Leckerli verdient.

»'tschuldigung«, murmelte sie in Alex' Richtung, und ein kräftiger Mann in kurzärmligem Hemd am Nachbartisch antwortete bissig: »Nehmen Sie ihn doch an die Leine, dann passiert auch nichts.«

Seine zierliche Frau hatte die Gabel mit den aufgerollten Spaghetti auf den Teller sinken lassen und beäugte den Hund misstrauisch, als fürchte sie, er könnte sie anspringen. Wahrscheinlich Touristen, die mal in einer Szenestraße essen wollten, oder Studenteneltern auf Besuch, die auf ihr Kind warteten.

»Kein Problem, ist ja nichts passiert«, sagte Alex deutlich hörbar und lächelte die Hundebesitzerin an. Mit einem dankbaren Nicken lief sie weiter.

Der Tourist drehte sich zu Alex um, doch bevor er etwas sagen konnte, fasste ihm seine Frau an den Unterarm. »Klaus, nicht.«

»Aber ...«

»Bitte. Es bringt doch nichts.«

Mit einem Schnauben wandte er sich wieder ab und sah seiner Frau zu, wie sie bedächtig ihre Nudeln aß. Auf seinem Teller war nur noch eine braune Soßenpfütze übrig, darin lag eine zerknüllte Papierserviette. Keiner von beiden sagte ein Wort. Alex nahm sich vor, nie so zu enden.

Es war schon seltsam, er wusste immer, wie er nicht werden wollte. Nicht wie die beiden, nicht wie sein Vater, nicht wie Salle, nicht wie dieser und jener. Wenn ihn jemand nach Vorbildern fragte, fielen ihm keine ein, nur abschreckende Beispiele. Seine Mutter nannte ihn deshalb *ziellos,* aber er war überzeugt, dass man seinen Weg durchs Leben auch gut finden konnte, indem man sich an denen orientierte, deren Beispiel einem Angst machte. So wie das Foto eines Raucherbeins auf der Zigarettenschachtel. Na gut, immer half das auch nicht, dachte er und tastete nach seinem Tabak. Nur um zu prüfen, dass er ihn nicht vergessen hatte.

Kurz darauf tauchte Lisa auf, wieder hatte sie die Haare hochgesteckt, große silberne Kreolen baumelten neben ihrem Hals. Sie trug einen schmal geschnittenen schwarzen Rock mit Schlitz, der eine Handbreit über dem Knie endete, und ein enges schwarzes Top. Ein Kribbeln überlief Alex, Glück und Erregung, er hätte am liebsten jubelnd die Faust geballt. So zog sich eine Frau nicht an, wenn sie jemanden traf, den sie nur gut leiden konnte. Grinsend stand Alex auf und hob die Hand.

Lisa lächelte und kam zu ihm herüber, ihre Lippen waren dunkelrot.

»Hi«, sagte sie, und eine halbe Sekunde lang sahen sie sich zögernd an. Die Hand geben war albern, zu distanziert, aber eine kumpelhafte Umarmung auch nicht besser. Jetzt hatte er hier fast eine halbe Stunde gesessen, hatte gewartet, an sie gedacht, und wusste doch nicht, wie er sie begrüßen sollte. Sie beugte sich vor und küsste ihn auf beide Wangen. Dabei kam ihm ihr Hals furchtbar nahe, er müsste nur den Kopf drehen und zuschnappen.

Unbeholfen erwiderte er die Küsschen und atmete ihren Geruch ein.

»Hi«, sagte auch Alex.

»Wartest du schon lange?«

»Nein, kein Problem.«

»Gut.« Sie strich mit den Händen über ihren Rock, wirkte viel nervöser als bei ihrem Date vorgestern. Fast durcheinander, als wäre irgendwas nicht in Ordnung. Sie machte keine Anstalten, sich zu setzen.

»Alles okay?«, fragte Alex.

»Ja, klar«, sagte sie, aber ihre Augen flackerten unruhig. Dann fragte sie, ob sie nicht ein wenig spazieren könnten, einfach um die Häuser laufen. »Hab heute zu viel gesessen.«

»Klar, können wir.« Alex kippte den Rest seiner Cola runter und legte drei Euro auf den Tisch. »Beim nächsten Mal weiß ich dann auch Bescheid, dass man mit dir jedes Mal mehr durch die Straßen läuft als in der Bar zu sitzen, dann trage ich Turnschuhe.«

»Du trägst Turnschuhe.« Grinsend deutete Lisa auf seine Chucks.

»Verdammt, ja.« Die Schlappen hatte er ja wieder ausgezogen, weil sie zu uncool waren. »Du solltest wirklich aufpassen, mit wem du dich verabredest. Ich weiß nicht, ob du dich mit Männern abgeben solltest, die nicht bis zu den eigenen Füßen denken können.«

Im Gehen nickte Alex der Bedienung zu, dann schlenderte er mit Lisa die schmale Simplonstraße entlang, dort war immer wenig los, kaum Autos, kaum Fußgänger, und sie war der kürzeste Weg zur Modersohnbrücke. Plaudernd spazierten sie zur Brücke, die sanft ansteigende Straße zu ihr hinauf und vorbei an der improvisierten Strandbar mit voll besetzten Bierbänken und gefüllten Beachvolleyballfeldern, aber ohne das geringste Gewässer. Die Brücke führte über ein Dutzend Gleise, nicht über einen Fluss.

Auf der Modersohnbrücke, die von zwei dunkelgrauen Stahlbögen rechts und links der Straße überspannt wurde, hatten sich schon die ersten jungen Leute eingefunden, alle auf der anderen Straßenseite. Nebeneinander aufgereiht saßen sie auf den runden Streben, die wie Leitplanken unter den Bögen zwischen Fahrbahn und Fuß- und Radweg entlang verliefen, den Rücken zu ihnen, und blickten in Richtung Warschauer Straße, Ostbahnhof, Fernsehturm und der neuen Arena. Hinter all dem würde die Sonne in einer knappen Stunde versinken.

Alex erzählte Lisa, dass es noch viel mehr werden würden. Es hatte wohl vor zwei oder drei Jahren angefangen, seitdem traf man sich hier, um gemeinsam den Sonnenuntergang zu beobachten.

»Schon komisch, dass sich Menschen versammeln und darauf warten, dass es Nacht wird«, sagte Lisa. Es klang nicht romantisch. Trotzdem blieb sie stehen und blickte über die anderen hinweg. »Aber ist sicher schön.«

Sie setzten sich und sahen in die andere Richtung, zum Ostkreuz, das noch immer eine große Baustelle war. Auf dieser Seite standen mehr Bäume und Büsche, und außer einem schwarzen Turm, der aussah wie ein Riesenpenis aus Stein, waren keine auffälligen Gebäude zu erkennen. Ratternd fuhr eine S-Bahn unter ihnen hindurch.

»Rauchst du?«, fragte Alex.

»Eigentlich nicht. Du?«

»Auch eigentlich nicht. Aber manchmal, vor allem im Sommer … Magst du auch eine?«

»Ja.«

Er holte Tabak und Papers aus der Tasche seiner schwarzen Armyhose und reichte sie ihr.

»Ähm, ich kann das nicht. Drehst du mir eine?«

»Klar.« Da er nicht täglich eine halbe Packung wegrauchte, fehlte auch ihm die Übung. Dennoch versuchte er, ihr eine perfekte Zigarette zu drehen, und natürlich wurde sie besonders unförmig und dick. Seine Finger verkrampften, und er hatte einfach nicht zu geizig mit dem Kraut sein wollen. Kurz musterte er die Zigarette verächtlich, dann klemmte er sie sich hinters Ohr. »Du kriegst die nächste, die ist einfach zu hässlich.«

Die zweite gelang ihm besser. Er gab Lisa Feuer, dann sich selbst. Gemeinsam starrten sie auf die Schienen, sahen einem ICE hinterher, der gemütlich aus der Stadt rollte.

»In der Kollegstufe bin ich manchmal nach dem Unterricht an den Bahnhof gelaufen, habe den Zügen nachgesehen und mir vorgestellt, wie es wäre, einfach in den nächsten einzusteigen und bis zur Endstation zu fahren«, sagte Lisa und hustete.

»Und?«

»Ich bin nie eingestiegen.«

Alex nickte.

»In dem Kaff, in dem ich aufgewachsen bin, gab es gar keinen Bahnhof. Aber als Kind habe ich mich vor unser Haus gesetzt und aufgeschrieben, was für besondere Autos vorbeigefahren sind, also besonders schnelle und teure, was man als Junge eben so schätzt. Die, mit denen man im Autoquartett gewinnt. Ich habe Strichlisten mit Porsches, 7er BMW und so weiter gemacht und jeden Tag auf einen Ferrari, Rolls Royce oder Lamborghini gehofft.«

»Und? Hattest du Glück?«

»Nein. Es ist ein kleines Kaff, da hilft es auch nicht, an der Durchgangsstraße zu wohnen.«

Sie schwiegen, während zwei Jogger an ihnen vorbeikeuchten. Dann atmete Lisa Rauch in den Himmel.

»Montags jobbe ich immer bis 18.00 Uhr am Empfang einer Anwaltskanzlei«, fing sie unvermittelt an zu erzählen. »Heute hat die Chefsekretärin Yvonne einen Anruf von einem befreundeten Kollegen ihres Mannes erhalten, ihr Mann sei nicht zur Arbeit erschienen, ob er denn krank wäre. Sie sagte *Nein,* er sei wie immer morgens aus dem Haus gegangen, wollte die Tochter noch in den Kindergarten bringen. Sie war natürlich total fertig und hat sofort im Kindergarten angerufen, doch das Mädchen ist dort nie angekommen. Und das Handy ihres Mannes war ausgeschaltet. Polizei, Krankenhäuser, Feuerwehr, niemand wusste von einem Unfall, niemand hatte sonst etwas von den beiden gehört. Sie waren einfach verschwunden.«

»Das klingt übel.« Alex dachte an die Statistik mit den steigenden Vermisstenzahlen.

»Alle haben wir ihr gut zugeredet, haben versucht, sie zu beruhigen, kein Unfall auf der Strecke war doch eine gute Nachricht, aber sie war völlig aufgelöst. Natürlich. Wir hoffen ja, dass der Mann einfach nur einen spontanen Ausflug irgendwohin gemacht und das Handy vergessen hat. Könnte ja sein.«

»Ist der so ein Typ?«

»Ich kenne ihn nicht. Sie ist zumindest ganz anders, penibel, nie auch nur eine Minute zu spät, und die Akten werden im rechten Winkel zur Schreibtischkante ausgerichtet, selbst wenn sie nur für fünf Minuten abgelegt werden. Es geht immer ums Prinzip, und das Prinzip heißt Ordnung. 110% Dienstbeflissenheit für den pedantischen Dr. Peters, unseren Chef. Ist manchmal ein wenig anstrengend, weil sie diese Ordnung auch von uns verlangt.«

»Vielleicht auch daheim, und der Mann ist durchgebrannt?«, rutschte es Alex raus.

»Ja, vielleicht.« Sie ließ ein kurzes Schnauben hören, dass nach einem versuchten Lachen klang.

»Er wird schon wieder auftauchen. Mitsamt Tochter.«

»Ja.« Sie warf die Zigarette zu Boden und trat abwesend darauf.

Besser, er erwähnte die aktuelle Vermisstenstatistik gar nicht, auch wenn sie ihm jetzt dauernd im Kopf herumspukte. Warum hatte er heute nicht bei der Polizei angerufen, wie er es sich vorgenommen hatte? Dann wüsste er jetzt vielleicht irgendwas Beruhigendes oder Hilfreiches zu sagen.

»Ich kenne sie wirklich nicht gut«, sagte Lisa. »Aber es nimmt einen trotzdem mit, wenn einer Kollegin so etwas passiert.« Sie seufzte. »Na ja, lassen wir das.«

Also redeten sie über dies und das, und Alex fragte irgendwann nach Sandy: »Kommt sie klar?«

»Ja«, sagte Lisa und presste die Lippen zusammen. »Das heißt, ich weiß nicht. Sie wird irgendwann damit klarkommen, aber momentan ist sie echt fertig.«

»Verlassenwerden ist nicht schön.«

»Vor allem nicht, wenn dein Freund mit deiner Schwester in die Kiste steigt.«

»Au verdammt.«

»Ja. Jetzt ist er mit Sandys Schwester zusammen, und Sandy hat nicht viele Freunde in Berlin. Kommilitonen schon, aber keine Freunde, sie ist am Wochenende und in den Semesterferien immer zu ihm gefahren. *Und das hat gar nichts genützt,* wie sie jetzt sagt. Manchmal mach ich mir echt Sorgen. Es ist nicht so, dass sie gar nicht mehr lacht oder gar nicht mehr aus dem Haus geht, und es ist okay, sich nach einer Trennung zu vergraben, aber sie träumt auch mies, so richtig mies. Schlaf sollte erholsam sein, aber sie sitzt beim Frühstück und starrt ins Nichts. Sie sagt, sie kann sich nicht an ihre Träume erinnern, aber sie fühlt sich völlig ausgelaugt und leer. Das sagt sie mit so leiser, gefühlloser Stimme, das kann einem Angst machen.« Lisa presste die Lippen aufeinander und sah ihn an.

Alex nickte.

»*Ich habe keine Hoffnung mehr,* sagt sie dann manchmal«, fuhr Lisa fort, »und wenn ich sie frage, in welcher Hinsicht sie keine Hoffnung mehr habe, antwortet sie nur: *In jeder Hinsicht.* Sie trägt nur noch Langärmliges und sperrt sich im Bad ein. Im Müll habe ich zufällig eine Klinge gesehen, die sie aus einem Einwegrasierer herausgebrochen hat. Sie war voller Blutflecken, ich glaube, sie ritzt sich in den Arm, aber ich trau mich nicht, sie zu fragen. Ich habe vorsichtig vorgeschlagen, dass sie zu einer Therapeutin gehen soll, aber sie hat nur gelacht. Ich glaube, sie ritzt sich, um überhaupt wieder irgendwas zu fühlen, und vielleicht ist das für sie ja der richtige Weg, mit der ganzen Geschichte umzugehen. Das klingt möglicherweise dumm und naiv, und ein Psychologe würde mich dafür steinigen, aber immer, wenn sie aus dem Bad kommt, wirkt sie lebendiger. Nach dem Aufstehen scheint sie mir fast tot zu sein, das ist unheimlich. Ganz blass und ohne einen Schimmer Leben in den Augen. Ich ... ich weiß echt nicht, was ich tun soll, und weiß auch nicht, warum ich dir das alles erzähle. Du hast gefragt, und ... vielleicht wollte ich dir auch nur erklären, warum ich am Samstag gehen musste. Tut mir leid, dich damit zu belasten, eigentlich wollte ich das gar nicht.«

»Hey, das ist doch kein Problem. Hauptsache, Sandy kommt wieder in Tritt.«

»Ja. Danke.«

Alex wusste nicht, was er noch sagen sollte, nickte einfach und hätte sie am liebsten in den Arm genommen, oder wenigstens ihre Hand, aber er saß einfach da und sah sie an. Sie blickte zu Boden und unterdrückte Tränen; ihre Mundwinkel zuckten. Es tat ihm weh, sie so zu sehen.

»Drehst du mir noch eine?« Sie hob den Kopf. »Schnaps haben wir ja keinen dabei, oder?«

»Nein.« Er packte den Tabak aus.

»Ich würde ihr gern helfen, aber ich weiß einfach nicht, wie.«

»Du hilfst ihr doch, indem du da bist. Alles andere kommt mit der Zeit.«

»Meinst du?«

»Ja. Irgendwann nimmt der Schmerz ab.« Er reichte ihr die Zigarette, gab ihr Feuer und drehte sich selbst auch eine. Damit sie nicht allein rauchen musste, obwohl das natürlich Blödsinn war.

»Okay. Dann lassen wir die Zeit arbeiten und reden jetzt über etwas weniger Trübsinniges. Was schreibst du gerade für einen Artikel?«

»Bin eben mit einem über Poe fertig geworden.« Alex grinste. »Der war halb wahnsinnig und ist viel zu früh in der Gosse gestorben.«

»Das ist ja richtig aufbauend.« Sie lachte vorsichtig und verschluckte sich am Rauch. Sie hustete und wedelte mit der linken Hand durch die Luft, als würde das helfen.

Er grinste und fragte dann, ohne nachzudenken, ob sie zufällig irgendwelche Leute kannte, die sich *Nephilim* nannten. In Berlin oder sonst wo.

Sie verneinte. »Was sollen das für Leute sein?«

»Keine Ahnung. Ich weiß nur, dass ein … Bekannter nach ihnen sucht«, wich er aus. Er wollte mit ihr nicht über den Spinner sprechen. Mit Sandy und ihrer Kollegin hatte sie schon genug zu knabbern.

Sie wechselten endgültig zu harmlosen Themen, Literatur, Kino, Freizeit, Hobbys, und stellten fest, dass sie unterschiedliche Bücher lasen, unterschiedliche Musik hörten und unterschiedliche Filme mochten. Alex ging ab und zu ins Theater, Lisa freute sich auf die kommende Leichtathletik-WM in Berlin. Sie mochte den Frühling, er den Herbst, Schwarztee stand gegen Kaffee, Urlaub im Süden gegen Nordsee bei Wind und in Berlin bleiben, *Sesamstraße* gegen *Captain Future*. Er war auf einem bayrischen Dorf aufgewachsen, sie in der Großstadt Düsseldorf. Immer schneller warfen sie sich Stichworte um die Ohren und amüsierten sich über die wachsende Liste an Unterschieden. Dabei flunkerte Alex ein wenig, eigentlich hatte er nichts gegen einen Urlaub in Griechenland, um die antiken Ruinen zu sehen, beharrte aber aus Freude an Gegensätzen auf Skandinavien.

»Wir haben ja echt nichts gemeinsam.« Lisa lachte. »Das gibt's doch nicht.«

»Na ja, immerhin sind wir die einzigen beiden, die in die falsche Richtung schauen.«

»Das stimmt. Das verbindet ungemein.« Sie sah ihn erwartungsvoll an. Die Schwermut und das unruhige Flackern waren aus ihren Augen verschwunden, eine dünne Haarsträhne hing ihr quer über die Stirn. Die silbernen Ohrringe glitzerten in der Abendsonne.

»Du siehst wirklich fantastisch aus. Weißt du das?«, sagte er und rückte unauffällig einen winzigen Zentimeter auf sie zu. Sein Herz schlug schneller.

»Danke«, sagte sie leise, ihr Mund blieb leicht geöffnet. Jetzt musste er sie küssen, verdammt. *Sei kein Trottel, versau es nicht! Tu's!*

Hinter ihnen ging mit voller Lautstärke ein Ghettoblaster los, Lisa zuckte zusammen.

»Hey, du Idiot!«, schrie einer, und die Musik wurde runtergedreht. Trotzdem sah Lisa hinüber, und innerlich fluchend tat es auch Alex.

Die Brücke hatte sich inzwischen gefüllt, die Sonne stand groß und rot am Horizont, sie war schon halb versunken. Auch auf ihrer Brückenseite sahen Menschen dem Sonnenuntergang zu, und erst jetzt wurde Alex bewusst, wie viele wirklich gekommen waren. Kleine Gruppen und Pärchen, viele hatten Getränke dabei, einer sogar eine Decke, die er trotz der warmen Temperaturen unter seinen Hintern und den seiner Freundin geklemmt hatte. Ein Zug kam auf sie zu, fuhr unter ihnen hindurch und irgendwohin, Alex hatte nicht nach der Aufschrift über der Frontscheibe der Lok gesehen.

Seit sie hier saßen, hatte er nicht einmal den Drang verspürt, in den Tod zu springen, hatte nicht einmal lose daran gedacht.

Als er jetzt die Räder über die Gleise unter ihnen ruckeln hörte, begriff er, warum Lisa früher zum Bahnhof gefahren war. Zusammen mit ihr könnte er jetzt Berlin und alles hinter sich lassen, wenigstens für diesen Augenblick, einen Abend oder eine Woche lang. Er betrachtete ihr Gesicht, während sie zur Sonne sah. Dann nahm er einfach ihre Hand und streichelte sie.

Sie wandte sich ihm zu und fragte mit einem schelmischen Grinsen: »Wo waren wir eben?«

»Ich hatte dir gesagt, dass du umwerfend aussiehst«, sagte er und küsste sie, sanft und lange.

Sie schmiegte sich sofort an ihn, ihre Zunge tastete über seine Lippen, ihre schmeckten zugleich süß und herb nach dem schweren roten Lippenstift.

Langsam lösten sie sich wieder voneinander, die Gesichter verharrten nur eine Handbreit voneinander entfernt, die Blicke ineinander verhakt. Ihre grünen Augen funkelten hell.

Er hatte sie nicht gebissen, hatte nicht einen Augenblick lang daran gedacht. Zu der Euphorie und dem Glück, die durch seinen Körper tobten, gesellte sich Erleichterung. Eine diffuse Anspannung fiel von ihm ab, so plötzlich, dass er einfach loslachte.

Ihre Augen wanderten über sein Gesicht, ihre Finger vergruben sich in seinem Haar. »Du siehst aber auch nicht übel aus.«

»Schade. Ich mochte immer die Geschichte von der Schönen und der Bestie.«

»Idiot«, sagte sie und küsste ihn. Danach erhob sie sich und fragte: »Wollen wir gehen?«

»Wohin?«

»Zu dir? Ich wohne nicht allein, und Männerbesuch will ich Sandy trotz allem möglichst nicht aufs Auge drücken.«

»Dann zu mir.« Er nahm ihre Hand fester und führte sie die Brücke hinab. Dabei strich er mit dem Daumen immer wieder über ihren Handrücken.

Als sie seine Wohnung erreichten, war die Welt für ihn noch immer taghell.

13

Ihr Arsch war einfach zu fett. Sandy stand vor dem großen Spiegel im Flur, drehte sich hin und her und musterte sich missmutig. Bei der verdammten Hüfthose quollen die Rettungsringe auch noch deutlich sichtbar über den Bund. Nun gut, Rettungsringchen, aber trotzdem. Mit blau lackierten Fingern packte Sandy ihre Haut und schüttelte sie – das waren eindeutig keine Muskeln. Lautlos beschimpfte sie ihr Spiegelbild und zog sich wieder um. Sie musste dringend drei, vier Kilo abnehmen.

Dabei hatte sie sich heute extra einen neuen schwarzen String mit roter Rose hinten gekauft, im Rock sah den wieder keiner. Wenn schon alle Welt herumvögelte, Lisa, Martin, ihre Schwester und auch die hässliche Heike nebenan, die immer so grell und hechelnd stöhnte, dass man die Musik lauter drehen musste, dann wollte sie auch.

Sie hatte ein Recht auf Sex!

Heute würde sie ausgehen, die Stadt rief nach ihr.

Lisa hätte ja ruhig fragen können, ob dieser Alex einen Freund hatte, dann hätten sie zu viert weggehen können. Aber nein, sie dachte nur an sich. Sonst rief auch niemand an, als wäre Verlassenwerden ansteckend.

Sie zog die silberne, auf Taille geschnittene Bluse aus dem Schrank. Wenn sie die oberen beiden Knöpfe offen ließ, dann würden ihr die Männer auf die Brüste starren und nicht auf den fetten Hintern.

»So schlecht siehst du eigentlich gar nicht aus«, sagte sie zu ihrem Spiegelbild, kippte den Rest Sekt aus der Flasche hinunter. Sie war wieder frei – irgendwo mussten sich doch die Typen finden lassen, die mit ihr geflirtet hatten, als sie noch mit Martin zusammen gewesen war.

Hatte sie das wirklich nötig?

Es waren doch noch Chips im Haus, und auch noch zwei Flaschen Wein. Müsste sie sich wirklich von irgendwelchen Idioten da draußen anquatschen lassen? Es war doch eh keiner treu, alles sinnlos. Egal, was passierte, jeder blieb für immer allein.

Mit der ersten Flasche Rotwein setzte sie sich vor den Fernseher, den sie eingeschaltet hatte, als Lisa gegangen war. Ohne sie war die Wohnung so schrecklich leer gewesen. In der Küche lief das Radio, damit nirgendwo Stille herrschte, damit sie sich nicht einbildete, irgendwer rief nach ihr. Es war niemand hier, und niemand wollte etwas von ihr. Trotzdem vermeinte sie manchmal den Widerhall ihres Namens zu hören, ein Echo, die verschluckte Silbe eines ähnlich klingenden Worts, das von der Straße hereinklang. Es konnte nicht ihr gelten, und doch blickte sie sich jedes Mal um, wollte ans Fenster oder die Tür laufen, um zu schauen, wer nach ihr rief.

Sie wollte raus.

Sie presste das hässliche gelbe Sofakissen gegen den Bauch und starrte weiter auf die Glotze.

Stille war das Schlimmste, seit Martin sie mit ihrer Schwester betrogen hatte. Nein, nicht nur einmal betrogen, die beiden hatten eine Affäre gehabt und waren nun seit zwei Wochen offiziell zusammen.

Ihre verdammte eigene Schwester!

Und eben weil es ihre Schwester war, bezogen ihre Eltern keine Position, um keine Tochter zu bevorzugen.

»Ich sage ja nicht, dass es richtig war, was Judith getan hat, aber mit ein wenig Mühe und Geschick hättest du ihn schließlich halten können«, hatte ihre Mutter gesagt, die Stimme ganz beherrscht, der Tadel schwang nur sanft mit.

»Judith ist meine Schwester!«

»Ja, ich weiß. Das macht es nicht leichter, auch nicht für uns. Es ist schon seltsam, wo die Liebe hinfällt, da kann man halt nichts machen. Versuch doch auch, Judith zu verstehen. Ihr ist das nicht leichtgefallen, aber sie sagt, Martin hätte dich ohnehin verlassen.«

»Und das macht es besser?«

»Du musst nicht schreien, ich höre noch gut. Ich sage nur, dass man auch für Beziehungen arbeiten muss, und arbeiten ist dir noch nie leichtgefallen. Mit deiner bequemen Art verschleuderst du dein Talent. Das war schon in der Schule so, und ...«

In diesem Moment hatte Sandy das schnurlose Telefon gegen die Wand geschmissen, war hinterhergerannt und hatte es totgetreten.

Seitdem hatten sie nicht mehr miteinander gesprochen, aber diesen Monat hatten ihre Eltern ihr hundert Euro mehr fürs Studium überwiesen, und ihre Mutter hatte ihr eine *Ich-hab-dich-lieb*-Karte mit niedlicher Maus vorne drauf geschickt. Hinten stand:

Liebe Sandy,
lass Dich nicht entmutigen, Du findest bestimmt einen neuen tollen Mann, und dann ist alles wieder gut.
Liebe Grüße auch von Papa,
Deine Mama

Zusammen mit Lisa hatte sie die Karte noch am selben Abend verbrannt.

Im Fernsehen lief nur Schwachsinn, Sandy zappte unruhig im Kreis, dreißig Programme in Endlosschleife, bei keinem blieb sie hängen. In jeder zweiten Silbe hörte sie ihren Namen mitschwingen.

Sie sollte raus, raus in die Stadt.

Sie fühlte sich müde und innerlich hohl und leer, mit jedem Tag wurde es schlimmer, nicht besser. Die nächtlichen Träume fraßen an ihr, selbst wenn sie sich nicht an sie erinnerte. Irgendwas trieb sie hinaus, als würden dort die tollen Männer nur auf sie warten.

Alles Schweine.

Bei ihrem Glück würde sie nicht mal von einem Schwein, sondern einem Jesusfreak angesprochen werden, einem von denen, die dann sagten, sie sehe einsam aus, aber Gott könne ihr da helfen. Judith war das schon zweimal passiert, und schließlich schienen ja dieselben Männer auf sie und ihre Schwester anzuspringen, dachte Sandy bitter.

»Wieso? Hat Gott einen großen harten Schwanz?«, hatte Judith den zweiten Jesusfreak angegiftet, und der war mit rotem Gesicht und nach Luft schnappend abgezogen.

Gegen ihren Willen musste Sandy grinsen. Wäre Judith jetzt hier, würde sie ihr liebend gern die Nase brechen, sollte sie doch ihr ganzes Leben mit einem hässlichen krummen Zinken rumlaufen, das hätte sie verdient. Und dann wollte Sandy hören, wie ihre Mutter mit Judith sprach: »Hör mal, ich sage nicht, dass das richtig war von Sandy, aber du musst sie auch verstehen …«

Eine Familie voller Verständnis füreinander war doch was Schönes.

Sandy schaltete den Fernseher aus, es trieb sie in die Nacht. Zog sie, rief sie.

Ich komm ja schon, dachte sie. Dann schüttelte sie über sich selbst den Kopf.

Sie schlüpfte aus dem Rock und in eine einfache schwarze Jeans. Die Bluse behielt sie an, machte aber noch einen Knopf zu. Wer etwas von ihr wollte, sollte sie auch so ansprechen.

»Ich hoffe, dir faulen die Eier ab«, zischte sie dem gekreuzigten Teddy an der Wand zu und zeigte ihm stellvertretend für Martin den Mittelfinger. Dann stieg sie in ihre Pumps und stürzte sich in die wartende Dunkelheit.

»Ich komme.«

Sie war an mindestens hundert Kneipen und Clubs vorbeigelaufen, hatte durch Fenster gelinst, in lachende und quatschende Gesichter, hatte auf der Straße ein Mädchen gesehen, das in den Armen einer Freundin hemmungslos geweint hatte, und war immer weitergegangen. Weiter und weiter, als scheuche sie etwas kreuz und quer durch die Stadt.

An einer roten Ampel schlüpfte sie schließlich aus ihren Schuhen und ließ sie einfach stehen. Die billigen dünnen Söckchen waren zerrissen, als sie auf der anderen Straßenseite angekommen war. Sie riss sie sich von den Füßen und schleuderte sie fort.

»Hey! Deine Schuhe!«, rief ihr ein junger Typ hinterher.

»Behalt sie!«, schrie sie zurück. »Ich brauch sie nicht mehr.«

Barfuß zu laufen, war sie nicht gewohnt, die Kiesel piksten, und als sie in eine Glasscherbe oder einen Nagel trat, zuckte sie zusammen. Aber die Wunde war nicht tief, es floss kaum Blut, das war nicht schlimm. Unter der bloßen Haut konnte sie die Stadt vibrieren spüren, ganz sanft. Es fühlte sich lebendig an, wie die Berührung eines vertrauten Menschen.

Sie lief auf der Straße wie auf Schienen, der Boden führte sie, das Zittern der Stadt. In den Schuhen hatte sie es nicht spüren können. Was kümmerten sie da ein paar Tropfen Blut oder noch ein paar mehr bei der nächsten Scherbe? Kühler Sand und Staub drangen in die Wunden, das brannte, aber es füllte auch die Leere in ihr.

Irgendwer pfiff hinter ihr, doch als sie sich umdrehte, sah sie zwei kichernde, aufgestylte Tussis, denen der Pfiff gegolten hatte.

Kein einziger Jesusfreak hatte sie angesprochen, nur ein pickliger Junge, der wahrscheinlich gerade erst achtzehn geworden war.

»So ganz allein unterwegs, schöne Frau?«, hatte er gefragt, zwei debil grinsende Freunde mit weißen Mützen und Hosen in den Kniekehlen im Schlepptau. Kein Spruch, mit dem man Preise für Originalität einheimste. Mit ausgestrecktem Mittelfinger war sie weitergelaufen.

Sie lief und lief und lief und wollte der ganzen verdammten Welt den Mittelfinger zeigen.

Irgendwann wusste sie nicht mehr, wo sie war, erkannte nicht die Straßen, nicht einmal das Viertel. Doch solange sie das Zittern unter den Füßen spüren konnte, war das egal.

Leichter Wind war aufgekommen und strich ihr kühl über die verschwitzte Haut. Ihr Kopf war heiß, und sie trank den letzten Schluck aus der Bierflasche, die sie bei einem verlassenen Dönerstand geholt hatte. Weit und breit sah es nicht so aus, als würde sie hier Nachschub bekommen. Die Wohnhäuser waren heruntergekommen und mit Parolen vollgeschmiert, nur wenige Fenster erleuchtet, niemand auf der Straße. Der Abstand zwischen den Laternen wurde größer, die Hälfte von ihnen war kaputt.

Auf der rechten Seite kauerten zurückgesetzte, gedrungene Gewerbeschuppen, das verrostete Tor zu dem Gelände stand zwei Handbreit offen. Das Gras auf dem schmalen Streifen hinter dem Zaun wucherte kniehoch, ungeschnittene Büsche verstellten den Blick auf den hinteren Teil des verlassenen Firmenparkplatzes. Das Gelände schien sich ein gutes Stück nach hinten zu erstrecken, keine Frau mit Verstand würde es um diese Zeit allein betreten.

Sandy legte die Hand auf das Tor. Das Eisen war kalt, Rostsplitter lösten sich unter ihrem Griff.

Was tat sie da?

Sie hatte das Gefühl, dass irgendwer sie gerufen hatte. Das war natürlich Unsinn, trotzdem hörte sie Geräusche von dort.

Ganz leise, nur ein Fetzen im Wind, und doch erkennbar ein fernes Stöhnen. Lustvoll.

Gänsehaut überlief sie.

Langsam schob sie das Tor ein Stück weiter auf. Trotz Rost bewegte es sich lautlos.

Verdammt, geh weiter, hör nicht hin und lauf weg. Renn, dachte sie, doch sie betrat das Gelände mit einem Kribbeln im Bauch. Auch unter den Pflastersteinen der Einfahrt konnte sie das Zittern spüren. Hinter sich schloss sie das Tor, es hatte nur für sie offen gestanden.

Langsam folgte sie dem Stöhnen. Dafür hatte sie die Wohnung verlassen, nicht, um sich von achtzehnjährigen Pickelfressen angraben zu lassen. Die Stadt selbst hatte sie hierhergeführt. Das Vibrieren unter ihren Fußsohlen war stark.

Dreh um, forderte eine leise Stimme in ihr, doch sie zuckte nur mit den Mundwinkeln und folgte dem Stöhnen zwischen zwei lange Lagerschuppen. Spärliches Mondlicht fiel auf die schmutzig bläulichen Wellblechdächer, bis in die halb zugewachsene Gasse zwischen den Hallen reichte es nicht herab.

Das Stöhnen hielt an. Es klang seltsam, als hätte jemand beim Suppeschlürfen einen Orgasmus. *Oder beim Blasen.*

Sie stieg zwischen die Schuppen, hielt mit den Fingern der rechten Hand lose Kontakt zur Wand, weil es dunkel war und sie nicht stolpern wollte. Der Boden war trocken und festgetreten, hier und da ragten Wurzeln aus der Erde. Sie trat auf Scherben und schnitt sich an einem scharfkantigen Blech, aber sie schrie nicht. Sie spürte Blut fließen, aber darum konnte sie sich nachher kümmern, das war nicht schlimm. Im Gegenteil, es war richtig.

Was?

Als sie aus der kurzen Gasse trat, sah sie an der Rückwand des nächsten Schuppens zwei ineinanderverschlungene Männer. Sie waren nur wenige Schritte von ihr entfernt. Der, der mit dem Rücken zu ihr stand, breitbeinig, war drahtig und hatte kurze schwarze Locken. Er trug eine schwarze Hose und ein ebenso schwarzes Hemd, presste den anderen gegen die Wand und küsste ihn auf den Hals oder die Schulter; in der Leidenschaft musste er ihm das T-Shirt zerrissen haben. Der andere hatte die Augen geschlossen und den Mund geöffnet, sein Gesicht war von Hingabe verzerrt.

Einen Moment lang wollte Sandy nichts sehnlicher, als auch so genommen zu werden. Sie zitterte vor Erregung, gaffte aus dem Schatten hinüber und fasste sich unbewusst zwischen die Beine. Doch der Jeansstoff war so dick, dass sie den Druck ihrer viel zu bedächtigen Finger kaum spürte.

Dann bemerkte sie, dass sich das Gesicht des Mannes nicht bewegte. Bleich lag es im Mondlicht, das Kinn bebte kein bisschen vor Lust, und die Augen blieben geschlossen. Die Arme hingen schlaff an seinem Körper herab. Als der Kopf von der Schulter des anderen getroffen wurde, rollte er einfach zur Seite.

Sandy erstarrte, blieb völlig ruhig stehen und unterdrückte einen Schrei.

Langsam löste sich der Kopf des Schwarzhaarigen vom Hals des anderen. Er wandte sich halb um, sog die Luft tief ein und wischte sich dann mit dem Handrücken über den Mund.

Renn weg! Duck dich in den Schatten!, drängte eine innere Stimme, *noch hat er dich nicht entdeckt,* aber Sandy blieb einfach stehen.

Der Mann drehte sich ganz um und hielt den Reglosen mit der Linken im Nacken fest, ließ ihn langsam Richtung Boden gleiten, ohne loszulassen. Etwas tropfte von dessen Hals, genau konnte Sandy es nicht erkennen, da der Schatten des Schwarzhaarigen darauf fiel.

Sein Gesicht war schmal und rasiert, die Nase klein und breit, die großen Augen leuchteten trotz der Dunkelheit wie Eis in der Wintersonne, in das ein schwarzes rundes Loch geschlagen war.

Sandy zitterte. Der Mann auf dem Boden war tot. Tot!

Doch sie fühlte weder Mitleid noch Angst, starrte nur weiter neugierig den Mann mit den kalten Augen an. Er war schmal und nicht einmal besonders groß, eins achtzig, vielleicht eins fünfundachtzig, und doch wirkte er außergewöhnlich stark. Ihn umgab eine Aura, die sie noch nie zuvor gespürt hatte. *Alphatier,* dachte sie erst, doch dann: *Nein, es ist anders.* Faszinierend und mächtig, das waren die richtigen Worte.

Warum schrie sie nicht? Warum machte sie sich nicht vor Angst in die Hose? Warum lief sie nicht schon längst die Straße hinunter? Dorthin, wo lebende Menschen waren und Licht. Der Typ war ein Psychopath! In seiner Hand baumelte die Leiche wie eine Reisetasche.

Lauf!

»Bist du die Neue?« Er lächelte und machte keine Anstalten, ihr etwas anzutun.

Sie atmete schneller.

Weg, lauf weg!, echote es in ihrem Kopf, aber sie blieb schweigend stehen und sah ihn nur an. Langsam nahm sie die Hand aus dem Schritt. Er würde sie nicht töten, das wusste sie.

Und woher, du dumme Pute? Woher willst du das wissen?, schrie es in ihrem Kopf, aber auf diese Stimme wollte sie nicht mehr hören. Sie spürte einfach, dass sie hierbleiben musste. Die Erde unter ihren Füßen pulsierte.

»Bist du stumm?«

»Nein«, hauchte sie. Eigentlich hatte es laut und fest klingen sollen, doch ihr Mund war trocken wie der eines verliebten, getadelten Schulmädchens. Beinahe hätte sie ein *Sir* hinzugefügt, er strahlte mehr Stärke und Macht aus als jeder Träger in einer Uniform, den sie bislang gesehen hatte. Und sie stand auf Uniformen.

»Heißt das jetzt, dass du nicht stumm bist oder nicht die Neue?«

»Ich ... ich bin nicht stumm.« Sie räusperte sich, ihre Stimme klang noch immer dünn.

»Und warum bist du hier?« Ohne sie aus den Augen zu lassen, schüttelte er den toten Mann in seiner Linken hin und her. Es wirkte, als koste ihn das nicht die geringste Anstrengung. Als dessen Hals kurz ins Mondlicht tauchte, sah sie, dass er an der Seite aufgerissen war. Das, was zu Boden tropfte, war Blut.

Blut, schrie es in ihrem Kopf, aber der Schrei war ganz fern. Natürlich Blut, was hätte es auch sonst sein sollen? Der Mann war tot. Langsam ging ihr diese Stimme auf den Geist, sie wollte nichts mehr mit ihr zu tun haben. Es war die Stimme ihrer Vergangenheit.

Und was bitte soll das heißen?

»Ich habe dich stöhnen gehört, und ...«

»Dann bist du also wirklich die Neue. Hilf mir mal, den Kerl umzudrehen.«

Vorsichtig stakste Sandy hinüber, die Beine wollten ihr nur widerstrebend gehorchen. Es war nicht richtig, was sie hier tat, aber sie musste, sie musste die Vergangenheit hinter sich lassen, über ihren Schatten springen, wie auch immer man es ausdrücken wollte. Die Nacht hatte sie hierhergeführt, das war kein Zufall.

Die Nacht? Schnappst du jetzt völlig über?, fragte die Stimme in ihr, aber sie wurde immer leiser. Sandy würde diesem Mann nichts abschlagen. Es war ihre Bestimmung, hier zu sein, sie konnte es in sich fühlen, es war richtig. Ja, doch, es war richtig. Hier war etwas, das die Leere in ihr ausfüllen konnte, etwas, das ihr Rache verschaffen konnte. Macht und Respekt.

»Hast du mich gerufen?«, fragte sie, doch der Schwarzhaarige stellte den Toten einfach auf den Kopf, lehnte ihn gegen den Schuppen und wies sie an, ihn an den Füßen festzuhalten.

Sie hatte noch nie einen Leichnam berührt und versuchte, nur seine Hose zu erwischen, nicht die blanke Haut. Das rechte Bein war feucht, als hätte er sich eingenässt.

Der Schwarzhaarige kniete sich nieder und presste das Blut des Toten heraus, doch er beugte sich nicht vor, um es zu trinken. Sandy war sicher, dass er vorhin Blut getrunken hatte, dass er geschluckt hatte, nicht nur diesen Hals aufgerissen.

»Nein«, sagte er.

»Ähm, bitte?«

»Nein, ich habe dich nicht gerufen. Ich soll dich nur abholen.«

»Abholen?«

»Ja.« Lässig und ohne Mühe schulterte er den blutleeren Toten und stapfte weiter in das verlassene Firmengelände hinein. *Wie viel Kraft er hat,* dachte sie. »Allein würdest du den Weg nicht finden, nicht einmal, wenn du seine Stimme hörst.«

»Seine Stimme?« Sandy folgte ihm. Sie konnte sich nicht erinnern, eine Stimme gehört zu haben – außer ihrer eigenen. Doch sie war hier, hatte hergefunden, ohne jemals zuvor hier gewesen zu sein. Die Straße hatte sie geleitet.

»Ja. Du kannst echt stolz darauf sein, auserwählt worden zu sein.«

Auserwählt. Das klang gut. Es klang, als würde wenigstens hier irgendwer etwas auf sie geben. Lächelnd folgte ihm Sandy in die Dunkelheit, alle Schreie in ihrem Kopf waren verstummt.

14

Keuchend ließ sich Alex neben Lisa auf die Matratze fallen und schloss für zwei Sekunden die Augen. Als er sie wieder aufschlug und Lisa das Gesicht zuwandte, lächelte sie ihn an und küsste ihn. Sie kuschelte sich an ihn, legte ihre Hand auf seine Brust.

Es klingelte an der Tür.

Irritiert hob Alex den Kopf.

»Erwartest du Besuch?«, fragte Lisa.

»Nein, nicht um die Zeit.«

Es klingelte wieder, zweimal jetzt, zur Unterstützung wurde gegen die Tür geklopft.

»Waren wir vielleicht zu laut?« Lisa kicherte und küsste seine Schulter.

»Nein, das kann nicht sein.« Alex lachte und verbiss sich zu sagen, dass er schon lauter gewesen war. Erst vor drei Nächten mit Danielle.

Irgendwer hämmerte nun heftig mit der flachen Hand gegen die Tür.

»Ja! Ich komme!«, rief Alex und schlüpfte nackt in die Jeans. Lisa flüsterte er zu: »Nicht sehr romantisch, aber das kennst du ja.«

Barfuß stapfte er durch den kurzen Flur zur Tür und zog den Hosenschlitz zu, vorsichtig, damit er keine Haare einklemmte. Hatte er irgendeine Verabredung vergessen? Koma wollte doch höchstens anrufen. Wehe, das war ein Nachbar, dem der Zucker ausgegangen war. Schwungvoll öffnete er die Tür und erstarrte.

Im dunklen Treppenhaus stand Danielle.

Sie trug knappe Shorts in blauen Tarnfarben, weiße Stiefel und ein weißes Paillettentop. Ihre Lippen waren wütend zusammengepresst. Wieder roch sie nach Gewitter und Orchideen, der Duft drang ihm tief in die Nase, ihr Blick glühte und brannte sich in seinen. Die Luft um sie herum schien zu vibrieren wie in sommerlicher Hitze über Asphalt.

Blut schoss ihm zwischen die Beine, dunkler Zorn kochte in ihm hoch, überschwemmte ihn wie eine schwarze Welle. Was war jetzt mit »*du wirst mich nie wiedersehen*«? Das war erst ein paar Tage her! Von wegen *nie!*

»Du beschissener Lügner!«, zischte sie und schlug ihm mit der flachen Hand gegen die Brust, so dass er drei, vier Schritte zurücktaumelte, Schmerz lief seine Rippen entlang. Woher nahm sie diese Kraft in ihren schlanken Armen? Mit wutverzerrtem Gesicht folgte sie ihm.

»Ich? Du hast doch gelogen!« Er stürzte sich auf sie, dachte an nichts anderes, als ihr wehzutun. Irgendetwas grollte tief in seinem Inneren, der tote nackte Vogel schrie nach Nahrung.

Alex stieß sie gegen die Wand, ihr Hinterkopf schlug gegen die Mauer, aber sie ließ nicht von ihm ab. Lange weiße Fingernägel kratzten über seine bloße Brust, hinterließen rote Striemen, die aufplatzten. Blut quoll hervor.

Er krallte seine Finger in ihr Haar, packte ihren schönen, schmalen Kopf und presste ihn Richtung Boden.

»*Nie wieder*, was!«, keuchte er. »Ich geb dir gleich *nie wieder!*«

Sie hämmerte ihm ihr Knie in den Bauch. »Ein Hund, ja? Fick dich!«

Mit der Linken umklammerte er ihren Oberschenkel, damit sie ihn nicht noch einmal treten konnte. Dann biss er ihr in die Schulter. Sie wich zurück, seine Zähne schrabbten über Haut, lösten sie vom Fleisch, er konnte Orchideen und warmen Frühlingsregen schmecken, Blut riechen.

Keuchend stieß sie ihn von sich, schmetterte ihn gegen die Wand, gerahmte Bilder fielen zu Boden. Glas zersplitterte, Haken bohrten sich in seinen Rücken, doch er merkte es kaum. Das Dunkle in seinem Inneren brach endgültig auf, füllte ihn aus, kroch wie der Rauch brennender feuchter Blätter in jeden Winkel seines Körpers. Er schmeckte Asche auf der Zunge.

Sie sprang ihn an, packte seinen Kopf und schlug ihn immer wieder gegen die Wand, eine Welle Schmerz nach der anderen spülte über ihn hinweg. Ihr Gesicht war nur wenige Zentimeter von seinem entfernt. Sie atmete schwer.

Heute waren ihre Lippen rot.

Vollkommen besessen umklammerte er sie, zog sie heran, versuchte sie mit den Armen zu zerquetschen, näherte sich mit seinen Lippen ihrem Hals und verlor völlig die Kontrolle. Aber anstatt sie zu beißen, küsste er sie, leckte ihr hungrig den Schweiß von der Haut.

Sie stöhnte und zerriss den Bund seiner Jeans.

Nur noch das Verlangen nach ihr zählte, ineinander verkeilt taumelten sie ins Wohnzimmer, beißend, klammernd und kratzend kämpften sie um die obere Position. Alle bewusste Wahrnehmung versank in einem Strudel aus Begehren und aufgestauter Wut.

Das Erste, was Alex hörte, als er wieder halbwegs Herr über seine Sinne und Gedanken war, war die Stimme seiner Nachbarin.

Sie drang leise durch die noch immer offen stehende Wohnungstür herein: »Lass mich doch nachschauen, ob was passiert ist.«

»Nein. Du bleibst hier, das ist zu gefährlich«, erwiderte ihr Freund.

»Aber wenn ihm was passiert ist?«

»Was weißt du denn von ihm? Du weißt nicht, ob das Einbrecher oder irgendein Schlägertrupp war. Wenn der noch da ist, passiert dir auch was.«

»Aber …«

»Ruf doch die Polizei, wenn du meinst. Wofür bezahlen wir denn Steuern?«

»Und was soll ich denen sagen? Ich weiß doch nicht, was geschehen ist.«

»Das sag ich doch die ganze Zeit. Wir wissen's nicht. Also bleib hier, mischen wir uns nicht ein. Am Ende ist das noch Hausfriedensbruch, wenn du da jetzt reingehst, und er verklagt dich.«

Zwischen diese absurde Diskussion mischte sich ein Schluchzen, leise und unterdrückt. Alex öffnete die Augen.

Er lag schräg über dem zusammengebrochenen Sofa, der Bezug war aufgerissen, Stofffetzen und Schaumgummistückchen lagen herum, hatten sich in Danielles Haar verfangen, die mit rasselndem Atem neben ihm lag. Sie trug nur noch die Stiefel und das zerrissene Top, das Blut auf ihrer Schulter war getrocknet. Sie war es nicht, die schluchzte.

Lisa!

Verdammt.

Benommen richtete sich Alex auf, auch das restliche Wohnzimmer sah verwüstet aus, der Tisch hatte drei seiner kurzen Beine verloren, sie waren quer durch den Raum verstreut. Die Scheiben des alten Bücherschranks waren gesplittert, das CD-Regal von der Wand gerissen, Hüllen und Silberlinge lagen überall auf dem Boden verteilt, einige waren zerbrochen.

Was hatten sie getan?

Er sah zur Tür hinaus, dorthin, woher das Schluchzen kam, und entdeckte Lisa im Schlafzimmer gegenüber.

Sie kauerte nackt kurz hinter der Türschwelle, hatte die Arme um die Knie geschlungen und wippte vor und zurück. Ununterbrochen liefen ihr Tränen aus den Augen.

Verquollene Augen, die aufgerissen waren, irrlichternd hin und her zitterten, aber immer wieder Alex fixierten, verängstigt und fassungslos.

»Lisa«, flüsterte Alex und rappelte sich auf.

Sie wippte mit dem Oberkörper vor und zurück.

»Lisa. Es …« … *tut mir leid?* Das brachte er nicht über die Lippen. Was hatte er getan? Er begriff es selbst nicht, wollte nur noch Lisa in den Arm nehmen, sie trösten und sich entschuldigen, wieder und wieder … Langsam ging er auf sie zu, streckte die Hand aus, berührte sie an der Schulter. »Ich …«

»Fass mich nicht an!« Sie schüttelte seine Berührung ab, Ekel und Wut im Blick.

»Ich … Es …«

»Nein! Fass mich nicht an! Nie wieder!« Sie warf sich herum und krabbelte hektisch hinüber zum Bett, raffte ihre Klamotten zusammen und kämpfte sich auf die Beine. Sie schwankte.

»Hör mir doch zu, ich …«

»Lass mich in Ruhe!«, kreischte sie und fand ihr Gleichgewicht wieder.

Ausgelaugt, verwirrt und erschöpft stand Alex vor der Schlafzimmertür. Er wollte sie zurückhalten, aber er wusste nicht, wie. Noch immer schluchzend stürzte Lisa an ihm vorbei, streifte ihn mit einem Blick, in dem mehr Angst als Wut lag, mehr Verwirrung als Traurigkeit, und doch alles zusammen.

Kraftlos hob er den Arm, um sie festzuhalten, doch er packte nicht zu, er konnte nicht. Zu sehr schämte er sich für das, was er getan hatte. Was auch immer ihn überkommen hatte, er konnte es nicht sagen, nicht erklären und schon gar nicht rechtfertigen.

»Es tut mir leid«, murmelte er viel zu leise und sah ihr hinterher, wie sie nackt und barfuß aus der Wohnung eilte. Sie bückte sich nur kurz, um sich die Schuhe zu krallen, blieb aber nicht, um sie anzuziehen. Erst draußen im Treppenhaus hielt sie an und schlüpfte in Rock und T-Shirt. Es war linksrum und seines, sie musste in der Hektik danebengegriffen haben.

Die Nachbarn waren nicht mehr zu sehen. Vielleicht standen sie am Türspion und glotzten. Lisa drehte sich noch einmal um, starrte Alex wütend und fassungslos an und warf die Tür ins Schloss.

Alex schlurfte ins Schlafzimmer, hob ihr Top auf, hielt es vor sein Gesicht und sog ganz langsam ihren Duft ein. Dann legte er es zärtlich aufs Bett und ging zu Danielle hinüber.

»Was hast du hier verloren?«

Ihr Lippenstift war verschmiert, die Haare zerzaust, doch sie hatte weniger Kratzer, als die Verwüstung des Zimmers vermuten ließ.

»Was hat dich gebissen?«, fragte sie. »Das war kein Hund, auch kein tollwütiger.«

Erst jetzt merkte er, dass seine Narbe wild pochte. Doch sie war nicht wieder aufgeplatzt. »Das ist doch völlig egal, was für ein Tier das war!«

»Wenn es ein Tier war.«

»Was soll es sonst gewesen sein?«

»Das musst schon du wissen, es ist deine Vergangenheit, nicht meine.«

»Wenn es nicht deine ist, was geht sie dich dann an?« Er hustete. Es stach und kratzte in seiner Lunge, und er spürte einen dicken Batzen Speichel in seinen Rachen hochkommen. Sonst schluckte er so etwas hinunter, aber diesmal wollte er nicht; sein ganzer Körper schüttelte sich beim Gedanken daran.

Mann, es kommt aus dir selbst, was macht das schon?, dachte Alex, aber dann lief er ins Bad hinüber und spuckte ins Waschbecken. Der zähflüssige gelbliche Schleim war von schwarzen Schlieren durchzogen. Wie getrocknetes Blut sah es nicht aus.

Der Geschmack von kalter Asche breitete sich in seinem Mund aus, während er seinen ekligen gelb-schwarzen Speichel anstarrte, der an der Keramik klebte, zu zähflüssig, um die Schräge zum Abfluss hinabzurutschen. Ein neuerlicher Hustenanfall schüttelte ihn, und weiterer schwarzer Speichel landete im Waschbecken. Er schüttelte sich. Gut, dass er das nicht wieder runtergeschluckt hatte. Das musste raus, einfach nur raus aus ihm.

Er hustete wie wild, zwang sich dazu und spuckte und spuckte. Er rauchte doch gar nicht so viel. Koma hatte früher bis zu sechzig Selbstgedrehte am Tag weggeraucht, und er hatte nie von schwarzer Spucke erzählt. Alex hatte das nicht einmal in Berichten über Lungenkrebs gehört. Doch das konnte er auch vergessen haben, er hatte immer gedacht, das würde ihn nicht betreffen.

Hoffentlich ist das kein Krebs, dachte er und hustete weiter, keuchte und zog so viel Speichel hoch, wie er konnte. Vielleicht kam das schwarze Zeug ja auch gar nicht aus der Lunge? Der Geschmack von Asche brachte ihm die Erinnerungen an die brennende Scheune zurück, an die Kreatur, die in ihr verbrannt war.

Als er nicht mehr konnte, der Hals rau war und schmerzte, setzte er sich auf den geschlossenen Klodeckel und atmete heftig. Danielle stand im Türrahmen und beobachtete ihn. Sie sah nicht sonderlich besorgt aus und trug noch immer nicht mehr als ihre Stiefel und das zerrissene Top. Sie war einfach unglaublich schön. Schöner noch als alle mit Botox und Photoshop behandelten Stars, die einen von tausend Plakaten und Magazincovern anschauten.

»Warum bist du hier?«, fragte er. »Du hast geschrieben, wir sehen uns nie wieder.«

»Du weißt das wirklich nicht?«

»Nein. Woher sollte ich?«

»Weil ... jemand wie du und ...« Plötzlich zögerte sie, schloss kurz die Augen und fuhr dann fort. »Du weißt wirklich nicht, wer du bist? Auch nicht, was ich bin?«

»Ich weiß, wer ich bin, zumindest so gut oder schlecht wie jeder Mensch. Aber woher soll ich wissen, was du bist? Ich kenn' dich nicht, und du hast nie erzählt, was du so machst.«

»Du hast wirklich keine Ahnung.« Sie lächelte irritiert.

»Hey! Dann klär mich doch auf, wenn du den großen Durchblick hast.«

»Sag mir, was dich wirklich gebissen hat!« Sie kam zu

ihm herüber, setzte sich auf den Badewannenrand. Sie meinte es wirklich ernst, als hätte ein über zwanzig Jahre alter Biss irgendeine Bedeutung. Die Frau war wirklich überirdisch schön, aber völlig bekloppt.

Alex betrachtete seine Narbe, die sich tiefrot von seiner Haut abhob, röter als sonst, und weiterhin pochte. Er hatte sich längst daran gewöhnt, dass sie sich bei einem Wetterumschwung meldete, aber in letzter Zeit hatte er sie oft gespürt. Natürlich, sie war ja erst vor wenigen Tagen erneut aufgebrochen, zumindest irgendwie. Nach fast dreiundzwanzig Jahren. Da durfte sie auch empfindlicher sein als sonst.

Er zuckte mit den Schultern und erzählte Danielle vom Sommer 1986, von der bizarren Kreatur in der abgelegenen Scheune, ihrem kindlichen Verdacht, ein durch Tschernobyl mutiertes Wesen vor der Nase zu haben, von dem Biss und auch dem Ende des Viehs im Feuer. Er ließ sich Zeit, versuchte sich an Details zu erinnern, an die Einzelheiten einer Geschichte, die er noch nie erzählt hatte, Simones Angst vor ihrem Bruder Kalle, die schmutzige Farbe der ungeschliffenen Saukiste, die schwere Luft unter dem von der heißen Sonne aufgeheizten Dach, den Geruch nach frischem Heu, die Angst, die Kalle in ihnen allen ausgelöst hatte, und auch die Angst davor, die Brandstiftung irgendwem gegenüber zuzugeben. Er erzählte von der brennenden Scheune und schmeckte Spuren von Asche und Rauch.

Danielle wartete geduldig, bis er fertig war, dann sagte sie: »Und du bist sicher, dass diese Kreatur so klein war?«

»Klein? Sie war so groß wie ein Schäferhund.«

Sie lächelte über seinen Protest. »Es war ein kleines Dorf, in dem du aufgewachsen bist, oder?«

»Ja. Vielleicht 2500 Einwohner.«

»So groß?«

»Hey, wir haben echt unterschiedliche Vorstellungen von groß und klein. 2500 Einwohner ist ziemlich klein, wenn du abends was unternehmen willst.«

»Aber nicht mit zehn Jahren, oder?«

»Nein.« Er grinste. »Aber später. Ich war irgendwie immer ein Nachtmensch, wollte schon mit dreizehn oder vierzehn nicht ins Bett.«

Sie sah ihn einfach nur an.

»Was?«

»Nichts.«

»Na gut. Aber jetzt bist du dran. Du hast es versprochen.«

»Nur noch eine Frage. Trinkst du gern Blut?«

»Spinnst du?«, fuhr Alex sie an.

»Ja oder nein?«

»Natürlich nicht!«, giftete er. Doch dann dachte er an seinen Wunsch, Lisa den Hals aufzureißen. Daran, dass er sich dieselbe Frage auch erst kürzlich gestellt hatte, an seine Anwandlungen als Kind, das eigene Blut zu trinken.

Hatte er sich mehr als nur einmal eine Schürfwunde wieder aufgerissen, um an ihr zu nuckeln? Fast kam es ihm vor, als könnte er den Geschmack von Blut auf seiner Zunge spüren – und er mochte ihn.

Verdammt!

»Sicher?«, hakte sie nach.

»Ich … nein. Ich meine …«

Sie seufzte. »Eigentlich ist das wirklich nicht meine Aufgabe, aber dein Vater konnte dir das ja nicht mehr erzählen, und wenn du nicht von allein draufkommst, dann mach ich es kurz und schmerzlos.« Sie zog die Augenbrauen hoch. »Du bist ein Vampir.«

Er tippte sich an die Stirn. Sie war tatsächlich bekloppt, und zwar richtig. »Ja, klar, ein Vampir. Und woher weißt du das? Weil du auch einer bist?«

»Nein. Ich bin eine Nephilim.«

Nephilim.

In seinem Kopf drehte sich alles. Das konnte kein Zufall mehr sein. War er ungewollt in ein wirres Spiel geraten, an dem nicht nur Danielle, sondern auch der Spinner aus der Bergmannstraße beteiligt war? War das Ganze doch ein Rollenspiel? Er konnte es nicht einschätzen, hatte nie mitmachen wollen, nachdem Kommilitonen ihm davon erzählt hatten, er war einfach kein Spieler.

Warum aber hatte er dann Lisa in den Hals beißen wollen? Woher war dann sein wütender und unvermittelter Hass auf den fremden Spinner gekommen?

Mit beiden Händen griff er sich in die Haare, als könnte er seinem wild rotierenden Kopf so Halt geben. Doch es half nichts, seine Gedanken wurden zu einem Strudel aus Bildern und Erinnerungen, die ihn in die Tiefe ziehen wollten. Die Narbe pochte. *Ein Vampir – so ein Unsinn!*

»Warum kann ich dann im Sonnenlicht überleben?«, stieß er hervor.

»Was hat das damit zu tun?«

»Vampire explodieren im Sonnenlicht.«

»Blödsinn, tun sie nicht. Glaubst du alles, was du im Kino siehst?«

»Nein. Aber ich glaube auch nicht alles, was mir irgendwer erzählt.« Trotzdem hatte er Lisa beißen wollen, auch Danielle vorhin. Nachts sah er plötzlich besser. Aber das geschah alles erst seit wenigen Tagen, nicht seit dreiundzwanzig Jahren. Früher hatte er sich umbringen wollen, nicht andere aussaugen. »Ich glaub dir einfach nicht, dass diese Kreatur ein Vampir gewesen ist, der mich auch zu einem gemacht hat.«

»Genau genommen war die Kreatur kein Vampir.«

»Aha. Sondern?«

»Soviel ich weiß, nennt ihr sie einfach nur Vater oder Mutter, je nachdem.«

»Ihr? Nein, lass mich da raus, ich bin keiner von denen.« Er schüttelte den Kopf, den er noch immer in den Händen hielt. Sie war bekloppt, bekloppt, bekloppt! Das alles würde sich schon irgendwie erklären lassen, ganz sicher. Er musste nur nach anderen Antworten suchen, nach vernünftigen. »Ich bin keiner. Niemand ist einer. Es gibt keine Vampire, auch keine Nephilim. Ich bin ein Mensch. Ein Mensch! Wir sind beide Menschen. Alles klar?«

»Komm mit.« Ihre Stimme war ganz ruhig. Sie nahm ihn an die Hand, und er wehrte sich nicht. Schweigend führte sie ihn ins Wohnzimmer und deutete auf die zerstörte Einrichtung. »Meinst du, das passiert, wenn zwei Menschen miteinander schlafen?«

»Kommt auf ihre Leidenschaft an«, erwiderte er trotzig, auch wenn er wusste, dass das Unsinn war, Widerrede um der Widerrede willen. »Unter mir ist schon mal ein altes Sofa zusammengebrochen.«

»Das hier sah nicht sonderlich alt aus.«

»Ja und?«

»Du meinst nicht, dass du irgendwo blaue Flecken haben müsstest oder Schmerzen? Irgendwer von uns hat das Regal von der Wand gerissen.«

»Vielleicht warst du das und erzählst mir nichts von deinen Schmerzen. Spüren kann ich die ja nicht. Und du bist auch in den Schrank gefallen.«

Sie zog die linke Augenbraue hoch und schüttelte ganz leicht den Kopf. Dann fragte sie: »Machst du Sport?«

»Was? Seh' ich so aus? Nein.«

»Wenn ich dir jetzt sage, du sollst mich hochheben, dann behauptest du wahrscheinlich, ich mach mich extra leicht.«

»Auch wenn ich keinen Sport mach, kann ich eine schlanke Frau wie dich hochheben.«

»Und genau deshalb nimmst du dafür jetzt den Herd in der Küche oder die Waschmaschine im Bad.«

»Was soll ich?«

»Heb die Waschmaschine hoch.«

»Das kann ich nicht.«

»Gut, dass du das sagst. Wenn du es nämlich doch kannst …«

»… dann bin ich eben stärker als gedacht«, brummte Alex und schlurfte zurück ins Bad.

Danielle folgte ihm nicht, rief nur: »Pass aber auf den Wasseranschluss auf.«

Sehr witzig.

Er starrte den alten weißen Metallkasten an und zögerte. Was, wenn er das Ding wirklich lupfen konnte? Beim Umzug hatten sie auf der Treppe im alten Haus zu dritt geschwitzt und gestöhnt, und das, obwohl sie eine Sackkarre gehabt hatten. Natürlich war das Ding zu schwer für ihn. Dennoch erwischte er sich bei Überlegungen, wie er es am geschicktesten anpacken sollte.

»Ist doch egal«, murmelte er, schließlich wollte er es gar nicht schaffen, das war doch nur die Idee der bekloppten Danielle. Er war kein Vampir, es gab keine Vampire, und keine Waschmaschine der Welt würde ihn vom Gegenteil überzeugen!

Mit einem verächtlichen Schnauben ging er in die Knie und schob die Finger so gut es ging unter die Maschine. Er krallte sich fest, die Arme möglichst weit ausgestreckt, den Kopf an das kühle Metall gelegt. Direkt vor seinem Auge war ein fingernagelgroßes Stück Lack abgeschlagen.

Jetzt!

Er spannte die Muskeln und zerrte die Arme nach oben. Die wuchtige, alte, viel zu schwere Waschmaschine hob sich tatsächlich vom Boden, schrabbte gegen die Wand, weil er sie schlecht ausbalancierte, schwebte eine Handbreit hoch in der Luft, bis Alex sie wieder runterließ. Vor Schreck, nicht, weil ihm die Kraft ausging. Dumpf setzte sie auf dem Boden auf.

»Scheiße.« Alex hustete, obwohl es ihn nicht im Mindesten angestrengt hatte. »Scheiße, Scheiße, Scheiße!«

»Und?«, fragte Danielle durch die offene Tür.

»Das beweist gar nichts!« Er spuckte in die Badewanne, wieder war der Speichel von schwarzen Schlieren durchzogen. Nein, es sah mehr aus wie feiner schwarzer Sand. Asche.

Er packte die Brause und spülte den Speichel in den Abfluss, dann sprang er zum Waschbecken und wischte auch das sauber. Noch immer hing seine schmierige Spucke an der Keramik. Weg, nur weg damit.

Aber was half es? Er wusste doch davon, seine Erinnerung konnte er nicht einfach in den Kanal spülen. Als er den Wasserhahn wieder zudrehte, konnte er nicht sagen, wie lange er ins Waschbecken gestarrt hatte. Irgendwas stimmte mit ihm tatsächlich nicht, zu vieles war in den letzten Tagen geschehen. Er würde sich einfach in Ruhe anhören, was Danielle zu sagen hatte, vielleicht half ihm ihr Gerede von Vampiren und Nephilim ja doch irgendwie, der Wahrheit näher zu kommen. Der richtigen Wahrheit, nicht ihrer.

»Du hast gesagt, ich soll Filmen nicht glauben. Dann sind die ganzen Geschichten von Kreuzen und Knoblauch auch erfunden?«, bemühte er sich um einen lässigen Tonfall.

»Fiktion oder Aberglaube. Wie die Angst vor schwarzen Katzen und irgendwelche albernen Hexenproben. Alles hängt von dem einzelnen Vampir ab und wie er zu dem geworden ist, was er ist. Deshalb fällt es mir schwer, dir zu erklären, was mit dir geschehen ist. Das hätte dein Vater tun sollen, aber den habt ihr ja gleich gepfählt und verbrannt. Es gibt nicht viele Methoden, so ein Wesen zu töten, ihr hattet Glück oder den richtigen Instinkt. Dabei war er eigentlich zu klein, um der Vater eures Dorfs zu sein, wahrscheinlich stammt er aus der Erde eines Weilers oder einzelnen Gehöfts aus der Nähe. Dürfte es bei euch gegeben haben, oder?«

»Äh, ja«, sagte Alex, der nicht viel von dem verstand, was sie von sich gab. Doch sofort dachte er an die zwei großen einsamen Höfe, die nebeneinander an den Fischweihern südlich von Niederbachingen standen. Immer wieder hatte es ihn damals an die Weiher gezogen, obwohl der griesgrämige Hintermayr jedes Kind vertrieben hatte. Niemand hatte dort mit ihm spielen wollen, er war allein an der Baumzeile zwischen Höfen und Weihern entlanggezogen, hatte Steine übers Wasser springen lassen und manchmal darüber nachgedacht, sich im ruhigen Wasser der schattigen Weiher zu ertränken. Von der alten Hintermayr hatten die Dorfkinder erzählt, sie wäre eine Hexe.

»Wenn ein Mensch von einem Blutvater oder einer Blutmutter gebissen wurde, dann unterwirft er sich ihm oder ihr«, fuhr Danielle fort. »Er wird von ihm in seine Horde, seine Familie, seinen Stamm oder sein Regiment aufgenommen, jeder nennt das anders. Er wird sein Sohn und Diener, sein verlängerter Arm auf der Erde. Er erbt seinen Durst nach Blut, wird irgendwie Teil von ihm. Vielleicht habt ihr euren Vater zu früh getötet, noch bevor sich zu viel von seinem Wesen in dir ausbreiten konnte, bevor das Vampirische in dir richtig erwachen konnte. Außerdem bist du nicht freiwillig zu ihm gegangen, du hast dich ihm nie unterworfen, du hast nie für ihn Blut vergossen, wahrscheinlich bist du kein echter Vampir, obwohl du es in dir trägst. Das würde erklären, warum ich dich nicht gleich erkannt habe.«

»Wieso hättest du mich erkennen sollen?«

»Weil ich eine Nephilim bin.«

»Sind Nephilim und Vampire so was wie Verwandte oder Verbündete oder warum …?«

Danielle lächelte. »Nein, nicht ganz. Eher das Gegenteil. Seit der Geschichte von Sodom sind wir wohl endgültig und für alle Zeit verfeindet.«

Tief in sich spürte Alex eine dunkle Wut, die sich wie zur Bestätigung ihrer Worte regte. Vielleicht war er aber auch einfach nur sauer über den Unsinn, den sie ihm auftischte. Danielle sah ihn lauernd an, und zugleich voller Verlangen. Ein Verlangen, das auch seine Wut übertünchte. »Und warum haben wir beide dann …?«

»Ich weiß es nicht. Hätte ich dein Wesen erkannt, hätte ich dich nicht ausgewählt. Ich wollte mit einem Menschen ins Bett, nicht mit einem Vampir.«

»Aber du bist wiedergekommen. Obwohl du vermutet hast, dass etwas mit mir nicht stimmt.« *Dass wir verfeindet waren,* konnte Alex nicht sagen. Eine Feindschaft über hundert Generationen zu konservieren, erschien ihm allzu absurd.

»Ich musste.« Wenigstens klang ihre Stimme nicht bitter. »Aber darüber reden wir später.«

Alex nickte, und plötzlich fiel ihm wieder der Spinner ein, der nach einem Nephilim gesucht hatte. Angeblich hatte er ihn an ihm riechen können, dieser Typ mit den kalten Augen eines Hais. »Wie viele von diesen Vampiren soll es denn überhaupt geben? Gibt es auch welche in Berlin?«

»Bestimmt. Aber ich weiß nicht, wie viele.«

Alex erzählte von seinem Zusammentreffen mit dem Spinner und wollte Danielle weitere Fragen stellen, doch er kam nicht dazu.

»Er sagte, sie brauchen noch einen Nephilim?«, unterbrach ihn Danielle und sah ihn erschrocken an. »Und das sagst du erst jetzt?«

»Ähm, ja.«

»Weiß er, wo du wohnst?«

»Nein! Keine Ahnung. Ich glaube nicht, aber zumindest schien er zu wissen, wer ich bin.«

»Dann müssen wir weg. Sofort.«

»Wir?«

»Ich.« Hektisch wühlte sie im Durcheinander des Wohnzimmers nach ihren Kleidungsstücken. »Ich muss weg. Dringend. Und wenn du mehr wissen willst, dann solltest du mitkommen.«

»Aber bin ich nicht ein Vampir? Also laufe ich mit dir, wo wir seit dreitausend Jahren verfeindet sind, wie ich gerade erfahren habe, vor meinen Brüdern weg?« Es tat gut, sie zu foppen.

»Deine Brüder? Nein, sie sind die Kinder eines anderen Blutvaters. Ihr seid fast so schlimm wie Ameisen aus unterschiedlichen Staaten. Mit ihrer Freundschaft kannst du nicht rechnen, besonders nicht, nachdem du jetzt frisch nach Nephilim riechst. Außerdem sind wir seit über viertausend Jahren verfeindet«

»Mir auch recht. Ein Jahrtausend hin oder her, was ist

das schon. Und deinen Geruch kann ich abduschen«, sagte er lässig.

Danielle hielt ihr zerrissenes Top und die zerfetzte Shorts in die Höhe. Ihre Furcht war echt, und langsam wurde auch Alex immer unwohler. Er wollte nicht glauben, was sie erzählt hatte, doch in ihm regte sich weniger Widerstand, als es nach dieser hanebüchenen Geschichte müsste. Darüber täuschten auch keine lässigen Bemerkungen hinweg.

Auf keinen Fall wollte er dem Spinner ein weiteres Mal begegnen.

»Verdammt!«, rief sie. »Hast du was zum Anziehen für mich? Ein großes T-Shirt langt. Und duschen reicht nicht, mit Seife kriegst du meinen Geruch nicht raus, nicht einmal die Zeit wäscht ihn aus allen Menschen. Vampire haben gute Nasen dafür. Außerdem hast du deinen Vater getötet, das würde ich ihnen auch nicht unbedingt erzählen.«

»Ja und? War doch nicht ihr Vater, und wenn das mit den verfeindeten Ameisenstaaten stimmt, müssten sie mir doch dankbar sein?«

»Dankbar?« Sie sah ihn abschätzig an. »Du bist ein Vatermörder. Da reagieren sie empfindlicher als die meisten Menschen auf Kinderschänder. Sie werden dich verbrennen.«

»Verbrennen?« Alex stierte sie an, aber ihr Gesicht blieb ernst. Das war so wenig ein Scherz wie alles andere, was sie gesagt hatte. In ihm legte sich endgültig irgendein Schalter um. Er glaubte ihr. Er wollte es nicht, sein Verstand wehrte sich verzweifelt dagegen, türmte

Argumente auf, aber es half nichts. Alex tat es einfach. Zumindest vorläufig, bis er mehr Beweise gesehen hatte, versuchte er seinen Verstand zu beruhigen. »Klar kannst du ein T-Shirt haben.«

Eine Minute später rannten sie gemeinsam aus der Wohnung, Alex hatte sich gerade mal sein Zeug für die Kontaktlinsen und die Zahnbürste in die Hosentasche geschoben. Hinter sich schloss er ab, auch wenn er dafür von Danielle belächelt wurde.

»Du meinst, das hält sie auf?«

»Nein. Aber wenn sie nicht kommen, bleiben wenigstens meine Nachbarn draußen.«

Auf der Straße sah er beinahe so gut wie an einem Tag mit dunklen Gewitterwolken. Immer wieder blickte er sich um, während er hinter Danielle durch die Nacht rannte. Doch er konnte niemanden entdecken, der ihnen folgte.

15

Berliner Blutdieb ein Satanist!

Der Zivildienstleistende Norbert M., der nach Stand der Ermittlungen über 70 kg Blutkonserven aus dem Marzahner Krankenhaus gestohlen hat, steht in dringendem Verdacht, ein Satanist zu sein.

Weder er noch sein Anwalt wollten sich zu den Vorwürfen äußern, doch BILD wurde bekannt, dass in seiner Wohnung nicht nur leere Blutbehälter, sondern auch mehrere CDs von Marilyn Manson gefunden wurden. Auf seinem Computer entdeckten die Beamten zahlreiche illegale Downloads, darunter auch Songs brutaler skandinavischer Black-Metal-Bands. Viele Mitglieder solcher Bands sind Satanisten. Auch Norbert M.?

»Ich kann nicht glauben, dass er Kinder opfert«,

sagt die Krankenschwester Aylin B. (36), auf diesen Verdacht angesprochen. Sie arbeitet seit vier Monaten täglich mit dem Zivildienstleistenden zusammen. »Er ist so ein höflicher und ruhiger junger Mann. Immer hilfsbereit und freundlich zu den Kindern.«

Allerdings hat sie sich auch nicht vorstellen können, dass er Blutkonserven entwendet. So schlimm illegaler Bluthandel auch ist, erst beim Thema Satanismus kommen ihr die Tränen. »Aber man hört und liest in letzter Zeit ja so vieles. Ich kann das nicht verstehen, was in solchen Leuten vorgeht. Das Böse anbeten.«

Norbert M. ist vorläufig vom Dienst freigestellt. Es ist sehr fraglich, ob er ihn je wieder antreten wird.

»Ich hab das Blut nicht verkauft, ich hab es weggeschüttet«, verteidigt sich der verwirrte junge Mann gegen Vorwürfe des Bluthandels. Hat er kalte Füße bekommen, oder war es Reue? Norbert M. schweigt. Doch selbst wenn es Reue war: Für alle, die auf fremdes Blut angewiesen sind, kam sie zu spät.

BILD fordert: **Stoppt endlich die wahnsinnigen Satanisten in unserer Hauptstadt.**

BILD, Dienstag,
19. Mai 2009

16

Es begann zu dämmern, langsam schlich sich ein heller Ton in den östlichen Himmel. Seit Stunden saßen sie auf dem in der Mitte abgeflachten Dach, und Danielle erzählte ihm, was sie über Vampire wusste, während Alex immer wieder halbherzig und vergeblich versuchte, sie in Widersprüche zu verwickeln. Halbherzig, weil er ihr tief im Innern glaubte.

»Warum habe ich dann über Jahre versucht, mich umzubringen und nicht andere?«

»Vielleicht, weil dein Blutvater tot ist? Ich kann es dir nicht besser erklären, ich bin schließlich kein Vampir, aber vielleicht drängt irgendetwas in dir, es ihm gleichzutun, ihm nachzufolgen. Vielleicht versucht aber auch der kleine Teil von ihm, der auf dich übergegangen ist, ganz schlicht, Rache zu nehmen und dich in den Tod zu treiben. Oder ... Vampire sind Teil ihres Blutvaters, sie haben eine gemeinsame … Seele, ja, Seele, es gibt wohl kein besseres Wort. Und wenn der größte Teil deiner Seele tot ist, dann fühlst du vielleicht eine Leere, die dich innerlich auffrisst, und das treibt dich zu selbstzerstörerischen Handlungen. Oder es hat einfach gar nichts mit deiner vampirischen Natur zu tun, sondern mit deiner menschlichen, und du wärst auch ungebissen suizidal veranlagt. Vielleicht hat der Vampir in dir über die Jahre auch geschlafen und ist erst letzten Freitag vom Hass auf mich erweckt worden. Doch dein Begehren war menschlich.« Danielle blickte ihm nachdenklich in die Augen. »Du vereinst Ungewöhnliches in dir, bist zugleich Mensch und Vampir, erweckt von einer Nephilim.«

Sie saßen auf dem Dach eines mehrstöckigen Wohnhauses, Alex hatte sich aus Gewohnheit vom Rand ferngehalten, um nicht zu springen, doch der Drang war nicht da. Die Fenster der gegenüberliegenden Häuser lagen dunkel, nur hinter einem Vorhang schimmerte bläulich das Licht eines Fernsehers. Von der Straße drangen immer wieder Motorengeräusche herauf, wie auch die wütenden Rufe eines Betrunkenen. Die Sterne leuchteten hell, und als eine Sternschnuppe hinter dem Fernsehturm verglühte, wünschte er sich, er würde endlich verstehen, was mit ihm geschah. Hastig schickte er ihr noch den Wunsch hinterher, sich nicht in eine bluttrinkende Bestie zu verwandeln. *Bitte!* Er fragte Danielle nach den Blutvätern, von denen sie oft sprach, schließlich waren diese der Ursprung der Vampire.

Sie erklärte ihm, dass diese, wie auch die selteneren Blutmütter, in der Erde ruhten, und ein jeder von ihnen sah anders aus. Nur wenige ähnelten Tieren wie die Kreatur in der Scheune. Es waren teils äußerst bizarr geformte Wesen, die sich wie Flechten, Wurzelwerk oder gigantische Quallen mit unzähligen Tentakeln unter Siedlungen oder alten Schlachtfeldern erstreckten. Sie wurden aus dem versickernden Blut und Tränen geboren, wenn mit diesen genug Hass und Rachedurst in die Tiefe gelangte. Manchmal entstanden sie aus dem Blut eines einzigen Toten, der mit einem schrecklichen Fluch aus tiefstem Herzen starb, manchmal aus dem eines verratenen und aufgeriebenen Heers. Jede Stadt der Welt barg genug dunkle Geschichten, um einen Blutvater zu gebären, auch wenn nicht jede es tat. Ihre Geburt war keine exakte Wissenschaft, sie folgte keinen universellen Regeln.

Doch war er einmal geboren, dann dämmerte er in der Tiefe und nährte sich von allem Blut und den Tränen, die in seiner Nähe versanken, saugte sie auf wie ein unersättlicher Schwamm. Jeder Tropfen ließ ihn wachsen, und je größer er wurde, desto größer war seine Reichweite, desto mehr Tropfen erreichten ihn. Über Jahrhunderte und länger lagen sie in ihrer Heimaterde und taten nichts anderes als Blut saufen und wachsen. Dabei schwitzten sie die Schmerzen und Schreie, die Wut und die Angst, die alle mit in die Tiefe gewaschen wurden, als Alpträume wieder aus. Alpträume, die sich wie unsichtbarer Nebel über ihre Städte legten und in die Köpfe der Schlafenden krochen.

Alex konnte sich nicht vorstellen, wie Schreie, Schmerzen, Wut und Angst irgendwie in die Tiefe gewaschen werden konnten, aber Danielle hatte gesagt, dass Blutväter von keiner Wissenschaft erklärt werden konnten. Zumindest von keiner, deren Formeln ein Mensch oder Nephilim bisher auch nur ansatzweise entschlüsselt hatte.

Sie lebten in der Erde, und Alex' Gedanken an Selbstmord hatten immer in der Erde geendet: im schlammigen Becken eines Flusses, von Eisenbahnrädern in den Boden gepresst oder mit aufgeschnittenen Adern auf offenem Feld. Nie hatte er sich erhängen wollen. Auf einer intuitiven Ebene passte alles zusammen.

Noch hatte Danielle ihm nicht erzählt, weshalb sie zu ihm zurückgekommen war, stets blockte sie ab, wenn er nach ihr fragte oder auch nach Nephilim im Allgemeinen. Also versuchte Alex, der Sache über Umwege nahe zu kommen.

»Weshalb sind Vampire und Nephilim eigentlich verfeindet?«, fragte er. »Du hast doch irgendwas von Sodom gesagt. Das ist ja schon eine Weile her. Bist du sicher, dass die Geschichte stimmt?«

»Ja. Auch wenn es lange her ist, so schlecht ist mein Gedächtnis nicht.«

Alex nickte höflich, dann kam der Gedanke erst richtig bei ihm an. »Dein Gedächtnis?«

»Ja, Gedächtnis. Das ist dieses Ding, mit dem man sich an alles erinnert, was man erlebt. Du hast davon gehört?« Sie lächelte.

»Was man erlebt?«

»Ja. Ich war damals noch recht jung …«

»Moment, Moment. Du willst mir erzählen, du bist über dreitausend Jahre alt? Viertausend?« Er sah sie an, den makellosen Körper, den er auf neunundzwanzig geschätzt hatte, unvergängliche, ewige neunundzwanzig. Diesen Körper, der aussah, als hätte das Leben keine Spuren auf ihm hinterlassen.

»Willst du jetzt über mein Alter reden oder über Sodom?«

Alex sah sie an und lachte leise vor sich hin. Nach dem, was er heute schon alles hingenommen hatte, würde er wohl mit ihrem Alter im vierstelligen Bereich auch noch klarkommen. Wenigstens konnte ihm jetzt seine Mutter nicht mehr vorwerfen, er würde nur auf deutlich jüngere Frauen stehen. »Erzähl mir einfach von Sodom.«

Sie nickte und begann:

»Auch wenn wir Nephilim eher Einzelgänger sind, war ich damals mit einem Freund namens Aineas unterwegs. Wir hatten gehört, dass es in Sodom und Gomorrha freizügiger als anderswo zuging, reisende Händler raunten überall, dass dort das Laster zu Hause sei. Das schien uns, die wir nach menschlicher Leidenschaft gierten, der richtige Ort zu sein, um nicht aufzufallen. Wo jeder hurt, da sind wir willkommen, wo die Abstinenz regiert, müssen wir vorsichtiger sein. Auch dort ist der Hunger nach uns groß, doch das Geschrei am Morgen danach und das der Nachbarn ist größer. In Sodom sollte das anders sein.

Und tatsächlich, kaum waren wir dort angekommen, einer wohlhabenden Hafenstadt am Ufer des Toten Meers, sprach uns ein lächelnder Mittdreißiger auf der Straße an, ob wir schon eine Bleibe für die Nacht hätten.

Wir verneinten, sagten, wir wollten uns auf dem Marktplatz umhören oder ob er uns einen Gasthof empfehlen könnte.

Gasthof, papperlapap, erwiderte er, *ihr kommt mit zu mir. Gastfreundschaft wird bei uns großgeschrieben. Ich bin Lot, und meine Frau Sara bewirtet und bedient euch sicher gern.* Dabei sah er mich hungrig an, seine Stimme bebte erregt. Trotz seines Alters hatte er ein helles Bubigesicht, nicht ganz mein Fall, aber seine großen dunklen Augen funkelten, als hätte er es faustdick hinter den Ohren.

Aineas und ich sahen uns an, zuckten mit den Schultern und gingen mit. Er war im besten Alter und verheiratet, hatte also vielleicht auch Söhne und Töchter, die im passenden Alter waren. An Aineas' Lächeln sah ich, das er das Gleiche dachte, und ich wusste, wie gern er es mit unerfahrenen Dingern trieb. Ihre naive, neugierige Lust sei eine andere, sie schmecke süßer, sagte er stets. Auf dem Marktplatz konnten wir uns in den nächsten Tagen und Nächten noch umsehen.

Lot führte uns durch die bunten, lebendigen Straßen, in denen sich Bettler an Götzenbilder und kleine Händler reihten. Unterwegs wurden wir von zahlreichen Augen begafft, teils offen angemacht, und im Vorbeigehen wie aus Versehen begrapscht. Die schwüle Luft war mit sexueller Spannung aufgeladen, und Lot konnte diesem Treiben nur schwer Einhalt gebieten. Ein großer Mann in teurem Tuch packte sogar seinen Schwengel vor mir aus und sagte mit selbstgefälligem Grinsen: *Da staunst du, was? Ich hab' ein Gehänge wie ein Hengst.*

Zähne auch, entgegnete ich kalt und ließ ihn im höhnischen Gelächter der anderen Passanten stehen. Lot bugsierte uns schnell voran, als hätte er Angst, wir könnten solch plumpem Werben doch noch nachgeben.

Auch einen Vampir bemerkte ich am Straßenrand, doch er hielt sich abseits im Schatten dicker Mauern und starrte nur kurz zu uns herüber. Er nickte kaum merklich, seine Augen blieben kalt. Damals lebten sie und wir nebeneinanderher, unerkannt von den Menschen und unter ihnen. Wir kamen uns nicht in die Quere, es gab schließlich genug Menschen für alle, und jeder wollte etwas anderes von ihnen, wir nahmen einander nichts weg.

Endlich bei Lot angekommen, erwartete ich, dass er über mich herfallen würde und ich ihn endlich besteigen konnte. Doch er scheuchte seine hübsche Frau tatsächlich erst in die Küche, um für uns zu kochen. Als spiele er mit uns und nicht wir mit ihm, auch wenn er mich weiter mit seinen großen brennenden Augen auszog. Schwitzend tänzelte er um mich herum, Erregung drang aus jeder Pore, und stammelnd stellte er uns seine beiden Töchter vor, hübsche junge Dinger, schüchtern und noch jungfräulich, wie er uns stolz versicherte. Aineas lächelte breit, und ich konnte in den Gesichtern der Mädchen sehen, wie sie ihm verfielen. Ich würde also Vater und Mutter bekommen.

Da klopfte es an der Tür, laut hämmerten Fäuste gegen das Holz. Draußen hatte sich ein gutes Dutzend Sodomer oder Sodomiten versammelt und begehrte Einlass. In erster Linie aber begehrten sie Aineas und mich, was sie sehr laut deutlich machten. Sie hatten Dolche und Prügel dabei, wildes Verlangen flackerte in ihren Augen, und es war klar, dass das hier kein besonders raffiniertes Werben sein sollte. Es war ein lüsterner Mob, der Lot und jeden anderen, in dem er einen Nebenbuhler sah, erschlagen würde. Sabbernde Gestalten, die ihre Gier befriedigen wollten, und das musste nicht durch einvernehmlichen Sex geschehen. So hatten wir uns Sodom nicht vorgestellt.

Lot zitterte, aber er gab die Tür nicht frei.

Nein, ich bitte euch, das Gastrecht ist heilig, wimmerte er. *Nehmt meine jungfräulichen Töchter, aber lasst die Fremden in Ruhe. Sie sind doch meine Gäste.*

Der Mob vor der Tür wurde immer zahlreicher und verlangte lautstark nach uns. *Rabenvater,* habe ich gedacht. Ich meine, Gastfreundschaft ist eine gute Sache, aber die eigenen Töchter der tobende Menge vorwerfen eine ganz andere, wenn du mich fragst.

Scheiß auf deine hässlichen Töchter!, schrie ein fetter glatzköpfiger Kerl in der ersten Reihe und schlug Lot ins Gesicht. Jammernd taumelte unser Gastgeber zurück, der Mob machte sich daran, ins Haus vorzudringen. Ich sprang zur Tür hinüber, drosch dem fetten Idioten die flache Hand auf die Nase, so dass sie knirschend brach, und trat ihm zwischen die Beine. Er heulte vor Schmerz und sackte zusammen. Dann stieß ich ihn mitten unter seine sabbernden Spießgesellen und brüllte: *Verpisst euch!*

Reaktionsschnell warf Aineas die Tür ins Schloss und versah sie mit einem Traumsiegel, das die Wahrnehmung des Mobs verwirrte. Dazu murmelte er etwas von einer beschissenen Belagerung, das könne bei einer schönen Frau auch mal zehn Jahre dauern. Ich mochte seinen trockenen Humor.

Wir hörten, wie die Kerle draußen ihren Kumpan verspotteten, weil er sich von einer Frau aufs Kreuz hatte legen lassen. Darüber hinaus vergaßen sie die traumversiegelte Tür, nahmen sie nicht mehr als Realität wahr. Spottend und geil zogen sie davon, auf der Suche nach mehr oder weniger willigen Frauen.

Lot hatte nur einen Kratzer abbekommen, die Blutung war schnell gestoppt, und Sara trug bald darauf die Mahlzeit auf. Beim Essen begann Lot jedoch furchtbar zu bechern, er zitterte, doch es war nicht klar, ob noch aus Angst vor dem Mob oder aus Erregung. Derweil bandelte ich mit seiner Frau an, sie teilte das Essen mit flinken, geschickten Fingern aus, und dank seines feigen Auftritts hatte ich keine Lust mehr auf ihn. Auch Aineas flirtete mit ihr, er raunte mir zu, dass er sich die Mädchen für den Nachtisch aufheben wollte, dass es sie erregen würde, wenn sie wüssten, er hätte es zuvor mit ihrer Mutter getrieben. Schließlich kam es, wie es kommen musste – zu einem flotten Dreier in der Küche, bei dem uns Sara mehrmals ermahnte, nicht so laut zu sein, damit Lot im Nebenraum nichts höre. Aber dann japste und quiekte sie wieder los, dass man sie wohl noch am jenseitigen Ufer des Toten Meers vernommen hat.

Lot und seine Töchter haben uns sicher gehört. Erregt müssen sie gelauscht haben, bis Lot von quälender Lust übermannt seine beiden nach Befriedigung bettelnden

Töchter bestieg, trunken und mit Tränen in den Augen. Wir fanden die drei nackt und mit geröteten Gesichtern, als wir endlich aus der Küche zurückkehrten.

Lot sagte, sie hätten ihn abgefüllt und er erinnere sich an gar nichts mehr, er beteuerte, es sei nichts geschehen, nur heiß sei ihnen gewesen.

Aber seine Frau wusste Bescheid, als sie in die Gesichter der drei sah, sie musste nicht einmal auf die Spermaspuren auf den Bäuchen der Mädchen deuten. Doch in jenem Moment hatte sie – noch verschwitzt und ausgelaugt von unserem Küchenabenteuer – nicht die moralische Position, um sich lautstark zu entrüsten, und so schwieg sie und weinte stumm. Leblos setzte sie sich an den Tisch und verharrte starr wie eine Salzsäule.

Spätestens jetzt wurde Aineas und mir klar, dass all das Geschwätz von Sodoms Freizügigkeit nicht wahr war, es war eine Stadt wie jede andere, voller Eifersucht, Neid und Schuldgefühlen.

Mir reicht's, murmelte Lot. *Gott hat diese Stadt verflucht.* Er packte seine Töchter und die wichtigsten Habseligkeiten und stürmte Hals über Kopf in die Nacht, um woanders neu zu beginnen. Indem er die Tür von innen durchschritt, durchbrach er das Traumsiegel, doch darauf achteten wir in diesem Moment nicht.

Sara hockte noch immer stocksteif am Tisch und starrte ins Nichts.

Und wir? Was machen wir?, fragte Aineas.

Ihr macht gar nichts mehr! Zumindest einer von euch, antwortete ein Vampir und betrat Lots Haus. Ihm folgten weitere Vampire und Menschen, denen Geifer aus den Mündern tropfte und Alpträume und Mordgier in den Augen standen. Ein Blick durchs Fenster zeigte uns, dass das Gebäude umstellt war.

Was soll das?, fragte ich. Denn, wie gesagt, damals existierten Vampire und wir nebeneinander und ließen einander in Ruhe.

Unser Vater in der Erde verlangt danach, sich zu erheben, erwiderte der Vampir. *Dafür möchte er das Blut von einem von euch beiden trinken.*

Mir wurde innerlich kalt, und auch Aineas' Gesicht erstarrte. Niemals zuvor hatte ein Vampir einen solchen Gedanken geäußert. Weder hatte es sie nach unserem Blut verlangt, noch hatte sich je ein Blutvater erhoben und seine Heimaterde verlassen, den kühlen schwarzen Schoß, in dem er gewachsen war. Wir wussten nicht, woher dieser irrsinnige Gedanke kam, doch er war da, hallte noch immer in der Stille nach.

Wer von euch beiden möchte also?, fragte er mit einem kalten Lächeln. *Oder sollen wir würfeln?*

Durch ein kurzes Nicken verständigte ich mich mit Aineas, und wir stürzten unvermittelt zum hinteren Fenster, hechteten hinaus und versuchten uns durch die dicht gedrängte Menge einen Fluchtweg zu bahnen.

Doch vergeblich, zu viele Hände griffen nach uns, zu viele Arme umschlangen unsere Körper. Wir schlugen um uns, doch es hatte keinen Zweck, die Übermacht war zu groß. Mindestens zwei Dutzend Vampire hatten sich um Lots Haus versammelt, dazu kamen hundert alptraumwandelnde Menschen. Gemeinsam rangen sie uns nieder, traten, schlugen, würgten uns, doch sie bissen nicht zu. Noch nie hatte ein Vampir einen Nephilim gebissen, und auch jetzt hatten sie Scheu, trotz des Auftrags ihres Vaters.

Hilflos lag ich auf der Straße, die Arme um den Körper geklammert, schluchzend und von Schmerz überzogen. Aineas lag nur wenige Schritte von mir entfernt. Ein halbes Dutzend Vampire hob ihn hoch. *Nehmt ihn! Er ist größer und enthält mehr Blut,* befahl der, der von Anfang an gesprochen hatte, und sie schleppten ihn johlend davon.

Die Menschen folgten ihnen wie seelenlose Puppen, auf den Lippen Schreie nach Blut und die Forderung, Sodom müsse sich erheben, geboren werden aus fremdem Blut. Blind brüllten sie nach einem Vater, der sich von ihrem Blut und ihren Tränen nährte. Mich ließen sie einfach im Staub liegen, blutend und unfähig, mich zu erheben. Der Blutdurst beherrschte sie derart, dass sie vergaßen, mich zu schänden.

Ich spürte die Erde unter mir zittern, doch es war kein Beben, sondern die erregte Vorfreude einer gigantischen Kreatur, die seit langer Zeit in der Tiefe dämmerte. Ich konnte ihren ungeheuren Durst nach Blut spüren, ihren Willen, sich zu erheben, was noch kein Blutvater und keine Blutmutter getan hatte. Er träumte davon, auf einem gigantischen Thron aus Heimaterde zu sitzen, gemauert aus roten Lehmziegeln und Steinen aus der Tiefe, und sich das Blut fässerweise herbeischaffen zu lassen. Nicht nur das zu trinken, was in der Erde versickerte. Sodom sollte mit einer Armee von marschierenden Vampiren die Erde mit Krieg überziehen und Sklaven um Sklaven herbeischaffen, die er trinken konnte. Als Blutvater war er an seine Heimaterde gebunden, doch er wollte die ganze Welt erobern, auf dass er die ganze Welt sein Heimatland nennen könnte, um überall hinzugehen und Blut zu saufen. Ich versank immer tiefer in seinen Alpträumen, wurde von ihnen überschwemmt, bis ein dürrer, gescheckter Straßenköter herbeigetapert kam und mir das Gesicht ableckte, wieder und wieder.

So erwachte ich aus den Träumen, rappelte mich auf und torkelte aus der Stadt. Wir Nephilim sind Einzelgänger und bitten niemanden um Hilfe, doch jetzt eilte ich umher, reiste mit den Winden und rief alle Nephilim zusammen, die ich innerhalb dreier Tage auftreiben konnte.

In der Nacht huschten wir über Sodoms Dächer zum Tempel im Zentrum, in dem die Vampire Aineas in einer Grube geopfert hatten. Was wir für Wahnsinn gehalten hatten, hatte funktioniert; der Blutvater erhob sich aus der Erde. Ohne zu zögern, griffen wir ihn mit Feuer an, warfen brennende Fackeln und mit Öl gefüllte Tonkrüge nach ihm. In unserem Eifer setzten wir die ganze Stadt in Brand.

Der Blutvater brüllte und schlug um sich, so dass die Erde bebte, es kam zu Erdrutschen, und die Feuer wurden von seinem Atem weiter entfacht, ein Gigant, der in die Glut eines riesigen Feuers blies. Es tat uns leid um die Menschen, die in den Flammen starben, doch die meisten waren so von seinen Alpträumen besessen, dass sie nicht zu fliehen versuchten, sondern gemeinsam mit den verzweifelten Vampiren danach lechzten, uns zu fassen und zu töten. Elf Nephilim starben in dieser Nacht, und alle Vampire und Menschen in Sodom. Letztlich war nur Lot mit seinen Töchtern entkommen.

Vampire hungern nach dem Blut der Menschen, wir nach ihrer Leidenschaft, ihrer Hingabe beim Geschlechtsverkehr, wir waren keine Feinde gewesen. Doch seit jener Nacht hält sich unter den Vampiren der Glaube, dass man Nephilimblut braucht, um einen Blutvater oder eine Mutter ans Licht zu holen. Seitdem gehen wir ihnen aus dem Weg, und sie gehen auf die Jagd nach uns, wenn es einen Blutvater oder eine Mutter nach unserem Blut verlangt. Wenn er sich erheben will.«

»Dann sind Menschen und Nephilim also auf derselben Seite?«, fragte Alex, nachdem er einen Augenblick gewartet hatte, ob Danielle nicht doch noch weitersprach. Sie hatte ihm eine lange Geschichte erzählt, seine Fragen damit aber nicht annähernd beantwortet. Im Gegenteil, immer neue Fragen stürmten durch seinen Kopf: nach der Herkunft der Nephilim, nach ihren Müttern und Vätern, warum in der Bibel bei Sodom von Engeln die Rede war. Selbst die Frage nach Gott kam ihm in den Sinn, oder auch nach den Göttern. Zu viele, um sie alle auf einmal zu stellen.

»Nein, das kann man so nicht sagen. Die meisten Menschen wissen ja nichts von alldem. Und der Großteil der wenigen Vampirjäger will auch uns zur Strecke bringen, denn wir sind gefährlich, oder zumindest unser Blut. Erst wenn wir ausgerottet sind, kann eine solche Erweckung nicht funktionieren. Sie haben so viel Angst vor einem über der Erde wandelndem Blutvater, dass es ihnen egal ist, wie sie das verhindern.«

»Das ist doch Wahnsinn.« Alex schwirrte der Kopf vor Fragen. Er erhob sich und lief auf dem Dach hin und her. Das alles war Wahnsinn. Er wusste nicht, wo er weiterfragen sollte. All das zertrümmerte die Welt, in der er bis jetzt zu leben geglaubt hatte, aber es erklärte nichts. Nicht, warum er sich in den letzten Tagen so verändert hatte, nicht, warum sie zu ihm zurückgekehrt war. Was hatte sie wieder zu ihm getrieben?

Er betrachtete sie, wie sie gegen den gemauerten Schornstein gelehnt in den Himmel starrte, der sich langsam rot färbte. Die Sterne verblassten. Er musterte ihr Profil, alle Fragen waren vergessen, nur eine blieb: Weshalb begehrte er sie so sehr?

Langsam ging er zu ihr hinüber. Es war mehr als ihre Schönheit, es war etwas, das ihn überrannte, unter sich begrub wie eine gigantische Welle und alles andere fortspülte. Jede Frage, jeden klaren Gedanken.

Sie sah ihm in die Augen. Auch in ihnen brannte nun Verlangen, es verdrängte die Erinnerungen und auch die Verwirrung, die Alex kurz in ihnen gesehen hatte.

Er schob ihr T-Shirt nach oben, sie riss seinen Gürtel aus der Hose. Während die Sonne langsam aufging, trieben sie es im Stehen am Schornstein, bis sich ein Ziegelstein aus der obersten Reihe löste, gegen den Danielle beim Höhepunkt zu fest geschlagen hatte. Er polterte in dem Moment den Schacht hinab, in dem auch Alex kam.

»Da haben wir wohl ein paar aus ihren Träumen gerissen«, stieß er keuchend hervor und grinste.

»Aus wunderschönen Träumen.«

»Wie meinst du das?«

»Nicht nur Blutväter bringen Träume. Die eines Nephilim sind weniger dunkel und blutig, doch ebenso intensiv und inspirierend.«

Aus dem gekippten Fenster im obersten Stock drang das Stöhnen zweier Menschen. Danielle strich Alex über die Wange, zog ihr T-Shirt wieder über den Hintern und wartete, bis er sich die Hose hochgezogen hatte. Dann führte sie ihn durch die Dachluke wieder ins Haus. »Wenn es hell wird, verlasse ich die Dächer. Da oben ist es am Tag zu auffällig.«

»Du verbringst die Nächte auf den Dächern? Wann schläfst du eigentlich?«

»Gar nicht.«

Sie rannten die Treppe hinab, Danielle läutete im Vorbeieilen an einer Tür, hinter der lautes Stöhnen zu hören war, und freute sich wie ein kleiner Lausejunge. Warum gab es eigentlich keine Lausemädchen in der deutschen Sprache?

Alex hatte aufgehört, an Danielles Worten zu zweifeln. Auch wenn sie permanent darauf beharrte, mit ihm verfeindet zu sein, glaubte er ihr, folgte ihr. Im Moment konnte er diese angebliche Feindschaft nicht spüren, diese instinktive Abneigung. Er glaubte ihr, dass sie in Sodom gewesen war, dass sie ein Nephilim war und er beinahe ein Vampir geworden wäre. Entweder hatte er nach über dreißig Jahren endlich eine Wahrheit gefunden, die nicht viele kannten, oder er war auf dem besten Weg, ein kompletter Spinner zu werden.

Ein Spinner.

Plötzlich musste er an den Mann mit den Haiaugen

denken – den Vampir? – und verstand Danielles überstürzte Flucht aus Alex' Wohnung. Mit aller Wucht überfiel ihn die Erkenntnis, was dieser Mann eigentlich gewollt hatte. Er suchte – gemeinsam mit anderen – einen Nephilim, und das taten Vampire laut Danielle immer dann, wenn ein Blutvater erwachen wollte.

Ihm wurde flau im Magen. Zum ersten Mal machte er sich bewusst, dass – wenn er Danielle wirklich glaubte – unter seinen Füßen eine riesige unmenschliche Kreatur dämmerte, gewachsen aus Blut und Tränen der Jahrhunderte, dürstend nach mehr.

»Was machen wir jetzt?«, fragte er Danielle, als sie auf die Straße traten. Noch immer tobten in ihm wirre Gefühle und Gedanken durcheinander, doch sie wurden von Angst unterdrückt. Alex hatte Angst vor der Kreatur in der Erde. Ihr Erwachen würde er nicht feiern, da konnte er tausendmal ein Vampir sein.

Danielle sah ihn an, sah vielleicht sogar in ihn hinein und lächelte. »Jetzt kann ich dich mit in meine Wohnung nehmen. Da kriege ich was Ordentliches zum Anziehen, und dann überlegen wir, wie wir verhindern können, dass der Blutvater Berlins an die Oberfläche kommt. Von Sodom habe ich dir erzählt, und auch die Blutmutter Roms konnte zu Neros Zeiten im letzten Moment gestoppt werden. Immer wieder gab es über die Jahrtausende derartige Versuche des Erwachens. Uns wird schon was einfallen.«

»Und wenn nicht?«

»Daran denken wir am besten nicht. Uns muss und uns wird.«

17

Das Ergebnis der Frage der Woche der *Gesellschaft für ein moralisches Berlin e.V.* lautete:

Sollte Satanismus unter höhere Strafe gestellt und gegen ihn mit Mitteln der Terrorbekämpfung vorgegangen werden?

Ja: 78 %
Nein, die gesetzlichen Regelungen sind angemessen: 21 %
Im Gegenteil, die Strafen sollten gesenkt werden: 1 %

18

Lisa saß seit Stunden vor dem Fernseher und sah nicht mehr als flimmernde Farben, schnappte das eine oder andere Wort auf und vergaß es sofort wieder. Der Fernseher war nur ein Alibi, eigentlich starrte sie ins Nichts. Oder in ein buntes elektronisches Lagerfeuer. Sie vergaß sogar, bei Werbung wegzuzappen, nur wenn sie Liebesgeturtel und Sexszenen aus dem Flimmern filterte, drückte sie auf die Fernbedienung; so was ertrug sie jetzt nicht. Aber meist nahm sie nur wechselnde Farben und einen Brei aus Gemurmel, Geplapper, dramatischer Musik und unterschiedlichen Hintergrundgeräuschen wahr, bisweilen auch Schreie – und Schreie verstand sie, sie hätte auch gern geschrien. Aber sie trank nur.

Sandy war nicht da, mit der sie hätte reden können.

Warum hatte Alex das getan?

Dabei hatte er doch gar nicht gewirkt wie ein beschissener Chauvi.

Ein unangenehmes Gefühl nagte an ihr. Die Fremde war viel schöner gewesen als sie, wahrscheinlich würde sich jeder Mann für sie entscheiden, wenn er die Wahl zwischen ihnen beiden hätte, sie hatte ausgesehen wie ein Model. Nein, sogar noch besser; sie hatte etwas ausgestrahlt, das Lisa noch nie gesehen hatte. Aber wenn das Alex' Freundin war, warum hatte er dann was mit Lisa angefangen?

Die arrogante Tusse hatte Lisa nicht einmal angesehen, sie hatte keine Szene gemacht, hatte sich einfach nur ihren Mann zurückgeholt. Wie eine Hündin, die ihr Revier markierte.

Lisa fühlte sich gedemütigt, verraten, klein, hässlich und benutzt.

»Arschloch«, sagte sie ganz leise, denn zum Schreien fehlte ihr die Kraft.

Sie trank die Reste aus der Rotweinflasche, die Sandy halbvoll auf dem Küchentisch gelassen hatte. Seit einigen Minuten lief bereits das Morgenprogramm, doch sie konnte einfach nicht schlafen. Zweimal war sie kurz weggedämmert, aber immer wieder hochgeschreckt, weil sie von Alex und dem verfluchten Model geträumt hatte. Das wollte sie nicht, auf keinen Fall, und wenn sie eine Woche lang Koffeintabletten fressen müsste.

Und wo zur Hölle steckte Sandy? Jetzt, wo sie sie brauchte?

Schimpfend öffnete sie noch einen Wein, trank, knabberte an ihren Fingernägeln und starrte ins televisionäre Nichts. Hinter all ihren Fragen, unter der Demütigung und dem Gefühl, verletzt worden zu sein, lauerte Angst. Nicht die Angst, entgegen aller Hoffnung doch weiter allein zu sein, nicht die Angst, in nächster Zeit keinem Mann mehr vertrauen zu können, nein, es ging darum, wie Alex und diese Frau es getrieben hatten. Das hatte ihr Angst gemacht, anders konnte man es nicht nennen.

Die beiden waren so übereinander hergefallen, dass es mehr wie ein Kampf ausgesehen hatte. So wie sie sich gegen Wände und Möbel gestoßen hatten, wie sie sich ineinandergekrallt hatten, hätten sie brüllen müssen vor Schmerz, und doch hatten sie nur vor Lust gestöhnt. Lisa hatte Blutflecken auf beider Haut gesehen, auch dunkelrote Risse, aber es hatte sie nicht gekümmert. Immer wieder hatte Alex nach dem Hals der Frau geschnappt. Es hatte nicht echt ausgesehen, nicht wie der Sex von wirklichen Menschen, sondern wie irgendeine tricktechnisch veränderte Filmszene. Die Bühnenshow eines perversen Akrobatenpaars. Nicht menschlich. Zuzusehen war schrecklich gewesen, erregend und unheimlich zugleich.

Warum hatte sie nicht einfach gehen können? Sie hatte nur dagesessen und zugesehen, heulend und hilflos. Wieder das kleine Mädchen, das zitternd an der eigenen Zimmertür steht, sich nicht hinaustraut, mit stummen Tränen Zeuge eines weiteren Streits ihrer Eltern, ausgeliefert der Hoffnung, alles möge gut werden, nachher, morgen oder irgendwann danach, obwohl sie wusste, dass nichts gut werden würde. Das hilflose Starren und Warten auf das Ende, nichts tun können, weil man nicht die Kraft zum Handeln aufbringt. Weil man für die beiden Streitenden keine Bedeutung hat. Damals war irgendwann ihre Mutter gegangen und hatte sie mitgenommen; jetzt war sie allein gegangen. Doch sie hatte sich erst rühren können, als Alex sie angesprochen hatte.

Warum hatte er sie gebeten zu bleiben? Was ging in seinem kranken Kopf nur vor? Hatte er gedacht, dass ihr die Nummer gefallen hatte? Dass sie eine fröhliche Dreierbeziehung führen würden?

»Arschloch.«

Lisa stand auf und ging zu Sandys Zimmer, öffnete leise die Tür und sah noch mal nach, ob sie wirklich nicht da war. War sie natürlich nicht. Noch immer lag der kurze schwarze Rock auf dem Bett, die Netzstrumpfhose und drei unterschiedliche Tops. Spuren eines überhasteten Aufbruchs zu einem Date, vielleicht war sie auch mit irgendwem zusammen auf Männerfang gegangen. Möglicherweise sogar erfolgreich, da sie immer noch nicht zurück war.

Lisa wollte reden, aber sie wusste nicht, mit wem. Nicht am Telefon. Und über das, was in ihr rumorte, konnte sie sowieso nicht sprechen.

Beiläufig bemerkte sie, dass sie die Rotweinflasche in der Hand hielt, und nahm noch einen tiefen Schluck. Er war trocken, ein Tropfen lief ihr aus dem Mundwinkel und tropfte auf ihre Brust. In ihrem Kopf drehte sich alles.

Sie wankte in die Küche, stellte den Wein auf die Küchenzeile und dachte daran, doch ins Bett zu gehen, Rotwein machte müde. Konnte man schlafen, ohne zu träumen, wenn man es sich ganz fest vornahm?

Wahrscheinlich nicht, also musste sie wach bleiben.

Es war schon längst Morgen, Sandy musste bald heimkommen, irgendwann musste sie einfach. Selbst wenn sie bei einem Mann übernachtet hatte. Jeder kam irgendwann nach Hause.

Lisa machte Kaffee, nahm doppelt so viel Pulver wie sonst und ließ drüben im Wohnzimmer den Fernseher laufen. Sie war in eine WG gezogen, um nicht allein zu sein, sie hielt Stille in der Wohnung nur schwer aus, und heute schon gar nicht. In dieser Hinsicht waren sie und Sandy gleich, das hatten sie schon am ersten Abend ihrer Freundschaft festgestellt.

Während das Wasser durch die Maschine tropfte, bedauerte sie, kein Foto von Alex zu haben, das sie neben Sandys Teddy an die Flurwand nageln konnte.

Bei der dritten Tasse Kaffee kam Sandy tatsächlich. Sie war barfuß, ihre Füße voller Erde und Schmutz, und ein wenig bleich im Gesicht, als hätte sie die Nacht durchgemacht. Sie wirkte kalt, aber auch stark, viel stärker als in den letzten Tagen. Doch vielleicht kam es Lisa auch nur so vor, weil sie sich selbst so klein fühlte.

»Hi«, begrüßte Lisa sie. »Magst du Kaffee?«

»Wie siehst du denn aus?«

»Ich …« Weiter kam Lisa nicht, sie heulte los und ärgerte sich darüber.

Sandy nahm sie in den Arm und strich ihr unbeholfen übers Haar. »Was ist denn passiert? Hat er dir was getan?«

Lisa nickte und löste sich aus der Umarmung. Die körperliche Nähe behagte ihr nicht, Sandy roch irgendwie nach modrigem Keller oder muffigem Parfüm. Ihre Hände lagen kalt auf Lisas Schulter und Kopf. Vielleicht kam ihr das nach allem auch nur so vor, vielleicht reagierte sie jetzt einfach empfindlich auf körperliche Nähe.

Sie setzte sich und erzählte Sandy ausführlich von dem Abend. Davon, dass sie sich auf der Brücke so gut verstanden hatten, dass sie mit zu ihm gegangen war und dass es schön gewesen war, wirklich wunderschön, bis es geklingelt hatte und *sie* gekommen war.

»War das seine Freundin?«

»Ich weiß nicht.« Lisa erzählte, dass die beiden es wie Tiere getrieben hatten, wie wilde, tollwütige Tiere, aber sie wusste nicht, wie sie von der zerstörten Wohnung erzählen sollte. Dass die beiden in ihrer Raserei Möbel zerlegt hatten. Je weiter es zurücklag, desto verrückter kam es ihr vor. Aber sie hatte es doch gesehen, so etwas bildete man sich doch nicht ein! Selbst wenn man hintergangen wird, wenn man nackt ist, nicht nur körperlich.

»Die beiden haben ihre kranke Vögelei wie ein Theaterstück für dich inszeniert?«, brauste Sandy auf. In ihren Augen glomm kalte Wut.

»Ich weiß nicht, ob man es so sagen kann«, wich Lisa aus, obwohl sie diesen absurden Gedanken selbst schon gehabt hatte, verworfen und wieder hervorgekramt. Sie wusste einfach nicht, was sie denken sollte.

»Hallo? Willst du den Idioten jetzt wirklich verteidigen, oder was?«

»Nein.« Nein, das wollte sie nicht. Sie wollte nur manche Gedanken nicht zulassen, wollte nicht ausführlich schildern, wie es die beiden getan hatten. Sie war verdammt froh, dass Alex nicht mit dieser Wucht und Raserei über sie hergefallen war, und zugleich war sie deswegen verletzt. Sie hatte ihn nicht annähernd so erregt wie diese … perverse Schlampe. Sie wollte sich nicht mehr minderwertig fühlen, also lenkte sie vom Thema ab: »Ich habe vorhin schon geschaut, ob ich ein Foto von ihm auf dem Handy hab, das ich ausdrucken und neben deinen Teddy nageln könnte.«

»Ein Foto? Man müsste den ganzen Idioten da kreuzigen. Am besten kopfüber und mit glühenden stumpfen Nägeln, möglichst schmerzhaft eben. Die Lanze stoßen wir ihm dann zwischen die Beine statt in die Seite.«

»Das wäre natürlich am besten.« Lisa grinste vorsichtig und merkte, wie sich etwas in ihr löste. Mit Sandy über alles zu scherzen, befreite den Kopf.

Sandy lachte nicht. »Ich ruf ihn nachher an und mach ihn fertig.«

»Aber lass mich auch einen Nagel einschlagen«, kicherte Lisa. Sie hatte zu viel getrunken und war nun plötzlich überdreht. Nach der stundenlangen Grübelei kippte jetzt alles.

»Welchen willst du? Den krönenden letzten? Oder doch lieber die Lanze?« Sandy sah sie an und lächelte noch immer nicht. Sie spielte ihre Rolle als ernste Rächerin verdammt gut.

Vorsichtig musterte Lisa sie und stellte fest, dass sich Sandy seit gestern verändert hatte. Augen, Körpersprache, Ausstrahlung, alles war selbstbewusster, aber auch unnahbarer. Vielleicht war das aber auch nur die Wut auf Alex, die sie ganz offensichtlich empfand. Erst jetzt fiel Lisa auf, dass Sandy ein schwarzes Männerhemd trug, das sie noch nie zuvor gesehen hatte.

»Wo warst du eigentlich?«, fragte sie.

»Ich hab jemanden kennengelernt.«

»Aha!«

»Nein, nicht, was du denkst. Nicht einen, sondern mehrere, die …«

»Oha«, kicherte Lisa, die einfach nicht runterschalten konnte. Sie fand sich selbst nicht lustig, aber sie musste einfach plappern, lachen, alles ins Alberne drehen. Denn die Bilder von Alex und der Fremden wollten ihr trotz allem nicht aus dem Kopf, im Gegenteil, immer wieder tauchten sie auf, und dann fühlte sich Lisa wieder klein und unbedeutend, verletzt, gedemütigt und verängstigt. Sie hatten sich die Kleidung wortwörtlich zerrissen, geblutet, ein Regal im Liebestaumel von der Wand gefegt und eine Glasscheibe zertrümmert und nicht ein einziges Mal ihr Treiben unterbrochen. Weitergevögelt trotz Splitter im Rücken. Das war Besessenheit gewesen, nicht Leidenschaft, zwei kranke Sexjunkies, blind und gefühllos für alles andere.

»Nein, kein *oha* nötig.« Zum ersten Mal umspielte ein kurzes Lächeln Sandys Lippen. »Ich habe Leute getroffen, die mir Kraft geben. Als Martin mich beschissen hat, habe ich mich so nutzlos gefühlt und hätte manchmal die ganze Welt verfluchen können, aber jetzt, jetzt habe ich wieder ein Ziel. Es gibt jemanden, der auf mich baut. Ich bin nicht mehr allein.«

»Hey! Du hattest immer mich, du warst nie allein.«

»Ich weiß, du warst immer da, aber das ist etwas anderes, ein anderes Alleinsein. Du bist eine Freundin, eine großartige Freundin, aber jetzt habe ich wieder einen Sinn im Leben gefunden, so hochtrabend das klingen mag.«

»Haben dich irgendwelche Hardcore-Christen bekehrt, oder was? Glaubst du jetzt, dass Jesus auf dich baut, dass er dein Lebenssinn ist? Oder an Scientology oder so?«, fragte Lisa, die getauft war und es seit Jahren vor sich herschob, endlich aus der Kirche auszutreten, einfach, weil sie keine Lust auf einen Amtsgang hatte. Nicht an Gott glauben konnte man schließlich auch trotz behördlich eingetragener Religionszugehörigkeit. Sandy kam aus Thüringen und war nie getauft gewesen, Lisa hätte sie nicht als anfällig für Religionen eingeschätzt.

»Nein, ich hab nicht zu Gott gefunden, keine Angst. Besser, realer.«

»Jetzt spann mich nicht auf die Folter. Erzähl schon.«

»Tut mir leid, ich darf echt nicht darüber reden. Aber ich werde fragen, ob ich dich mitbringen darf. Ich werde ihm von dir erzählen, nein: Ich werde dich empfehlen. Bei ihnen wirst du dich nicht mehr hilflos und klein fühlen, und sicher nicht mehr allein. Es ist eine Gemeinschaft, wo jeder für den anderen da ist, das habe ich vom ersten Augenblick an gespürt. Wir sind alle eins.«

»Hast du Freimaurer getroffen oder Illuminaten, oder warum darfst du nicht darüber reden?« Wieder kicherte Lisa, aber ihr ging diese Geheimniskrämerei auf den Geist. Irgendwie klang das alles nach Sekte, aber so was passte gar nicht zu Sandy.

»Keine Freimaurer. Aber du wirst es sehen. Ich nehm dich morgen oder übermorgen mit.«

Sandys Stimme klang so bestimmt, dass Lisa nicht widersprach, auch wenn sie im Moment nicht die geringste Lust verspürte, jemanden kennenzulernen. Sie könnte ja jederzeit wieder gehen. Schnell würde sie sehen, was das für Leute waren, bei einer Sekte oder sonstigen Spinnern würde sie einfach abhauen, nahm sie sich vor. Nach fünf Minuten, egal, was Sandy sagte.

»Hast du vorhin nicht erzählt, dass du dir aus Versehen eines von seinen T-Shirts gekrallt hast?«, hakte Sandy nach. »Dann hol es mal her.«

Lisa nickte. Es auszuziehen und in die Badezimmerecke zu pfeffern, war das Erste gewesen, was sie getan hatte.

»Wunderbar.« Sandy hob Alex' Shirt an die Nase und roch daran. »Voller Schweiß, das ist ausgezeichnet. Das ist …«, sie zögerte, sog noch einmal den Geruch des Shirts ein, langsam, prüfend. »Das kann doch nicht … so erdig, fast, als wäre …« Misstrauisch musterte sie Lisa, packte ihr Kinn und drehte den Kopf nach rechts und links und betrachtete dabei sorgfältig den Hals. Ihr Griff war fest, sie war stärker, als Lisa gedacht hätte, viel stärker. Dann schüttelte Sandy den Kopf. »Nein.«

»Ähm, was soll das?«

»Nichts. Wir machen einfach ein bisschen Voodoo.«
»Voodoo?«
»Ja. Es ist völlig egal, ob es funktioniert, es tut einfach gut.«
»Sagen das deine neuen Freunde?«
»Nein.« Jetzt lächelte Sandy. »Martins Teddy habe ich doch schon vorher gekreuzigt, oder?«

Unter Sandys Anweisung und mithilfe von dicken schwarzen Fäden schnürten sie das ebenfalls schwarze T-Shirt zu einer Puppe mit annähernd menschlichen Formen zusammen. Den Faden, der den Kopf vom Körper trennte, wickelte Lisa besonders eng.

»Jetzt mal ihm ein Gesicht.«
»Mit Edding oder Kuli oder wie?«
»Natürlich mit Blut.«
»Blut? Spinnst du?«
»Kein Voodoo ohne Blut. Nur einen Tropfen aus deinem Finger für jedes Auge. Ein Stich mit der Stecknadel tut doch nicht weh.«

Lisa war sich da nicht sicher, aber es war auch egal. Der Idiot hatte ihr viel mehr Schmerzen zugefügt, Hauptsache, es half. Sie nahm die Nadel aus Sandys Hand und piekste sich in den rechten Zeigefinger, presste die Lippen aufeinander und drückte der Alexpuppe zwei Augen und eine Nase ins Gesicht. Dann presste sie ein wenig frisches Blut aus der Wunde und schmierte einen geraden Strich als Mund darunter, kein Lächeln.

Sandy beugte sich über die Puppe, die auf dem Küchentisch zwischen den Kaffeetassen lag und zischte: »Schmerzen und böse Träume. Du sollst jede Nacht schwitzen und heulen, zittern und verfluchen, dass du Lisa verletzt hast. Hundertfach soll ihr Schmerz auf dich zurückfallen, nicht eine Nacht Ruhe soll dir mehr vergönnt sein bis ans Ende deiner Tage.«

Lisa wollte kichern, aber sie konnte nicht. Sandys Stimme war rau und furchtbar eindringlich, sie kroch in Lisas Innerstes und jagte ihr eine Gänsehaut über die Arme. Auf seltsame Art erinnerte sie Sandys gezischte Beschwörung an den Sex, den Alex mit der Fremden gehabt hatte. So echt, obwohl es nicht echt sein konnte. Mit einem Schlag schien es kälter geworden zu sein.

»Jetzt bist du dran.«

Lisa konnte nichts sagen, sie hatte einen Kloß im Hals. Sie starrte auf den schwarzen Stoffzipfel mit den kaum zu erkennenden Blutflecken, die Alex' Gesicht sein sollten. Einen Moment lang hatte sie wirklich sein Gesicht vor sich, lächelnd, so wie er sie auf der Brücke angesehen hatte. Kurz bevor er sie verarscht hatte, das Schwein.

»Schlechte Träume und ein zerrissenes Herz«, flüsterte sie. »Ich hoffe, die Schlampe fickt eine ganze Fußballmannschaft vor deinen Augen, mit allen Ersatzspielern, Betreuern und Masseuren, und lässt dich als wimmerndes Häufchen Elend zurück.«

»Auch nicht schlecht.« Sandy legte ihr die Hand auf die Schulter. »Ich werd' ein gutes Wort für dich einlegen, versprochen. Aber erst bringen wir das hier zu Ende.«

Sie nagelten das Voodoo-Shirt direkt neben den Teddy an die Wand, Lisa schlug den letzten Nagel durch den Stoff, genau da, wo das Herz sein musste. Das würde ihre Wand der Ehemaligen werden, als Warnung für die

Zukünftigen und Mahnung an sie selbst, sich nicht unterbuttern zu lassen, von niemandem.

»Unsere Wand der Rache«, sagte Sandy, und Lisa musste wieder kichern. Rache hin oder her, sie fühlte sich besser. Und trotz des Kaffees schlug die Müdigkeit zu. Sie würde Sandy morgen zu den neuen Freunden befragen. Jetzt wollte sie einfach nur noch schlafen, sie hatte keine Angst mehr vor Alpträumen.

19

Kanalarbeiter tot aufgefunden

Heute Morgen wurde ein toter Kanalarbeiter in einem Schmutzwasserkanal in Ruhleben aufgefunden. Was der Mann nach Feierabend dort unten gemacht hatte, ist noch unklar.

Mesut B. (47) ist kein Einzelgänger, private Probleme oder Verbindungen zur Drogenszene sind nicht bekannt. Ersten Untersuchungen zufolge muss die Polizei jedoch von einem Fremdverschulden ausgehen.

»Vieles spricht gegen Selbstmord oder Unfall«, sagte ein Polizeisprecher. »Die Wunden des Toten waren auffällig und von hohem Blutverlust begleitet.« Nähere Angaben wollte er nicht machen, solange die Untersuchungen noch laufen.

morgenpost.de, Dienstag, 19. Mai 2009 12:09

20

Alex erwachte in Danielles Bett und fühlte sich schlecht. Schwermütig. Ihm war übel und seine Brust so eng, als stecke sie in einer Presse, das Atmen fiel ihm schwer. Er hatte geträumt, er würde in schwarzem Treibsand ertrinken, und mit ihm tausend wimmelnde Ameisen. Er hatte geträumt, Lisa wollte ihm mit einem blutbesudelten Fleischerbeil den Penis abhacken. Er hatte geträumt, er würde auf einer überfüllten Tanzfläche von hinten erstochen, mit einem riesigen rostigen Nagel. Doch es war nicht Lisa, sondern Danielle gewesen, die ihm das Eisen in den Rücken gestoßen hatte, lächelnd und mit vollen, rosa schimmernden Lippen.

Sein Rücken schmerzte, als wäre er wirklich getroffen worden. Verschlafen ließ er den Blick über die weißen Wände und die Bilder von sonnigen Himmeln und grauen Gewitterfronten gleiten, die Vorhänge waren hell und ließen das Sonnenlicht beinahe ungebremst herein. Auch der massive, breite Kleiderschrank war aus hellem Holz gefertigt, die Bettwäsche aus silbernem Satin. Alex vermisste etwas Dunkles in dem Raum.

Langsam wühlte er sich aus der Bettdecke heraus und schlurfte ins Bad, mit müden Fingern schloss er ab. Dann beugte er sich über die Schüssel und wartete, ob er sich übergeben müsste. Die Sekunden verstrichen, während er in die Wasserpfütze starrte, die seinen Kopf als dunklen Schattenriss spiegelte. Er musste nicht kotzen, trotzdem sammelte sich bitterer Geschmack in seinem Rachen. Angewidert spuckte er aus, und erneut fanden sich schwarze Spuren in seinem Speichel, wenn auch weniger als letztes Mal.

»Verdammt.«

Wieder und wieder würgte er Speichel hoch und rotzte ihn in die Toilette, schließlich einen großen, festen Batzen, den er misstrauisch beäugte. Die Schlieren in dem Klumpen waren eindeutig schwarz, nicht blutig rot. Als er tief durchatmete, schien sich eine Klammer von seiner Lunge zu lösen. Ganz langsam verließ die Schwermut seinen Körper, er spürte es überall kribbeln, lebendig, als würde ein eingeschlafener Muskel wieder erwachen. Als hätte er die Dunkelheit in sich ausgespuckt.

Erschöpft setzte er sich auf die Toilette und wartete, dass die innere Taubheit ihn vollständig verließ.

Dabei dachte er an den schwarzen Speichel und daran, zum Arzt zu gehen. Außerdem hatte er schon wieder ohne Kondom mit Danielle geschlafen, allein deswegen sollte er ein Blutbild machen lassen. Aber was, wenn sie wirklich die Wahrheit sagte? Was, wenn er ein Vampir war? Was würde der Arzt dann im Blutbild oder anderen Befunden finden, und was würde er daraufhin tun?

Alex wollte weder in Quarantäne gesteckt werden noch als Kuriosum bei zahlreichen Professoren oder in irgendwelchen medizinischen Fachmagazinen landen. Und auf Debatten mit seiner Krankenkasse über die Höhe der Selbstbeteiligung hatte er auch keine Lust; Vampirismus deckte die sicher nicht ab.

Er sollte Danielle fragen, wie andere Vampire das handhaben.

Er beugte sich vor und spuckte ins Waschbecken.

Danielle log nicht, was die Vampirgeschichte betraf, davon war er inzwischen überzeugt, aber heute Morgen war er nicht sicher, wie weit er ihr vertrauen durfte. Nephilim und Vampire waren verfeindet, hatte sie gesagt, doch noch immer nicht, weshalb sie zurückgekehrt war. Würde sie ihn vielleicht irgendwann erdolchen, wie im Traum?

Er wusste nichts von ihr.

Die hellblau-weißen Bodenfliesen sahen aus, als betrachte man Wolken von einem Berggipfel aus oder aus einem Flugzeugfenster; unbewusst suchte Alex nach vertrauten Formen, Gesichtern oder einem dunklen Punkt, der seinen Blick zur Ruhe kommen lassen würde. Aber er dachte nur an Rauch, an die brennende Scheune aus seiner Kindheit, auch wenn deren Qualm natürlich schmutzig und grau gewesen war.

In Gedanken fuhr er sich über die Narbe, totes Gewebe, das weder juckte noch pochte.

Wanne, Waschbecken, Kloschüssel, Wände, Decke, alles hier drin war weiß. Es erinnerte ihn an ein Krankenhaus. Konnte man jemandem, der hier freiwillig lebte, wirklich trauen? Nur die Jalousie vor dem langen Dachfenster zeigte einen gemalten Sonnenaufgang, das schwere Rot wirkte in diesem Umfeld noch kräftiger. Der Pinselstrich war unruhig, ähnlich wie der van Goghs, und Alex wurde von dem Gedanken überfallen, das Bild wäre mit Blut gemalt. Dabei verspürte er keinen Durst, nicht die geringste Lust, es abzulecken. Es war ja nur Farbe.

Plötzlich und unvermittelt überkam ihn doch der Durst nach Blut, er sehnte sich nach seinem Geschmack. Gierig kratzte er sich den Schorf von der Narbe, ließ die Bruchstücke zu Boden fallen, er wollte frisches, rotes, warmes Blut, wollte heraussickerndes lecken, nicht das getrocknete knabbern, doch kein Tropfen quoll hervor. Unter dem Schorf war nur frische rosa Haut. *Verflucht!*

Durstig presste er sich die Narbe gegen die Lippen, riss den Mund auf, doch er biss nicht zu. So plötzlich, wie er gekommen war, verschwand der Durst wieder.

Sein Körper verlangte nach Kaffee, und Alex fragte sich, ob es tatsächlich Vampire gab, die das eigene Blut tranken, die sich selbst bissen, wenn sie Durst hatten. Oder ging es immer um fremdes Blut, um die Jagd, ums Töten?

Er verspürte nicht die geringste Lust zu töten. Er konnte von sich nicht als Vampir denken, zu sehr fühlte er sich als Mensch. Hatte Danielle nicht gesagt, dass er möglicherweise gar kein richtiger Vampir war?

Sein Blutvater war tot – wie viel von seiner Seele konnte noch in Alex stecken? Er dachte an das Gefühl, etwas Schwarzes wäre in ihm geschlüpft, aus der Leere hervorgebrochen. Dieses Etwas war tot gewesen.

Er war ein Mensch, verdammt, er würde sich von dem Durst nach Blut nicht übermannen lassen. Er würde sich dagegen wehren, zu einem bluttrinkenden Monstrum zu werden, getrieben von Gier. Er würde darum kämpfen, seine Menschlichkeit zu behalten, und sich von niemandem zwingen lassen, zu einem Mörder zu werden; nichts anderes waren diese Vampire doch. Sein ganzes Leben lang hatte er sich dagegen gewehrt, sich den Erwartungen anderer zu unterwerfen, jetzt würde er sicher nicht zum Handlanger einer längst toten, verbrannten Kreatur mutieren.

Seine Gedanken und Gefühle sprangen wild umher, sekundenlang überschwemmte ihn Glück über seine plötzlich entdeckte Stärke, dann wieder Angst vor dem, was noch kommen würde, auch Scham über das, was er Lisa angetan hatte. Wenn er daran dachte, wie sie wimmernd auf dem Boden gekauert hatte, stach es ihm ins Herz. Als wäre er in sie verliebt, nicht in Danielle. Wütend schlug er die Faust gegen die Wand.

Noch nie hatte er jemanden begehrt wie Danielle. Er wusste, dass er sich für sie immer wieder zum Affen machen würde, und auch dieses Wissen würde ihn nicht davor bewahren. Für sie würde er seine Eltern verletzen, seine Schwester, seine Freunde, so wie er es gestern mit Lisa getan hatte. Egal, wie sehr er es bedauerte, er würde es wieder tun, wieder und wieder. Er wusste, dass er nicht anders konnte. Und zugleich wusste er nicht, ob er Danielle vertrauen konnte, ob er es durfte. Im Traum hatte sie ihn erdolcht.

Aber er musste ihr vertrauen, zumindest ein wenig, er hatte sonst niemanden. Er konnte ja schlecht Koma bitten, ihm zu erklären, wie man als Vampir durchs Leben kam, oder als Beinahe-Vampir.

Zu viel war geschehen, zu viel hatte sich verändert, und zu schnell, er wusste nicht, wie er einen klaren Kopf bekommen sollte, Ordnung in seine wirren Gefühle und Gedanken.

»Es tut mir leid, Lisa, schrecklich leid«, murmelte er, dann betätigte er die Spülung und putzte sich die Zähne, um den widerlichen Aschegeschmack loszuwerden, der sich wieder auf seine Zunge gelegt hatte. Anschließend probierte er neben der Badewanne Liegestützen mit einem Arm. Es klappte tatsächlich. Früher hatte er kaum fünf oder sechs mit beiden hinbekommen.

Mit einem Schlag dachte er wieder daran, was Danielle ihm über das Wesen, das unter Berlin hauste, erzählt hatte. Was machte er Idiot sich Gedanken über Liegestützen und das Verliebtsein, wenn etwas Derartiges unter der Stadt lauerte und auf das Erwachen wartete? Noch einmal spuckte er aus, dann ging er hinaus, um nach Kaffee zu fragen – und danach, was es mit diesem wechselhaften Blutdurst auf sich hatte.

Während er Wasser in die Kaffeemaschine füllte, erzählte er Danielle von seinem seltsamen Anfall und wie schnell er wieder verschwunden war. »Vielleicht bin ich ja doch kein Vampir?«

»Du bist einer. Nur ist dein Blutvater tot.«

»Und was bedeutet das?«

»Er ist immer der Antrieb, die Gier hinter dem Blutdurst seiner Kinder. Ohne ihn fehlt dir vielleicht der Durst, was weiß ich. Ich bin kein Vampir, ich kann es dir nicht genau sagen.«

»Wenn ich kein Blut trinke, bin ich auch keiner«, murmelte Alex und starrte auf die Kaffeemaschine, die viel zu langsam vor sich hinbrummte.

»Veganer sind auch Menschen«, sagte Danielle.

»Das ist doch Unsinn! Ich meine, natürlich sind Veganer Menschen, aber …«

»Okay, der Vergleich hinkt. Aber als Vaterloser bist du freier als andere Vampire, vielleicht kannst du dich gegen das Bluttrinken entscheiden. Wie ein Veganer gegen Tierprodukte. Es sei denn, du willst Blut trinken.«

Alex schüttelte den Kopf. Jetzt war er also ein veganer Vampir, weil er Waise war. Das alles war so furchtbar albern, so bescheuert, und doch konnte er nicht lachen.

Er hatte eben an seinem Arm genuckelt, hatte Lisas Blut trinken wollen. Es steckte in ihm, und er wusste nicht, wie er damit umgehen sollte.

»Sicher weißt du es erst in ein paar Wochen«, sagte Danielle und reichte ihm einen Becher aus dem Schrank. »Erst wenn du bis dahin niemanden angefallen und keinen Tropfen Blut getrunken hast, würde ich darauf wetten, dass du deinen Durst wirklich unter Kontrolle hast.«

Ein paar Wochen also. Wieder etwas, auf das er jetzt

keine Antwort bekam. Er schenkte sich den Becher voll und wechselte zur nächsten Frage, die ihn umtrieb.

»Warum bist du zurückgekommen?«, fragte er Danielle zum x-ten Mal, und diesmal antwortete sie.

»Ich konnte nicht anders«, sagte sie und sah ihn betrübt an. »Nach unserer ersten Nacht habe ich die ganze Zeit an dich denken müssen. An nichts anderes. Ich habe mich nach dir verzehrt.«

»Ging mir nicht anders«, antwortete Alex leichthin. »Dann sind wir vielleicht füreinander bestimmt, wie es immer so schön heißt.«

»Unsinn, das sind wir nicht. Gäbe es wirklich so etwas wie Bestimmung, dann wäre unsere, uns gegenseitig zu bekämpfen.«

»Aber du glaubst nicht an Bestimmung?«

»Nein. Du etwa?«

»Nein.« Alex zuckte mit den Schultern. Er war überzeugt, dass das Leben von Zufällen bestimmt wurde, den Satz eben hatte er nur so dahingesagt. »Aber was ist denn so schlimm daran, wenn wir uns gegenseitig begehren? Die meisten Ehepaare wären froh, das von sich behaupten zu können.«

Sie lächelte. »Ist lustig, dass du noch immer wie ein Mensch denkst.«

»Jetzt lenk nicht ab.«

»Schon gut. Ich habe einfach noch nie jemanden länger als eine Nacht gewollt.«

»Noch nie?« Alex starrte sie an, sie lebte seit geschätzten viereinhalb Jahrtausenden.

»Nein, noch nie. Kein Nephilim tut das, wir sind immer auf der Suche nach Neuem, wir sind frei, wir binden uns nicht. Vampire sind im Vergleich zu uns treu. Sie töten bei weitem nicht jeden Menschen, dessen Blut sie trinken, nicht, wenn der Blutvater dämmert, und dann trinken sie immer wieder von demselben Menschen. Sie bleiben auch dort wohnen, wo sie geschaffen wurden, wo ihr Blutvater haust.«

»Oder ihre Blutmutter?«

»Oder ihre Blutmutter, ja. Es gibt mehr Väter, darum sage ich einfach nur Blutvater. Habe ich mir irgendwann angewöhnt. Blutelternteil klingt zu dämlich, und ständig von *Blutvater* oder *Blutmutter* zu reden, ist einfach zu umständlich.«

»Und warum bin ich dann weggezogen?«

»Weil dein Blutvater tot ist, darauf läuft es immer wieder hinaus. Das hat dich freier gemacht als jeden anderen Vampir. Du bist nicht mehr an deine Heimaterde gekettet.«

»Okay, okay«, sagte Alex und brachte das Gespräch wieder darauf zurück, warum sie zu ihm zurückgekehrt war, woher ihr Verlangen nach ihm rührte. Es war unglaublich, wie schnell sie immer von den Nephilim und sich selbst abkam, ihn mit Wissen über Vampire fütterte, aber über sich und die ihren schwieg.

»Ich weiß es wirklich nicht. Wahrscheinlich, weil du kein Mensch bist, weil du als Vampir eine verbotene Frucht bist, wenn man so will. Oder weil du nicht einmal ein richtiger Vampir bist, sondern ein Vaterloser, und damit anders als alle. Schließlich habe ich dich nicht als einen von ihnen erkannt; ich hätte es spüren müssen.

Vielleicht musstest du gar nicht mein Blut trinken, um mich an dich zu ketten. Wie ich schon sagte: Es gibt keine Wissenschaft, die uns und Magie erklären kann. Wir folgen einer eigenen Logik, und dabei immer einer anderen. Vielleicht habe ich den schlummernden Vampir in dir geweckt, und du im Gegenzug dieses Begehren in mir. Du denkst zu menschlich, wenn du eine eindeutige Antwort auf ein Warum willst. Das scheitert doch schon bei menschlichen Leidenschaften, und erst recht bei uns. Wie gesagt, nicht immer, wenn Blut in der Erde versickert, wächst daraus ein Blutvater. Es kommt immer darauf an, welche Tränen, Gedanken und Flüche das Blut begleiten, von wem sie stammen und wo all das geschieht. Nicht unter jeder Stadt wird ein Blutvater geboren, aber unter den meisten. Das Entscheidende dabei ist nicht, ob er existiert, sondern welche Träume er der Stadt bringt, wie sehr er die Bewohner mit seinen dunklen Visionen plagt und umtreibt, und ob er erwachen, ob er leibhaftig auf Erden wandeln möchte.«

Wieder war sie von ihrem Begehren abgekommen, wieder wich sie ihm aus, gab nichts von sich preis. Vielleicht stimmte es, dass Magie so seltsam funktionierte, aber wer sagte denn, dass sie überhaupt funktionierte? Sie wollte ihn partout im Unklaren lassen. Er starrte ihr in die Augen, erkannte dort jedoch nichts außer dem Verlangen, das immer in ihnen schimmerte, mal mehr, mal weniger. Zu vieles konnte er in ihnen nicht lesen.

»Was meinst du, sollte ich wegen des schwarzen Speichels zum Arzt?«, wechselte er selbst das Thema. »Eben hatte ich das Theater schon wieder.«

Sie sagte, Vampire würden nicht krank werden, und er solle sich keine Sorgen machen. Es wäre gut, wenn die Schwärze ihn verließe. Da sie nach Asche schmecke, habe sie sicher etwas mit seinem verbrannten Blutvater zu tun.

Dann zeigte sie ihm einen Notizzettel, auf dem sie verschiedene Stichworte zum unterirdischen Berlin niedergeschrieben hatte. »Ich weiß, du bist neugierig, aber lass uns jetzt lieber über den Blutvater unter Berlin reden und überlegen, wie wir ihn stoppen können. Für alles andere ist auch danach Zeit. Wir wissen, dass er in der Erde lebt, aber wir können uns nicht einfach zu ihm nach unten graben. Wir suchen nicht nach einer feinen Wurzel, mit der er das versickernde Blut trinkt, wir suchen sein Herz. Wir suchen das Zentrum, den Teil von ihm, den man vernichten muss.«

»Es gibt ein Rohrpostsystem unter der Stadt?«, fragte Alex überrascht, nachdem er einen kurzen Blick auf die Notizen geworfen hatte.

»Ja, seit Mitte des 19. Jahrhunderts oder so. Es ist seit Jahren außer Betrieb, aber die Röhren verlaufen noch immer unter manchem Fußweg.«

Gerade wollte Alex fragen, ob solche Röhren nicht ein bisschen klein für ein derart gigantisches Wesen sein müssten, da spielte sein Handy *Enter Sandman*. Es war Koma, der wissen wollte, wie es mit den Frauen so lief.

»Bestens«, sagte Alex, weil jetzt einfach keine Zeit zum Schwatzen war. »Bei dir auch alles klar?«

»Abgesehen von den nicht vorhandenen Frauen, ja.«

»Könntest du mir einen Gefallen tun?«, fragte Alex

langsam. »Könntest du nach der Arbeit bei meiner Wohnung vorbeigehen und schauen, ob die Tür aufgebrochen wurde?«

Koma lachte los, dann merkte er, dass es ernst gemeint war. »Mann, Alex, was ist denn bei dir los? Das nennst du *bestens*?«

»Nicht so wild. Ich bin nur ein paar Idioten auf die Füße getreten, und … Na ja.«

»Klar. Und weil es nicht so wild ist, tritt dir jemand die Tür ein. Mit wem hast du dich angelegt?«

»Ich erzähl's dir demnächst. Die sind gar nicht hinter mir her, ich bin nicht in Gefahr«, log Alex. Genau genommen waren sie sogar alle in Gefahr, aber das würde er Koma jetzt sicher nicht aufs Auge drücken. *Vorsicht, der Blutvater kommt!* Klar, das glaubte einem jeder sofort.

»Logisch, alles easy, alles gut. Darum schaust du auch nicht selbst nach, sondern schickst mich zu deiner Wohnung. Verkauf mich nicht für blöd!«

»Ja, vergiss es, lass es sein. Es war dumm zu fragen.«

»War's nicht. Ich bin schon auf dem Weg, ich melde mich einfach krank, ist doch eh öde hier. Wo steckst du?«

»Nirgendwo. Pass auf, lass dich nicht in der Wohnung erwischen, geh einfach vorbei, wirf nur einen Blick auf die Tür.«

»Schon gut. Pass du mal auf dich auf. Das mein ich ernst. Und ruf an, wenn du Hilfe brauchst. Wozu hast du Freunde?«

»Danke.«

Kaum hatte er aufgelegt, läutete das Handy erneut. Die Nummer kannte er nicht.

»Ja?«

»Alex?«

»Ja.«

»Hier Sandy. Ich hab dir gesagt, dass ich nicht zulasse, dass du Lisa was antust. Komm heute Abend zu den drei komischen Kunstfiguren gegenüber vom Osthafen, dann schaffen wir das aus der Welt. Um zehn Uhr.« Ihre Stimme war beherrscht, fast gefühllos und hart.

»Und wenn ich nicht komme?«

»Oh, ich weiß, wo du wohnst, ich weiß, wo du Bier trinkst, ich weiß, wo du auflegst. Es ist gar kein Problem, dich zu finden.«

»Okay, ich komme. Ich …«

Klick. Sie hatte ihn weggedrückt.

Sie hatte entschlossen geklungen, aber was sollte ihn das kümmern, sie war ein Mädchen, und er hatte neuerdings die Kräfte eines Vampirs. Sie konnte ihm nichts anhaben.

»Bin ich jetzt eigentlich auch unsterblich?«, fragte er, aber Danielle zuckte nur mit den Schultern. »Sagen wir eher langlebig. Zäher als ein Mensch, Wunden verheilen schneller, Krankheiten dürften dir nichts ausmachen, aber wenn dir morgen einer den Kopf abschlägt, bist du tot, und in deinem Nachruf wird es heißen: viel zu früh von uns gegangen.«

»Ja, schon klar«, murmelte Alex und wandte sich wieder den Notizen zu. Keller ehemaliger Bierbrauereien, die Kanalisation, Gewölbe, Bunkerbauten, Wasserversorgung, nie ans Netz gegangene U-Bahn-Schächte und Weiteres war dort neben der Rohrpost aufgelistet.

»In Berlin ist der Grundwasserspiegel hoch, da ist der Untergrund nicht ganz so alt und tief wie etwa in Paris. Das kommt uns gelegen.«

»Besonders übersichtlich finde ich das trotzdem nicht«, brummte Alex und studierte den Stadtplan, auf dem Danielle rote, blaue und grüne Linien und Kreise eingetragen hatte. Das musste sie alles gemacht haben, während er im Bett gewesen war. »Du schläfst wirklich nicht, oder?«

»Nein.«

Noch bevor er sich einen richtigen Überblick verschafft hatte, läutete sein Handy erneut.

»Wer zur Hölle ist hinter dir her?«, rief Koma. Seine Stimme zitterte.

»Wieso? Hat wer eingebrochen?«

»Nein, verdammt! Das heißt, ich weiß es nicht. Wenn der einen Schlüssel oder Dietrich hatte, sieht man das ja nicht. Aber an der Klinke hängt eine tote Ratte, aufgeknüpft auf Stacheldraht! Und die war nicht vorher tot, die Wunden am Hals sind frisch und blutverkrustet.«

»Eine Ratte?«

»Ja, verdammt! Wahrscheinlich hat sie vor kurzem noch gezappelt. Die perverse Sau hat ihr zudem die Augen ausgestochen und eine Stecknadel ins Herz gerammt. Das ist doch krank!«

»Wo bist du?«

»Vor deinem Haus. Inzwischen nicht mehr. Gleich bin ich bei der S-Bahn und fahr irgendwohin, wo es Bier

gibt, weit weg von deiner Wohnung. Ich brauch jetzt ein Bier und 'ne Zigarette.«
»Danke.«
»Sag nicht danke. Erzähl mir lieber, was los ist.«
»Später. Es geht jetzt nicht, sorry.«
»Idiot!« Koma drückte ihn weg.
Die Jagd auf sie hatte begonnen.

21

Erwin Mitreski schaltete den Motor ab und blieb einfach sitzen, die Linke noch immer auf dem Lenkrad. Er starrte durch die Windschutzscheibe auf den überquellenden orangefarbenen Mülleimer neben dem Parkplatz, auf die zwei kleinen Jungen, die sich einen abgewetzten Ball zukickten, und hinüber zu dem frisch gestrichenen Plattenbau mit den bunten Fröschen über der Eingangstür. Seufzend kurbelte er die Dachluke zu und stieg aus. Er wusste nicht, wie lange er seinen Job noch behalten konnte. Heute hatte die betriebsbedingte Kündigung seinen Kollegen Achim Fandel erwischt, mit dem er seit dreizehn Jahren zusammenarbeitete.

»Es wird nicht mehr so viel gebaut in Berlin, die Zeiten sind schlecht«, hatte die lapidare Begründung gelautet. Es hatte Achim und drei weitere erwischt, die vor acht Jahren versucht hatten, einen Betriebsrat zu gründen. Niemand glaubte an einen Zufall, doch keiner wollte sich beschweren. Wo auch? Es wurde schon von weiteren Entlassungen gemurmelt, da ging man doch nicht zum Chef, um sich zu solidarisieren.

Es war zum Kotzen. Erwin schämte sich für sein Schweigen, doch er musste schließlich Ruth und Marc ernähren. Wenigstens hatte er Achim gesagt, er solle anrufen, wenn er etwas brauche.

Er stapfte an den beiden Jungen vorbei und durch die Froschtür in den stickigen Schatten des Hauses. Heute nahm er die Treppe in den achten Stock, er hatte es nicht eilig heimzukommen.

Als er die Wohnung betrat, roch es noch nicht nach Essen. Aus dem Zimmer seines Sohns Marc drang laute Musik, aber Erwin hatte jetzt nicht den Nerv, ihn anzumotzen. Langsam schlüpfte er aus den dreckigen Halbschuhen und ging auf Socken in die Küche.

Ruth saß mit verweintem Gesicht am Tisch, auf dem Brett vor ihr lagen zwei dunkelrote Stück Fleisch, daneben das große Fleischermesser, die scharfe Klinge exakt parallel zur Tischkante ausgerichtet. Edelstahl, ein teures Messer, das Erwin selbst jedes Wochenende pflegte und schliff. Ein Fleischermesser war das einzig wirklich männliche Küchengerät, fand er, und seit sie in der Stadt lebten, hatte er keine eigene Werkstatt mehr.

»Bist du auch entlassen worden?«, fragte Ruth mit zitterndem Kiefer und bangem Blick, bevor er irgendwas sagen konnte.

»Nein. Sie haben Achim entlassen, aber woher weißt du, dass es …«

»Es kam vor wenigen Minuten im Fernsehen.« Ruth schniefte. »Ich habe Marc noch nichts gesagt, ich konnte einfach nicht.«

»Es kam im Fernsehen?« Was hatte die Entlassung von vier Arbeitern eines mittelständischen Bauunternehmens im Fernsehen zu suchen? So etwas passierte doch jeden Tag.

»Ja. Achim hat wohl euren Chef beschimpft und ist anschließend nach Hause gedüst, wo er sich betrunken und mit Marianne gestritten hat. Sie hat ihn dann im Affekt erstochen. Erstochen! Angeblich weil sie schwanger war und sie jetzt nicht mehr genug Geld hätten, die Kinder aufzuziehen. Sie hatten sich gerade für das Auto verschuldet, haben sie im Fernsehen gesagt. Kannst du das glauben?«

»Achim ist tot?« Erwin begriff es erst jetzt. Alles drehte sich um ihn, er tastete nach der Wand, nach Halt. Das konnte doch nicht sein, der alte Kämpfer Achim. »Marianne hat Achim …«

»Ja. Und euer Dr. Claußen hat gesagt, es wäre eine schreckliche Tragödie.«

»Scheiß auf Claußen!« Erwin starrte auf das große blanke Messer, das neben Ruth auf dem Tisch lag. Die Klinge spiegelte das Sonnenlicht von draußen und schien darauf zu warten, benutzt zu werden. Er sah in Ruths verquollenes Gesicht, in die verwirrten Augen. Dann sank er am Türrahmen in die Knie und begann zu weinen, Tränen tropften auf den neuen Teppich und wurden von ihm aufgesogen.

»Er hätte sie nicht heiraten dürfen, Marianne hat immer mehr vom Leben gewollt als er«, sagte Ruth. »Marianne hat immer auf sich geschaut.«

Erwin blieb einfach hocken und weinte. Wieso hatte Marianne das getan? Sie war ein Hausdrache, keine Frage, und er hatte nie verstanden, was Achim an ihr geschätzt hatte, aber das? Achim hätte schon einen neuen Job gefunden, ein Kämpfer wie er. Und ein neu angeschafftes Auto konnte man wieder verkaufen.

Ruth ging vor ihm in die Knie. »Ich würde das nicht tun, weißt du? Ich liebe dich. Ich würde das nicht tun, auch wenn sie dich entlassen.«

»Ich weiß«, schniefte Erwin, auch wenn er nicht wusste, warum sie das so betonte. Er war nie auf die Idee gekommen, dass sie so etwas tun könnte. Warum sollte er auch so etwas denken? Hatte sie? Nein, das Messer auf dem Tisch war für das Geschnetzelte bestimmt. »Ich liebe dich auch.«

Sie küsste ihn auf die Stirn und wischte seine Tränen weg.

»Wann gibt's Essen?«, brüllte Marc aus seinem Zimmer.

»Dauert noch!«, rief Ruth, klammerte sich an Erwin und begann zu schluchzen.

22

Warum mache ich das eigentlich?, fragte sich Alex, als er am Treptower Park ausstieg. Danielle hatte ihn das auch gefragt, sie hätten schließlich Wichtigeres zu tun, wenn sie den Blutvater Berlins stoppen wollten. Das stimmte, aber er wollte sich den Rücken freihalten. Telefonterror und so ein verrücktes Huhn wie Sandy an den Hacken, das konnten sie noch weniger brauchen. Er hatte Danielle versprochen, dass es nicht lange dauern würde. Er hatte ihr nicht gesagt, dass ihm Lisa nicht egal war.

Er stieg die Treppe hinunter, die von der hochgelegenen Haltestelle auf die breite Elsenstraße führte, den dunklen Park ließ er in seinem Rücken, und wandte sich vor der Station den Treptowers zu, deren größter dank des erleuchteten Schriftzugs auf dem Dach weithin zu erkennen war. Er joggte bei Rot über die freie Straße, bog unter dem turmhohen Hochhaus mit der Stahl-Glas-Fassade in den Uferweg an der Spree und steuerte auf die drei riesigen Alufiguren zu, die nahe des Ufers im Fluss standen. Drei Figuren, die hier aufeinandertrafen wie die drei Stadtteile Friedrichshain, Kreuzberg und Treptow. Für Alex hatte es immer so ausgesehen, als würden sie miteinander ringen oder boxen.

Die flachen Körper der Figuren waren mit Löchern durchsetzt, die laut dem Künstler Jonathan Borofsky Moleküle symbolisieren sollten und irgendwie an eine Existenz in einer Welt der Wahrscheinlichkeit erinnern oder so, irgendwas von Ganzheit und Einheit in der Welt finden, soweit Alex noch wusste. Der Berliner Volksmund dachte eher an Emmentaler und nannte die Figuren die Dreikäsehoch. Alex dachte bei durchlöcherten Körpern nicht an Käse oder Einheit, sondern an Krieg und Schusswunden.

Auf der anderen Seite der Spree standen zwei große reglose Kräne. Es war noch immer mild, und ein leichter Wind wehte von Stralau her über das Wasser, erstaunlich wenige Menschen waren hier unterwegs. Hinter ihm ratterte die Ringbahn vorbei, Autos fuhren dreispurig durch die Nacht.

Er war fünf Minuten zu früh, als er bei den Alufiguren ankam.

Auch Sandy war schon da. Ganz in schwarz gekleidet wartete sie unter einem der schmalen, säulenartigen Bäume, die er immer für Pappeln hielt oder Zypressen, aber von Bäumen hatte er einfach keine Ahnung. Zielstrebig steuerte er auf sie zu. Sie hatte ihre Lippen knallrot geschminkt, und ihre Augen waren kalt wie die eines Hais. Geschmeidig kam sie ihm zwei Schritte entgegen. »Na, hast du meine kleine Ratte schon gefunden?«

»Scheiße«, sagte Alex. Nicht weil die Ratte von ihr war, sondern weil Sandy eine von ihnen war, das konnte er spüren, sehen, riechen, nicht nur wegen der kalten Haiaugen und der instinktiven Abneigung, die sich in ihm regte.

»Scheiße«, entfuhr es auch ihr, auch sie hatte in ihm wohl etwas anderes als einen Menschen erkannt. Prüfend sog sie die Luft ein, der Wind trieb ihr seinen Geruch direkt ins Gesicht. »Nephilim.«

»Falsch geraten. Ich bin einer von euch.«

»Du bist keiner von uns. Mein Vater war nicht dein Vater. Und du stinkst nach Nephilim. Du …« Ein kaltes Lächeln huschte über ihre Züge. »Sie ist ein Nephilim. Du hast Lisa mit einem verfickten Nephilim betrogen! Du hast sie nicht getötet, du hast sie gefickt! Du abartiger widerlicher Blutsverräter!«

»Fick dich doch selbst!« Panik griff nach Alex. Er hätte nicht herkommen dürfen, jetzt wussten sie Bescheid. Sandy würde es ihnen erzählen, und wenn der Spinner davon erfuhr, dass er schon wieder nach Nephilim roch, dann würden sie mit aller Macht nach ihm suchen, und vor allem nach Danielle.

»Und was wolltest du mit Lisa? Sie gehört uns! Such dir eine andere zum Trinken!« Sandy stürzte sich auf ihn, hämmerte ihm die Faust ins Gesicht. Blitzschnell wich Alex zur Seite, so dass er nur gestreift wurde, während Sandy vom eigenen Schwung mitgerissen an ihm vorbeitorkelte. Unkoordiniert drosch er ihr die Linke auf den Rücken. Sie fiel, rollte sich ab und wirbelte herum. Blinde Wut im Gesicht und maßlose Enttäuschung darüber, dass er nicht wehrlos war.

»Lisa wird eine von uns. Von uns! Lass die Finger von ihr! Verpiss dich zu deinem Vater, du kriegst sie nicht. Was willst du überhaupt hier? Warum lebst du bei uns und nicht da, wo du herkommst? Verpiss dich nach Hause, Nephilimficker!«

»Verpiss dich selbst!« Wut packte Alex. Er griff an. War es die instinktive Wut auf einen Vampir vom anderen Blut, auf die Ameise aus einem anderen Bau? Oder war diese Wut aus Angst um Lisa geboren, daraus, dass er jetzt endgültig und sicher wusste, dass Danielle nicht irre war, sondern Vampire und Nephilim real. Es sei denn, der Irrsinn breitete sich aus wie eine Epidemie und hatte sie alle, einen nach dem anderen, angesteckt.

Sie krallten sich ineinander, stießen sich gegen die Bäume, schleuderten einander zu Boden und fauchten sich an wie wilde Tiere. Doch sie bissen sich nicht, sie wollten nicht das Blut eines anderen Vampirs schlucken, zu viel fremde Abstammung floss darin mit.

Sandy sprang in die Luft und trat ihm mit der Fußsohle gegen die Brust, ihr Absatz bohrte sich schmerzhaft zwischen zwei Rippen, und er wurde mehrere Meter zurückgeworfen und knallte gegen die weiße Wand des vierten Treptowers. Putz bröckelte, aber Alex blieb heil, er unterdrückte den Schmerz und raste wieder auf sie zu, schmetterte sie zu Boden und warf sich auf sie.

»Was hast du mit Lisa vor?«, knurrte er. Ihre Arme fixierte er mit den Knien, die rechte Hand legte er ihr auf die Schulter, bedrohlich nahe am Hals.

»Fick dich!«, keifte Sandy. Speichel lief ihr aus dem Mundwinkel, wütend warf sie sich hin und her, doch Alex hatte sie fest im Griff.

»Ich könnte dir den Hals brechen«, keuchte Alex, obwohl er wusste, dass er es nicht konnte. Selbst wenn er kräftig genug war – er konnte sie nicht einfach kaltblütig töten. Sie war ein Mensch, verdammt noch mal, oder zumindest ebenso sehr wie er selbst. Er würde sie sicher nicht einfach so umbringen, nur weil sie ihre Freundin wie eine Besessene verteidigte.

»Fick dich!« Sandy spuckte ihm ins Gesicht und trat um sich. Ein Absatz traf ihn am Ohr, Schmerz stach ihm wie eine Nadel in den Kopf, aber er hielt sie weiter gepackt.

»Hey! Lass die Frau los!«, rief plötzlich eine dünne männliche Stimme hinter seinem Rücken.

Er schielte über die Schulter und erkannte zwei junge Paare, wahrscheinlich Studenten, die wohl auf dem Weg zur S-Bahn waren, zu irgendeiner Party. Einer hatte einen vorsichtigen Schritt auf ihn zugemacht, ein schmächtiger Kerl mit Brille und blonden, nach vorne gestrubbelten Haaren, die so modern und albern waren.

»Verpisst euch«, knurrte Alex.

»Hilfe! Vergewaltigung!«, schrie Sandy und grinste ihm ins Gesicht.

»Lass sie los!« Die Stimme des Studenten war nervös, aber lauter als beim ersten Ruf. Alex hörte, wie er langsam näher kam.

»Verdammt! Das ist keine Vergewaltigung«, rief er, aber er wusste, wie das Ganze aussehen musste.

»Hilfe! Hilfe!« Sandys Stimme klang nun schrecklich verzweifelt.

»Wir haben gesagt, du sollst sie in Ruhe lassen.« Der zweite Student mischte sich ein, auch die beiden Mädels rückten nun mit vor. Verdammt, warum rafften sich die Leute immer im ungünstigsten Fall zu Zivilcourage auf.

»Immer mit der Ruhe! Ich bin Streetworker, und die Frau ist auf Entzug. Sie ist ausgebüxt, und ich will verhindern, dass sie rückfällig wird«, fantasierte Alex los.

»Das ist doch Unsinn«, sagte eines der Mädchen, aber sie klang unsicher. Alle vier blieben stehen.

»Er lügt! Er lügt!«, kreischte Sandy.

»Ich würde euch gern meinen Ausweis zeigen, aber ich kann sie nicht loslassen, sie türmt sonst.« Alex drehte sich halb zu den vieren um und bemühte sich um ein überzeugendes Lächeln.

Diesen Moment nutzte Sandy, riss die Beine nach oben und drosch mit beiden Fersen auf seinen Kopf ein. Eine traf ihn direkt auf die Nase. Es knirschte, Blut spritzte, tropfte auf seine Lippen. Er schrie vor Schmerz und Wut, sie befreite ihre Arme und stieß ihn von sich. Alex rollte sich ab, sah sein Blut auf die Erde tropfen, er war sicher, dass die Erde leicht zitterte, als sein Blut dort versickerte, und federte wieder nach oben, die Arme erhoben, bereit, Sandys Schlag abzufangen, doch der kam nicht.

Sandy stürmte lachend in Richtung S-Bahn-Haltestelle *Treptower Park*. »Ha! Lisa gehört zu uns!«

Fluchend nahm Alex die Verfolgung auf, aber sie war einfach schneller als er und ihr Vorsprung zu groß.

»'tschuldigung«, hörte er die betretene Stimme eines der Studenten hinter sich.

Sandy stürzte auf die breite Elsenstraße, wich hupenden Autos aus, stürmte die Treppen hinauf und tauchte in den Eingang zur Haltestelle. Alex überquerte gerade die Straße, als sie unten im Eingang verschwand und die Ringbahn oben eben anfuhr. Das konnte sie unmöglich geschafft haben – jetzt musste sie warten, und er würde sie kriegen.

Er wich einem Radfahrer ohne Licht aus und raste in die Station, stieß herausströmende Fahrgäste zur Seite, nahm vier Stufen auf einmal und erreichte den Bahnsteig. Alle Wartenden starrten den Rücklichtern der entschwindenden Bahn nach. Sandy jagte ihr zwischen den Gleisen hinterher, sprang auf die Puffer des letzten Wagens und krallte sich dort fest, während die Bahn immer mehr beschleunigte.

Ein älterer Herr schüttelte den Kopf und sagte zu seiner Frau: »Die nächste Bahn kommt doch in ein paar Minuten. Was hat sie es denn so eilig?«

»Vielleicht ein Rendezvous. Wenn man jung ist und verliebt, macht man die verrücktesten Sachen.«

»Ich habe das nie gemacht!«, empörte sich der Mann.

»Nein, du nicht«, seufzte die Frau und blickte dem Wagen wehmütig hinterher.

Alex stürzte wieder aus der Station, hier musste es Taxis ohne Ende geben. Und tatsächlich wartete schon eines an der Straße. Er riss die Tür auf, sprang auf die

Rückbank und keuchte Lisas Adresse. Er musste vor Sandy bei ihr sein, er musste einfach. Zwar wusste er noch nicht, wie er sie überzeugen konnte, ihm zu glauben, gerade ihm, aber er musste es wenigstens versuchen.

»Mach mir bloß keine Flecken auf die Sitze«, brummte der Taxifahrer, ein bulliger südländischer Typ, der fast akzentfrei berlinerte.

»Was?«, sagte Alex, dann fiel ihm die gebrochene Nase wieder ein, der Schmerz war längst abgeklungen. Er warf einen Blick in den Spiegel und erkannte überall um die Nase verkrustetes Blut bis hinunter in die Bartstoppeln am Kinn. Es sah aus, als wäre die Verletzung schon mindestens eine Stunde her, nicht erst zwei Minuten. »Sorry, ja. Ist alles getrocknet, keine Angst.«

»Prügelei?«, fragte der Fahrer, während er den Blinker setzte und den Taxameter startete.

»Ja. Ging um 'ne Frau. Geht es noch immer, ich muss zuerst bei ihr sein.«

»Liebst du sie?«

»Ja.«

Der Fahrer nickte und gab Gas. Mit Vollgas bretterte er die breite Eisenbrücke hinauf, schnitt ein voll besetztes Kabrio und bog bei Dunkelgelb quietschend in die Strahlauer Allee ein. Alex starrte auf die trostlosen Fassaden zur Rechten, gleich würde dort die Modersohnstraße auftauchen. Er dachte an den Abend mit Lisa auf der Brücke, an ihr Lachen und ihre Küsse und beschwor den Fahrer lautlos, schneller zu fahren, immer schneller. Nachts war nicht so viel los auf der Straße, sie würden schneller sein als Sandy, egal, wie viele Ampeln auf Rot stünden. Sandy musste umsteigen.

»Früher bin ich Straßenrennen gefahren«, sagte der Taxifahrer und grinste in den Rückspiegel. »Aber das habe ich beim Vorstellungsgespräch nicht gesagt. Die wollen heutzutage ja nur politisch korrekte Lebensläufe. Aber wer hat den schon? So zwingt man die Leute doch nur zum Lügen. Als wäre das korrekt.«

Alex nickte und kramte sein Handy aus der Tasche. Schnell tippte er sich durch das Nummernverzeichnis und wählte Lisas Nummer. Wahrscheinlich ging sie nicht ran, wenn sie seine Nummer erkannte, aber er durfte nichts unversucht lassen, sie zuerst zu erreichen. Doch nur die Mailbox erklang. Entweder hatte sie es ausgeschaltet, oder sie telefonierte in diesem Moment mit Sandy, die ihr sagte, sie solle sofort aus der Wohnung verschwinden und sich irgendwo mit ihr treffen.

Alex fluchte zum hundertsten Mal und rief Danielle an. Er musste vorsichtig sein mit dem, was er sagte, schließlich hörte der Taxifahrer mit. »Sandy ist eine von ihnen. Sie weiß von uns. Ich bin jetzt auf dem Weg zu Lisa, um sie da rauszuholen, bevor Sandy sie verschleppen kann.«

»Verschleppen?«

»Ja. Du weißt schon.«

»Du riskierst gerade deinen Arsch für diese Lisa, obwohl du mich haben kannst? Sehe ich das richtig?« Danielle klang eisig. »Und mit deinem Arsch auch meinen, ja? Für dieses kleine Mädchen, das du nur einmal gebumst hast.«

»Hey, ich …«

»Was denkst du, wer in Lisas Wohnung auf dich warten wird? Lisa oder drei, vier Vampire, die Sandy gerade eben anruft und hinschickt, während du im Taxi quer durch die Stadt tuckerst?«

»Aber wenn Lisa ihr Handy ausgeschaltet hat? Dann erreicht Sandy sie nicht, dann ist sie noch immer in der Wohnung.«

»Sie und drei oder vier Vampire, jetzt glaub's doch endlich.«

Es war zum Kotzen! Da wurde man Vampir und unmenschlich stark, und es half einem nicht weiter, weil man als Erstes gleich mal Ärger mit anderen Vampiren bekam, die ebenso stark waren. Er wollte irgendwas zertrümmern, kaputt machen, das Handy durch die Scheibe werfen. Er könnte dem Taxifahrer einfach den Kopf abreißen und dann herausfinden, ob er selbst so einen Unfall überleben würde, wenn das führungslose Fahrzeug in die nächste Wand prallte, einen Passanten zwischen Stoßstange und Mauer zerquetschte, auspresste wie eine Zitrone, frisches Blut für die durstige Berliner Erde.

Nein, verdammt!

»Ich fahr trotzdem hin«, knurrte er. »Ich muss einfach. Vielleicht hat Sandy gar kein Handy dabei, oder ihr Akku ist leer.«

»Die lauern dir auf, ganz sicher.« Danielle klang beschwörend, als würde sie einem unverständigen Kind die Welt erklären. »Wenn Sandy ein Handy braucht, klaut sie es auch einem kleinen Jungen oder einer alten Frau. Meinst du, die hält sich an irgendwelche Gesetze? Sie will dich, und dann will sie mich, krieg das endlich in deinen Schädel! Da hinzugehen ist Selbstmord!«

»Ich pass schon auf mich auf«, brummte er.

»Fahr einfach nicht hin!«

»Ich fahr nicht ganz hin. Ich seh es mir aus der Ferne an, vielleicht kann ich etwas herausfinden, das uns weiterhilft.«

»Riskier ihretwegen bloß nicht zu viel. Ich brauch dich noch.« Der letzte Satz kam Danielle nur stockend über die Lippen.

»Ja«, sagte er und legte auf. Wenn er Lisa vor ihnen retten könnte, würde er alles riskieren. Er schuldete es ihr, ohne ihn wäre sie gar nicht bedroht. Doch dann korrigierte er sich, schließlich lebte sie mit einem Vampir in einer WG.

»Das klang nicht gut«, sagte der Taxifahrer. »Ist die Frau verschleppt worden?«

»Wahrscheinlich.« Alex fantasierte irgendwas über eine dubiose Sekte zusammen, die alle Verwandten von ihr in ihren Fängen hielt, aber die Frau, die er liebte, wolle da raus, und er musste sie erwischen, bevor ihr Gehirn gewaschen war, und mit ihm auch ihr Herz. Irgendwas möglichst Dramatisches. »Aber sie sind schon dort, deshalb fahren Sie mich bitte zwei Querstraßen weiter, dann versuche ich es über den Hinterhof.«

»Soll ich die Polizei rufen?«

»Nein, danke. Das hat keinen Zweck, das haben wir schon versucht.«

»Ich hab einen Cousin bei der Polizei, den könnte ich da anrufen.«

»Danke, wirklich. Es muss ohne gehen, die Sekte hat gute Anwälte.«

Der Taxifahrer nickte mitfühlend und hetzte knapp an einem Radfahrer vorbei. »So ist es immer, die größten Schweine haben die besten Anwälte.«

»Da kann man nichts machen«, erwiderte Alex. Das waren die Klischees, die jeder schluckte, Anwälte waren die Magier und Schamanen eines Rechtsstaats, sie redeten für Normalsterbliche unverständliches Zeug und konnten einen damit retten oder in den Abgrund stürzen. Belustigt schüttelte Alex über seinen unsinnigen Vergleich den Kopf.

Das Radio vermeldete, dass die Zahl der Unfalltoten auf Berlins Straßen im letzten Monat deutlich gestiegen sei. Alex dachte an zahllose Blutlachen auf der Straße, an Blut, das im Rinnstein versickerte, und starrte in die Nacht, während das Taxi die Danziger Straße hochraste.

23

Koma saß in der Horror-Rock-Bar *Last Cathedral* am Rosa-Luxemburg-Platz, starrte auf die einem Dungeon nachempfundenen Wände, die wie aus Pappmaché wirkten, und trank Bier. Jens und Mela waren seit einer Stunde bei ihm, und er erzählte ihnen zum bestimmt zehnten Mal von der erhängten Ratte an Alex' Wohnungstür: »Es war eine süße weiße Ratte, so schrecklich klein, und ich kriege diese verdammten zerstochenen Augen nicht aus meinem Schädel, die blutigen Stellen, wo sich die Spitzen des Stacheldrahts in den Hals gebohrt haben, wahrscheinlich, als sie verzweifelt gezappelt hat, um freizukommen, verängstigt und voller Schmerz. Ich könnte die Sau umbringen, die das getan hat.«

»Und Alex hat nicht gesagt, warum …?«, fragte Jens zum ebenfalls zehnten Mal, und erneut schüttelte Koma den schweren Kopf.

»Ich glaube, der will uns da nicht mit reinziehen, der blöde Idiot. Als würden wir uns da nicht selbst einmischen. Einen Freund lässt man doch nicht hängen, wenn ihm jemand eine tote Ratte schickt. Nur weil er sich nicht helfen lassen will, lässt man ihm doch nicht seinen Willen«, brabbelte Koma. Er hatte das sechste oder siebte Bier intus und spürte es deutlich. Von allzu viel Nutzen wäre er heute nicht mehr, aber Alex rief ja sowieso nicht an, um sich helfen zu lassen. Er trank, um die Ratte zu vergessen, und er trank weiter, weil er angefangen hatte und immer schlecht aufhören konnte. Laut sagte er: »Ich liebe Ratten.«

»Vielleicht hat Alex ja gute Gründe, uns nicht einzuweihen«, vermutete Jens, und Mela nickte. »Vielleicht können wir ihm wirklich nicht helfen, sondern würden alles schlimmer machen, wenn wir uns einmischen.«

»Schlimmer machen? Verdammt, wir müssen uns einmischen. Hinter unserem Freund ist ein fieser Rattenmörder her, den kann man doch nicht einfach laufen lassen. Wir müssen die Ratte rächen!«

»Hey, Koma, du hast echt ein bisschen viel getrunken«, sagte Mela sanft.

»Ja und? Was hat das mit dem Rattenmörder zu tun? Da draußen läuft ein Rattenmörder frei rum. Ein Rattenhenker! Ich will doch nur nicht, dass der auch Alex mit Stacheldraht stranguliert.«

»Meinst du, das ist so ernst?« Ungläubig starrte Jens ihn an. Mela legte ihre Hand beruhigend auf Jens' Arm und schüttelte ganz leicht den Kopf.

»Vielleicht sollten wir die Polizei rufen?«

»Die Ratte hat ausgesehen wie mein Zombiegirl«, sagte Koma, und dann, mit Verzögerung: »Nein, keine Polizei. Nicht, bevor wir wissen, wie tief Alex da drinsteckt. Worin auch immer. Wir müssen ihm so helfen.«

»Aber er hat doch gesagt, dass er …«

»Ja und?«, maulte Koma. »Wen interessiert das? Was seid ihr denn für Freunde? Bullerei rufen, damit die alles klärt? Das ist doch Bullshit! Das ist keine Freundschaft. Ich ruf ihn jetzt an, basta.«

In diesem Moment brach ein Gewitter aus Geschrei und trampelnden Stiefeln über sie herein. Eine Polizeieinheit stürmte das *Last Cathedral*, überall waren plötzlich Beamte in Grün und verlangten Personalien, riefen nach dem Chef und konfiszierten die CDs des DJs.

»Was soll das?«, fragte eine Bedienung neben Koma.

»Satanismusverdacht«, brummte ein bulliger Beamter knapp. »Und jetzt bitte den Ausweis.«

»Bitte was?«

»Den Ausweis.«

»Nein. Was für ein Verdacht?«

»Bleiben Sie einfach ruhig und lassen Sie uns unsere Arbeit machen.«

Dann musste auch Koma seinen Ausweis vorzeigen und verstand nichts mehr von dem Gespräch. Fiebrig hoffte er, dass es keinen Ärger gab, wenn sie rausfanden, dass er noch einen zehn Jahre alten Eintrag wegen Drogenbesitzes hatte. Seit acht Jahren rauchte er nicht mehr regelmäßig, aber der Eintrag verfolgte ihn noch manchmal.

Immer lauter dröhnten hier und da die Proteste, am anderen Ende des Raums kam es zu einer kurzen Rangelei, aber es half nichts. Alle Gäste, deren Personalien aufgenommen waren, wurden auf die Straße geschickt, das *Last Cathedral* wurde für den Rest des Abends geschlossen. Die Hälfte der Polizisten blieb dort, um sich umzusehen.

»Warum nehmt ihr uns nicht alle gleich in U-Haft?«, brüllte ein Betrunkener mit schwarzem Iro. Er hatte eine Flasche mit nach draußen genommen und zerschmetterte sie vor Wut an der Hauswand. Glas splitterte in alle Richtungen, traf aber niemanden.

»Wahrscheinlich steckt da derselbe Staatsanwalt dahinter, der sich damals auch das *Videodrom* vorgenommen hat«, vermutete eine Rothaarige mit schwarzer Brille.

Ein junger Bursche mit noch spärlichem Flaum und Dreitagebartversuch motzte: »Willst du Scheißbulle vielleicht auch mein Oomph!-Shirt konfiszieren? Es könnte ja vom Teufel besessen sein.«

Sofort waren drei Beamte bei ihm und blafften ihn an. Noch so eine Beleidigung, und sie würden das T-Shirt mitsamt ihm konfiszieren.

Koma sah dem Treiben eine Minute lang zu, dann fiel ihm wieder ein, dass er Alex anrufen wollte, und er zog sein Handy aus der Tasche. Doch es meldete sich nur die Mailbox.

»Ich bin's, Koma. Ruf mich zurück. Es ist dringend.«

Wo trieb sich der Kerl nur herum? Wie sollte man dem Trottel auch helfen, wenn er sich sogar vor seinen Freunden verbarg?

»Scheiß Rattenmörder«, murrte er noch, dann legte er Jens den Arm um die Schulter und bestand darauf, Alex zu suchen. So groß war Berlin auch wieder nicht.

24

Als das Taxi davonbrauste, prüfte Alex noch einmal, ob er das Handy tatsächlich ausgeschaltet hatte, Anrufe oder auch nur ein Klingeln konnte er jetzt nicht gebrauchen. Er stand in der Parallelstraße zu Lisas Haus, dem er sich nicht von der Straße her nähern wollte, sondern über ein gegenüberliegendes Gebäude, um erst einmal die Lage zu sondieren.

Es war zu spät, um irgendwo auf Verdacht zu läuten und was von »Werbesendung« zu nuscheln – das war so unglaubwürdig, dass er es sich als letzte Option aufsparte. Also joggte er die schmale, kaum befahrene Straße entlang und drückte gegen jede Tür, um auszuprobieren, ob eine offen stand oder ein Schloss nicht richtig eingeschnappt war, aber er hatte kein Glück.

Am Ende der Häuserzeile fand sich eine verrauchte Eckkneipe, die Fußball übertrug. Mann, der Quatsch lief wirklich jeden Tag. Ein Blick zeigte ihm, dass der Laden so voll war, dass er niemandem groß auffallen würde, wenn er sich entsprechend verhielt. Gut. Ausnehmend rücksichtsvoll drängte sich Alex an den Leuten vorbei, die mit verkniffenen Gesichtern schweigend auf die Großbildleinwand starrten oder irgendwen beschimpften, überwiegend Leute auf der Leinwand.

»Ich sag's euch, Hertha holt die Schüssel«, sagte ein Betrunkener mit rotem Gesicht und blau-weißem Trikot.

Ein anderer klopfte seinem Nachbarn auf die Schulter: »Kopf hoch. In der Relegation schafft das Energie, das sind Kämpfer, und wenn es gegen Greuther-Fürth geht, ist alles klar. Die sind unaufsteigbar.«

»Erst mal Sechzehnter werden.« Der Getröstete zog geräuschvoll Rotz hoch und nahm einen tiefen Zug von seinem Weizen. »Die wollen uns doch gar nicht in der Liga haben. Wenn uns die Scheißschiris nicht dauernd verpfiffen hätten, wären wir schon längst gerettet.«

Alex hielt das Gesicht möglichst gesenkt und von der Theke abgewandt, höchstens der Wirt achtete in dem Gewühl auf Neuankömmlinge. Er hatte zwar weder vor, ein Attentat auf Merkel zu verüben, noch irgendeine Bank auszurauben, aber es war besser, wenn sich niemand an ihn erinnerte. Wahrscheinlich war das übertrieben, aber er war einfach nervös, er tat so was nicht täglich und hatte Angst um Lisa.

Mit eingezogenem Kopf stahl er sich auf die Toilette, drei Männer standen vor den Pissoirs und debattierten über nicht gegebene Elfmeter, eine der beiden Kabinen war besetzt, jedoch nirgends ein Fenster zu sehen. Das half ihm nicht weiter.

Er trat den Rückzug an und huschte in die Damentoilette. Wie bei der überwiegend männlichen Kundschaft vorne zu erwarten gewesen war, war sie verlassen. Oder fast, eine der Kabinen war verschlossen, irgendwer zog dort geräuschvoll Papier von der Rolle. Hinter den Kabinen entdeckte er, was er gesucht hatte: ein Fenster zum Innenhof. Wenn er sich beeilte, würde er es schaffen, bevor sie da rauskam.

Mit wenigen schnellen Schritten war er am Fenster und warf einen kurzen Blick hinaus. Niemand war zu sehen; etliche Fahrräder standen kreuz und quer im Innenhof und eine kleine Laube aus dunkel gebeiztem Holz für die Mülltonnen an der gegenüberliegenden Wand. Hinter ihm wurde die Spülung betätigt, er hörte, wie jemand seufzend die Hose hochzog. Alex zerrte sich den Ärmel über die Hand, bevor er den Griff packte und das Fenster aufriss. Er sprang hinaus und eilte davon, hörte nur noch, wie die Kabinentür aufgeschlossen wurde, dann tauchte er in den Eingang des Hinterhauses.

Von den braun lackierten Briefkästen im schmalen Flur splitterte bereits die Farbe ab, die Treppe war ausgetreten, aber frisch geputzt. Ohne Licht zu machen, schlich er leise hinauf. Hinter den meisten Türen war Ruhe, nur im Erdgeschoss stritt ein Paar lautstark, irgendwas ging zu Bruch. In der Wohnung darüber lief der Fernseher und im obersten Stock Musik, *Turbo Lover* von Judas Priest. Das war gut, mit Glück übertönte es alle kommenden Geräusche. Alex ging weiter bis zum Dach.

Wie er gehofft hatte, war die Tür dort nicht besonders massiv – allerdings abgeschlossen. Jetzt konnte er testen, wie stark er wirklich war. Wieder zog er die Ärmel über die Hände, um keine Fingerabdrücke zu hinterlassen, so viele Krimis hatte er dann doch gelesen. Er lehnte sich gegen die Tür und übte ganz langsam immer mehr Druck aus. Das Holz knirschte, und er presste seinen Körper gegen die Türplatte, um möglichst jedes Geräusch zu dämpfen. Schließlich barst das Schloss. Reaktionsschnell hielt er die aufschwingende Tür fest, bevor sie gegen die Wand schlagen konnte.

Unten dudelte die Musik weiter.

Gut. Aus den anderen Wohnungen war immer noch nichts zu hören. Sehr gut.

Behutsam schob er die Tür hinter sich wieder zu, beinahe sah es abgeschlossen aus. Vielleicht kam in den nächsten Tagen ja niemand hier herauf, und wenn er nichts von der Wäscheleine stahl, würde es wohl keine großen Untersuchungen geben. Die Polizei hatte Besseres zu tun, gerade im Augenblick, sie würde die aufgebrochene Tür einem Junkie in die Schuhe schieben, der sich in Ruhe einen Schuss hatte setzen wollen.

Rechts von ihm erstreckte sich eine Reihe gezimmerter Boxen aus ungeschliffenen Dachlatten, in denen alte Möbel, Gesellschaftsspiele, Schlauchboote, Schlittschuhe, Stofftiere, Matratzen und anderes ausgelagert waren. Links von ihm öffnete sich ein großer Speicherraum mit unverputzten Wänden, durch den quer eine Wäscheleine neben der anderen gespannt war, und zwischen diesen fanden sich auch vier Dachfenster. Leise öffnete er das nächstgelegene und zog sich mit einem Klimmzug hinaus.

Es war unglaublich, wie leicht das ging. Auch wenn diese unmenschliche Stärke erst jetzt ausgebrochen war, ging er mit ihr um, als wäre er längst mit ihr vertraut. Es war noch immer sein Körper, er war ihm durch die Veränderung nicht fremd geworden. Es waren seine Muskeln, die sich spannten, sein Blut, das trotz der Anstrengung erstaunlich ruhig durch seine Adern floss, seine Haut, durch die er die Blechverkleidung des Fensters spürte.

Draußen hielt er mühelos die Balance auf der Dachschräge und eilte über die roten Dachplatten hinauf zur Mitte, wo das Dach flach verlief. Sollten ihn tatsächlich Vampire erwarten, würden sie auf der Straße mit ihm rechnen, und er würde sie von oben überraschen.

Haus um Haus eilte er durch die Nacht, die Dächer gingen beinahe ansatzlos ineinander über. Auf einem Schornstein saß eine gescheckte Katze und starrte ihn mit grünen Augen an. Amüsiert nickte er ihr zu und eilte weiter. Es war, als wäre er auf der Pirsch, und das war ein gutes Gefühl. Es kam ihm richtig vor.

Und doch konnte er es nicht genießen, zu groß war die Angst um Lisa. Sie durften sie nicht erwischen, sie durften sie nicht zu einer der ihren machen. Nicht sie.

Am Ende der Straße bog er nach rechts und rannte auch diese Häuserzeile entlang bis ans Ende. Dabei hielt er sich gebückt, er näherte sich Lisas Straße und Haus und wurde vorsichtig. So leise wie möglich trat er auf, die letzten Meter schlich er bis zur Dachkante, dort kauerte er sich hin und starrte nach unten.

Auf den ersten Blick war nichts Auffälliges zu erkennen, eine beinahe verlassene Straße, wie sie in jedem Wohnviertel jeder Stadt nachts zu finden war. Kein Verkehr zu sehen, aber die Geräusche fahrender Autos in Hörweite, die meisten Parkplätze belegt, nur neben einem mickrigen Baum waren zwei frei. Die Scheinwerfer eines Wagens glommen schwach, der Fahrer musste sie vergessen haben und würde morgen über eine leere Batterie fluchen und zu spät zur Arbeit kommen. Alles nichts Ungewöhnliches.

Ein paar Meter nach links saß eine brünette Frau auf einer Parkbank, von hier oben würde er sie auf Mitte vierzig schätzen, auch wenn er ihr Gesicht kaum erkennen konnte. Sie warf eine Kippe zu Boden und drückte sie mit der Fußspitze aus. Dann zog sie mechanisch eine Zigarettenschachtel aus ihrer dünnen schwarzen Jacke und zündete sich lustlos eine weitere an. Dabei sah sie betont gelangweilt nach rechts und links. Vor ihr lagen bereits drei zerquetschte Filter am Boden.

Ein Stück die Straße runter stand ein junger Mann mit kurz geschorenem Haar, ebenfalls ganz in Schwarz gekleidet, an einer Telefonsäule und hielt sich den Hörer lässig ans Ohr. Aufmerksam blickte er in alle Richtungen, doch sagte er nichts, nickte nicht, schüttelte nicht den Kopf, zeigte überhaupt keine Reaktion auf seinen angeblichen Gesprächspartner.

Zwei Leute, die er instinktiv verabscheute, als er sie sah.

In der dunklen Wohnung im zweiten Stock von Lisas Haus bewegte sich ein Vorhang.

Danielle hatte Recht gehabt! Das roch nach einer Falle.

Langsam zog er sich zwei Schritte zurück, nicht dass einer von ihnen doch den Kopf hob. In der Hocke überlegte er, was er nun tun sollte. Sollte er abwarten, wann und wohin die Vampire abzogen oder zurück zu Danielle gehen?

Sie hatte gesagt, dass sie ihn brauche, und als er daran dachte, bekam er einen Steifen, scheinbar aus dem Nichts überschwemmte ihn das Verlangen nach ihr, er dachte an ihre Lippen und Küsse, an ihre Brüste und …

Verdammt, nicht jetzt!

Mühsam drängte er Danielle aus seinem Kopf, doch der Penis blieb hart und drückte gegen die Jeans.

»Du kannst mich mal«, sagte Alex lautlos.

Was würden die Vampire tun, wenn er nicht auftauchte? Würden sie heimkehren in ihre Wohnungen oder zu ihrem Blutvater gehen? Er könnte warten und ihnen folgen, oder einem von ihnen, falls sie sich trennten, und sehen, was er herausfand. Sie hatten ihn nicht gesehen, er war im Vorteil.

Aber was geschah mit Lisa, während er hier ausharrte? Wie lange würden die Vampire auf ihn warten?

Unbewusst blickte er zu ihrem Haus hinüber, auch wenn er von seiner Position aus die Wohnung nicht sehen konnte. Doch auf dem Dach entdeckte er eine schwarze Gestalt. Ganz vorne an der Kante kauerte ein großer drahtiger Mann in schwarzen Klamotten und starrte zu ihm herüber. Der Spinner mit den Haiaugen.

Ein kaltes Lächeln umspielte seine Lippen, er hatte Alex gesehen und offenbar auch erkannt.

Alex unterdrückte einen Fluch und bemühte sich, ebenso kalt zurückzulächeln. Er würde keine Furcht zeigen. Er empfand auch gar keine Furcht, sondern Abscheu, eine tief in ihm sitzende Abneigung. Sein Herz schlug schneller, er bleckte die Zähne.

Der Vampir hob den Arm, deutete auf Alex und zischte: »Hier ist er, hier oben!«

Das Zischen steckte voller Hass und Wut, es war nicht laut, und doch durchschnitt es die Nacht, dass Alex dachte, man müsse es in ganz Berlin als kalten Luftzug spüren. Es drang ihm bis ins Mark, und er hatte keine Zweifel, dass es nicht nur er und die beiden auf der Straße gehört hatten, sondern auch jeder Vampir, der in Lisas Wohnung lauerte, egal, wie dick die Fensterscheiben waren.

Misstrauisch beäugte er den Zwischenraum zwischen den beiden Dächern. Er durchmaß bestimmt fünfzehn Meter. Im Traum war Alex bei dem Versuch, ihn zu überqueren, gestürzt. Aber wozu war der Vampir dort drüben fähig?

Alex wollte es nicht darauf ankommen lassen, nicht auf einen Kampf, in dem der andere jeden Augenblick Unterstützung bekommen würde. Er hob den Mittelfinger, drehte sich um und rannte los. Nicht an der Straße entlang, sondern diagonal durch den Häuserblock, quer über Seitenflügel und Hinterhöfe, so mussten seine Verfolger sich trennen, weil sie nicht wissen konnten, auf welcher Straße er rauskommen würde, wenn er schließlich nach unten stieg. Nach den ersten Schritten drehte er sich um, ob der Vampir ihm folgte, ob er die Kluft zwischen den Dächern irgendwie hatte überwinden können. Doch er war verschwunden.

Ihn erst mal nicht im Nacken zu haben, war gut, obwohl es ihn nervös machte, nicht zu wissen, wo seine Verfolger waren. Und wie viele es waren.

Irgendwo dort unten vermeinte er Füße über das Pflaster trappeln zu hören.

Alex stürmte weiter und blickte rechts und links in die Innenhöfe, suchte nach dem geschicktesten Weg hinunter, nach einem Fluchtweg, der die Vampire überraschte. Da entdeckte er eine große, ausladende Kastanie. Schneller kam er wohl nicht hinunter. Er sprang.

Mit Wucht prallte er ins Geäst, klammerte sich fest und war froh, sich kein Auge ausgestochen zu haben. Die Schrammen und Striemen würden rasch verheilen.

Schnell hangelte er sich von Ast zu Ast nach unten, ließ sich immer wieder ein Stück rutschen, hörte sein Longsleeve reißen, auch die Hose schien etwas abzubekommen. Aus dem Augenwinkel entdeckte er an der Seitenwand zwischen mehreren Balkons ein graues Ziergestänge für Kletterpflanzen, fast so praktisch wie eine Feuerleiter. Ganz toll, warum hatte er das von oben nicht gesehen?

Die letzten drei Meter ließ er sich fallen und rollte sich über die frisch gemähte Rasenfläche neben dem Baum ab. Er federte auf die Beine und knickte sofort wieder ein, sank auf das rechte Knie, stützte die Hände auf den Boden. Eine plötzliche Welle der Müdigkeit überlief ihn, zwang ihn, die Augen zu schließen, Sekundenschlaf trotz Adrenalin, und die Mauern der umstehenden Häuser stürzten auf ihn ein.

Schützend riss er die Arme nach oben, kniff die Augen weiter zu. Blut regnete in Strömen vom Himmel, große, schwere, dunkle Tropfen. Irgendwo in der Ferne schrie Lisa, sie schrie und schrie und schrie, so fern und leise, und doch dröhnten seine Trommelfelle davon wie irr.

Alex rappelte sich auf, rannte los, torkelte mit ausgestreckten Armen, die Augen noch immer geschlossen. Irgendetwas bohrte sich durch die Erde, lebte unter dem Asphalt und unter der kleinen gepflegten Rasenfläche. Schlangen, Tentakel oder doch nur die Wurzeln der Kastanie? Irgendetwas griff nach seinen Füßen, schlug nach seinen Fesseln. Alex stürzte. Er musste die Augen öffnen, aber er konnte nicht, sie waren von Schlaf verklebt, der wie eine dicke Schicht Leim auf den Wimpern lag, und die Lider waren so furchtbar schwer.

Was geschah mit ihm?

Was geschah mit Lisa?

Noch immer gellten ihre Schreie in der Ferne.

Mit den Fingernägeln kratzte er über seine Lider, brach den verkrusteten Schlaf von der Haut und riss sie dabei auf. Ein Tropfen Blut rann wie eine Träne über seine Wange, doch endlich konnte er die Augen wieder öffnen. Keine Hauswand war eingestürzt, der Boden lag noch immer friedlich da, der Rasen akkurat geschnitten, nichts hatte sich aus der Tiefe nach oben gewühlt, nicht einmal ein Mauseloch oder Maulwurfshügel war zu sehen. Niemand schrie.

Alex sprang auf und stürzte durch die geöffnete Tür, die mutmaßlich nach draußen führte. Je länger er wartete, desto mehr Kameraden konnten die Vampire zusammenrufen, umso länger hatten sie Lisa in ihren Fängen. Nur wo, verdammt?

Jetzt achtete er nicht mehr darauf, keinen Lärm zu machen, er raste einfach den langen Flur mit dem schmutzigen und abgetretenen Fußbodenmosaik und den frisch ausgebesserten Stuckengeln entlang, alberne weiße Puttengesichter mit aufgeblasenen Backen. Durch die raue Glasscheibe in der Eingangstür sah er schon einen massigen undeutlichen Schemen, der auf ihn wartete. Nur einer, zum Glück.

»Eine Sau kriege ich«, knurrte Alex, er musste nur schneller sein als sie. Er riss die Tür auf, warf sich gegen die wartende Gestalt, stieß sie einfach zur Seite und gab Stoff. Das war leichter gewesen als gedacht, viel zu leicht. Im Weiterrennen drehte er sich um und stellte fest, dass er keinen Vampir umgeworfen hatte, sondern einen jungen Mann, der sich langsam und schimpfend wieder aufrappelte. »Blöder Wichser!«

Ihm blieb keine Zeit, dem Kerl aufzuhelfen oder sich zu entschuldigen. Ein Stück hinter sich hörte er Schritte über den Beton trampeln und einen triumphierenden Schrei: »Hier! Hier ist er!«

Ohne sich umzudrehen, rannte er weiter. Weiter, weiter und weiter. Die Schritte kamen langsam näher, und es wurden mehr, mindestens zwei Vampire waren ihm auf den Fersen, vielleicht drei. Warum nur hatte er nicht auf Danielle gehört?

Wieder schwappte eine Welle der Müdigkeit über ihn hinweg, doch schwächer diesmal, und er zwang sich, die Augen offen zu halten. Trotzdem kam er kurz aus dem Tritt, weil ihm die Beine schwer wurden und tapsig. Diese Müdigkeit war doch nicht normal! Wie ein Anfall kam sie über ihn, und wenn das noch mal passierte, würden sie ihn einholen.

Voller Angst rannte er weiter. Wenn sie ihn erwischten, würden sie ihn töten, da war sich Alex sicher.

Zwei entgegenkommende Frauen starrten ihn entgeistert an und wichen zur Seite. Kein Wunder, seine Kleidung war zerrissen und das Gesicht noch immer voll getrocknetem Blut.

Die Verfolger kamen stetig näher, sie waren schneller, er würde ihnen nicht entkommen können.

Und jetzt schlenderte vor ihm auch noch ein Paar mit Rad und Hund durch die lauschige Nacht. Der Mann schob das Rad lässig mit der linken Hand und hielt mit der Rechten die der Frau, die mit ihrer Rechten wiederum den Hund an der Leine führte. Nebeneinander füllten sie fast den gesamten Fußweg aus, die parkenden Autos verhinderten einen schnellen Wechsel auf die Fahrbahn.

Rechts oder links vorbei?, überlegte Alex. *Egal, renn' einfach durch, das werden die schon überleben, aber du überlebst es nicht, wenn sie dich kriegen.* Dabei waren sie sowieso schneller, sie würden ihn auf jeden Fall erwischen, wenn ihm nicht bald etwas einfiel.

Links, dachte er, stieß ein verzweifeltes Lachen aus und riss dem Mann das Rad aus der Hand, schob es weiter und sprang auf.

»Hey!«, rief der verdatterte Mann, die Frau kreischte, der Hund kläffte.

Alex reagierte nicht, er trat einfach in die Pedale, trat um sein Leben. Es war ein gutes Rad, ein gepflegtes Rennrad, das nannte er Glück. So ein stylisches, alternatives Omarad ohne Gangschaltung hätte ihm jetzt gerade noch gefehlt! Trotzdem, auf den ersten Metern konnten sie ihn einholen. Er biss die Zähne zusammen und gab alles. Wenn er erst mal beschleunigt hatte, hatte er gewonnen, und es sah gut aus. Lachend schaltete er einen Gang hoch.

Hinter sich hörte er Leute zu Boden stürzen, irgendwer wurde gegen eine Wand geklatscht, die Frau und der Mann keuchten und schrien vor Schmerz, das Kläffen des Hundes wurde hysterisch.

»Wir kriegen dich!«, hörte er die Stimme des Spinners, doch die gezischten Worte verloren sich im Wind, sie trafen Alex nicht. Auch der Pflasterstein nicht, der an ihm vorbeiflog und in die Scheibe eines parkenden Autos platzte. Unwillkürlich zog er den Kopf ein, strampelte dabei jedoch weiter. Mit Karacho legte er sich in die nächste Kurve, bog in eine größere Straße ein und gab Gas. Kurz schielte er über die Schulter zurück. Drei Vampire standen an der Kreuzung und starrten ihm hinterher, sie hatten nichts in der Hand, das sie schmeißen konnten. Er hob den Mittelfinger und stieß ihn triumphierend in die Luft. Dabei überlegte er, wie er von hier am schnellsten zu Danielle zurückkäme.

25

Ängstlich blickte sich Lisa immer wieder um, während sie zur Schönhauser Allee lief, wo sie sich mit Sandy treffen sollte.

»Alex ist total durchgedreht, der will es dir richtig besorgen, um sich so bei dir zu entschuldigen«, hatte Sandy ihr atemlos am Handy erzählt. »Er hat gemeint, ein richtiger Fick bringt dich schon wieder zur Vernunft, so schlimm ist das schließlich nicht gewesen, was er getan hat. Das passiert schon mal, wenn man jung ist. Wenn du dich nicht so angestellt hättest, hättest du auch deinen Spaß haben können, hat er gesagt und dabei dämlich gegrinst. Außerdem hättest du den ja vorher ganz sicher mit ihm gehabt, und er hat auch einen teuren Ring mit einem Diamanten besorgt, um dir einen Antrag zu machen. Und dann hat der widerliche Sack mich auf den Mund geküsst, mir an den Busen gegrabscht und gelacht: *Lass den Kopf nicht hängen!* Er hat gesagt, dass er dich liebt und nicht mich, ich würde aber schon noch einen anderen finden, schließlich hätte ich ja einen geilen Arsch. Ich war so fassungslos, ich konnte gar nicht reagieren, und er ist mit einem Taxi abgedüst.«

Das war in der Tat völlig durchgedreht. Und er war auf dem Weg zu ihr. Wie hatte sie sich nur so in ihm täuschen können? Immer wieder hatte sie sich das seit gestern gefragt, seit er mit der anderen wie im Rausch vögelnd vor ihren Augen durch die Wohnung gerast war. Er war verrückt, ein Psychopath, warum hatte sie das nicht gleich gesehen? Sie machte sich Vorwürfe, so naiv gewesen zu sein.

Viel hatte sie nicht mitgenommen, ihr war keine Zeit geblieben, irgendwas zusammenzupacken, doch die Wohnung hatte sie zweimal abgeschlossen. Sie ekelte sich bei dem Gedanken daran, dass er dort einbrechen würde und in ihren Sachen wühlen, jede Schublade inspizieren und auf ihre Unterwäsche onanieren oder was jemand wie er sonst so für kranke Dinge tat. Sie wollte ihm die Wohnung nicht überlassen, wollte sich nicht so schwach fühlen, aber sie hatte Angst. Den Anblick von ihm und dieser anderen würde sie nie vergessen – in diesem Moment hatte er etwas derart Dunkles ausgestrahlt, wie sie es noch nie gesehen hatte. Wilde Besessenheit, nur Trieb und kein Verstand. Sie wurde diese Bilder nicht los – trotz Voodoo-Shirt.

Bei dem Gedanken an das Shirt und ihr Ritual musste sie kurz lächeln. Sandy war eine fantastische Freundin, sie hatte ihr geholfen und jetzt außerdem versprochen,

Freunde anzurufen, die sich um Alex kümmerten, die möglichst bald nach der Wohnung sehen würden. Erst mal würde sie Lisa eine Bleibe für die Nacht organisieren, wo sie nicht belästigt wurde, und wenn es nicht anders ginge, müssten sie morgen eben zur Polizei gehen, Anzeige erstatten. Es war gut, Sandy zu haben, die sich um alles kümmerte, sie selbst musste sich erst mal wieder fangen.

Hinter sich hörte sie Schritte, doch als sie sich umdrehte, war niemand zu sehen, auch nichts mehr zu hören. Eine Laterne flackerte, in einem Fenster ging das Licht aus, sonst lag die Straße reglos da. Ihr Haus konnte sie schon nicht mehr erkennen.

Sie durfte sich nicht so nervös machen lassen, er konnte noch nicht hier sein, so schnell war kein Taxi. Niemand war hier, sie war allein, ganz allein, es gab keine Bedrohung.

Langsam zuckelte ihr ein Auto entgegen, so langsam, als suche es eine bestimmte Adresse oder einen Parkplatz. Als sie das ausgeschaltete Taxilicht auf dem Dach bemerkte, rannte sie los, an ihm vorbei und weiter. Jeden Moment rechnete sie damit, quietschende Bremsen und eine zuschlagende Autotür zu hören, doch die Motorengeräusche verloren sich langsam hinter ihr.

Trotzdem hielt Lisa nicht an, sie lief weiter und weiter, lief, bis sie schließlich mit Seitenstechen und völlig verschwitzt auf die belebte Schönhauser Allee stolperte, wo sie schwer atmend langsamer wurde. Menschen lachten, plapperten, riefen, tranken, standen herum und eilten vorbei, in Gruppen, Arm in Arm oder allein. Ein schlaksiger Junge in Shorts mit langem braunem Haar schlug mit der flachen Hand enttäuscht gegen die geschlossene Tür einer anfahrenden Tram, Autos versammelten sich an roten Ampeln. Hier lebte die Stadt, hier fühlte sie sich einigermaßen sicher, und als sie Sandy an der Haltestelle *Eberswalder Straße* entdeckte, warf sie sich ihr in die Arme und sagte: »Danke.« Sie hätte heulen können vor Erleichterung.

»Keine Ursache«, murmelte Sandy und hielt sie fest, streichelte mit den Händen über ihren Rücken. Lisa konnte Sandys Atem bei jedem Wort über ihren bloßen Hals streichen spüren. »Wir gehören doch zusammen, ich kann dich doch nicht diesem Kerl überlassen.«

Lisa lachte und löste sich langsam von ihrer Freundin. In Sandys Augen lag Entschlossenheit, und sie roch noch immer merkwürdig, wie frisch aufgebrochene Erde, aber jetzt war nicht der Zeitpunkt, um über Parfüm zu diskutieren. Sie ließ sich von Sandy an der Hand nehmen und die ausgetretenen grauen Betonstufen zu den Gleisen der U2 hinaufführen, vorbei an einer zersplitterten Bierflasche und einem einsamen Badelatschen, den irgendwer auf der Treppe verloren hatte. Dort sprangen sie in den eben einfahrenden Zug nach Süden.

Der Waggon war voll, doch sie fanden noch nebeneinander Platz auf einer der beiden Sitzreihen, die sich an den Wänden des Waggons entlangzogen. Zwar konnte es nicht sein, dass Alex hier auf sie lauerte, trotzdem ließ sie den Blick einmal durch den Wagen gleiten, bevor sie sich setzte.

Kein Alex zu sehen, stellte sie erleichtert fest. Die Scheiben der Bahn waren mit zahlreichen eingravierten Brandenburger Toren verziert, deren Säulen wie die Zähne eines weißen Kamms aussahen. Gravuren, die sie schon mit Alex betrachtet hatte.

Ihr gegenüber saß ein Mann um die fünfzig, der ihr ständig auf die Brust starrte. Sie machte ihre Jacke zu, aber das half nicht, sie saß eng und betonte ihre Figur. Lisa verschränkte die Arme.

»Hey!«, sagte Sandy und starrte den Mann kurz an.

Der wurde sofort rot und sah weg.

»Danke.«

»Das nächste Mal schnauzt du so einen Spanner selbst an«, erwiderte Sandy mit einem knappen Nicken. »Diesem Alex hätte ich nach seinen blöden Sprüchen am liebsten zwischen die Beine getreten, und zwar so fest, dass ich ihm die Eier bis in den Kopf hochgekickt hätte. Da gehören sie schließlich hin, sie sind größer als sein Hirn, und er denkt sowieso mit ihnen. Aber ich war so verdattert von seinem Gesabbel, ich hätte nicht gedacht, dass er mich begrabscht, er muss doch wissen, dass ich dir das sofort erzähle.«

»Vielleicht hätten wir das Zipfelchen seines Voodoo-Shirts abschneiden sollen. Oder mit einer Nadel durchstoßen und ihm wünschen, dass das Ding ganz langsam abfault.«

»Langsam und schmerzhaft. Ein Gefühl wie hundert eiternde Penispiercings.«

»Das hätte er verdient.«

Sie wünschten ihm ein Dutzend ekliger Krankheiten

und große rote Pickel zwischen die Beine, ewige Potenzprobleme und ein Leben in Einsamkeit.

»Ich ruf morgen in der Kanzlei an und werde ihn verklagen«, sagte Lisa plötzlich ernst. Wozu studierte sie Jura, wozu machte sie denn ein Praktikum in einer Kanzlei? Um später anderen zu ihrem Recht zu verhelfen, klar, aber sie konnte ja jetzt schon mal mit *ihrem* Recht anfangen. Dr. Friedrich hatte gesagt, sie könne sie jederzeit um Rat fragen, wenn sie Hilfe brauche. Also würde Lisa fragen – und jeden noch so unbedeutenden Paragrafen finden, gegen den Alex auch nur annähernd verstoßen hatte. Langsam wurde ihr klar, warum er was gegen Jurastudentinnen hatte, gegen Frauen, die sich mit dem Gesetz beschäftigten, das ihm so sehr am Arsch vorbeiging.

Als sie schließlich ausstiegen, wusste Lisa nicht, wo sie waren. Sie erinnerte sich nur, dass sie einmal umgestiegen waren, ansonsten hatte sie auf nichts geachtet, sie war noch viel zu durcheinander und aufgewühlt.

»Und jetzt?«, fragte sie. »Was machen wir hier?«

Sie standen an einem kleinen Seitenausgang einer U-Bahnhaltestelle, das weiße *U* auf dem blauen Kasten leuchtete über ihnen. Sie hörten das Geräusch fahrender und bremsender Autos, irgendwo hinter den Häusern musste eine größere Straße liegen, doch hier war es ruhig. Ein alter Kombi fuhr mit knarzender Kupplung vorbei, zwei diskutierende Radler, dann war die Straße wieder verlassen, mit ihnen war niemand aus der Bahn hier hochgestiegen. Lisa konnte kein Straßenschild entdecken.

»Jetzt musst du deine Schuhe ausziehen«, forderte Sandy.

»Meine Schuhe ausziehen? Warum das denn?«

»Mach einfach«, sagte Sandy und schlüpfte aus ihren schwarzen Sandalen.

Lisa schüttelte den Kopf, beugte sich aber vor und öffnete langsam die Schnürsenkel. Sie zog die Turnschuhe und Socken aus und sah Sandy fragend an. Unter ihren Füßen war der Boden kühl, und die kleinen Steine piksten. Sie war das Barfußlaufen auf Asphalt nicht gewöhnt.

»Und? Spürst du's?«, fragte Sandy und strahlte sie an, als hätte sie ihr eben das größte Weihnachtsgeschenk aller Zeiten überreicht.

»Was soll ich spüren?«

»Den Boden. *Ihn.*«

»Natürlich spüre ich den Boden. Er ist kalt und rau und voller Dreck und Kiesel.«

»Und spürst du die Erde?«

Was war denn das für eine Frage? Wäre Sandy nicht ihre Freundin, hätte Lisa ihre Schuhe sofort wieder angezogen und sich davongemacht. Aber Sandy hatte auch mit dem Voodoo-Shirt das Richtige geraten, so dämlich es erst geklungen hatte, also würde Lisa auch jetzt einfach mitspielen. Das Ganze hatte sicherlich irgendeinen Sinn. Erde und Dreck, das war doch alles dasselbe, also sagte sie: »Ja, ich kann sie spüren, natürlich.«

»Ich wusste es!« Sandy strahlte. »Dann geh einfach los, warte nicht. Ich bleib bei dir.«

»Losgehen? Aber wohin denn?«

»Hör auf den Boden, folge ihm. Achte darauf, was die Erde dir sagt, lass dich weder von mir noch von sonst wem ablenken.«

Von sonst wem war gut, es war doch niemand hier. Dem Boden folgen, das klang nach so einem Psychospielchen, irgendeiner Selbstfindungsnummer, von wegen wieder Einswerden mit Mutter Erde. Das kannte sie von Tante Claire, die ihr jedes Jahr zu Weihnachten einen esoterischen Lebensratgeber schenkte und auf einer beigelegten Karte schrieb, das Buch hätte ihr *viel geholfen*. Da sie weiterhin einen Ratgeber nach dem anderen fraß, anscheinend nicht genug.

Wahrscheinlich war dieses Barfußlaufen nach Gespür so etwas wie Pendeln, wo man dem Unterbewusstsein die Kontrolle überließ. Zwar hatte sie keine Ahnung, wie das mit der Straße funktionieren sollte, doch sie hob ihre Schuhe auf und blickte unsicher zu Sandy. Die stand so da, als wolle sie jeden Moment die verlassene Straße hinunterlaufen, weg von den Geräuschen der Hauptstraße. Also stakste Lisa in diese Richtung los und achtete sorgsam darauf, nicht in Glassplitter oder Hundedreck zu treten. Vor allem Splitter gab es hier reichlich.

»Ich wusste es! Du bist eine von uns.« Sandy schritt neben ihr her, und Lisa fiel wieder ein, dass Sandy ja irgendwen kennengelernt hatte. Keine Sekte, hatte sie gesagt, aber sonst nichts verraten.

»Eine von wem?«

»Hab noch ein bisschen Geduld, du wirst sie gleich kennenlernen.«

»Autsch.« Lisa war in irgendwas getreten. Sie hob den Fuß und entdeckte einen kleinen Einstich am Ballen unter der großen Zehe, aus dem ein Tropfen Blut drang. »Jetzt langt's, ich zieh die Schuhe wieder an.«

»Nein!«, sagte Sandy sofort. »Es ist wichtig. Glaub mir, die kleine Wunde verheilt ruckzuck, und jetzt wirst du ihn noch deutlicher spüren. Ich hab das schon hinter mir, vertrau mir.«

»Wenn Dreck reinkommt, eitert die Wunde«, protestierte Lisa leise, aber sie setzte den Fuß ab und lief weiter, in jeder Hand baumelte ein Schuh. Sollte Sandy doch ihr kleines Spielchen bekommen, sie hatte keine Lust und keine Kraft, ihr zu widersprechen.

Bei jedem Schritt kribbelte die Fußsohle ganz leicht, hoffentlich war das nicht schon eine beginnende Blutvergiftung. Dann fiel ihr auf, dass beide Fußsohlen kribbelten, auch die unverletzte. War das die Durchblutung, die durch das Barfußlaufen gefördert werden sollte? Oder war es dieses Kribbeln, nach dem Sandy vorhin gefragt hatte?

Spürst du es?

Es war fast wie ein Jucken, kleine Borsten, die sich von unten gegen die Haut drückten, wie eine Massagebürste, nur nicht ganz so angenehm, eher wie eine Stahlbürste. Doch das Kribbeln gab ihr Energie, es pushte sie, und das tat unheimlich gut. Wenn sie jetzt Alex begegnen würden, würde sie ganz sicher nicht weglaufen, sondern ihm in die Eier treten, bis er sich vor Schmerz am Boden krümmte, und vielleicht noch ein bisschen länger. Von wegen, sie brauche nur einen guten Fick! Aber ganz sicher nicht mit ihm! Den konnte er sich sonst wohin stecken.

Langsam beschleunigte sie auf normales Tempo, mit jedem Schritt wurde sie sicherer, gewöhnte sich mehr an das Gefühl, auf Borsten zu laufen. Bedauernd sah sie auf ihre Schuhe und zuckte mit den Schultern. So schlimm war es auch nicht.

Schließlich erreichten sie eine wirklich dunkle Straße, die an einem verlassenen Industriegelände vorbeiführte. Die Hälfte der Laternen war ausgefallen, und die andere schien seit der Wende nicht mehr geputzt worden zu sein, so trüb war ihr Schein.

Sandy wurde langsamer und sah Lisa an – fast wie ein Dozent bei der Prüfung, irgendwas hatte sich an ihrem Verhältnis verschoben, das wurde Lisa erst jetzt bewusst. Sie ließ sich nicht einfach nur helfen, sie hatte sich untergeordnet, ließ sich barfuß durch die Stadt kommandieren, obwohl ihre Füße wehtaten. Sandy hatte ihr zweifellos geholfen, rechtzeitig vor Alex zu fliehen, aber sollte eine Freundin einem in so einem Moment nicht unterstützen, statt seltsame Spielchen zu spielen? Sicher meinte sie es gut, aber mit jedem Schritt war das Kribbeln unangenehmer geworden; Lisa war bestimmt schon auf fünfhundertundzwölf spitze Steinchen gelatscht und hatte keine Lust mehr.

»Und jetzt?«, fragte Sandy.

»Jetzt ist Schluss.« Lisa ließ die Schuhe auf die Straße fallen. »Ich mag nicht mehr.«

»Du hast es gleich geschafft.«

»Nicht gleich, ich hab es jetzt geschafft.« Lisa rollte

den ersten Socken auf, um hineinzuschlüpfen. Es fiel ihr furchtbar schwer, ihrer Freundin zu widersprechen, sie konnte nicht sagen, warum.

»Nein! Du kannst jetzt nicht aufgeben. Nicht hier!«

»Doch, ich kann. Ich will nicht mehr.«

»Du musst aber noch!« Sandy packte sie fest am Arm und zerrte sie von den Schuhen weg. Lisa hatte nicht die geringste Chance, sich dagegenzustemmen, Sandy war einfach zu stark.

Viel zu stark.

»Lass mich meine Schuhe anziehen!« Lisa wurde mit einem Mal von Panik gepackt. So wie Sandy sie anstarrte, mit diesen harten, plötzlich furchtbar kalten Augen, wie sie sie mühelos von den Schuhen weggezerrt hatte, machte sie ihr Angst. »Es tut wirklich weh.«

»Nein, er tut dir nicht weh! Er gibt dir die Kraft, anderen wehzutun, dich zu wehren!«

»Wer, verdammt?«, rief Lisa, aber sie wollte es eigentlich gar nicht wissen. Sandy war genauso übergeschnappt wie Alex – die ganze Welt schnappte über!

»Du wirst es gleich sehen, wir haben es nicht mehr weit. Komm schon.« Sandys Stimme wurde einschmeichelnd, eindringlich.

»Nein!«, wollte Lisa schreien, aber sie konnte nicht. Sandys Blick lähmte sie, sie fühlte sich wehrlos, hilflos, fast so hilflos wie auf der Schlafzimmerschwelle in Alex' Wohnung.

Furchtbar schwach und ausgeliefert.

Sandy zerrte sie auf das verlassene Firmengelände, und verzweifelt stemmte Lisa die Füße in den Boden.

Tränen liefen ihr über die Wangen, sie dachte nur *Nein! Nein! Nein!*

Doch es half nichts, sie wurde einfach mitgeschleift wie eine kleine Puppe. Die Fußsohlen schabten über den Boden, wurden aufgerissen und eine Zehe umgeknickt, Schmerz stach ihr spitz bis zum Knöchel hinauf, doch sie konnte nicht schreien, nur nach Luft japsen. So sehr sie sich mühte, sie fand keinen Halt, ihre Gegenwehr war erbärmlich, Sandy viel zu stark.

Warum tat Sandy das?

Lisa stieß sich die nächste Zehe, der Nagel riss ein, sie stolperte und ließ sich einfach fallen, was sollte sie auch weiterlaufen? Sandy schleifte sie noch drei oder vier Schritte mit, die Knie schrabbten über den Schotter. Dann blieb sie stehen.

»Jetzt sei nicht kindisch, das muss doch wehtun. Lauf selbst, es ist zu deinem Besten.«

Zu deinem Besten. Sie zerrte sie mit sich wie eine genervte Mutter ihre zappelnde kleine Tochter, die Angst vor dem Spott ihrer Klassenkameradinnen hat. Stumm schluchzend rappelte sich Lisa auf. Gegenwehr hatte einfach keinen Sinn, sie war viel zu schwach. Über die Schmerzen in den Füßen hinweg konnte sie das Kribbeln noch immer spüren.

Sie stolperte an Sandys Hand zwischen alten Lagerhallen hindurch, über Schutt und durch wuchernde Brennnesseln, hinein in ein halbverfallenes Gebäude, in dem irgendwelche Maschinenüberreste vor sich hinrosteten, wie auch die Fensterrahmen aus Eisen, in denen sich kaum noch Scheiben befanden, und schon gar keine unbeschädigten. Meist hingen nur noch ein paar Splitter am Rand wie spitze, unregelmäßige Zähne.

Sie gingen durch eine alte Feuertür in ein enges, dunkles Treppenhaus, die grauen betonierten Stufen hinab ins zweite Kellergeschoss und dort einen langen, schwach beleuchteten Gang mit schmutzig weißen Wänden entlang, vorbei an mehreren geschlossenen Türen und Abzweigungen. Der Gang war nicht so verfallen wie die Gebäude oben, schließlich war er nicht der Witterung ausgesetzt gewesen. Alles wirkte verlassen, und doch sollten sie hier jemanden treffen. *Ihn* und Sandys neue Freunde.

Die Luft war kühl und schwer wie in einer Höhle. Lisa zitterte, wenigstens hatte sie aufgehört zu weinen. Sie zog die Nase hoch und blinzelte alle Tränen weg, wischte sich mit der freien Hand übers Gesicht. Sie würde sich nicht als flennendes Häufchen Elend irgendwo abliefern lassen.

Einen Moment lang dachte sie, dass Sandy sie vielleicht zu Alex bringen würde, dass alles eine kranke Show war, inszeniert von zwei Wahnsinnigen, nein, dreien, und dann öffnete Sandy eine dicke rote Stahltür und sie bogen in einen weiteren Gang, der nach vielleicht zehn Metern vor einer ebenfalls dunkelroten Tür endete. Ganz leise war eine gedämpfte Mischung aus Keuchen und Jaulen zu hören. Es klang tierisch, aber Lisa konnte es einfach nicht zuordnen. Das Wesen schien Qualen zu leiden.

»Was ist das?«, fragte sie leise.

»Wir sind gleich da«, antwortete Sandy. Jetzt klang sie nervös.

Mit jedem Schritt wurde das Geräusch lauter. Alles in Lisa sträubte sich dagegen, durch diese Tür zu gehen, doch sie wusste, dass sie es nicht verhindern konnte. Tief holte sie Luft, und als Sandy nach der schwarzen Klinke griff, versuchte sie sich gegen alles zu wappnen, was sie sich vorstellen konnte.

Dahinter öffnete sich ein dunkler, von wenigen schwachen, flackernden Lichtquellen erleuchteter Saal, dessen Decke geschwungen war wie in einem Gewölbe und höher lag als die des Gangs, vermutlich reichte sie bis direkt unter die Grasnarbe hinauf. Der Boden des Saals lag noch zwei Meter tiefer, eine schwarze Stahltreppe ohne Geländer führte vom Eingang hinab. Der ganze Raum hatte etwas von der Kühlhalle einer historischen Bierbrauerei, doch zwei parallele Reihen aus massigen gemauerten Pfeilern entlang der Längswände verliehen ihm zugleich etwas Sakrales. Das Kopfende war noch schwächer erleuchtet als der Rest und für Lisa von hier nicht richtig zu erkennen, die Decke unverputzt. Der dunkle Boden bestand aus blanker Erde.

Feuchte Erde, die zwischen die Zehen drang und sich dort festsetzte, wie Lisa feststellte, als sie hinabgestiegen war. Die Erde kühlte ihre schmerzenden Sohlen, legte sich schmatzend auf die brennenden Wunden, das stechende Kribbeln von der Straße draußen war wieder da, viel intensiver jetzt. Das Blut in ihren Füßen pochte.

Das Keuchen, das sie bereits im Gang gehört hatte, war nun deutlich zu vernehmen, doch sie konnte nicht erkennen, wo sein Ursprung lag, er musste von einer der breiten Pfeiler verdeckt sein.

Sowieso konnte sie nicht viel erkennen, es gab nirgendwo elektrische Beleuchtung, hier und da hingen alte Öllampen oder Fackeln an den Pfeilern und Wänden. Sie entdeckte alte sepiafarbene Postkarten von Berlin und eingerissene feuchte Poster mit verblichenen Farben, auf die Wachs getropft war. Einer der mannshohen Berliner Plastikbären, die zuhauf über die gesamte Stadt verteilt waren, lehnte an einem Pfeiler, das Gesicht auf den Eingang gerichtet, die Arme erhoben, als würde er sich ergeben. Er war vollkommen schwarz angemalt, Fell, Augen, Schnauze, Maul, alles.

Kleine kitschige Nachbildungen der Berliner Sehenswürdigkeiten aus Messing oder Kunststoff standen auf verschiedenen Simsen oder in Wandvertiefungen herum, auf einen Fernsehturm war eine brennende Kerze gesteckt worden. Auch neue Postkarten waren an die Ziegelwände genagelt, die meisten zeigten Berlin bei Nacht. Irgendwo lag ein Kissen mit dem Aufdruck *Ein Herz für Berlin.* Auch das Herz war schwarz.

Zwischen all diesen seltsamen Liebeserklärungen an die Stadt hingen zahlreiche Fotos unterschiedlicher Menschen. Es waren keine Berliner Prominenten, sondern irgendwelche privaten Urlaubsbilder, von Familienfeiern, Hochzeitsfotos oder auch aus Führerscheinen gerissene Passbilder und Ausschnitte aus größeren Fotografien. Viele waren von kleinen Löchern durchstoßen; in der Stirn einer lachenden Frau mit brünetten Locken steckte noch ein mit braunen Flecken überzogener Nagel, der gut zwölf oder fünfzehn Zentimeter maß. Andere Bilder waren mit dunkelroten oder schwarzen

Stiften beschmiert worden, meist waren die Augen nur noch unkenntliche schwarze Löcher. Auf einem Foto stand »Schlampe verrecke!«.

»Tod!«

»Stirb!«

»Nie wieder Glück!«

»Soll Dein Schwanz verschimmeln!«

»Warum?«

»Arsch!«

Jedes dieser Wörter zeigte eine andere Handschrift, aber fast alle Buchstaben waren fett in das Papier gedrückt, manche hatten gar Löcher hineingerissen.

Sorgfältig ausgeschnittene Gesichter klebten auf den Köpfen der unterschiedlichsten Puppen, auf Spielzeugfiguren, auf Weihnachtsengeln und selbst gebastelten Strohpuppen. Sie alle waren irgendwo gekreuzigt oder gehenkt worden, manchen sogar die Gliedmaßen ausgerissen, anderen ein Loch zwischen die Beine gebrannt.

Lisa dachte an ihr Voodoo-Shirt und wusste, woher Sandy die Idee dazu gehabt hatte.

Doch es gab auch unversehrte Bilder, golden gerahmt und gesondert platziert wie Ikonen. Die meisten waren schwarz umrahmte Totenbilder. Auf sie hatte niemand etwas geschmiert, nur manchmal stand darunter: »Warum?«

Die ganze Halle schien ein bizarrer Schrein für Leid und Hass zu sein.

Langsam ließ sich Lisa zur Mitte der rechten Längswand führen, wo sich ein schmaler Durchgang im Stein abzeichnete. Die Bilder, das Keuchen, das alles machte sie fertig. Es war, als würde sie mit der feuchten modrigen Luft auch all die Wut und das Leid einatmen, das die Leute empfunden hatten, die diese grausige Galerie errichtet hatten.

Doch sie konnte deren Wut nicht empfinden, sie spürte nur fassungslose Kälte, fühlte sich innerlich tot, eingefroren, zu Stein erstarrt. Selbst ihr Zorn auf Alex wurde darunter begraben.

Plötzlich wurde das Keuchen lauter und wütender, fast ein Bellen, ein japsendes Knurren. Lisa wirbelte herum und entdeckte an der gegenüberliegenden Wand einen riesigen glatzköpfigen Mann mit bloßem Oberkörper und schwarzer Trainingshose. Schweißüberströmt rannte er drei, vier Schritte nach rechts, dann nach links, wieder nach rechts und so weiter. Dabei starrte er durchweg zu ihr herüber und gab diese tierischen Geräusche von sich. Es sah aus, als wäre er an die Wand gekettet.

»Was …«, war alles, was sie herausbrachte.

»Das ist Joachim. Er hat so viel Durst, dass er nicht mehr hinausdarf, der Arme. Noch nicht. Du brauchst aber keine Angst vor ihm zu haben, die Kette hält, sie ist aus bestem Titan.«

Der Mann knurrte und zerrte an der Kette, seine Füße gruben sich tief in die Erde, suchten scharrend Halt, um sich loszureißen.

»Er kann dich riechen«, fügte Sandy noch hinzu. »Aber er braucht dich wirklich nicht zu kümmern. Für dich ist Günni wichtiger.«

»Wer?«

»Günni«, sagte eine tiefe männliche Stimme neben ihr. »Das bin ich.«

Lisa drehte sich wieder um und erblickte einen kräftigen blonden Mann in einem schwarzen, schlammverdreckten Anzug. Er war barfuß, hatte Sandys kalte Augen und eine Adlernase und zeigte ein dünnes Lächeln, das schlimmer war als jede ausgesprochene Drohung. Die Hand reichte er ihr nicht zur Begrüßung, und Lisa brachte keinen Ton heraus.

I wear black on the outside, because black is how I feel in the inside, hatten The Smiths mal gesungen, und sie hatte nie einen Menschen gesehen, bei dem das so zu passen schien wie bei diesem hier. Doch es war keine elegante Schwärze, nicht die einer mondlosen Nacht, sondern die eines endlosen Abgrunds, die Schwärze der Erde, die bei Begräbnissen auf den Sarg geschaufelt wurde.

»Das ist Elisabeth«, stellte Sandy sie ganz förmlich vor. »Kannst du ihr bitte ein wenig Gesellschaft leisten, solange ich bei *ihm* bin? Sie soll eine von uns werden.«

»Sicher?«

»Ja.«

»Und warum rastet dann Jo so aus?«

»Jo ist verrückt.«

»Aber seine Nase ist gut.«

»Auch er kann sich irren. Passt du also bitte auf sie auf? Nicht dass noch jemand reinschneit und sie aus Unwissenheit anfällt. Sie wird eine von uns, sie ist nicht zum Trinken da, klar?«

»Schon gut, ich pass auf«, sagte Günni.

Zum Trinken, was heißt zum Trinken?, dachte Lisa. *Und wieso anfallen?*

Sandy führte sie in den Durchgang in der Wand, dahinter öffnete sich ein kleiner Raum mit einer Sitzbank, ähnlich unbequem wie die in einer Kirche: zwei Bretter, im rechten Winkel aneinandergenagelt.

»Setz dich«, sagte sie, und Lisa tat wie geheißen. Ihr fiel plötzlich auf, dass sie unter den zahllosen Fotos auch eines von Sandys Martin gesehen hatte. Sie hatte ihn nur nicht gleich erkannt, weil seine Augen große dunkle Höhlen gewesen waren, aus denen Ströme von schwarzen Tränen bis über den Bildrand hinausrannen.

»Was ist mit Martin?«, fragte sie, obwohl sie viel mehr Angst um sich selbst hatte. Sie wollte nicht mit diesem Günni allein gelassen werden, er war ihr unheimlich, von ihm ging eine unerträgliche Kälte aus. Im Vergleich dazu war Sandy vertraut, egal, wie verrückt sie sich gebärdete, egal auch, dass sie sie hier heruntergeschleppt hatte, egal, wie kalt ihre Augen waren.

»Nichts ist mit Martin.«

»Hast du ihm etwas angetan?«

»Nein. Warum?«

Ein Hauch von Erleichterung machte sich in Lisa breit, doch dann verblasste er sofort. Wer sagte denn, dass Sandy nicht log? »Bitte bleib.«

»Ich komme doch gleich wieder. Keine Angst.«

Lisas Lippen begannen zu zittern, Tränen liefen ihr die Wange herunter. Schon wieder, und sie konnte nichts dagegen tun. Sie biss sich auf die Lippe und wollte weg, einfach nur weg, irgendwohin. Wieso hatte Sandy sie hierhergebracht? Sie hatte ihr Sicherheit versprochen, nicht das.

Dieser Jo keuchte, zerrte an seiner Kette und geiferte nach ihr.

»Ganz ruhig.« Sandy beugte sich zu ihr vor, strich ihr das Haar aus der Stirn, klemmte ihr die Strähne hinter das Ohr und blickte sie eindringlich an. Die Geste einer Geliebten, doch ihre Augen waren trotz aller Eindringlichkeit kalt. Sie führte ihre Lippen ganz nah an Lisas Ohr und flüsterte, so dass niemand außer ihr es hören konnte: »Ich will, dass du eine von uns wirst, hörst du? Wenn er erwacht, musst du zu uns gehören, das ist sicherer für dich.« Dann gab sie ihr einen Kuss auf die Wange, was sie nur selten tat, und richtete sich wieder auf. »Bis gleich.«

Lisa starrte Sandy hinterher, die aus der Nische verschwand und sich nach rechts wandte, Richtung Kopfende der Halle.

Günni setzte sich neben sie. »Na, dann wollen wir zwei Hübschen mal ein wenig die Zeit totschlagen.«

26

»Hierher, Kahlschlag, bei Fuß!« Robsie wartete, bis seine Hündin ihm schwanzwedelnd die Hand geleckt hatte, dann ließ er sie wieder vorauslaufen. Sie war halb Husky, zu einem Viertel Dobermann und noch irgendwas, doch eigentlich ein riesiger Schisser. Da dies aber niemand wusste, hinterließ sie auf Fremde oft genug einen einschüchternden Eindruck. Das konnte hilfreich sein.

Robsie blickte zu dem seit Jahren verlassenen Fabrikgelände hinüber und fragte sich, warum sich der Besitzer nicht darum kümmerte. Es verfiel langsam, genau wie der verlassene Freizeitpark im Spreewald. Wenn man es schon nicht renovieren wollte, könnte man es doch wenigstens abreißen und Wohnhäuser oder Bürogebäude errichten. Nein, hier vermoderte alles, und in Friedrichshain war das wichtige alternative soziokulturelle

Zentrum RAW-Tempel vom Abriss bedroht, weil der Eigentümer des Geländes genau dort Bürogebäude errichten wollte. Warum konnte da kein Lokalpolitiker vermitteln? Das Gelände hier brauchte doch niemand, man könnte auch hier bauen. Schulterzuckend schlenderte er an dem überwucherten Zaun entlang. Außerdem konnte man die Straße hier auch mal ausbessern, jeden Winter kamen neue Schlaglöcher hinzu, sprengte das Eis weitere Risse in den Asphalt.

Nachts ging immer er mit Kahlschlag raus, wenn sie noch mal musste, weil Anne Angst hatte, hier allein entlangzugehen. Bei Neubauten und ordentlichen Laternen wäre das anders, und Anne war sicher nicht die einzige Frau, der es so ging. Er war ja selbst froh, dass er einen großen Hund dabeihatte, Schisser oder nicht, denn die zugewachsenen Lagerhallen waren sogar ihm ein wenig unheimlich. Selbst Kahlschlag setzte ihre Duftmarken immer auf der anderen Straßenseite. Der Vorteil dieser Strecke war aber, dass hier nachts kaum jemand vorbeikam, und er konnte Kahlschlag ohne Leine laufen lassen.

Sie war ein paar Meter vor ihm und umkreiste etwas, das auf der Straße lag, die schnüffelnde Schnauze direkt am Asphalt. Wahrscheinlich Dreck oder einen toten Vogel, den sie gleich runterschlucken würde.

»Kahlschlag! Lass das!«, rief er und pfiff. »Hey!«

Kahlschlag sah ihn an, ging aber nicht weiter. Sie stapfte mit den Vorderpfoten auf.

»Was denn?«, fragte er und beschleunigte seinen Schritt. Als er zu ihr aufgeschlossen hatte, erkannte er zwei weiße Turnschuhe, die mitten auf der Straße lagen. Einen Socken entdeckte er anderthalb Meter weiter Richtung Eingangstor des Firmengeländes.

Misstrauisch blickte Robsie auf das Gelände. Dort rührte sich nichts, es lag still und verlassen da wie jede Nacht.

»Hallo?«

Niemand reagierte.

Kahlschlag schnüffelte wieder am Boden herum, machte zwei Schritte auf das Gelände zu, kläffte. Den Schwanz hatte sie zwischen die Beine geklemmt, sie war wirklich ein Schisser. Noch einen Schritt traute sie sich weiter, bellte erneut und hüpfte dann wieder zurück.

»Ruhig, Kahlschlag, ganz ruhig«, sagte er und griff mit der Rechten nach dem Halsband. Lauter rief er: »Hallo! Ist da wer?«

Doch noch immer regte sich nichts. Die überwucherten Lagerhallen kauerten weiter als dunkle Schatten in der Nacht, nichts war zu hören oder zu sehen. Sie waren einfach verlassen. Was sollte hier schon passieren?

Er durfte sich von Annes Ängstlichkeit nicht anstecken lassen. Wieso sollte sich ein Opfer Schuhe und Socken ausziehen und sie mitten auf der Straße liegen lassen, bevor es sich im Gestrüpp vergewaltigen ließ? Das ergab doch keinen Sinn. Eine zerrissene Strumpfhose oder ein blutiger Rock, das wäre was anderes. Aber Turnschuhe?

Viel eher hatte sie jemand verloren, sie waren aus dem Radkorb gefallen oder so. Vielleicht hatte auch ein Betrunkener im Suff beschlossen, barfuß zu laufen wäre das größte Glück der Welt, oder irgendwer hatte jemandem einen Streich gespielt.

Robsie hob die Schuhe auf. Größe 38, irgendeine Billigmarke, im linken steckte der zweite Socken. Bestimmt hatte sie jemand verloren, eine Frau. Wenn er sie auf der Straße liegen ließ, würde ein Auto darüber fahren, das musste nicht sein. Also knotete er die Schürsenkel zusammen, stopfte den Socken in den rechten Schuh und hängte beide an den Zaun der verlassenen Fabrik, zwei Meter neben dem Tor. Wenn die Besitzerin morgen ihren nächtlichen Weg ablaufen würde, würde sie die Schuhe sehen.

Robsie ging zwei Schritte zurück und begutachtete alles noch mal. Ja, sie waren gut zu erkennen. Zufrieden mit sich wandte er sich zum Gehen.

»Komm, Kahlschlag.«

Anne würde er nichts davon erzählen, sie würde sich nur grundlos aufregen und nun gar nicht mehr hier vorbeiwollen. Und das wäre wirklich übertrieben. So unheimlich ein verlassenes Fabrikgelände auch sein konnte, es tat niemandem etwas.

27

Kaum hatte Danielle Alex die Tür geöffnet, fiel er ohne ein Wort der Begrüßung über sie her. Er wollte es nicht, er wollte Lisa retten, doch er konnte nicht anders, er war seiner Gier vollkommen ausgeliefert.

»Nein, keine Zeit«, keuchte Danielle, während sie ihn dennoch umklammerte, ihn begierig küsste und mit ungeduldigen Fingern an seinem Gürtel zerrte. Sie trieben es schnell und wild, im Flur gegen die Wand gepresst, aber diesmal gingen wenigstens keine Möbel zu Bruch.

»Hast du was rausgefunden?«, fragte Alex danach. Noch immer keuchend knöpfte er sich die Hose zu und setzte sich an den Küchentisch, um was zu trinken.

»Nein«, antwortete Danielle und ging auf die Toilette. Sie ließ die Tür offen. »Es gibt viel zu viele Wege ins unterirdische Berlin, zu viele Kellerräume, zu viele verlassene Bunker und U-Bahntunnel, ganz zu schweigen von der verzweigten Kanalisation. Wir brauchen Tage oder Wochen, wenn wir auf gut Glück suchen.«

Alex hörte nicht richtig zu. So viel Zeit hatte Lisa nicht mehr, keine Tage, und schon gar keine Wochen. Vielleicht hatte sie nicht einmal mehr Stunden. Erschöpft stützte er den Kopf in die Hände und dämmerte weg.

Kaum hatte er die Augen geschlossen, träumte er von Rom, dem historischen Rom. Eine bunte, prachtvolle Stadt im heißen Sommer, lebendiges Gewühl auf den abendlichen Straßen, preisende Händler, Handwerker auf dem Weg in die Taverne, Sklaven auf dem Botengang, verhangene Sänften und eilige Kutschen.

Über allem thronte der kaiserliche Palast, und in ihm wurde Nero von einer wunderschönen Frau verführt, umgarnt, geküsst und berührt. Danielle. Sie flüsterte mit vollen Lippen in das Ohr des Herrschers, er müsse die Blutmutter töten, und dafür müsse er sie verbrennen. Nur die verzehrende Flamme könne der Blutmutter ein Ende bereiten.

Aber wo ist diese Blutmutter denn?, fragte Nero, halb wahnsinnig vor Verlangen.

Ich kann dir das Viertel nennen, aber mehr weiß ich nicht, hauchte Danielle und bestieg den Kaiser. Aber es bliebe nicht viel Zeit. Die Blutmutter sei Rom, sie sei das Wurzelgeflecht unter der Stadt, eins mit der Heimaterde.

Dann will ich auf Nummer sicher gehen, stöhnte Nero, rief kopulierend seinen Leibsklaven herein und befahl ihm, das ganze genannte Viertel niederzubrennen. Die Holzbuden am Circus Maximus wären ein wundervoller Brandherd. Und Danielle lächelte ein irres, intrigantes Lächeln, ihre Augen glommen vor Zerstörungslust.

Während Nero und Danielle es weiter trieben, ging vor dem Fenster die Sommersonne unter. Glühend roter Schein loderte zwischen den Straßen auf, Schreie wurden laut und Flüche, Menschen flohen, brannten, trampelten sich in Panik nieder und …

»Alex!« Danielle rüttelte ihn am Arm. »Hey! Alex!«

Er schreckte hoch. »Was ist? Was?«

»Was tust du da?«

»Ich bin kurz eingenickt.«

»Eingenickt? Jetzt? Wie kannst du jetzt schlafen?«

»Ich weiß nicht, ist mir vorhin schon mal passiert.« Alex erzählte ihr, wie er auf der Flucht von plötzlicher Müdigkeit und einem Alptraum gepackt worden war, wie er unvermittelt gestolpert war und seine Augen nicht mehr hatte öffnen können, wie die Wände auf ihn eingestürzt waren. Von dem neuen Traum erzählte er nichts, darüber wollte er erst nachdenken.

Was, wenn es zwar Vampire gab, und seinetwegen auch Nephilim, aber keine Blutväter, und Danielle einfach wahnsinnig war? Eine Pyromanin, die mit größtem Vergnügen andere zur Mittäterschaft anstiftete, einfach weil sie sehen wollte, wozu sie die ihr verfallenen Männer treiben konnte? Wenn sie Sodom grundlos niedergebrannt hätte, wie auch Rom, und nun ihn dazu bringen wollte, Berlin abzufackeln? Das klang ziemlich schräg, aber er wusste noch immer nicht, wie weit er ihr vertrauen konnte. Bislang zumindest hatte er sie bei keiner

Lüge ertappt. Das eben war nur ein Traum gewesen, ein dummer, harmloser Alptraum.

Danielle riss den Küchenschrank auf, holte eine Packung Kaffee heraus und drückte Alex einen Löffel in die Hand. »Iss!«

»Was?«

»Das hält dich wach. Was Besseres hab ich nicht da, kein Koks, keine Amphetamine, kein Ephedrin, ich brauch das ja nicht.«

Alex nahm einen Löffel Kaffeepulver in den Mund. Es schmeckte widerlich bitter, und er spuckte es sofort ins Spülbecken. Er spuckte und spuckte, bis alles Pulver draußen war. Dabei stellte er fest, dass sein Speichel kaum schwarz war, abgesehen vom Kaffee.

»Ich koch mir den Kaffee lieber«, brummte er.

»Mach ihn aber stark. Drei Löffel pro Tasse, und das langt nicht.«

»Ja, ja.«

»Er erwacht«, sagte Danielle. Ihre Stimme klang müde, als sie wiederholte, was sie ihm schon einmal erklärt hatte: »Blutväter senden üblicherweise Träume ohne Ziel in die Nacht, dunkle Nachtmahre. Geboren aus dem Blut und den Tränen, die sie trinken, eine Art unsichtbarer Nebel, der jeden befällt, der gerade anfällig dafür ist. Jeden einsamen, betrogenen, verängstigten, trauernden Schlafenden. Alpträume, die wache Menschen oder Vampire mit in ihre Welt zerren können, treten erst dann auf, wenn der Blutvater langsam erwacht. Seine Vampire sind hinter dir her, und somit auch seine Alpträume.« Sie wartete einen Moment, doch als er schwieg, fuhr sie fort: »Ich weiß nicht, wie die Träume dich finden, ob sie dazu die Augen eines Vampirs brauchen, aber sie werden alles tun, dich in den Schlaf zu zerren.«

Das klang absurd, trotzdem warf er gleich noch einen gehäuften Löffel Kaffee mehr in die Maschine. Betrogene und Verängstigte gab es in einer Stadt wie Berlin genug. Genügend Futter für einen Blutvater. »Dann erwacht er jetzt? Willst du dann nicht endlich andere Nephilim zu Hilfe rufen wie damals in Sodom?« Warum hatte er nicht früher daran gedacht? Warum hatte sie nicht daran gedacht?

»Nein, ganz im Gegenteil, ich habe alle gewarnt, die ich kenne und erreicht habe. Je mehr Nephilim in Berlin sind, umso leichter fällt es ihnen, das Blut eines Nephilim zu vergießen.«

»Und was war in Sodom? Da hast du dir keine solchen Gedanken gemacht!«

»In Sodom war der Blutvater bereits erwacht.«

»Aber das geschieht hier doch gerade! Wären wir mehr, könnten wir die verdammten Vampire einfach überrennen! Uns ihnen stellen, ich hätte nicht vor dreien davonradeln müssen!«

»Und irgendwer von uns stirbt dabei oder wird auch nur verletzt, und sein Blut versickert in der Erde, und der Blutvater erwacht. So ein Kampf hilft ihm doch nur! Das ist doch genau das, was er will!«

»Soll er doch erwachen! Erschlagen wir ihn einfach im Freien und nicht unter der Erde! Das macht doch keinen Unterschied.«

»Du hast keine Ahnung.« Danielle setzte sich und

hielt sich die Hände vor das Gesicht, rieb sich die Augen. Dann hob sie den Kopf und sah ihn an. »Du hast keine Ahnung, wie groß er ist. Die ganze Stadt ist damals niedergebrannt. Willst du das? Drei Millionen Tote, wenn wir ihn besiegen. Mit viel Glück nur zwei.«

Alex starrte sie an und schüttelte stumm den Kopf.

Drei Millionen Tote.

Lisa, Koma, Jens, Mela und so weiter. Ihm wurde übel. Erst jetzt, als sie die Zahl ausgesprochen hatte, wurde ihm wirklich bewusst, was sie hier versuchten. Drei Millionen Menschen, das war verrückt. Das war eine Zahl, die man sich nicht vorstellen konnte.

Alex hatte plötzlich Bilder von beiden Weltkriegen im Kopf, fallende Bomben und Rauchwolken in Schwarz-Weiß, eine mittelalterliche Miniatur der Pest und dieses berühmte Gemälde mit der Frau, die auf einem Monster ritt. Den Vesuvausbruch. Kein Bild von einem Brand.

Nein, es müssten mehr überleben, so schnell breitete sich kein Feuer aus, die Leute müssten fliehen können. Heutzutage war doch alles viel weiter entwickelt als damals in Sodom, es gab eine professionelle Feuerwehr und Pläne für jede Art Notfall. Ein ausgeklügeltes Warnsystem. Man musste die Stadt vorher evakuieren! Sein Mund war trocken, als er sich die erste Tasse Kaffee einschenkte, er brachte nur ein Wort heraus: »Evakuieren.«

»Und wie? Mal eben bei der Polizei anrufen und sagen, da erwacht ein gigantisches bluttrinkendes Wesen unter Berlin. Wir würden es gern stoppen, und zwar mit Feuer. Könnten Sie bitte schon mal die Evakuierung der Stadt einleiten? Besten Dank.«

Alex konnte nicht lachen, Traumbilder vom brennenden Rom spukten durch seinen Kopf, brennende Menschen, verkohlte Leichen, unkenntlich, und doch wusste er genau, welcher seiner Freunde sich hinter den reglosen, schwarzen Stümpfen verbarg.

»Und wenn du auch gehst?«, fragte Alex. »Wenn du sofort verschwindest, so dass kein einziger Nephilim mehr in Berlin ist? Dann gibt es kein Nephilimblut, und er kann überhaupt nicht erwachen.«

»Wir sind Einzelgänger«, erinnerte ihn Danielle. »Es ist nicht so, dass ich von allen eine Handynummer gespeichert habe oder dass wir irgendwo ein schwarzes Brett mit Aushängen haben. Ich weiß nicht, ob sich gerade nicht doch noch ein Nephilim in Berlin aufhält, oder ob nicht einer vorhat, nächste Woche herzukommen. Es ist 'ne tolle Stadt zum Vögeln.«

»Verdammte Vögelei«, brummte Alex und rührte in seiner Tasse herum. Auch wenn er sonst nie Milch nahm, jetzt schon; das kühlte den Kaffee schneller ab, und je früher er das Koffein intus hatte, umso besser. Und viel Zucker, Zucker gab Energie.

»Wenn seine Vampire schon auf der Suche nach einem Nephilim sind, gibt es kein Zurück mehr. Zur Not suchen sie auch in anderen Städten, fahren mal schnell nach Hamburg, Warschau oder Prag, ist ja alles nicht weit. Irgendwann finden sie einen«, ergänzte Danielle. »Nein, wir müssen ihn jetzt stoppen, und zwar schnell. Schon jetzt treiben seine Träume jede Nacht jemanden in den Tod, der Blutdurst seiner Vampire wächst, und das wird nicht weniger werden.«

»Kann man denn nicht anhand der Verbrechen herausfinden, wo sein Herz ist? Da, wo das meiste Blut in der Erde versickert?«

Danielle verneinte. Der Blutvater war nicht für alle Verbrechen verantwortlich, viele geschahen ohne sein planendes Eingreifen, er ernährte sich nur von ihnen und bereitete weiteren den Boden. Wenn jemand durch ihn von Wut oder Rachefantasien übermannt wurde, dann tötete er sein Opfer da, wo es sich gerade aufhielt. Sicherlich konnte es Fälle geben, in denen der Blutvater regelrecht gefüttert wurde, doch wie sollten sie diese Taten voneinander unterscheiden können?

Alex nippte vorsichtig an der Tasse, verbrannte sich die Lippen, pustete und trank noch einen Schluck. Er spürte das Koffein durch seinen Körper kribbeln, aber das Gefühl verebbte rasch wieder. Er nahm einen weiteren Schluck, und dann noch einen. Danielle erklärte ihm, dass sie auch in der Berliner Historie nichts gefunden hatte.

»Manchmal wurde in den Anfangstagen einer Stadt ein Opfer dargebracht oder ein Verbrechen begangen. Dieser erste Tote kann so etwas sein wie der Grundstein des Blutvaters, wenn er ohne Begräbniszeremonie in der Erde verscharrt wird, namenlos und ohne dass die Täter zur Verantwortung gezogen werden. Angehörige, die vergeblich nach Rache schreien, ihre Tränen und das Blut des Toten – diese Mischung führte nicht selten zur Geburt eines Blutvaters. Blutige Kämpfe um den Herrschaftsanspruch, eine tödliche Fehde unter den ersten Siedlern oder ein vergessenes Schlachtfeld unter den Steinen der ersten Häuser. Bei Berlin habe ich nichts Entsprechendes gefunden. Die Stadt ist aus sieben unabhängigen Städten und zahlreichen Landgemeinden und Gutsbezirken zusammengewachsen. Unter welchen soll ich da suchen, in welchen Annalen? Das meiste aus der frühen Zeit im 13. bis 15. Jahrhundert ist nicht überliefert, und ich habe mich damals viel weiter im Süden herumgetrieben, ich erinnere mich an nichts. Außerdem ist die gesamte Gegend seit zehntausend Jahren besiedelt, vielleicht stammt er noch aus einem germanischen Dorf, da können wir uns in der Berliner Geschichte totsuchen.«

Enttäuscht kaute Alex auf seiner Unterlippe herum. Beiläufig schaltete er das Handy wieder ein und trank seine Tasse leer. Der Kaffee war pappsüß, verdammt stark und doch zu schwach. Schließlich kämpfte er nicht gegen gewöhnliche Müdigkeit. Er hatte Angst vor weiteren Träumen. Drei Millionen Tote!

Und er jammerte hier herum, weil das Kaffeepulver zu bitter schmeckte. Was war er für ein erbärmliches Weichei! Entschlossen löffelte er das feuchte warme Pulver aus dem Filter der Maschine und spülte es mit Kaffee runter.

»Bäh!« Er schüttelte sich, sein Magen rumorte, aber er zwang sich, sich nicht zu übergeben. Nicht jetzt – vielleicht später, wenn das Koffein in der Blutbahn angekommen war. Er würgte, stieß auf und schluckte alles wieder hinunter. Es blieb ein widerlich bitterer Geschmack nach Kaffee und Galle.

»Es gab in letzter Zeit eine Handvoll Verbrechen, bei denen außergewöhnlich viel Blut vergossen wurde, bei denen das Opfer richtig ausgeblutet wurde, doch sie fanden in unterschiedlichen Vierteln statt. Er trinkt einfach überall«, fuhr Danielle fort, während Alex feststellte, dass sich sein Herzschlag stark beschleunigte und Koma angerufen hatte.

Ruf mich zurück. Es ist dringend.

Vielleicht ging es um die tote Ratte, vielleicht hatte Koma ja noch irgendwas bemerkt, das ihnen jetzt weiterhelfen konnte. Also rief er zurück. Doch Koma war angetrunken und erzählte etwas von einer Razzia im *Last Cathedral,* bei der Polizisten nach Satanisten gefahndet hatten.

»Wo bist du? Lass dir helfen!«, forderte Koma noch, aber Alex wiegelte ab, sagte, es habe sich alles geklärt, niemand sei mehr in Gefahr. Koma war ein Mensch, ihm würde ein Vampir ohne Anstrengung das Genick brechen können. Das würde Alex nicht zulassen, er würde keinen Freund hineinziehen, der sich nicht wehren konnte.

Als er aufgelegt hatte, wurde ihm bewusst, dass er zum ersten Mal nicht mehr von sich als Mensch gedacht hatte.

Drei Millionen mögliche Tote, ihm war kotzübel von dem Kaffeepulver, und für Lisa war wohl alles zu spät, wahrscheinlich war sie bereits ein Vampir, eine blutsaufende Dienerin des Berliner Blutvaters, eine Ameise aus einem anderen Staat. Arbeiterin oder Kriegerin des wie eine Königin in der Erde thronenden Blutvaters. Bei ihrem nächsten Aufeinandertreffen würde sie ihn töten wollen. Sein Herz schlug wie wild, und er schmetterte die Tasse gegen die Wand, so dass sie in tausend Splitter zerbarst. Das tat gut.

»Hey!« Danielle zuckte überrascht zusammen.

»Was ist?« Alex spie die Worte aus, er wollte irgendwen zur Sau machen.

»Nichts«, sagte Danielle mit leiser Stimme und hob beschwichtigend die Hände. »Ich hör mal drüben Radio, ob sich irgendwas tut, und wühl mich noch mal durch die Websiten der Berliner Zeitungen.«

»Ja, mach das!«, motzte er ihr hinterher.

Drei Millionen.

Diese verfluchte Zahl lähmte ihn. Lisa zu retten, war eine klare Sache gewesen, etwas, dem er sich gewachsen fühlte, und selbst da hatte er wohl schon versagt, aber drei Millionen?

Drei Millionen waren unvorstellbar.

Drei Millionen, das wären die Opfer, wenn sie den Blutvater stoppen konnten, nachdem er erwacht war. Und was, wenn sie ihn gar nicht stoppen konnten? Wie viele würden dann sterben?

Er sprang zur Spüle und übergab sich. Bitterer Speichel und galliges Kaffeepulver schwappten ins Becken, vermengt mit halbverdauten Essensresten. Irgendwen musste er jetzt zur Sau machen, es half nichts. Er rief Salle an.

»Ja?«, meldete der sich. Er klang verschlafen, wahrscheinlich hatte Alex ihn aus dem Bett geholt. Gut!
»Weißt du, wie spät es ist?«

»Ja, weiß ich! Weißt du, was im *Last Cathedral* geschehen ist?«

»Was für ein Kassidrel?«

»*Last Cathedral!* Die Bar in Mitte. Eine Razzia!«

»Was?« Salle räusperte sich, er klang noch immer nicht wacher, nur verwirrter.

»Bullen haben den Laden geschlossen, weil sie nach Satanisten gesucht haben! Eine harmlose kleine Bar! Und wer hat mir gepredigt, den Artikel mit den Gothics und den Satanisten nimmt doch keiner ernst? Alles unwichtig, es gehe doch nur um halbnackte Mädels, Verkaufszahlen, ein bisschen scheinheilige Empörung bei irgendwelchen Omas, und darum, die eigenen Kinder zu ernähren! Warum druckst du Artikel, wenn du meinst, dass die keiner ernst nimmt! Was haben solche Artikel denn für einen Sinn?«

»Mach langsam, bitte«, quengelte Salle. »Ich versteh gar nichts. Was ist los? Die haben wirklich eine Gothic-Kneipe gestürmt?«

»Meinst du, ich ruf zum Spaß an?« Es tat so gut zu schreien. Mit hämmerndem Herzen ging er in der Küche auf und ab. Das Blut raste durch seine Adern, der linke Wadenmuskel zitterte wie nach sportlicher Überanstrengung.

»Aber eine Satanisten-Razzia in einer geöffneten Kneipe ist doch Schwachsinn.« Noch immer klang Salle verwirrt. »Wer tut so was?«

»Vielleicht will sich irgendein Staatsanwalt nach der ganzen Medienhetze profilieren. Den Namen in der Zeitung sehen.«

»Hetze ist ein bisschen viel ...«

»Ach ja?«

Stille am anderen Ende. Salle atmete tief durch, dann sagte er: »Okay. Ich setz mich morgen dran und schau mal, was ich schreiben kann. Irgendeinen Kommentar online, und dann einen Artikel für die Printausgabe. Ich rück das wieder gerade. Gleich neben dem Artikel zu dieser Zivigeschichte, du weißt schon.«

»Ja, ja.« Was interessierten ihn irgendwelche Zivis? Klang jetzt nicht nach dem besten Platz, aber es war nur darum gegangen, Dampf abzulassen. Wen interessierte ein solcher Artikel schon, wenn die Stadt abbrannte? »Ich muss weiter. Bis dann.«

»Tschau. Und danke.«

Das war das erste Mal, dass sich jemand bei Alex dafür bedankte, dass er ihn angemotzt hatte. Sollte er vielleicht öfter machen. Zumindest hatte es seine innere Sperre gelöst. Noch immer drohten die drei Millionen ihn zu lähmen, zu zerreißen, ihn in zahllose hysterisch gackernde Stückchen zu zerbrechen. Doch er würde sich nicht wahnsinnig machen lassen, er würde Danielle helfen, irgendwie würden sie den Ort herausfiltern, der …

Die Zivigeschichte! Natürlich!

Der Zivi, der das Blut gestohlen hatte. Das war kein Mitglied eines Organhändlerrings, kein Bluthändler, sondern er hatte das Blut tatsächlich verschüttet, wie er behauptete. Das war keine Reue über seinen Diebstahl gewesen, sondern eine Gabe an den Blutvater, und wenn irgendwer seine Tat direkt über dessen Herzen begangen hatte, dann dieser Zivi. Er hatte sich das Blut geholt und dort verschüttet, wo der Blutvater es gefordert hatte, so musste es gewesen sein. Wo sollte er es sonst verschütten, wenn nicht direkt über dem Herzen? Welche andere Anweisung sollte er im Traum erhalten haben?

»Danielle!« Mit überschnappender Stimme raste er zu ihr und erzählte von seinem Verdacht, und sie gab ihm Recht. Hier hatten sie wirklich einen Ansatz. Das Problem war nun, dass ihnen die Zeit davonlief und der Junge in U-Haft saß. Wenigstens ließ sich im Netz schnell herausfinden, in welchem Gefängnis er saß: Moabit.

»Kannst du ihm keinen Traum schicken?«, fragte Alex ratlos, weil sie erzählt hatte, dass Nephilim das konnten.

»Was soll das bringen?«

»Ich weiß auch nicht. Ich dachte, du kannst irgendwie in seinen Kopf reinsehen oder so.«

»Nein, kann ich nicht. Ich könnte dem ganzen Gefängnis schöne Träume bringen, aber das hilft uns nicht weiter.« Sie lächelte, drückte sich an Alex vorbei und lief ins Schlafzimmer. »Aber wozu brauchen wir auch feuchte Träume, wenn uns echter Sex viel weiter bringt?«

»Wir hatten doch gerade …«

»Sorry, aber gerade eben dachte ich nicht an Sex mit dir«, kam es aus dem Schlafzimmer.

»Du willst den Zivi vögeln? Das bringt doch nichts! Wenn du bei ihm bist, solltest du mit ihm reden …« Alex stolperte ihr hinterher. Es passte ihm überhaupt nicht, dass sie mit anderen Männern ins Bett wollte.

»Nicht den Zivi. Das Wachpersonal im Gefängnis. Damit es uns reinlässt.« Sie zerrte einen schwarzen Ledermini aus dem Schrank und eine enge weiße Seidenbluse. »Was meinst du? Dazu noch Stiefel. Hat was Strenges, da stehen so Uniformträger doch drauf.«

»Nicht nur die«, murmelte Alex und gaffte, während sie vor dem Spiegel in den Rock schlüpfte. »Meinst du wirklich, wenn man so leicht in ein Gefängnis käme, hätte sich noch niemand freivögeln lassen oder ein paar Drogen reinbumsen?«

»Vielleicht tun die das ja?«

»Ja, ja, schon klar. Die Knäste wären leer, wenn man nur eine Prostituierte anrufen müsste, um …«

»Willst du mich jetzt mit einer x-beliebigen Prostituierten vergleichen?« Danielle sah ihn mit hochgezogenen Brauen über die Schulter hinweg an, die glänzende Bluse noch in der Hand.

»Ähm, nein, natürlich nicht«, stammelte er. »Aber kein Mensch …«

»Kein Mensch, genau.«

Er dachte an die drei Millionen und schluckte seine kindische Eifersucht herunter. Vielleicht hatten sie wirklich eine Chance. Sie und damit auch Lisa.

Morgen dürften die Boulevardzeitungen dann titeln: *Die Sex-Retter von Berlin!* oder *Flammentod von Millionen mit Sex abgewendet!*

Er strich ihr über den Hintern und drückte kurz zu. »Du siehst fantastisch aus.«

»Danke. Pack den Kaffee und deinen Löffel ein, ich schminke mich unterwegs.«

Fünf Minuten später saßen sie nebeneinander auf der Rückbank eines Taxis, und Danielle zog sich die Lippen knallrot nach. Seine Hand lag auf ihrem nackten Oberschenkel, gedankenverloren strich er mit dem Daumen hin und her.

»Die haben dort sicher Überwachungskameras«, flüsterte er ihr ins Ohr. Der Fahrer hatte vorn das Radio laufen, er würde nichts hören.

»Mmh.«

»Wenn dich da einer drauf sieht, wie du mit dem Wächter ... dann schlägt er Alarm.«

»Nein. Wenn wir den Laden stürmen, dann ja. Aber er haut keinen Kollegen in die Pfanne, nur weil er während der langweiligen Nachtschicht eine kleine Nummer schiebt.«

»Aber was, wenn er seinen Kollegen hasst? Oder der Kollege, mit dem du zugange bist, ist mit seiner Schwester verheiratet?« Alex merkte, dass er Unsinn plapperte, einfach weil er nervös war. Das war nicht seine Art, aber vielleicht hatte er zu viel Kaffee intus. Sein Herz schlug viel zu schnell.

»Das Risiko müssen wir wohl eingehen. Aber wahrscheinlich schlägt er auch dann nicht Alarm, sondern holt sich erst einen runter. Keine Angst, ich wirke auch auf einem Monitor.«

»Und wenn es gar kein Er ist, sondern eine Sie? Am besten so eine überkorrekte?«

»Ich hatte auch schon Sex mit Frauen.« Sie kratzte sich mit dem Fingernagel Lippenstiftspuren vom oberen Schneidezahn, die dank eines Schlaglochs dort gelandet waren, und ihre Augen blitzten ihn herausfordernd an. Er versuchte, nicht an Sex zu denken. Das Letzte, was sie jetzt brauchen konnten, war eine wilde

Rammelei, bei der sie ein Taxi zerlegten und den Fahrer so erschreckten, dass dieser das Auto an eine Laterne oder in den Gegenverkehr lenkte. Kurz blickte er zum Fahrer nach vorn, ob dieser wirklich nichts von ihrem Gespräch verstand. Wenn, dann ließ er sich nichts anmerken, er blickte stur durch die Windschutzscheibe hinaus.

Irgendwo heulte eine Sirene.

»Wenn wir von Blutvätern aus der Erde zu dem gemacht werden, was wir sind, woher kommt dann ihr Nephilim? Seid ihr wirklich die Frucht aus der Liaison von Göttersöhnen mit menschlichen Frauen, wie es in der Bibel heißt?«, fragte Alex, um das Thema zu wechseln. Er war zu unruhig, um einfach in die Nacht zu starren, und tippte mit beiden Füßen im Takt des dämlichen Schlagers aus dem Radio.

»Ich weiß es nicht. Ich weiß nicht, wer mein Vater ist. Meine Mutter war ein einfacher Mensch, ja.« Sie sah aus dem Fenster, direkt an Alex vorbei, das Gesicht wie gemeißelt.

»Und sie hat nie über ihn gesprochen?«, bohrte er nach. Seine Lippen berührten fast ihr Ohr, doch ihre Gesichter waren zu ernst, als dass man sie für ein turtelndes Paar hätte halten können.

»Nein. Meine nicht. Sie war verheiratet, und ich habe erst mit dreizehn oder vierzehn erfahren, dass ich nicht die Tochter ihres Mannes war. Da hatte ich bereits herausgefunden, wie man ihn und alle Jungs im Dorf um den Finger wickelt, einen nach dem anderen, und wurde schließlich als Schlampe davongejagt.« Auch wenn sich noch immer kaum eine Regung auf dem glatten makellosen Gesicht zeigte, in ihren Augen schimmerten nun Trauer und Wut. Alex konnte nur ahnen, wie sehr sie die Geschichte tatsächlich mitgenommen hatte, noch Jahrtausende später schwelte sie unsichtbar in ihr, verdeckt von einer Maske aus überirdischer Schönheit. Ihre Stimme zitterte nicht, doch in ihr schwang eine kriechende Kälte wie hartes Eis mit, die ihm unter die Haut kroch. Daran änderte auch ihr Bemühen um einen lockeren Tonfall nichts.

Der Taxifahrer warf einen kurzen missmutigen Blick in den Rückspiegel, sagte jedoch nichts. Sollte er doch gaffen, wie er wollte. Sie flüsterten nur, sie kotzten ihm nicht den Wagen voll.

»Und dann? Hast du ihn nicht gesucht?«, wollte Alex wissen.

»Natürlich. Vor allem später, als ich endgültig merkte, dass ich kein normaler Mensch war, dass ich nicht alterte wie alle um mich herum, dass ich irgendwann keinen Schlaf mehr brauchte. Ich habe meinen Vater gesucht, wie es alle Nephilim tun. In der Bibel werden wir von Göttersöhnen gezeugt, in anderen Mythen zeugen zahlreiche Götter Nachfahren mit Menschen, und auch in Troja, Babylon und dem Athener Umland wurden Nephilim geboren, überall, auf jedem Kontinent. Zeus ist wahrscheinlich der größte Casanova der Antike gewesen, wenn auch nur die Hälfte von dem stimmt, was ihm nachgesagt wird. Aber keines seiner angeblichen Kinder weiß wirklich, ob es von ihm abstammt, ob er wirklich existiert hat.

Ich habe in Tempeln gesucht und an jedem heiligen Ort, von dem ich gehört habe. Ich habe mit Menschen gesprochen, die die Stimme Gottes vernommen haben wollen, ich habe mit Priestern und Eremiten geredet, habe angebliche Eingänge zur Unterwelt aufgesucht und zahlreiche Schamanen. Ich war vor Alexander in Indien, und das zu Fuß, aber gebracht hat es nichts. Jeder Mythos behauptet, dass etwas Göttliches oder wenigstens etwas von einem Engel in uns steckt. Aber ich habe auf der ganzen Welt kein göttliches Wesen gefunden, nicht eine Spur davon, außer mir selbst und den meinen. Euch Vampire lass ich jetzt mal außen vor.

Oft genug wurden wir auch als Wechselbalg bezeichnet, als Kuckuckskind erkannt, was die Männer unserer Mütter nicht wahrhaben wollten, denn stets waren wir das schönste Kind im Haus. So schön, dass sie uns behalten wollten.

Bis sie die Wahrheit akzeptieren konnten, und das mussten dann die Mütter ausbaden, gesteinigt oder verstoßen als Ehebrecherin. Und waren sie nicht verheiratet, hätten sie sowieso nicht schwanger werden dürfen, und ihr Ruf war ebenso ruiniert. Also haben die meisten geschwiegen oder es nur ihren erwachsenen Kindern anvertraut, wenn ihr Gatte tot war. Sie haben von der schönsten Nacht ihres Lebens gesprochen, oft voller Wehmut und Sehnsucht, manchmal voller Hass und Wut, weil dieser Mann nach einer einzigen Nacht verschwunden war. Manche haben sich von da an vor ihrem Gatten und der Berührung aller anderen Männer geekelt, andere wurden nymphoman, jagten seit dieser

Nacht einem vergleichbaren Erlebnis nach, wieder und wieder und immer vergeblich.

Ich habe meinen Vater jahrhundertelang gesucht, bin besessen jedem Hinweis nachgegangen, jeder Ahnung. Jeder Nephilim tut das, doch keiner von uns hat je einen Engel gefunden oder einen Gott. Keiner. Irgendwann habe ich nur noch beiläufig gesucht, mit jedem Jahr schwand die Hoffnung ein bisschen, doch ganz konnte ich nie aufgeben. Ich kann es nicht. Bis heute muss ich jeder Spur nachgehen, nur verspreche ich mir inzwischen von den meisten Hinweisen nichts mehr.

Ich meine, der Kerl hatte mehrere Jahrtausende, um sich zu melden, wenn er gewollt hätte. Wir wissen nicht einmal, ob wir alle denselben Vater haben oder ob es mehrere gibt. Er oder sie verstecken sich vor uns. Nicht eine einzige Nachricht wurde je einem Nephilim hinterlassen, und auf einen solchen Vater scheiße ich. Eine Zeit lang habe ich ihn nur gesucht, um ihm in die Eier zu treten, nicht mehr aus Neugier auf ihn. Vielleicht stirbt ein solcher Vater auch nach dem Liebesspiel wie bei irgendwelchen Insekten, wer weiß das schon, und ich bin wütend auf einen Toten. Ist das bei Gottesanbeterinnen so? Oder bring ich da was durcheinander?

Egal. Aber warum sollten wir derart langlebig sein, wenn es unsere Väter und Mütter auch nicht sind? Ich weiß es nicht, und nachdem ich meinen unsichtbaren Vater eine Ewigkeit lang gehasst habe, ist er mir jetzt eigentlich egal. Ich bin es ihm schließlich auch.«

Sie warf ihm einen Blick zu, aus dem alle Arroganz und jedes Verlangen verschwunden war. Er erkannte eine

Einsamkeit darin, die von keiner der Nächte voller Leidenschaft gestillt werden konnte, die tiefer reichte als seine innere Leere. Ewige Einsamkeit, die Danielle ebenso durchs Leben trieb wie der Hunger nach menschlicher Lust. Ihre Unnahbarkeit rührte nicht von Schönheit und Arroganz her.

»Am Ende wurden unsere Mütter alle von Aliens entführt und künstlich befruchtet, und ihre angeblichen Erinnerungen an unsere Väter und die schönste Nacht ihres Lebens sind nichts weiter als experimentell hervorgerufene Träume. Dann müsste ich irgendwo hinter dem Jupiter suchen.« Sie stieß ein schnaubendes Lachen durch die Nase, doch ihr Blick blieb traurig. »Ich versuche einfach, nicht an ihn zu denken. Manchmal würde ich gern wissen, mit wie vielen Nephilim ich verwandt bin, ob ich Halbbrüder und Halbschwestern unter ihnen habe, aber eigentlich ist das auch nicht wichtig, wir sind Einzelgänger, daran würde auch irgendeine Verwandtschaft nichts ändern. Es wurmt nur, nicht zu wissen, wer man ist, *was* man ist.«

Alex strich ihr vorsichtig durchs Haar, langsam und zärtlich. Sekundenlang wusste er nichts zu sagen, dann fragte er: »Vielleicht war er einfach ein Nephilim? Du hast doch selbst gesagt, dass du auch nach einer Nacht verschwindest.«

»Ist eine lange verworfene Theorie. Kein Nephilim, den ich kenne, hat je ein Kind gezeugt. Ich selbst war nie schwanger. Wir Nephilim sind unfruchtbar. Wie Maultiere.«

Stumm strich er ihr mit der Hand über den Oberschenkel. Er glaubte weder an Götter noch an Engel, aber bis vor zwei Wochen hatte er auch nicht an Vampire geglaubt.

Nur eines wusste er – wenn es wirklich Engel waren, die die Nephilim zeugten und allein ließen, dann wären sie nicht das personifizierte Gute.

»Ich erzähl's dir später mal genauer, wenn du magst«, flüsterte Danielle und blinzelte die Dunkelheit aus ihrem Blick. »Aber jetzt sag mir, dass ich gut aussehe. Ich muss schließlich einen deutschen Beamten während der Pflichterfüllung verführen.«

28

Sie stiegen direkt vor dem Tor der JVA aus dem Taxi und warteten, bis es abgefahren war.

Der Knast bestand aus fünf massiven, sternförmig angeordneten Gebäuden aus rotem Stein, dem ebenfalls rotem Eingangsgebäude und einem gelben, das sich quer davor erhob. Ein hoher Zaun aus grauen Eisenstangen und eine Mauer grenzten das Areal von den Straßen Berlins ab. Sporadisch fuhren Autos vorbei, ein Jogger kam den Fußweg entlang und schielte zu Danielle herüber, sonst war die Nacht ruhig. Fast alle Fenster der JVA waren dunkel.

Danielle betätigte die Nachtglocke und stellte sich lächelnd unter die graue Kamera, die wie ein Geier auf der Mauer hockte und auf sie herabstarrte. Dabei knöpfte sie sich wie in Gedanken den zweiten Knopf der Bluse auf, der oberste war nie geschlossen gewesen. Alex konnte sich an keinen Plan erinnern, nach dem sie vorgehen wollten. Sie hatten noch gar nicht besprochen, mit welcher Lügengeschichte sie überhaupt in das Gebäude kommen wollten, bevor Danielle den Beamten becircen konnte. Jetzt war es dafür wohl zu spät.

»Ja?«, knarzte eine missmutige, müde Männerstimme aus der Sprechanlage.

»Hallo, ich hätte eine kurze Frage an einen Ihrer Insassen. Dauert auch nicht lange. Würden Sie mich bitte kurz hineinlassen?«

Alex kam gar nicht dazu, sich über den dreist ehrlichen Satz zu wundern, über diese Taktik, die weder abgesprochen noch überhaupt eine Taktik war. Es war egal, was sie sagte, es ging nur um Danielles Stimme. Weich und rauchig und zugleich bestimmt, ihr Klang löste ein erregtes Kribbeln in Alex' Bauch aus, jagte eine Gänsehaut über seinen gesamten Körper, jedes Härchen richtete sich auf. Er hatte Danielle schon stöhnen und unanständige Dinge knurren hören, er hatte sie einen albernen Lovesong summen hören und war ihr deshalb an die Wäsche gegangen. Doch das war alles nichts gewesen, zum ersten Mal schien sie ihre Stimme wirklich zu benutzen. Und es war eine Stimme, die Todesdaten von Grabsteinen lesen könnte und dabei erotische Fantasien im Zuhörer hervorrief, selbst wenn dieser nicht nekrophil veranlagt war.

»Ja, sofort, ich hole Sie ab«, kam es aus der Sprechanlage. Es klang überhaupt nicht mehr müde oder missmutig.

»Danke«, flötete Danielle.

Alex beugte sich zu ihr. »Mit der Stimme könntest du Heerscharen von Fans um dich sammeln, ach was, du könntest Länder regieren.«

»Ich weiß.« Danielle lächelte und achtete darauf, dass ihr Dekolletee weiterhin gut von der Kamera eingefangen wurde. »Aber warum sich mit so was belasten? Ich bin wirklich Einzelgänger, ich brauche keine Paparazzi vor der Tür und übernehme nicht gern Verantwortung für andere.«

»Keine Verantwortung, klar. Und was machen wir dann hier?«

»Das ist was anderes.«

Alex grinste, sagte aber nichts mehr.

Schließlich wurden sie von einem Mann um die vierzig abgeholt, der genau dem Klischee entsprach, das Alex von Beamten einer solchen Einrichtung hatte. Etwa eins achtzig groß und leichter Bauchansatz, spärliches mattbraunes Haar, sorgfältig gestutzter Schnauzbart und kleine, unruhige Augen von unscheinbarer blaugrauer Farbe, die jetzt fiebrig glänzten.

»Treten Sie ein«, sagte er mit belegter Stimme, ohne nach Namen oder Ausweisen zu fragen. Schweißperlen zeigten sich auf der Stirn, er war gerannt.

Er ignorierte Alex, ließ ihn aber ohne Aufhebens mitdackeln.

»Darf ich?« Er griff nach Danielles Arm und errötete.

»Aber gern.« Sie ließ sich zu seinem Büro führen und setzte sich dort auf die Schreibtischkante, nachdem der Mann im Drehstuhl hinter dem Tisch Platz genommen hatte. Alex postierte sich mit verschränkten Armen neben der Tür. Er könnte Grimassen ziehen oder eine Waffe, der Typ würde das nicht einmal mitbekommen.

Danielle erklärte, mit welchem Gefangenen sie gern sprechen würden.

»Ich lasse ihn sofort rufen«, versprach der Beamte eifrig und griff zum Telefon. Während er die Nummer wählte, legte er seine Hand wie beiläufig auf ihr nacktes Knie. »Was sage ich dem Kollegen vom Schließtrakt, weshalb er ihn herbringen soll?«

»Dringender Fall von Staatssicherheit. Duldet keinen Aufschub.«

»Staatssicherheit? Bei so einem kleinen Würstchen?«

An deiner Stelle wäre ich vorsichtig, andere als Würstchen zu bezeichnen, dachte Alex.

»Er weiß nichts davon«, erklärte Danielle. »Ist nur wahrscheinlich ein zufälliger Zeuge in einer anderen Geschichte.«

»Aha«, sagte der Mann und gab die Infos mit möglichst viel Zackigkeit in der Stimme weiter. Dabei ließ er Danielles Knie nicht los.

M. Koch und *C.V. Hoffmann* hatte auf dem kleinen Schild neben der Tür gestanden, aber Alex war sich nicht sicher, ob einer von beiden Namen zu ihm gehörte. Vielleicht war er nur der Nachtportier, der sich ein größeres Büro geborgt hatte, um Eindruck zu schinden. Alex wusste nicht, welches Personal sich nachts in einer JVA aufhielt. Egal, wie der Kerl hieß, er wurde langsam selbstbewusster, dachte wohl wirklich, es läge an seinem Charme, dass ihn Danielle so anlächelte, dass sie ihm nicht die Hand vom Knie stieß und ihn ohrfeigte.

Ihm eine reinzuhauen, das hätte Alex auch liebend gern übernommen, diesem fetten Koch oder Hoffmann oder Sonstmann, der Alex ignorierte und sich aufführte wie ein testosterongeschwängerter Teenager. Natürlich hatte Danielle ihn dazu gemacht, aber das änderte an Alex' Abneigung gar nichts.

Er wandte sich ab, um diesen sabbernden Idioten nicht mehr ansehen zu müssen, der seine Danielle einfach so begrabschen durfte, und ließ den Blick über die Aktenschränke gleiten. Vielleicht hätten sie ja das Verhörprotokoll viel leichter in die Finger bekommen können. Ohne Grabscherei und Sex und all das. Doch er musste sich eingestehen, dass momentan alles reibungslos lief, leichter war kaum möglich.

Er hörte nicht zu, was der Idiot sabbelte, schielte nur manchmal aus dem Augenwinkel hinüber. Der Typ lockerte den Krawattenknoten, hakte den Daumen seiner Rechten in den Gürtel und gab den dynamischen Junggebliebenen. Danielle hatte die Beine übereinandergeschlagen und spielte tatsächlich mit seiner Krawatte herum. Warum fiel der Kerl nicht über sie her? Klar, weil jeden Augenblick der Kollege mit dem Gefangenen hereinplatzen konnte. Alex kaute auf einem imaginären Kaugummi herum und starrte weiter Akten an, ohne die Beschriftung zu lesen.

Endlich klopfte es. Danielle löste die Finger zögerlich von der Krawatte und erhob sich langsam vom Schreibtisch. Der Sonstmann trat einen Schritt zurück und rief laut: »Herein!«

Ein trainierter Uniformierter brachte einen verschlafenen Mann in Gefängnistracht und mit schulterlangen Haaren herein. Als er Danielle sah, rutschte ihm beinahe ein Pfiff heraus, und er nahm sofort Haltung an, drückte sein Kreuz durch, um zu zeigen, wer der größte Mann im Raum war.

»Danke, Meyer, Sie können gehen«, sagte Sonstmann unbeeindruckt.

Danielle lächelte.

»Wenn ich noch irgendwie behilflich sein kann ...« Sein Blick huschte zwischen Sonstmann und Danielle hin und her. Auch er ignorierte Alex.

»Danke, nein. Ich denke, wir haben das hier ganz gut im Griff.«

Als der Beamte aus dem Schließtrakt das Büro verlassen hatte, wandte sich Sonstmann an Danielle und nickte zum ersten Mal in Alex' Richtung. Seine Stimme vibrierte vor Erregung. »Wie wäre es, wenn wir Ihren Kollegen die Befragung durchführen lassen? Und wir erledigen dann nebenan den Papierkram?«

Papierkram, pah. Nennst du das bei deiner Frau daheim auch so?, dachte Alex. *Lass uns mal den Buchstaben S tackern, oder was?* Aber er nickte ergeben. Was jedoch niemand bemerkte, da auch der Zivi nur Danielle anstarrte.

»Mit dem größten Vergnügen«, sagte Danielle und ließ sich von Sonstmann durch die graue Zwischentür ins Nachbarbüro geleiten.

»Papierkram, hm?« Der Zivi nickte und bleckte die Zähne. »Bei solchem Papierkram könnte sogar ich zum Bürohengst werden.«

»Noch so ein Spruch, und du wirst Bürowallach, klar?«, knurrte Alex.

»Ist ja gut«, wehrte der Zivi ab.

Alex starrte ihn mit aller Wut auf Sonstmann an. Dann wechselte er zum distanzierten Sie und deutete auf den einfachen Holzstuhl vor dem Schreibtisch. »Setzen Sie sich.«

Er hatte noch nie ein Verhör durchgeführt, höchstens Interviews mit Musikern. Da versuchte man durch Freundlichkeit Antworten zu erhalten, aber das war hier wohl der falsche Weg.

Fügsam setzte sich der Zivi, Alex lümmelte sich in Sonstmanns Drehstuhl und trommelte mit den Fingern einen schnellen Wirbel auf den Schreibtisch. Der Zivi war klein und unrasiert, hatte Aknenarben und eine kleine, mädchenhafte Stupsnase. Er wirkte verschlafen und gähnte mit zusammengekniffenen Augen, ohne die Hand vorzuhalten. Alex hatte seinen Namen vergessen, er hatte gedacht, Danielle würde das hier klären. Aber sie klärte natürlich nur den Papierkram.

»Name?«, bellte er, wie er es von den bad cops aus dem Kino kannte. Dabei unterdrückte er selbst ein Gähnen, es war ansteckend. Er musste aufpassen, wenn er nicht einnicken wollte.

»Malmsheimer, Norbert.«

Alex kramte den Kaffee aus seiner Plastiktüte und nahm einen Löffel, kaute das Pulver zu einem bitteren Brei und schluckte es runter.

»Wollen Sie auch?«, bot er dem Zivi an, bevor ihm einfiel, dass er ja den bad cop geben wollte und das eindeutig zu höflich dafür war. Selbst nahm er sich noch einen Löffel, um auf Nummer sicher zu gehen.

»Danke, nein.« Malmsheimer sah ihn so irritiert an, dass er wohl doch sein Ziel erreicht hatte. Nicht als bad cop, sondern als irrer Bulle, aber das war wohl ähnlich einschüchternd. Er grinste und zeigte dem Zivi die Zähne, zwischen denen er noch Pulverreste spüren konnte.

Im Nebenzimmer wurde irgendwas zu Boden gestoßen, eindeutiges Stöhnen drang herüber. Alex starrte die graue Zwischentür mit dem aufgeklebten, blumenverzierten Geburtstagskalender an, sein Grinsen verschwand. Er knackte mit den Fingern, das Koffein raste durch seine Adern, und er konnte nicht mehr ruhig sitzen. Alex stand auf und tigerte hinter dem Schreibtisch hin und her. Nur nicht zu nah an die Tür kommen, die Versuchung war groß, sie einzutreten und dem selbstgefälligen Sonstmann eine aufs Maul zu hauen.

Drei Millionen, verdammt.

Und Lisa.

Würde es ihn auch so rasend machen, wenn Lisa da drüben wäre, nicht Danielle? Blödsinnige Frage, sie war nicht da drüben, es war nicht ihr Stöhnen, das in seinen Kopf kroch und ihn fast wahnsinnig machte. Es ging jetzt nicht um Eifersucht, sondern um Lisa und drei Millionen andere, also musste er sich zusammenreißen. Seine Gefühle für die beiden Frauen konnte er danach vergleichen, wenn er unbedingt musste. Jetzt sollte er erst mal Lisa den Arsch retten, sonst konnte er sich all die schönen Grübeleien nämlich sowieso sparen. *Konzentrier' dich endlich auf deine Aufgabe!*

Er blieb neben seinem Stuhl stehen und griff sich einen Stift, um damit herumzuspielen. »Herr Malmsheimer. Ich würde Ihnen gern ein paar Fragen stellen.«

»Ohne meinen Anwalt sage ich gar nichts.« Der Zivi verschränkte demonstrativ die Arme und lehnte sich zurück.

»Und warum?«

»Weil mein Anwalt das gesagt hat.«

»Und wenn er sagt *spring,* fragen Sie *wie hoch,* oder was?«

Malmsheimer starrte ihn ungerührt an.

Danielles Stöhnen wurde lauter, sie stieß irgendwelche Worte aus, Alex glaubte so was wie »*unglaublich gut*« und »*ist der groß*« zu verstehen. Knackend zerbrach der Kugelschreiber in seiner Hand, die Einzelteile fielen zu Boden. Sein Herz raste, er griff mit fahrigen Fingern nach dem nächsten Stift, erwischte ein rotes, dreißig Zentimeter langes Lineal aus Plastik. Auch gut.

»Haben Sie eine Freundin?«, setzte er neu an. Für solche Anwaltsdiskussionen hatten sie jetzt keine Zeit. Natürlich hatte das Aknegesicht Recht, nichts zu sagen, trotzdem hätte er ihm für sein Schweigen liebend gern die Fresse poliert. Der Typ würde ganz sicher zu den Toten eines Stadtbrands gehören, wer in einer Zelle saß, floh nicht vor Flammen. Aber das konnte er ja schlecht sagen.

»Was hat das jetzt damit zu tun?« Das Misstrauen in den Augen des Zivis wuchs. Er richtete sich auf und zog die Brauen zusammen.

»Nichts, gar nichts. Aber Sie wollen ja über nichts reden, was den Fall betrifft.«

»Ich will mit Ihnen auch nicht über mein Liebesleben reden.«

»Also keine Freundin«, stellte Alex kühl fest und klopfte sich mit dem Lineal immer wieder gegen das rechte Bein. Unbewusst hielt er damit den Rhythmus der Geräusche von nebenan.

»Wieso? Woher wollen Sie das wissen?« Malmsheimer war sichtlich wütend.

»Sonst hätten Sie gesagt, Sie wollen nicht über Ihre Freundin reden. Nur Singles nennen ihr nicht vorhandenes Liebesleben Liebesleben.«

»Das ist doch Blödsinn«, sagte Malmsheimer leise.

»Ja!«, stöhnte Danielle.

Sonstmann sabberte: »Ich geb's dir, du geiles Ding! O ja, ich besorg's dir!«

Malmsheimer sah zu der grauen Tür und schluckte schwer, leckte sich mit der Zunge über die Lippen, ohne es zu merken.

Alex zerschmetterte das Lineal auf der Schreibtischkante, knirschte mit den Zähnen und bemühte sich um ein Lächeln. Erschrocken fuhr Malmsheimer zu ihm herum, der Mund stand noch immer offen.

»Anregend, was?« Langsam schlenderte Alex um den Schreibtisch zu Malmsheimer hinüber.

»Ähm, bitte?« Der Zivi glotzte ihn an.

»Sagen Sie mir, was Sie mit dem Blut gemacht haben. Ganz inoffiziell, es wird nicht protokolliert, nicht aufgezeichnet und kommt nie wieder zur Sprache. Wir brauchen das für einen anderen Fall. Sagen Sie es mir, und ich lass Sie zusehen.«

»Zusehen?«

»Ja. Da drüben. Sie haben ja schließlich keine Freundin, die deswegen sauer werden könnte.«

»Was? Sie sind doch pervers, Mann.« Malmsheimer klang nicht halb so wütend, wie ein Teil von ihm wohl wollte, denn der viel größere Teil wollte ganz sicher zusehen. Er schluckte erneut und ließ den Mund leicht offen stehen.

»Wenn Sie nicht wollen, okay. Aber eine bessere Show werden Sie Ihr ganzes Leben lang nicht zu Gesicht bekommen, das wissen Sie genau.« Alex beugte sich vor und legte dem Zivi kameradschaftlich die Hand auf die Schulter. »Und unter uns: Meine Kollegin steht auf Spanner. Manchmal lässt sie sie sogar mitmachen.«

Danielles Stöhnen nebenan wurde noch eindringlicher, es füllte Sonstmanns ganzes Büro aus. Plötzlich schien die Luft schwül zu sein, und Alex wusste, was in diesem Moment alle Gefängnisinsassen träumten, ja vielleicht ganz Moabit. In Malmsheimers zuckendem Gesicht sah er, dass man nicht einmal schlafen musste, um davon zu träumen.

»Kein Witz?«, fragte dieser und befeuchtete sich wieder die trockenen Lippen mit der Zunge.

Alex bemerkte den fiebrigen Glanz in seinen Augen und wusste, dass Malmsheimer Danielle verfallen war. Er würde nicht mehr Nein sagen, er konnte es nicht.

»Kein Witz.«

»Ich hab es verschüttet«, sprudelte es sofort aus Malmsheimer heraus, der den Blick nicht von der grauen Tür abwenden konnte. »Aber ich kann Ihnen nicht sagen, weshalb, das habe ich Ihren Kollegen schon zu Protokoll gegeben. Es schien mir einfach das Sinnvollste zu sein, das ich je getan habe.«

»Ja, aber wo? Wo haben Sie es verschüttet?«

»Vor dem Bundestag. Auf der Wiese vor dem Reichstagsgebäude.«

»Was?« Eine Sekunde lang starrte Alex ihn an, dann lachte er los. Das klang wie ein schlechter Scherz. Aber er wusste, dass Malmsheimer nicht log. Na, dann wäre das Reichstagsgebäude ja mal zielgenau errichtet worden, einen besseren Platz hätte es gar nicht geben können als direkt auf dem Herzen des Blutvaters. Von wegen *dem deutschen Volke*.

»Das ist die Wahrheit, ehrlich!« Malmsheimer verstand sein Lachen falsch und starrte ihn drängend an. »Die Wahrheit!« In seinem Blick lag die Angst, um die versprochene Belohnung gebracht zu werden, um das, nach dem er hilflos lechzte, was er brauchte. Langsam erhob er sich, seine Hose hatte eine sichtliche Beule. Er zitterte vor Lust, gierte nach einem kurzen Blick ins Nebenzimmer.

Drüben wurde das Stöhnen immer lauter, jagte auf den Höhepunkt zu. Malmsheimer hielt es nicht mehr aus, wartete kein Nicken, keinen Wink von Alex ab, sondern eilte zur Tür, griff nach der Klinke und hatte sie schon halb heruntergedrückt, als Alex ihn einholte.

Mühelos zog er ihn zurück, obwohl der Zivi zappelte wie verrückt.

»Halt die Klappe«, zischte Alex. »Ich will keinen Ton hören. Lass dich nicht erwischen beim Spannen. Klar?«

»Aber ich will doch, dass sie mich erwischt! Sie muss mich beim Spannen sehen!«

Tränen bildeten sich in den Augen des jungen Manns. »Ich will doch mitmachen.«

»Das will wohl jeder auf der Welt. Aber er will nicht, dass du mitmachst. Wenn er dich sieht, erschießt er dich. Er ist da anders als meine Kollegin.« Das mit dem Erschießen war vermutlich gelogen, aber sicher war er sich bei Sonstmann nicht.

»Ja, gib's mir, du Bär!«, stöhnte Danielle. Hände schlugen auf eine Schreibtischplatte oder gegen Wände oder Schränke, Haut klatschte aufeinander.

»Das ist mir egal, vollkommen egal. Soll er mich doch erschießen, ich muss sie sehen. Ich muss«, jammerte Malmsheimer, pure Verzweiflung im Gesicht. Ein flehendes, bibberndes Stück Mensch, gefangen in einer absurden Lust auf die personifizierte Sinnlichkeit, bereit, auf die Knie zu fallen, nur um die letzten Sekunden eines Ficks mitzubekommen. Nur um zuzusehen, wie ein anderer bekam, was man selbst begehrte, um wenigstens irgendwie Teil der Situation zu werden.

Plötzlich hatte Alex Mitleid mit dem Burschen, der zu nett und zu verzweifelt war, zu viel Akne und zu wenig Selbstvertrauen hatte, um ein Mädchen abzubekommen. Ein einsamer, harmloser Junge, der erst von dem Alpträume verteilenden Blutvater und jetzt von einer Nephilim in den Bann geschlagen wurde. Von fremden Alpträumen in den Knast getrieben und hier zu einem sabbernden Sexjunkie degeneriert. Nur weil er zu schwach war, sich zu wehren.

»Pst! Sei ruhig. Du willst eigentlich nicht erschossen werden«, sagte Alex und öffnete leise die Tür, nur einen Spaltbreit. Er selbst blickte nicht hinüber, er wollte das nicht sehen. Er sah auch nicht zu Malmsheimer, der mit zitternden Fingern seine Hose öffnete und den Penis auspackte, als wäre er allein daheim vorm Nachtprogramm. Danielles hypnotisches Stöhnen hatte ihm jedes Schamgefühl genommen.

Alle drei kamen zugleich, oder zumindest die beiden Männer. Bei Danielle hoffte Alex, dass der Orgasmus nur gespielt war. Jetzt warf er einen kurzen Blick in den Nebenraum. Sonstmann zog sich eben die Hose wieder hoch, Danielle strich ihren Rock glatt. Leise zog Alex die Tür zu und den bibbernden, grinsenden Zivi zurück auf den Holzstuhl. Er setzte sich hinter den Schreibtisch und versuchte, das passende Gesicht zu strengen Fragen zu machen, beamtisch seriös und gewichtig. Zu spät bemerkte er das weiße Sperma, das langsam an der grauen Tür herabfloss.

Das selige Grinsen auf Malmsheimers Gesicht verschwand immer mehr. Ganz langsam wurde ihm wohl bewusst, was er gerade getan hatte. Er begann zu schluchzen und murmelte: »Sie Schwein.«

Das war mehr als Postsexmelancholie, er machte sich auf dem Stuhl so klein wie möglich, beugte sich vor und presste die Unterarme auf den Bauch. »Was habe ich getan?«

»Nichts Schlimmes. Von mir erfährt keiner was«, sagte Alex möglichst freundlich.

»Ach, lass mich doch in Ruhe.« Langsam richtete er

sich wieder auf, das Gesicht noch immer schmerzverzerrt.

»Ganz ruhig, ja?«

In dem Moment kamen Sonstmann und Danielle herein.

»Und? Alles in Ordnung?«, fragte der Beamte fidel. Die Krawatte hing locker um seinen Hals, und er machte breitere Schritte als ein Cowboy, der stundenlang im Sattel gesessen hat.

»Alles bestens«, sagte Alex, erhob sich und deutete mit dem Zeigefinger auf den Zivi. Dreimal klappte er den Daumen runter und wieder rauf, wie Kinder es taten, wenn sie im Spiel jemanden erschossen, und nickte warnend in Richtung Sonstmann.

»Alles bestens«, presste auch Malmsheimer hervor. »Mir ist nur ein bisschen übel. Verdauungsprobleme, nichts Schlimmes.«

»Dann sind wir ja alle glücklich«, strahlte Sonstmann und griff zum Telefon, um den Gefangenen wieder in seine Zelle bringen zu lassen. An Danielle gerichtet sagte er: »Vielleicht können wir ja mal wieder zusammenarbeiten. Würde mich sehr freuen.«

»Ja, vielleicht.« Danielle lächelte, ging zur Tür und öffnete sie. »Wir hören voneinander. Eine schöne Nacht noch.«

Alex folgte ihr auf den Gang und sagte nichts. Er hätte dem Kerl doch ein paar Stifte mehr zerbrechen sollen.

29

Lisa saß ganz am Rand der Holzbank, die Hände im Schoß ineinandergeklammert, sie konnte nicht mehr weiter von Günni abrücken. Dafür hätte sie aufstehen müssen, und sie wusste nicht, ob ihre Beine sie tragen würden, sie fühlten sich so schwach an, die Knie zitterten schon im Sitzen. Außerdem hatte Sandy gesagt, sie solle sich setzen, möglicherweise hätte Günni sie also zurück auf die Bank gedrückt, wenn sie aufgestanden wäre, und sie wollte auf keinen Fall von Günni berührt werden. Sie hatte die irrationale Angst, seine innere Schwärze würde auf sie abfärben. Sie vermied es, die Luft einzuatmen, die er ausatmete, sie fühlte sich so schneidend an wie der kalte Ostwind, der im Februar über Berlin hinwegfegen konnte. Sie wurde den Gedanken nicht los, innerlich zu erfrieren, wenn sie es täte.

Einen kurzen Moment lang hatte sie die Hoffnung,

jemand würde ihre Schuhe auf der Straße finden und irgendwen benachrichtigen oder selbst hier herunterkommen und sie herausholen. So wie sie auf der Straße lagen, mussten sie doch verdächtig wirken. Doch dann wurde dieser Gedanke davongefegt. Niemand kümmerte sich in Berlin um fremde Schuhe, keiner würde sie beachten.

Günni versuchte nicht mehr, ein Gespräch mit ihr zu beginnen, er saß einfach reglos wie ein Toter neben ihr, und nur als der Junge in die Nische hereingesehen hatte, hatte er ganz langsam den Kopf geschüttelt. Da war der Junge wieder abgezogen.

Er war vielleicht sechzehn oder siebzehn Jahre alt und recht groß. Sportlich schlank, trainierte Arme, doch die Schultern hochgezogen, mit kurzen blondierten Haaren und gehetzten blauen Augen. Seit Minuten stand er nun an dem Pfeiler direkt vor ihrer Nische und hängte das inzwischen siebte Foto auf, Lisa hatte mitgezählt. Wie viele weitere er in seiner Hosentasche mit sich führte, konnte sie nicht sagen. Jedes Bild hatte er mit einem schwarzen Edding bearbeitet, dabei hatte er den Stift mit der ganzen Faust derart fest umklammert, dass die Adern seines Unterarms hervortraten. Anschließend hatte er auf jedes Bild gespuckt, sein Speichel war blutig rot. Irgendwas murmelte er dazu, doch seine Stimme war ein heiseres Zischen, das Lisa nicht verstand. Sie wollte es auch nicht verstehen.

Der Glatzkopf an der gegenüberliegenden Wand zerrte noch immer an seiner Kette, die gierig hervorquellenden Augen stur auf Lisa gerichtet. Wie ein tollwütiger

Kettenhund, der etwas gewittert hatte – einen Eindringling oder Beute. Lisa war nichts anderes als Beute für ihn. Er keuchte und knurrte, hatte noch kein einziges klar artikuliertes Wort von sich gegeben.

»Halt die Klappe, Jo!«, rief der Junge mit hoher Stimme und zog ein achtes Bild aus der Gesäßtasche. »Du wirst später gefüttert.«

Gefüttert. Wie ein Tier. Warum steckte dieser Kerl nicht in einer Psychiatrie? Stand er unter irgendwelchen besonders harten Drogen, oder war er auf Entzug? War diese Anlage hier ein Testlabor irgendwelcher Drogenerfinder? Lisa wusste nicht, wie man die Leute korrekt nannte, die neue synthetische Rauschmittel herstellten. Aber hier schien es gar nicht um so was zu gehen.

Seit sie hier saß, fragte sich Lisa, wie Sandy diese Leute als neue Freunde bezeichnen konnte. Im schlimmsten Fall hatte Lisa mit einer obskuren Sekte gerechnet, Ökos mit Jesuslatschen und lauter furchtbar gutmenschigen Labereien, einem leicht entrückten *Ich-habe-die-Erleuchtung-mit-Löffeln-gefressen*-Schimmern in den Augen, Trottel, die brav alles schlucken, was ihr Guru oder Gruppenleiter ihnen vorsetzt. Aber das hier war doch Wahnsinn! Diese Gestalten waren doch alle irrsinnig. Wie konnte Sandy nur davon ausgehen, dass gerade sie die Richtigen waren, um ihr zu helfen?

Das sind keine Menschen, dachte Lisa, doch sofort verwarf sie diesen Satz wieder. So etwas wollte sie nicht denken, so etwas konnte nicht sein, doch wenn sie ehrlich zu sich selbst war, glaubte sie genau das. Aber was sollten sie sonst sein?

Das sind keine Menschen, dachte sie noch einmal ganz bewusst, um den Gedanken zuzulassen. Sandy hatte sie über das verlassene Industriegelände geschleift wie eine Puppe. Lisa wusste, dass Sandy nicht so viel stärker war als sie, oder zumindest früher nicht. Eben war sie unmenschlich stark gewesen. Stärker, als irgendwelche Drogen oder Dopingmittel sie machen konnten.

Alex und diese andere Frau hatten beim Sex eine Wohnung zerlegt. Auch das war nicht normal gewesen.

Aber wenn die Leute hier und Alex und diese Frau alle keine Menschen waren, was waren sie dann?

Ich will, dass du eine von uns wirst, hatte Sandy gesagt. *Wenn er erwacht, musst du zu uns gehören, das ist sicherer für dich.*

Aber sie wollte nicht so werden wie der kalte schwarze Günni neben ihr, nicht wie der spuckende Junge mit dem gehetzten Blick am Pfeiler, der nach der Anzahl der aufgehängten, mit Kritzeleien verfluchten Fotos offenbar jeden in seinem Umfeld zu hassen schien, und schon gar nicht wollte sie so werden wie dieser Jo, der knurrend an seiner Kette zerrte und sich mit den Füßen immer tiefer in die feuchte Erde grub. Was hieß da schon *sicherer,* wenn man an einer Kette leben musste?

Sie war immer zu feige gewesen, in einen der Züge mit unbekanntem Ziel einzusteigen, als sie zum Bahnhof gegangen war, hatte nur davon geträumt, ihnen bei der Abfahrt sehnsüchtig hinterhergesehen und war doch nach Hause gegangen. Hatte brav das Abi abgewartet, um endlich auszuziehen und weit weg von ihrer mechanischen Mutter und deren Walther zu studieren. Ganz sicher wollte sie nicht an einer Kette leben, sie wollte endlich frei sein.

So frei wie diese Frau gewirkt hatte, die Alex gevögelt hatte. Die wäre in den erstbesten Zug gestiegen, der über eine Grenze fuhr, da war sich Lisa sicher. Sosehr sie Alex für das, was er getan hatte, hasste, so sehr verstand sie ihn. Niemand stieß eine solche Frau von der Bettkante, vielleicht würde es nicht einmal Lisa tun, die sich noch nie körperlich zu einer Frau hingezogen gefühlt hatte, und dafür hasste sie sie. Sie hatte das Gefühl, ihr gegenüber vollkommen wehrlos zu sein, und sie wollte nie wieder wehrlos sein.

Auch sie ist kein Mensch, dachte Lisa, doch sie war anders als die Gestalten, die hier unter der Erde lebten, sinnlich, frei, selbstbewusst, ganz anders als das sabbernde Kettending Jo und der kalte Abgrund in Menschenform an ihrer Seite.

Wie viele Menschen waren denn überhaupt menschlich? Wenn Lisa den Gedanken zuließ, dass das hier keine Menschen waren, obwohl sie so aussahen, woher sollte sie dann wissen, wie vielen echten Menschen sie auf der Straße täglich begegnete, und wie vielen *falschen?*

Die feuchte Erde unter Lisas nackten Füßen schien ganz leicht zu vibrieren, und das Vibrieren stach wie kleine Nadeln in ihre Sohlen. Sie hob die Beine auf die Bank, um den Kontakt zu unterbrechen.

Günni dagegen grub die Zehen möglichst tief in den Boden und lächelte. Jo heulte auf und warf sich noch wilder in die Kette, und der Junge am Pfeiler unterbrach seine Schmierereien und rührte sich nicht, stand einfach da und zitterte.

Lisa wollte heulen, aber sie konnte nicht, hatte keine Tränen in sich.

In diesem Moment kam Sandy zurück, endlich. Sie strahlte, und Lisa begann trocken zu schluchzen. Sandy war nackt und vollkommen mit dunkler Erde beschmiert, die an ihr klebte wie eine zweite, borkige Haut. In ihrem Gesicht fanden sich darüber hinaus Spuren von getrocknetem Blut, die Lippen schienen aufgeplatzt, Blut war bis aufs Kinn hinabgetropft, aber Sandy lächelte dennoch unentwegt. Sie kam in die Nische, nahm Lisas Gesicht in die kalten dreckigen Hände und küsste sie kurz und sanft auf die Lippen. Das hatte sie noch nie getan.

Lisa schmeckte Blut und Erde, und auch wenn sie den Geschmack ausspucken wollte, tat sie es nicht. Es war, als würde eine kühle Kraft in dem Kuss stecken, der ihren Wunsch zu weinen verdrängte. Das tat gut.

»Er ist einverstanden, auch wenn du nicht ganz allein hergefunden hast.«

Wieder fragte sich Lisa, wer dieser *Er* denn war, von dem Sandy dauernd sprach.

»Er weiß jetzt, an wem du dich rächen willst, und das ist gut. Er will dir helfen, deine Rache zu bekommen.«

Mechanisch nickte Lisa. Wieso war Sandy nackt und voller Erde und Blut? War dieser *Er* doch ein perverser Gangsterboss, der Herr eines Drogenrings, der Frauen schlammcatchen ließ, wenn er ihnen einen Wunsch erfüllen sollte? Hatte Sandy sich dabei die Lippen aufgeschlagen? Doch beim Kuss hatten ihre Lippen nicht verletzt gewirkt. War das etwa fremdes Blut? Es trocknete auf ihren Lippen, auf ihrem Kinn, und hier und da entdeckte Lisa weitere Spritzer. Und wer wusste schon, was die schwarze Erde noch alles verdeckte.

Das sind keine Menschen, dachte Lisa wieder, und so seltsam es war, es erschien ihr viel plausibler als die alberne Vorstellung von einem Gangsterboss mit einem Faible für Schlammcatchen. Auch dieser *Er* war kein Mensch, da war sie sicher.

»Du wirst eine von uns. Ist das nicht fantastisch?« Trotz dieser Begeisterung blieben Sandys Augen kalt.

»Aber wenn ich ...«

»Alles wird gut, mach dir keine Gedanken.« Sandy strich ihr durchs Haar und sah ihr in die Augen. »Irgendwann hättest du eh hergefunden. Ich weiß, was Alex dir angetan hat. Glaub mir, du wärst gekommen, und jetzt bist du eben früher am Ziel.«

»Bist du dir sicher?«, fragte Lisa und wusste nicht, was genau sie damit meinte.

»Aber ja. Und jetzt bereiten wir alles vor. In einer Stunde bist du eine von uns.«

»Gratuliere.« Günni legte Lisa die Hand auf die Schulter, und sie erstarrte. Auch wenn sich keine Kälte in ihr ausbreitete, hatte sie kurz das Gefühl, der Arm würde verdorren. Sie wagte nicht, die Hand abzuschütteln, und es schien ewig zu dauern, bis er sie endlich wieder wegnahm.

Jo raste.

30

Vor dem Gefängnis zerrte Danielle Alex quer über die breite Rathenower Straße, sie rannten vor den grellen Scheinwerfern eines heranpreschenden Autos hinüber. Der Fahrer hupte, bremste aber nicht.

Alex winkte ihm mit dem Mittelfinger hinterher und riss sich von Danielle los. Er zeigte auf die zweispurige Alt-Moabit auf der anderen Seite der JVA: »Da geht's zum Reichstag.«

Es war nah genug, um zu laufen, ein paar Minuten vielleicht, wenn man den direkten Weg nahm.

»Und da ist eine Tankstelle.«

»Tankstelle? Willst du jetzt ein Eis oder Bier kaufen oder was?«

»Unsinn. Wir brauchen Benzin. Oder womit willst du das Herz des Blutvaters abfackeln? Mit deinem Feuerzeug?«

Daran hatte er nicht gedacht, ebenso wenig wie an den Namen des Zivis. Er war zu durcheinander und verließ sich einfach auf Danielle. Ständig dachte er an Lisa und die drei Millionen, aber nicht daran, wie sie jetzt vorgehen sollten. Warum nur hatte Danielle ihm diese verfluchte Zahl in den Kopf gesetzt? Sie lähmte ihn.

In der Tankstelle war nichts los. Hinter dem Tresen stand ein kleiner Mann um die fünfzig, der sich eine große verspiegelte Sonnenbrille vorn ins blaue Poloshirt gehakt hatte. Das schwarzgraue Haar war sauber nach hinten gekämmt, auf den Wangen zeigten sich dunkle Bartschatten. Er starrte auf einen kleinen Fernseher, in dem ein actionreiches Nachtprogramm lief, bis er Danielle bemerkte. Dann starrte er sie an.

Sie kauften zwei große leere Kanister und füllten sie mit Benzin, legten noch ein Brecheisen auf die Theke – warum führte die Tankstelle so was eigentlich? –, ein paar Wasserflaschen, saugfähige Wischtücher, die sich gut mit Benzin tränken ließen, und ein paar Feuerzeuge. Dazu zwei leistungsstarke Taschenlampen und eine Handvoll Batterien. Dabei flirtete Danielle mit dem Angestellten, so dass ihm gar nicht auffiel, was er ihnen da für eine Mischung verkaufte. Er lächelte, als wäre es ein Päckchen Kaugummi, während er ihnen das Wechselgeld auf einen Zweihunderter herausgab, obwohl Danielle ihm noch keinen Schein in die Hand gedrückt, sondern es nur behauptet hatte. Schließlich sah er ihr kaugummikauend hinterher, ohne sich darüber zu wundern, mit welcher Leichtigkeit Danielle ihren 20-Liter-Kanister davontrug.

Sie liefen Alt-Moabit hinunter. Leichter Wind kam auf, und am Nachthimmel entdeckte Alex ein paar kleinere Wolken, von denen sich eine langsam vor den schmalen Mond schob. Noch immer hatte er sich nicht daran gewöhnt, wie gut er im Dunkeln sehen konnte; es kam ihm gar nicht vor, als wäre es Nacht. Dank des Koffeins war er nicht müde.

Neben Danielle war er in einen leichten Trab verfallen, das Benzin im Kanister in seiner Rechten schwappte hin und her, doch ihm kamen die zwanzig Kilo leicht wie nichts vor, wie ein Beutel mit zwei CDs, die er vom Einkauf nach Hause trug.

»Wie kommen wir unter den Reichstag? Hast du 'ne Idee?«, fragte Alex. »Wir können ja schlecht fragen, ob sie uns in den Keller lassen.«

»Irgendwo da muss doch der ungenutzte Tunnel der Kanzlerbahn verlaufen«, antwortete Danielle, als sie die breite Unterführung unter den Bahngleisen entlangeilten. »Zur Not verläuft ja überall die Kanalisation.«

»Kanalisation?« Alex starrte sie an und rümpfte die Nase. Er hatte das Gefühl, dass nicht nur seine Sehkraft geschärft war, sondern auch sein Geruchssinn.

In diesem Moment brach plötzlich ein Auto auf der entgegenkommenden Spur aus und bretterte direkt auf sie zu. Der Fahrer hatte die Augen geschlossen wie im Sekundenschlaf, die Gesichtszüge waren vor Angst verzerrt, der Mund stand offen, er schrie. Alex konnte den grellen, hasserfüllten Schrei dumpf durch die geschlossenen Scheiben hören. Wie auch den Schrei der Beifahrerin, deren Augen im wilden Schreck aufgerissen waren. Panisch griff sie dem Fahrer ins Lenkrad, zerrte wie irr daran, doch der Fahrer hielt es mit aller Kraft, verteidigte seinen Kurs direkt auf Alex und Danielle zu. Brüllend gab er sogar noch Gas.

»Malek!«, kreischte die Frau, sie war jung und hatte sich für diesen Abend hübsch gemacht, die Haare waren kunstvoll hochgesteckt. So viel erkannte Alex auf den ersten Blick, und dann war das Auto auch schon heran.

Er und Danielle stoben auseinander, wichen rechts und links zur Seite, Danielle beschleunigte weiter die Straße entlang, und er bremste ab, wich zurück. Zwischen ihnen prallte der silberne Wagen gegen die dunkle Wand der Unterführung.

Die Motorhaube wurde eingedrückt, und der Airbag auf der Fahrerseite reagierte, das weiße Kissen fing den Fahrer auf. Die Beifahrerin krachte durch die Windschutzscheibe, ihre Hände lösten sich mit einem Ruck vom Lenkrad, um das sie vergeblich gekämpft hatten, und sie schmetterte gegen die Mauer. Ihr Kopf schlug mit voller Wucht auf den Stein. Alex war sicher, über all den Lärm hinweg ein Knacken zu hören. Leblos rutschte sie von den Überresten der Kühlerhaube und kam völlig verrenkt vor Alex' Füßen zu liegen. Blut floss aus den Schnittwunden und der geplatzten Stirn. Der Fahrer regte sich hinter dem weißen Ballon. Er war aus seinem Alptraum erwacht.

Alex starrte auf das Blut am Boden, die sich langsam ausbreitende Lache, und dachte an verschütteten Wein. Dachte daran, auf die Knie zu fallen und über den Asphalt zu lecken, das kostbare Blut nicht einfach verkommen zu lassen. Mit einem Mal war sein Mund ausgedörrt.

»Weiter! Komm!«, rief Danielle von der anderen Seite des Autos her und winkte ihn die Straße hinunter.

»Aber …« Er schüttelte sich, der Durst war verschwunden, ihm war flau im Magen, und auf der pelzigen Zunge hatte er einen ekligen Geschmack nach Vergammeltem. Er sah das Blut an, die tote Frau, und fühlte Mitleid, keinen Durst. Er wurde wütend.

»Wir haben keine Zeit! Oder meinst du, der ist zufällig auf uns zugerast?«

»Nein, natürlich nicht, aber wir müssen …«

»Wir müssen den ganzen Wahnsinn stoppen! Ruf den Krankenwagen im Weiterlaufen. Wir dürfen keine Zeit mehr verlieren.«

Alex trat fluchend gegen das Auto und zerrte das Handy aus der Tasche. Nur mühsam konnte er den Blick von der Toten lösen, von ihrem aufgeplatzten Kopf. Eine völlig Unbeteiligte, die nichts getan hatte, als im falschen Auto zu sitzen. *Warum hat sich die blöde Kuh nicht angeschnallt?*, dachte Alex, doch seine Wut richtete sich gegen einen anderen.

»Dafür zahlst du«, knurrte Alex und spuckte auf den Boden. »Du wirst brennen.«

Er wählte den Notruf und lief los. Wusste der Blutvater, wo sie waren? Oder hatte hier nur zufällig ein Alptraum zugeschlagen, einer, der eigentlich ihm gegolten hatte, hätte er inzwischen nicht mehr Koffein in den Adern als Blut?

Eine ruhige Stimme meldete sich bei der Notrufstelle, und Alex gab den Unfallort durch und dass es wohl eine Tote gab und einen Verletzten. Dann beendete er die Verbindung.

Sie überquerten die behäbige Spree, spurteten am Bundeskanzleramt vorbei, das ihn immer an ein Hindernis einer Minigolfanlage für Riesen erinnerte, und eilten auf das nur noch zwei-, dreihundert Meter entfernte Reichstagsgebäude zu, dessen erleuchtete Glaskuppel weithin sichtbar war.

»Und jetzt?«, fragte Alex und überließ damit wieder Danielle das Kommando.

»Da drüben geht's runter.« Danielle deutete auf eine abgesperrte Rampe und Treppe, die nahe dem Bundestag in die Tiefe führte. Die Wände waren jungfräulich weiß, die Stufen blanker hellgrauer Beton. Rasch blickten sie in alle Richtungen, dann kletterten sie über die Absperrung und stiegen in die Tiefe.

Am Ende der Treppe wandten sie sich nach rechts, wo ihr Weg schon nach wenigen Metern vor einer improvisierten Wand aus dicken Spanplatten endete, in die eine Tür eingelassen war. Mehrere Tags prangten an der Wand. Alex rüttelte vergeblich an der Tür, sie war natürlich verschlossen.

»Lass mich.« Danielle schob ihn zur Seite und setzte das Brecheisen an. Mit einer lockeren Bewegung aus dem Handgelenk hebelte sie das Schloss aus dem Holz und drückte die Tür auf.

Sie schlüpften hindurch und zogen die Tür wieder zu, klemmten sie mit drei Steinchen vom Boden fest, damit auf den ersten Blick nicht auffiel, dass sie aufgebrochen war.

Hinter der Wand war es stockdunkel, Alex sah trotz seiner neuerdings außergewöhnlichen Sehfähigkeit kaum etwas. Mit tastenden Fingern kramte er eine Taschenlampe aus der Tüte und schaltete sie ein. Ein weißer Lichtkreis erschien auf der Betonwand vor ihm, und seine Sicht kehrte zurück. Das Licht der Lampe reichte aus, um auch in den düstersten Ecken etwas erkennen zu können.

»Weiter«, drängte Danielle und eilte die nächste Treppe hinab, die zu den für 2010 oder 2011 oder wann auch immer geplanten Bahnsteigen hinabführte. Ihre Schritte waren schnell und sicher, auch sie schien mit wenig Licht gut auszukommen. Alex klemmte die Lampe in den kurzen Rüssel, der am Kanister festgemacht war, um die Hände frei zu haben für das Benzin und die Tüte, und folgte ihr.

Das Klacken ihrer Stiefel hallte hörbar in der unterirdischen Halle, die den zukünftigen Bahnsteig der Haltestelle bildete. Alex hörte ihren Atem und seinen, das leise Schaben des Kanisters an seiner Jeans und natürlich auch seine eigenen Schritte, obschon die Gummisohlen der schwarzen Chucks viel dumpfer aufsetzten als die kurzen Absätze Danielles. Abgesehen davon herrschte hier unten Stille.

Eine Stille, die man so sonst nicht in Städten zu hören bekam. Die mehrere Meter dicke Schicht aus Erde und Beton über ihren Köpfen schluckte jedes Geräusch von draußen. Lediglich durch den Weg, den sie hereingekommen waren, drangen nächtliche Geräusche, doch auch die waren eher zu erahnen als wirklich wahrzunehmen. Vielleicht wurden sie auch durch irgendwelche Lüftungsschächte hereingeweht, die Alex im ersten Moment nicht entdecken konnte, dennoch war es still, beinahe unheimlich still.

Zahlreiche dicke, grau melierte Säulen stützten die Decke der Station, Lampen in der Form von Viertelkreisen waren um sie in den Beton eingelassen, doch nicht eine von ihnen brannte. Die Luft war kühl und schmeckte nach Baustelle; Alex hatte das Gefühl, als würde sich feinster Staub auf seine Zunge und die Innenwände seiner Nase legen.

Am Rand der tiefer gelegenen Passagen, in denen irgendwann die Gleise verlegt werden würden – sollte Berlin vorher nicht völlig pleitegehen –, waren Absperrzäune errichtet worden, die aus im Boden versenkten Eisenstangen mit Aufhängungen und dort eingeführten roten Eisenrohren als Querstreben bestanden.

Danielle zerrte eines dieser etwa drei Meter langen Rohre heraus und brach es in der Mitte entzwei. »Nimm dir auch eins.«

»Wozu das?«

»Wir müssen sein Herz in der Erde festnageln, bevor wir es verbrennen.«

»Braucht man dazu nicht einen Holzpflock?«, setzte Alex an, doch noch bevor sie etwas erwidern konnte, winkte er selbst ab.

Die Kreatur in der Scheune hatten sie damals mit einer Heugabel festgesetzt, mit Zinken aus Eisen. Unwillkürlich rieb er über seine Narbe, die seit Tagen kaum noch gejuckt hatte.

Was wir damals mit zehn geschafft haben, das wird mir doch als Erwachsener gelingen, dachte er. Aber damals hatten sie keine Angst gehabt, oder nicht mehr als vor einem Hund, und Jochen und Franz hatten ihm einfach nur zur Hilfe eilen wollen. Jetzt hatte Alex Angst, der schnelle Herzschlag stammte nicht vom Koffein allein. Die Kreatur in der Scheune war ein Wesen gewesen, das Danielle für zu klein für Niederbachingen gehalten hatte, ein Wesen, das aus dem Blut eines wenige Höfe umfassenden Weilers gewachsen sein konnte, aus den zwei Einsiedlerhöfen bei den Fischweihern. Und jetzt versuchten sie, den Blutvater Berlins zu töten, der sich von dem Blut und den Tränen von dreieinhalb Millionen nährte. Ganz zu schweigen von Hunderttausenden Touristen.

Wie groß würde er sein?

Alex war flau im Magen, er setzte Kanister und Plastiktüte ab und löste ein Eisenrohr aus der Verankerung. Es war nicht ganz so leicht, wie er gedacht hatte, aber auch keine ernstzunehmende Waffe gegen ein Wesen so groß wie Berlin.

So groß wie Berlin, das war Irrsinn.

Mit dem Rohr in der Hand sprang er in die Rinne für die Bahn hinab, wo er es mit einem Ende auf einen kleinen Sockel legte. Dann trat er mit dem Fuß auf die in der Luft schwebende Mitte und drückte sie zu Boden, knickte so das Rohr in zwei Teile. Er hob sie auf und schwenkte sie misstrauisch durch die Luft.

»Wie groß war der Blutvater von Sodom?«, fragte er, obwohl er es eigentlich gar nicht wissen wollte. So groß wie eine Stadt konnte er einfach nicht gewesen sein.

»Groß«, antwortete Danielle knapp, die offenbar auch nicht darüber reden, sich nicht erinnern wollte. Auch sie wirkte angespannt. Sie reichte ihm beide Kanister und die Tüte sowie ihre beiden Rohre herunter, dann sprang sie zu ihm hinab.

»Ziemlich viel Zeug, was wir da mitschleppen. Auf eine Verfolgungsjagd sollten wir uns nicht einlassen«, versuchte Alex zu scherzen, doch ein Grinsen wollte sich nicht auf seinen Lippen zeigen.

Auch Danielle nickte nur knapp.

»Der rechte Tunnel dürfte unserer sein. Der führt näher an den Reichstag heran«, sagte sie.

Alex leuchtete einmal im Gleistunnel zurück, der Strahl der Taschenlampe tanzte über den blanken Boden und verlor sich irgendwo in der Schwärze Richtung Hauptbahnhof. Auch in dieser Richtung verliefen noch keine Gleise. Niemand war zu sehen.

Dann wandte er sich nach vorn und schloss rasch zu Danielle auf. Feiner heller Staub lag auf dem Boden, und kurz bevor sie die Station verließen, entdeckte er einen verbogenen Nagel an der linken Kante. Anderes Werkzeug oder Überbleibsel von den Bauarbeiten hatte er nirgendwo bemerkt. Der Ort war verlassen und still. Über viele Meter erstreckte sich der Tunnel schnurgerade vor ihnen, bis er in einer sanften Kurve nach links schwenkte. Die nächste Haltestelle lag außerhalb ihrer Sichtweite. Zu zweit wirkten sie hier unten fast verloren, und Alex fragte sich, wie viele Vampire sich wohl beim Herzen des Blutvaters aufhalten mochten. Mindestens vier hatten ihm vor Lisas Wohnung aufgelauert – was würden sie tun, wenn hier zwanzig oder dreißig auf sie warteten?

»Wie wollen wir ihn überhaupt finden?«, fragte Alex.

»Mit unseren Ohren und den Fingerkuppen. Und mit deinem Blut«, antwortete Danielle ohne irgendeine Regung in der Stimme.

»Mit meinem Blut?« Alex klappte der Mund auf.

»Ja. Wir brauchen schließlich einen Köder, um ihn aus der Erde zu locken, und mein Blut geht schlecht. Wir wollen ihn vernichten, nicht erwecken.«

Alex blieb stehen. *Einen Köder? Er war der Köder?*

»Komm weiter!«, drängte Danielle.

»Bei dir piept's wohl! Erst sagst du mir, was du mit meinem Blut vorhast!« Er sah sich schon auf dem kahlen Betonboden liegen, beide Handgelenke aufgeschnitten. Blut sprudelte hervor, Danielle kniete über ihm und öffnete die Wunden immer wieder, wenn sie zu verheilen drohten. Oft hatte er sich einen Selbstmord mit aufgeschnittenen Pulsadern vorgestellt, doch jetzt wollte er nicht mehr, er wollte leben.

Drei Millionen.

Verdammte drei Millionen! Er hatte keine Lust, sich zu opfern! Davon war nie die Rede gewesen, stets hatte er gedacht, sie würden kämpfen. Beide, nicht nur Danielle. Die scharfe, begehrenswerte, uralte Danielle, die von sich sagte, niemanden länger als eine Nacht begehrt zu haben – abgesehen von ihm. Wie konnte sie da ihn opfern?

Drei Millionen.

So ein Unsinn! Das war nur eine dahingesagte Zahl, niemand konnte genau wissen, um wie viele Menschenleben es tatsächlich ging. Aber es ging um viele, so viel war klar, und um Lisa. Lisa war keine Zahl, keine schlichte Eins, Lisa war fassbar, oder war es zumindest gewesen. Auch wenn sie seit der einen Nacht unerreichbar geworden war, musste er alles versuchen, sie zu retten. Alles. Sie war keine von ihnen, egal, was Sandy gesagt hatte.

Wenn Danielle ihn küsste, ihm zwischen die Beine griff und sich dann etwas wünschte, würde er es versprechen, das wusste er. Er würde ihr auch nicht abschlagen, den Köder zu spielen.

Aber wenn sie schon einen blutigen Köder brauchten, hätten sie dann nicht einfach den traumbesessenen Autofahrer hinter seinem Airback hervorzerren und mitschleifen können? Er hatte versucht, sie beide zu töten, und hatte seine Frau auf dem Gewissen. Auch wenn es natürlich nicht seine Idee gewesen war.

Alex wusste nicht, ob er ihn oder irgendeinen anderen Menschen wirklich hätte opfern können, mit voller Absicht ausbluten, um den Blutvater anzulocken. Er wusste nur, dass er nicht sterben wollte, auch nicht, um drei Millionen zu retten. Um Lisa zu retten, seine Freunde. Er wollte nicht sterben, verdammt, aber wie konnte er es verweigern, wenn es der einzige Weg war?

»Hallo!« Danielle wurde laut und wedelte mit der Hand vor seinem Gesicht herum. »Danielle an Alex! Hast du mir zugehört?«

»Was? Wie? Nein …«

»Ich sagte, wir müssen ihn aufspüren und dann mit ein wenig Blut von dir herauslocken. Ein paar Tropfen sollten genügen, mehr wären besser, aber du solltest nicht allzu geschwächt in den Kampf gehen.«

»Ähm, ja, klar.« Ein paar Tropfen also. Er schüttelte über sich selbst den Kopf. *Idiot!*

»Und jetzt sei mal still.«

Sie blieben stehen und versuchten, nicht das geringste Geräusch zu machen. Alex hielt die Luft an, um nicht einmal zu atmen. Doch er hörte nichts, absolut gar nichts.

Halt! Irgendwo trippelten ganz fern kleine Füßchen über den Beton, ein kaum zu vernehmendes Kratzen. Eine Maus oder Ratte, nicht das, was sie suchten. Vorsichtig atmete er aus und sog frische Luft in die Lungen. Diese verdammte Stille machte ihn nervös. Seine Nerven waren bis aufs Letzte angespannt, er erwartete jeden Moment, dass irgendwo die Wand aufplatzte und Dutzende Vampire mit gierig aufgerissenen Mündern hervorbrachen. Das war Unsinn, und dennoch fraß sich diese Vorstellung in sein Gehirn.

Mit der Zeit vermeinte er ein leises Summen zu hören, ein Vibrieren wie das, was in der Nähe von Spannungswerken in der Luft lag, und auch unter Hochspannungsleitungen. Ein Geräusch, das man nicht richtig fassen konnte und das sich doch auf den ganzen Körper legte, ebenso fühlbar wie hörbar.

»Ich glaube …«

»Scht!« Danielle legte das Ohr an den Beton und setzte die Fingerspitzen ganz sanft an die Wand, als wollte sie etwas ertasten. Sie schloss die Augen und verharrte einen Augenblick so. Dann löste sie sich von der Wand.

»Noch ein paar Schritte weiter.«

Schweigend folgte ihr Alex. Nach vielleicht zehn Metern lauschte sie erneut. Er hielt die Luft an, hatte noch immer das Gefühl, unter einem Hochspannungsmast zu stehen.

»Hör du mal«, flüsterte Danielle.

Auch wenn Alex nicht wusste, auf was er achten sollte, schloss er die Augen und presste das rechte Ohr gegen den kühlen Beton. Er legte es direkt auf eine der mit Verputz verschmierten, rauen Ritzen, die zwischen den einzelnen Betonplatten verliefen.

Unter seinen Fingerspitzen schien der Beton leicht zu zittern, er fühlte ein Kribbeln, das sich auf seine Haut legte wie die haarigen Beine wuselnder Insekten. Nein, eher wie kleine Nadeln, die in ihn stachen. Auch Ohr und Wange wurden von diesem Kribbeln überzogen. Das Summen, das er zu hören vermeint hatte, wurde deutlicher, als würde es durch den Beton herangetragen, als läge es direkt dahinter. Ein Summen aus der Erde, das ihm irgendwie vertraut vorkam, ihn an etwas zu erinnern schien. Er wusste nicht, an was, lauschte weiter, ließ das Summen in seinen Kopf eindringen und hatte plötzlich wieder den Moment vor sich, als Lisa auf seiner Schlafzimmerschwelle kauerte und vor und zurück wippte. Mit aufgerissenen Augen voller Abscheu, Angst und Schmerz.

Den Abend, an dem er Lisa gebrochen hatte, an dem

er sie in den Selbstmord getrieben hatte, sie, die ihm vertraut hatte, die sich verliebt hatte.

Tot.

Denn Lisa war nie heimgelaufen, sie hatte sich an einem großen grauen Strommast erhängt, hoch oben, wo die stets hungrigen Krähen ihre im Wind baumelnde Leiche leicht anfliegen konnten. Schwarze Krähen saßen auf ihren schmalen, nackten Schultern und zerrten an ihrem verstrubbelten Haar, pickten nach Ohren und Augen. Eine Krähe krallte sich wie ein Specht in ihre Brust und hackte unablässig nach ihrem Herzen. Blut floss über ihre bleiche Haut, tropfte mit Fleischstückchen vermischt zu Boden. Mit jedem Picken drang der rot befleckte Schnabel näher an Lisas Herz.

Ihre Augen waren nur noch schwarze Höhlen.

Sie war tot, und ihre letzten Atemzüge reisten nun mit dem Wind, ein weiterer dünner Hauch im Heulen der Stürme.

Sie war tot, weil Danielle ihre unmenschliche Macht zur Verführung eingesetzt hatte, Alex noch einmal vor Lisas Augen betört hatte, weil er nach seiner ersten Nacht mit ihr nicht endgültig gebrochen war, weil er Danielle nur vermisste, weil er nur Schmerzen litt und dennoch mit Lisa Glück hätte finden können. Dieses Glück nach einer Nacht mit ihr ertrug Danielle nicht.

Sie war nicht auf Sex aus, sondern auf gebrochene Herzen. Ein man eater, eine femme fatale, gezeugt von einem gefallenen Engel, eine, die keiner Frau ein Herz gönnte, das sie einmal besessen hatte. Eine unerbittliche Getriebene, die quasi Leidenschaft der verbrannten Erde praktizierte, die aus Männern in einer Nacht Besessene machte, die fortan für niemanden mehr etwas empfinden konnten, sondern nur ihr nachweinen, ihr einen Schrein mit goldgerahmten Fotografien errichteten, einen Altar verflossener Lust im Schlafzimmer.

Danielle hatte Lisa auf dem Gewissen, niemand sonst. Alles andere waren Lügen der selbstsüchtigen Nephilim, die sich von gebrochenen Herzen nährte.

Solange sie lebte, gab es für Tausende Männer kein Glück mehr.

Alex konnte Lisa nicht mehr retten, er konnte sie nur rächen. Verzweifelt stand er unter dem grauen Hochspannungsmast, von dessen Spitze ihre Leiche im Wind baumelte. Er wollte sie herunterholen, bevor die vermaledeite Krähe ihr ganzes Herz herausgepickt hatte, doch er konnte nicht hinauf. So sehr er sich auch bemühte, er bekam den Mast nicht zu fassen, als würde dieser ihm ausweichen, seine Querstreben entziehen, die dreckverkrusteten Tritteisen.

Da entdeckte er Danielle, die ihm belustigt zusah und sich gierig über die rosa Lippen leckte. Sie hielt einen Spaten in der Hand, mit dem sie bis eben noch ein Loch ausgehoben hatte, ein Grab. Es war nicht für Lisa, es war für ihn bestimmt, fern aller heiligen Erde, eine schmucklose Grube für einen sündigen Selbstmörder. Auch er sollte sich umbringen.

Aber das würde er nicht!

Mit einem wilden Aufschrei stürzte er sich auf Danielle, riss sie zu Boden. Sie schlang die Beine um ihn, presste sie gegen seine Hüfte, zog ihn her zu sich, sah ihn mit ihren hypnotischen Augen an.

Er krallte seine Hände in ihr herrlich volles Haar, schmetterte ihren Kopf gegen die Erde, immer wieder. Er sah nicht hin, um nicht diesem Blick zu begegnen, um nicht diese Lippen zu sehen, die er küssen wollte, die er küssen sollte.

Als ihre Beine kurz schwach wurden, wand er sich aus ihrer Umklammerung, stieß Danielle von sich, griff sich den Spaten, um ihr mit den scharfen Kanten seines Blatts den Schädel zu spalten, oder wenigstens die Brust, Hauptsache, es würde Blut spritzen. Es war ein heißer Sommer, die Erde dürstete nach Flüssigkeit. Sie musste trinken, dringend trinken, sie war so trocken und ausgedörrt. Und Danielle musste sterben. Sie hatte ihr Grab ausgehoben, nicht seines. Er schlug zu, sie wich zur Seite. Sein Hieb streifte sie nur im Gesicht, und ihre Wange platzte auf. Lachend holte er erneut aus.

Da wurde er von einem Tritt in den Bauch getroffen und taumelte zurück, schlug gegen den Hochspannungsmast, nein, gegen Beton, eine Wand. Er wurde im Gesicht getroffen, riss die Arme schützend hoch und murmelte: »Nein.«

Er wusste nicht, was los war, sprang zur Seite und öffnete die Augen.

Er befand sich in einem langen grauen Tunnel und hielt ein fast mannshohes rotes Eisenrohr umklammert. Es brauchte nur einen Augenblick, dann erinnerte er sich wieder an alles. Er musste eingenickt sein. »Verflucht! Tut mir leid.«

»Das kannst du laut sagen!« Danielle stand vor ihm, sie hatte sich ebenfalls ein Rohr gegriffen und blutete aus der Nase, über ihre linke Wange verlief ein Riss. »Friss deinen Kaffee, verdammt!«

Alex warf sich vor ihr auf die Knie, dort, wo ihr Blut zu Boden gespritzt war. Nephilimblut, das den Blutvater erwecken konnte.

»Nein!« Was hatte er im Traum getan? Er riss sich das Shirt über den Kopf und wischte das Blut auf. Panisch suchte er nach jedem Tropfen, jedem kleinen Spritzer.

»Ist ja schön, dass dich die Sauberkeit eines U-Bahn-Tunnels mehr interessiert als meine Gesundheit«, giftete Danielle und reichte ihm die Packung Kaffee.

»Nein! Es ist seinetwegen! Es darf nichts versickern, er darf es nicht bekommen.« Panisch kroch Alex hin und her, presste das Shirt auf jeden Blutfleck, rubbelte auf dem Beton herum.

»Ja, schon gut.« Sie legte ihm die Hand auf den Oberarm. Er wollte sich losreißen, doch sie hielt ihn fest. »Das ist keine Erde. Es ist Beton, hier versickert nichts.«

Alex starrte auf den Boden und war noch nie so froh, kalten, grauen, leblosen Beton zu sehen. Er fing an zu lachen, seine Stimme schnappte über, er lachte Tränen. Die Anspannung fiel von ihm ab, für ein paar Sekunden. Dann packte er den Kaffee, nahm zwei gehäufte Löffel und nach kurzem Zögern noch einen dritten hinterher.

Währenddessen wischte Danielle das restliche Blut auf und gab ihm sein Shirt mit einem Schulterzucken wieder. Er schlüpfte trotzdem hinein, es war kühl hier unten.

»Warum hast du es dann doch so gründlich aufgewischt?«, fragte er.

»Ich bin nicht sicher, ob ich mit dem Beton Recht habe. Ich weiß nicht, ob jemand wie er nicht doch Beton wie einen Schwamm verwenden kann.«

Alex schloss die Augen, nur eine Sekunde lang, und sein Herz pochte so wild, er nickte nicht ein. Er atmete durch und sagte: »Dann sollten wir uns jetzt ganz dringend beeilen.«

31

Lisa hatte beobachtet, wie noch weitere dieser bizarren unheimlichen Gestalten gekommen waren. Frauen und Männer unterschiedlichen Alters, aus unterschiedlichen Schichten und Milieus, die alle Schwarz trugen wie auf einer Beerdigung, selten mit anderen gedeckten Farben kombiniert. Doch die Stimmung war zu aufgekratzt für eine Beerdigung, sie schienen auf etwas zu warten, standen in kleinen Grüppchen herum, raunten sich Dinge zu, tippelten unruhig mit den Füßen, wechselten mal hierhin, mal dorthin, legten mal diesem, mal jenem den Arm um die Schulter. Mal dachte Lisa an einen seltsamen Sektempfang, obwohl niemand lächelte oder jemandem zuprostete, dann wieder an eine Meute Jagdhunde, die unruhig darauf wartete, auf das Wild gehetzt zu werden. Erwartung lag in der Luft, unruhige Vorfreude auf irgendetwas, und das konnte nicht ihretwegen sein. Nicht, weil sie eine von ihnen werden sollte, dafür wurde sie zu wenig beachtet.

Doch der eine oder andere warf ihr einen Blick zu, eben hatte ein rüstiger älterer Herr mit dichtem Backenbart zu ihr herübergelinst, der eine historische, blank gewienerte Pickelhaube trug und einen Säbel umgeschnallt hatte. Er atmete schnaubend durch die Nase und leckte sich immer wieder über die dünnen Lippen.

»Spürst du das? Ist das nicht herrlich?«, sagte Sandy. Sie hatte sich inzwischen wieder angezogen, langsam bröckelte die Erde von ihrer Haut. »Ich bin so froh, dass wir noch rechtzeitig auserwählt wurden, bevor er erwacht. Wir werden Teil von etwas wahrlich Großem sein.«

Lisa nickte mechanisch. Das Vibrieren im Boden nahm zu, sie konnte es nun sogar im leichten Zittern der Holzbank spüren, auf der sie saß. Die Füße zu heben, half nichts. Auserwählt, es klang wirklich nach einer Sekte. »Warum wurden wir auserwählt?«

»Weil uns Leid angetan wurde.«

»Leid?« Einen Augenblick lang wusste Lisa nicht, auf was Sandy hinauswollte. Seit sie hier saß, bedeutete das, was sie draußen erlebt hatte, gar nichts mehr. Sie dachte *draußen* – wie eine Gefangene, wie die Insassin einer Nervenheilanstalt.

»Ja. Er ist für all jene da, denen etwas angetan wurde. Er gibt uns die Kraft zur verdienten Rache. Er macht uns zu …« Sandy zögerte einen Moment und sah ihr tief in die Augen, dann fuhr sie fort: »Du musst deine Vorstellungen vergessen, die du von uns hast. Vieles stimmt einfach nicht, weil sich jeder Regisseur und Schriftsteller etwas anderes zu uns ausgedacht hat. Also lass deine Vorurteile stecken, wir sind weder untote Monster noch melancholische Latin Lover. Wir sind einfach Vampire.«

»Vampire?« Lisa flüsterte nur. Sie setzte gar nicht an, um zu widersprechen, sie rief nicht: *So ein Blödsinn!* Sie glaubte es sofort.

Vor wenigen Stunden hätte sie noch gelacht, doch hier unten lachte sie nicht, hier lachte niemand, nicht richtig, nicht von Herzen, nicht aus Freude, nicht aus Albernheit, nicht über irgendeinen Schwachsinn. Lisa glaubte ihr wegen dem, was sie gesehen und empfunden hatte, seit sie hier unten war. Sie glaubte ihr, weil sie sich bei jedem Einzelnen dort in der Halle vorstellen konnte, dass er Blut trank. Jeder Einzelne von ihnen machte ihr Angst.

»Wir sind nicht böse«, sagte Sandy. »Wir nehmen uns nur, was uns zusteht. Wir haben das Recht, uns zu rächen. Es gibt Gründe, warum wir so wurden, wie wir sind. Es will eben nicht jeder pc sein, wir lieben nun mal die Dunkelheit.«

Lisa nickte. Sie mochte die Nacht auch. Ebenso schwarze Klamotten. Aber darum ging es hier nicht. An der Wand gegenüber hechelte noch immer Jo in seiner Kette und tigerte auf und ab.

»So wie fanatische Vegetarier auf normalen Menschen herumhacken«, fuhr Sandy fort, »hacken diese auf uns herum, nur weil wir Blut trinken. Dabei wissen sie nicht, was ihnen entgeht. Weil sie zu schwach und zu feige sind, zu sehr an alten Moralvorstellungen festhalten, anstatt es auszuprobieren. Unser Durst macht uns stark, und wir sind es einfach leid, schwach zu sein. Unsere Gemeinschaft ist stark. Und egal, was die Leute sagen – weißt du, wie viele davon träumen, dass er sich erhebt? Nachts, wenn sie nicht an ihre Feigheit gefesselt sind, die sie Moral nennen. Dass einer wie er kommt und Berlin in eine neue Zeit führt? Er ist das wahre Berlin, das Berlin, das man gern versteckt vor Touristen und Staatsgästen. Er befreit. Er legt die wahre Natur des Menschen offen, er ist die in der Tiefe lauernde Wahrheit. Wir sind so, wie Menschen wirklich sein wollen. Wir sind das, wohin sie sich entwickeln, und das, was sie von ihrer ursprünglichen Natur vergessen haben, weil sie ein abstraktes Ding anbeten, das sie Zivilisation nennen. Als würde ein Löwe im Zoo seinen Käfig anbeten und ihn *home, sweet home* nennen!«

So richtig geordnet kamen Lisa diese Gedanken nicht vor, und sie war ganz sicher nicht der Meinung, dass sich der Mensch zu einem Bluttrinker entwickeln sollte. Sie könnte sich an Alex rächen, ohne sein Blut zu trinken, denn das war es doch, worauf Sandy hinauswollte. Sie sollte Rache nehmen an Alex.

Doch sie wollte ganz sicher kein Vampir werden, sie wollte hier raus. Weg, nur weg. Auch wenn sie nicht wusste, wie ihr die Flucht gelingen sollte. Es waren zu viele, und sie waren zu stark.

In einer Stunde, hatte Sandy vorhin gesagt, und diese Stunde war beinahe um.

»Dann mach dich mal bereit«, sagte Sandy, als hätte

sie ihre Gedanken erraten. »Wenn du eine von uns bist, dann erkläre ich dir alles genauer. Dann wirst du es fühlen und viel leichter verstehen.«

»Und wenn ich nicht will?«, fragte Lisa ganz leise. Hoffnung, dass Sandy sie gehen lassen würde, hatte sie nicht.

»Psst. So was sagt man nicht.« Sandy schüttelte den Kopf und sah sie irritiert an. »Weißt du, wie sehr ich mich für dich eingesetzt habe? Vampir zu werden, ist ein großartiges Geschenk, das großartigste überhaupt. Hast du mir gar nicht zugehört?«

»Doch, habe ich …«

»Na also. Dann weißt du ja, dass es um Evolution geht. Um Darwin im Zeitraffer, es braucht keine generationenlange Entwicklung, keine zufällige Mutation. Du wirst dich in einer einzigen Nacht weiterentwickeln, die nächste Stufe erklimmen, direkt an die Spitze der Nahrungskette. Genau darum geht es immer – in der Natur, in jeder Gesellschaftsform: die Spitze erklimmen. Egal, wie man es nennt, es sind immer Nahrungsketten. Oder eigentlich Nahrungspyramiden, denn je weiter man nach oben kommt, desto enger wird es, die Spitze sind immer wenige, und die Basis wird immer gefressen.«

Lisa öffnete den Mund, aber sie wusste nicht, wie sie widersprechen sollte, wie sie sich Sandy auch nur verständlich machen sollte.

»Wie gesagt, du wirst es bald verstehen.« Sandy lächelte das kalte Lächeln aller Vampire, ein übrig gebliebener menschlicher Reflex ohne jede Freundlichkeit und Wärme.

Lisa konnte nicht mehr viel von der Sandy erkennen, die sie kennengelernt hatte, die ihre Freundin gewesen war.

»Es tut auch nicht weh, wenn er dich beißt. Nur kurz, einen Moment lang, aber das ist …« Sandy beugte sich vor, atmete schwer und sah sie mit fiebrigen Augen an. »… das ist geil. Geiler als jeder Orgasmus. Kein Mann hat mich je genommen wie er mein Blut.«

Lisa wurde übel. Wenn es nicht so schrecklich real wäre, hätte sie lachen müssen, kichern über diese Hingabe, mit der Sandy den Verlust ihres Bluts und ihres klaren Verstandes bejubelte. Das musste es sein, dieser Er machte einen nicht nur zu einem Vampir, sondern auch zu einem Irrsinnigen. Aber sie wollte nicht ihren Verstand verlieren, nicht ihre freie Entscheidung darüber, ob sie Fleisch aß oder Tofu, ob sie Wein trank oder Blut.

Geiler als jeder Orgasmus. Lisa musste an Alex und diese Schönheit denken, mit der er es vor ihren Augen getrieben hatte. Geiler als dieser Orgasmus konnte es nicht sein. Tränen liefen ihr die Wangen herunter, ihre Wut war wieder da. Doch bei all den Bildern in der Halle hier, bei dem Gedanken daran, Alex das Blut auszusaugen, wurde die Vorstellung von Rache schal.

»Hey, nicht weinen. Es ist wirklich nicht schlimm. Es brennt und sticht, aber dann löst sich alles auf zu einem Gefühl von Stärke und Macht.« Sandy strich ihr über den Arm. »Vampire sind stark, wir weinen nicht.«

Lisa riss sich zusammen. Nicht weil sie als angehender Vampir keine Schwäche zeigen wollte, sondern weil sie den versammelten Idioten zeigen wollte, dass auch Menschen zu Stärke in der Lage waren. Dabei mussten sie es doch alle noch wissen, sie waren schließlich selbst alle mal Mensch gewesen.

»So ist es gut«, sagte Sandy. »Dann wisch' dir mal die Tränen ab, wir können so langsam.«

32

Als sie sie aus der Wand gehebelt hatten, war die Betonplatte in drei größere Teile und ein paar Brösel zerbrochen. Nun lag das Geröll zu ihren Füßen, und sie hatten auf zwei Metern Länge bloße Erde freigelegt. Ein paar Brocken waren in den Tunnel gefallen, doch das meiste wurde von Wurzelwerk gehalten.

Irgendwo dort drin musste sein Herz schlagen.

Danielle schmiegte sich an die Erde, schob ihre Finger tief hinein, lauschte mit geschlossenen Augen und leicht geöffnetem Mund. Alex starrte ihren runden Hintern in dem engen schwarzen Lederrock an, wollte ihn berühren, aber er durfte sie jetzt nicht aus der Konzentration reißen. Erde rieselte ihr auf die Lippen, und sie versuchte sie beiläufig mit der Zunge fortzustoßen. Die Adern an ihrem Hals pochten, und Alex wollte sie dort küssen. Er wollte sie mit aller Hingabe nehmen.

Rasch drehte er sich weg. Er durfte jetzt nicht an so etwas denken. Trotzdem dachte er daran, dass, sollten sie hier sterben, Danielle ihren letzten Fick nach viereinhalbtausend Jahren ausschweifendem Leben mit einem leicht übergewichtigen Beamten in einem JVA-Büro gehabt hätte. Irgendwie nicht sehr romantisch und passend für die größte Verführerin der Welt, die wirklich jeden haben konnte.

Und er selbst hatte mit einem wichsenden Zivi zugehört – auch alles andere als ein beeindruckender Abschluss. So blieb niemand gern der Nachwelt in Erinnerung. Sofern sich die Nachwelt überhaupt um einen kümmerte und nicht in Trümmern lag.

Denk nicht einmal daran zu sterben, wies er sich selbst zurecht. Wenn tatsächlich keine Vampire auftauchten, hatten sie eine Chance. Zumindest die Chance, bis zum Blutvater vorzudringen, sich ihm zu stellen, ohne zuvor ausgesaugt zu werden.

»Ich kann so wenig spüren«, murmelte Danielle und öffnete die Augen. »Ich fühle seine Präsenz, doch sein Herzschlag müsste lauter sein.«

»Und was heißt das?« Alex wandte sich wieder ihr zu. Auf ihrer linken Wange klebte Erde, auch an den Fingern und unter den Nägeln.

»Ich weiß nicht, ob wir hier richtig sind.« Sie klopfte sich die Hände ab.

»Wir haben keine Alternative und keine Zeit. Es muss einfach hier sein«, beharrte Alex. »Du hast doch gesagt, du spürst ihn.«

»Ja, aber …«

»Dann locken wir ihn jetzt mit Blut heraus. Dann sehen wir ja, ob wir richtig sind.«

»Aber damit geben wir uns zu erkennen.« Danielle sah ihn an, und er bemerkte die Angst in ihrem Blick. Sie biss sich auf die Unterlippe.

»Du bist wunderschön.« Er ging einen Schritt auf sie zu.

»Denk nicht mal dran!«

»Das Denken kann ich nicht verhindern.« Er starrte sie an, sah die Sehnsucht in ihren Augen und hämmerte mit der Faust gegen die graue Wand. Er wollte endlich aufhören, diese Frau so zu begehren, dass alles andere aus seinem Hirn verschwand, er wollte nicht von seinem Verlangen beherrscht werden. Es gab so viel Wichtigeres im Moment!

»Du musst das Denken verhindern«, verlangte sie.

»Ja! Ich weiß! Ich tu doch mein Bestes!« Keuchend sah er sie an und schlug noch einmal gegen den Beton. »Aber es ist doch völlig egal, ob wir uns zu erkennen geben. Er weiß von dir, und er weiß von mir. Seine Alpträume attackieren mich, wenn ich nur kurz die Augen schließe, einer hätte uns fast überfahren. Es wird Zeit, dass wir zurückschlagen. Und wenn wir hier nur seine kleine Zehe anzünden, dann zünden wir eben seine Zehe an. Hauptsache, es tut dem Bastard weh!«

Ein Lächeln huschte über Danielles Lippen. »Das hier ist mehr als der kleine Zeh.«

»Na umso besser. Worauf warten wir dann noch?«

Er nahm eines der vier Rohre in die Rechte, weit vorn an der Bruchstelle, wo die Kante scharf war und nicht geschliffen, und schnitt damit über die Außenseite seines linken Unterarms. Ein vielleicht daumenlanger Riss öffnete sich, den leichten Schmerz blinzelte er mit einem Lächeln weg.

Blut quoll aus der Wunde, dickes rotes Blut, und er verspürte große Lust, es abzulecken. Er tat es nicht, hielt den Arm möglichst so, dass das Blut in Richtung Hand floss und nicht sofort auf den Boden tropfte.

Danielle tunkte ihren Finger hinein, führte den Tropfen Blut an ihre Nase und nickte. Was mochte sie gerochen haben? »Schmier es in die Erde.«

Anstatt es einfach nur an die offene Wand zu schmieren, schob Alex seinen Arm bis weit über den Ellbogen hinein. Kühl und feucht legte sich die Erde auf seine Haut. Das leichte Zittern, das er mit den Fingerspitzen schon im Beton gespürt hatte, schien sich auch dahinter fortzusetzen. Nein, es schien von dort aus der Tiefe zu stammen. Jeder Quadratzentimeter Haut, der in der Erde steckte, kribbelte. Etwas glitt über seinen Handrücken wie ein Regenwurm. Die Wunde brannte. Er hatte das Gefühl, dass sie von dem ganzen Dreck nicht verklebt, sondern dass der Blutfluss angeregt wurde, als hätte er sie unter warmes Wasser gehalten.

So hatten sich die alten Römer umgebracht, hatte er mal als Kind gelesen, in irgendeinem Roman, *Quo vadis* vielleicht. Wenn sie sich nicht ins Schwert gestürzt hatten, dann hatten sie sich im Kreis der Freunde in einer Badewanne die Pulsadern aufgeschnitten, hatten das Blut langsam in die Wanne fließen lassen, hatten gelacht, geredet und philosophiert, bis alles Leben aus ihnen entwichen war. Alex lachte nicht und philosophierte nicht, er redete nicht einmal.

Was dachte er hier für einen Stuss? Jetzt war weder die Zeit zum Philosophieren noch zum Lachen, er brachte sich ja auch nicht um.

Das Blut sickerte weiter in die Erde.

»Spürst du was?«, fragte Danielle. Sie stand neben ihm und hatte eines der roten Rohre in der Hand. Jenes, an dessen Bruchstelle noch ein paar Tropfen von Alex Blut klebten. Die anderen Rohre lehnten griffbereit an der ersten Betonplatte neben der aufgerissenen Wandpassage.

»Es kribbelt. Und blutet.«

»Gut. Er soll das Blut riechen. Wie ein Hai von ihm angelockt werden.«

Wie ein Hai? Einem Hai streckte man aber nicht den Arm entgegen.

Danielle lächelte ihn an, sie hatte seine Gedanken erraten. »Nein, ein Blutvater beißt dir nicht mal eben den Arm ab, er …«

»Halt. Da ist was.« Alex starrte auf die schwarze Erde direkt vor seiner Nase, auf kleine Wurzelenden, kaum dicker als ein Faden, auf eine Handvoll schmutziger, rundgewaschener Kiesel, die im Boden steckten. Bis fast zur Schulter steckte sein Arm dort drin, und er konnte nicht sehen, was mit diesem geschah, da beruhigten ihn Danielles Worte kaum. Trotzdem musste es sein, er war der Köder.

Er spürte, dass das Kribbeln stärker wurde, dass das Blut weiterfloss, ja fast aus ihm herausgesaugt wurde, als hätte die Erde Münder oder zahllose kleine gierige Rüssel wie Mücken.

Irgendwas glitt über seinen Ellbogen hinweg, es war breiter und rauer als ein Regenwurm. Es schmiegte sich an die Beuge, schrabbte über seine Haut wie ganz feines Sandpapier. Das Kribbeln nahm zu, als würde ihm ein ganzes Brett mit Akupunkturnadeln in den Arm gedrückt. Oder eine ganze Batterie Spritzen, die ihm sein Blut nehmen wollten. Sein Herz pochte schneller und schneller, pumpte immer mehr Blut in den Arm, von wo es in die Erde floss.

»Wie ein Wurm, nur größer«, teilte er Danielle mit. »Eine Blindschleiche, der man ein Reibeisen unter den Bauch gebunden hat.«

»Dann zieh den Arm jetzt langsam raus. Er soll dir folgen, du bist der Köder.«

»Ich weiß, was ich bin«, brummte Alex und schluckte. Langsam bewegte er sich von der Wand zurück, während sich das Ding um seinen Arm schlängelte, unterdrückte den fast übermächtigen Drang, einfach davonzustürmen. Das Ding war kalt, und seine Berührung rief tiefste Abscheu in Alex hervor.

Schmatzend wand es sich um seine Wunde, deren Brennen augenblicklich zunahm. Ein kaltes Brennen wie bei einer Erfrierung, das sich durch den ganzen Arm zu bohren schien, Kälte, die ins Mark seiner Knochen kroch.

Er spürte ein kräftiges Saugen, irgendwas hakte sich an seiner Haut fest. Alles in ihm drängte darauf, den Arm sofort aus der Erde zu reißen, doch er war der Köder, er musste sich zusammennehmen, sie wusste, was zu tun war, und sie hatte *langsam* gesagt.

Das Zittern im Boden wurde stärker, Erde regnete auf den Tunnelboden herab. Irgendwas schleifte über seine Finger. Etwas, das viel größer war als ein Wurm.

»Da ist noch etwas anderes. Etwas Gigantisches«, flüsterte er.

»Also wirklich keine kleine Zehe«, knurrte Danielle und umklammerte das Eisenrohr fester. Sie hob es wie einen Speer, bereit, jeden Augenblick zuzustoßen.

Das kleine Ding in der Erde wickelte sich plötzlich fest um Alex' Handgelenk und hielt ihn fest, zerrte an ihm. Mit einem Ruck wurde er bis zur Schulter wieder hineingezogen. Sein Gesicht knallte gegen die Wand, dumpfer Schmerz breitete sich auf seiner Wange aus, er schmeckte Erde und spürte ihre Kühle auf der Stirn.

»Scheiße!« Er drehte den Kopf weg, presste den linken Fuß gegen die Erde und drückte, stieß sich mit aller Gewalt von der Wand ab, doch sein Arm bewegte sich nicht einen Zentimeter.

»Wo ist er?«, brüllte Danielle.

»Was weiß ich? Dort drin!« Alex zerrte weiter, doch das Ding hielt ihn unerbittlich gefangen. Es schabte über seine Haut, kratzte sie von seinem Fleisch, schmirgelte sich Schicht um Schicht tiefer zu seinen Pulsadern hindurch. Jeden Moment konnten sie platzen, und das Blut würde mit unerbittlicher Geschwindigkeit aus ihm rinnen. Er würde sterben.

»Wo, verdammt! Wo?«

»Es hält mein Handgelenk!« Alex kämpfte wie irr,

um dem Griff zu entkommen, zerrte und zog mit aller Kraft, doch es gelang nicht. Er konnte ohne Schwierigkeiten eine Waschmaschine heben, aber hier gewann er nicht einen Millimeter.

Wieder glitt das große Ding über seinen Ellbogen und Unterarm hinweg. Es war mindestens so breit wie ein Autoreifen, wohl eher ein Traktorreifen. Im Gleiten schrabbte es ihm die ganze Haut vom Fleisch.

Alex schrie und schlug mit dem rechten Arm um sich vor Schmerz, zerrte wie wild an dem Arm in der Erde. Das große Ding verharrte und saugte an ihm, als könne jede seiner Poren Blut aufnehmen. Alex spürte Adern in sich platzen und brüllte weiter.

»Wo? Red mit mir!« Danielles Stimme überschlug sich, ihr Blick hastete über die schwarze Wand.

»Mein Arm! Über meinem Arm!«

Sofort stieß Danielle zu. Sie rammte das Rohr direkt vor Alex' Gesicht mit aller Kraft in die Erde. Zwei Handbreit tief glitt es wie durch Butter, dann wurde der Schwung gebremst. Keinen Zentimeter mehr schob sich das Rohr voran. Alex packte mit der Rechten zu und half ihr, mehr Druck zu entwickeln.

Die Wände des Tunnels erbebten, die Erde schwappte zwischen den Betonplatten herein. Die drei an die Wand gelehnten Rohre fielen scheppernd um. Das Rohr in Danielles Händen durchstieß irgendwas, eine Platte oder ein Brett, und dann glitt es langsam weiter, als bohrte es sich mühsam in eine zähe Masse.

Plötzlich wurde es Alex aus der Hand geschlagen, es grub sich quer durch die Erde, weiter den Tunnel entlang zur nächsten Betonplatte. Das Ding über seinem Arm setzte sich wieder in Bewegung, kroch über seinen offenen Arm hinweg, das Rohr steckte tief drin. Danielle torkelte mit, ließ jedoch nicht los, klammerte sich fest und presste sich gegen das Ende des Rohrs, drückte es mit aller Gewalt weiter in die Tiefe.

Immer mehr Erde fiel zu Boden, irgendwo dahinter konnte Alex schwarze Schuppen schimmern sehen.

Da lockerte das kleine Ding seinen Griff, und Alex konnte sich losreißen. Endlich! Sein Arm war wieder frei.

Er stürzte auf die Knie, halb fiel er vor Erschöpfung, packte sofort das nächste Rohr, ohne sich um seinen Arm zu kümmern oder auf die Erschöpfung zu achten. Später, dafür war später Zeit. Vom Ellbogen bis zum Handgelenk war alles aufgerissen, Blut tropfte auf den Beton.

Wäre ich ein Mensch, wäre ich schon tot. Aber ich bin keiner, nicht mehr.

Mit einem Schrei bohrte er das Rohr in die Wand, wo er eben noch die Schuppen hatte schimmern sehen. Er traf auf Schuppen oder einen anderen harten Widerstand.

»Stirb!«, brüllte er mit überschnappender Stimme und stemmte sich mit aller Kraft dagegen. Hass und Wut packten ihn, der Schmerz in seinem Arm gab ihnen weiter Nahrung, wie auch die Angst. Schweiß rann ihm über das Gesicht, den ganzen Körper, sein Arm brannte bestialisch, aber er dachte an nichts anderes mehr, als diesem Ding das Rohr ins Fleisch zu rammen. Oder was auch immer es statt Fleisch haben mochte, dieses Ding aus einem anderen Ameisenhügel. Ganz langsam grub sich das Rohr hinein. Es zitterte in seinen Händen, doch er ließ nicht los, sondern drückte weiter und weiter. Das Ding in der Erde schien stillzuhalten, es kroch nicht mehr weiter. Als hätten die kleinen Rohre es tatsächlich festgenagelt.

Die Betonplatte neben ihm kippte zu Boden und brach entzwei. Doch er hörte keinen Lärm, irgendwas verstopfte ihm die Ohren, ein dumpfer Druck wie tief unter Wasser. Ihm wurde schwindlig, er konnte aber nicht sagen, ob vom Druck oder Blutverlust. Er achtete nicht darauf, drückte nur immer weiter auf das Rohr ein. Dabei warf er einen kurzen Seitenblick zu Danielle.

Ihr Rohr war fast bis zum Anschlag in der Erde versenkt, sie wühlte die letzte Erde von der Wand. Darunter kamen dunkle Schuppen zum Vorschein, der Arm eines titanischen Tintenfischs, der Schwanz eines gigantischen Leguans oder ein Schlangenkörper vom dreifachen Durchmesser eines kräftigen Männertorsos. Was es auch war, das Rohr hatte ihm ein Loch in die Seite gerissen, dickflüssiges, dunkelrotes Blut quoll hervor.

Auch Alex trieb sein Rohr tiefer in den Körper der Kreatur. Sie zuckte, doch nur schwach, als hätte das Rohr sie tatsächlich gelähmt, sie zur Bewegungslosigkeit verdammt. Mit letzter Anstrengung durchbrach er die harten Schuppen auf der Rückseite und stieß das Rohr tief in den Boden dahinter.

Viel weiter unten im Tunnel wurde eine Betonplatte von der Wand gesprengt, dann noch eine. Schatten schlängelten sich dort, doch inmitten des Getöses und Staubs war nichts Genaues zu erkennen.

»Da. Mach schon! Wir haben keine Zeit!« Danielle knallte einen Kanister neben ihm auf den Boden, aus dem anderen ließ sie Benzin in ihr Rohr tropfen. Sie hatte es wieder ein Stück weit herausgezogen, so dass das Benzin direkt ins Fleisch der Kreatur floss. Sie ruderte mit dem Rohr hin und her, als wolle sie das Benzin gründlich verteilen, dann schob sie das Rohr wieder ganz durch und begann, die Schuppen von außen mit dem restlichen Treibstoff einzureiben.

Weitere Betonplatten krachten zu Boden, irgendwas kam von dort hinten heran.

Hektisch wischte Alex mit dem gesunden rechten Arm die Erde von den Schuppen, nur ganz grob. Dann öffnete er den Kanister und besprengte die Kreatur mit Benzin. Wild spritzte er es durch die Gegend, ein paar Tropfen landeten auf seinem Shirt oder auf dem Boden, das war alles egal. Sie hatten keine Zeit, um gründlich zu sein. Der ganze Tunnel stank inzwischen nach Tankstelle.

Danielle rammte der Kreatur eben das dritte Rohr hinein, direkt unter Alex' und beinahe parallel zur Außenhaut. Sie nutzte das vorgebohrte Loch in den Schuppen und wollte die Kreatur nicht durchstoßen, sondern ihr nur tief ins Fleisch dringen. Dann füllte sie den Rest Benzin aus ihrem Kanister ins Rohr und pustete es so tief ins Fleisch des Blutvaters wie möglich. Es sah albern aus, wie sie mit geblähten Wangen an dem Rohr klebte, ein Kind an einem gigantischen Strohhalm, nicht sonderlich heroisch, aber es lag unglaublicher Druck dahinter. Als sie sich vom Rohr löste, ließ sie es schräg im Fleisch stecken.

Zwischen den berstenden Platten im hinteren Tunnel und dem in der Luft hängenden Staub waren schuppige Dinge zu erkennen, sich schlängelnde Wurzeln oder was auch immer. Sie kamen näher.

Danielle tränkte zwei Lappen mit den Benzinresten aus Alex' Kanister, die allerletzten Tropfen kippte sie dann noch ins dritte Rohr und zündete sie an. Dann zerrte sie Alex zurück, entzündete die beiden Lappen und warf sie gegen die mit Benzin überschüttete Kreatur. Sofort fing sie Feuer, brannte schneller als trockenes Heu im August.

Eine Druckwelle wie nach einer Explosion schleuderte Alex und Danielle zurück. Sie knallten gegen die Tunnelwand, torkelten, konnten sich aber fangen.

Zischend fraßen sich die Flammen am Körper des Blutvaters in die Tiefe, hangelten sich an der Kreatur entlang wie Funken an einer Lunte, drangen unter der Erde immer weiter und weiter. Dann quoll schwarzer Rauch heraus, und sie konnten nichts mehr erkennen.

Abgesehen von dem gedämpften Prasseln herrschte wieder Stille im Tunnel. Keine weitere Betonplatte wurde von der Wand gesprengt. Erschöpft sank Alex zu Boden.

Danielle schälte sich aus ihrer Bluse, um ihm dem Arm zu verbinden. Sie hatten keine Salbe, und Seide war nicht das Beste, aber irgendwie mussten sie die Blutung stoppen. Der Arm sah aus, als müsste man ihn amputieren, aber vielleicht war ein Vampir ja zäh genug.

Ein Vampir oder was ich auch bin, dachte Alex.

»Das wird schon«, sagte Danielle. »Du kommst wieder auf die Beine.«

»Mann, das Ding hat gebrannt …«, murmelte Alex und lächelte. Wenn Danielle es sagte, würde alles gut werden. Ihm war schwindlig. »Gebrannt wie Zunder.«

»Ja. Aber ich befürchte, die Flammen kommen nicht bis zu seinem Herzen.«

»Erst mal müssen wir hoffen, dass dieses Ding nicht neben einer Gasleitung liegt und wir gerade die ganze Stadt in die Luft gesprengt haben.«

Danielle strich ihm über die Wange. Gemeinsam lauschten sie in den Tunnel.

33

Lisa wurde von Sandy aus der Nische geführt. Sie hielt sich möglichst an der rechten Wand und vermied jeden Blick auf die dort hängenden Fotografien. Links von ihr ging Sandy, die die Hand auf ihre Schulter gelegt hatte. Die Vampire in der Halle begutachteten sie neugierig, sogen vernehmlich ihren Geruch ein, den ihres Bluts, doch Lisa sah nur zu Boden. Sie hatte das Gefühl, zu ihrer Hinrichtung geführt zu werden; unter keinen Umständen wollte sie eine von ihnen werden.

Vielleicht gab es bei diesem Aufnahmeritual ja ein Messer, mit dem sie sich selbst töten konnte. Sie wäre lieber tot als so etwas.

Schritt für Schritt näherten sie sich dem oberen Ende der Halle. Lisa verbarg Abscheu und Angst hinter einer Maske aus zur Schau getragenem Stolz, ihr Gesicht war reglos, wie gemeißelt, niemand sollte sehen, was in ihr vorging. In der hinteren Ecke befand sich eine hohe Tür aus schwarz lackiertem Holz, auf die sie zusteuerten.

Plötzlich lief ein Zittern durch die gesamte Halle, Lisa geriet ins Straucheln und konnte sich nur mühsam halten, indem sie sich mit der Hand an der Wand abstützte. Einige Nägel lösten sich, Fotos trudelten zu Boden, auch eine Laterne fiel herab und zerbarst.

Was war das?, dachte Lisa. In Berlin gab es keine Erdbeben, hatte es noch nie gegeben.

Die Vampire torkelten, schrien auf und hielten sich die Köpfe, der Alte mit der Pickelhaube ging gar auf die Knie, er blutete aus der Nase und hämmerte mit den flachen Händen auf den Boden. Sandy keuchte und krallte die Finger tief in Lisas Schulter, die sie nicht losgelassen hatte. So tief, dass auch sie aufstöhnte.

»Nein«, keuchte Sandy. »Das kann nicht sein … Wie …? Nein, nicht dieser verfluchte …«

Jo zerrte brüllend an seiner Kette, warf sich mit aller Gewalt nach vorn, die hervorquellenden Augen drohten zu platzen.

»Wir müssen sie töten!«, schrie irgendwer, und alle stimmten mit ein.

»Töten!«, gellte es von überall her.

»Töten!«

Lisa drückte sich gegen die Wand, die Arme zum Schutz erhoben. Gerade noch hatte sie an Selbstmord gedacht und nun Angst vor dem Tod. Doch niemand stürmte auf sie zu. Nicht sie war jene Sie, die getötet werden sollte.

»Wir werden beide töten! Wir werden ihr Blut gleich

am Ort ihrer frevelhaften Tat versprengen! Für ihn! Sein sei das Blut und die Rache!«, brüllte der Alte mit der Pickelhaube und rappelte sich auf. Geifer tropfte aus seinem Mundwinkel. »Sie sind unter dem Reichstag, der Fremde und die Nephilim. Ruft alle an und lauft!«

Die ersten Vampire stürmten bereits auf den Ausgang zu, hechelnd und keifend, da wandte sich der Alte an Sandy: »Du bleibst hier, bei ihr. Warte noch ein wenig mit dem Ritual, nur ein paar Minuten. Wenn du sie jetzt reinbringst, dann trinkt er sie völlig leer. Du hast seine Schmerzen gespürt.«

Sandy nickte.

»Aber warte nicht zu lang. Frisches Blut ist genau das, was er jetzt braucht. Und es ist besser für sie, wenn sie eine von uns wird, bevor wir die Nephilim haben.«

Wieder nickte Sandy, dann eilte der Alte den anderen hinterher, viel zu schnell und geschmeidig für jemanden in seinem Alter. Nur Lisa, Sandy und der irrsinnige Jo blieben zurück. Sein wütendes, gieriges Knurren erfüllte die ganze Halle. Ansonsten herrschte Stille, die Wände hatten aufgehört zu beben.

Lisa sank an der Wand langsam zu Boden. Die Hinrichtung war aufgeschoben, wenn auch nur um wenige Minuten. Zu ihren Füßen lag ein Familienfoto mit zwei Mädchen von etwa zehn, zwölf Jahren. Die Gesichter von Mutter und ältester Tochter waren mit einem Cutter zerkratzt worden, wie auch die Hände des lächelnden Vaters. Zwischen seine Beine war ein Loch geschmort. Die jüngste Tochter war unversehrt, doch sie lächelte nicht.

Lisa schloss kurz die Augen, sie spürte das unangenehme Kribbeln des Bodens unter ihrem Hintern, aber es war egal. Alles war egal, wenn sie nun ein Vampir wurde. Sie hörte, wie sich Sandy neben sie setzte. Jos Knurren versuchte sie zu ignorieren.

»Dann musst du wohl noch ein wenig warten«, sagte Sandy. Sie saßen ganz nah beieinander, wie zwei Freundinnen, die gemeinsam die Zeit totschlugen. Nur dass von ihrer Freundschaft nichts mehr übrig war und sie völlig gegenläufige Erwartungen an das Kommende hatten.

»Warum? Was ist passiert?«, fragte Lisa mechanisch. Jedes Gespräch, das Jo übertönte, war ein gutes Gespräch.

»Alex und diese Schlampe haben ihn angegriffen. Sie haben ihn in Brand gesteckt.«

»Ihn?« Lisa öffnete die Augen und blickte Sandy an. Mit einem kurzen Nicken deutete sie auf die schwarze Tür. »Ich denke, er ist dort drin?«

»Er ist groß. Der Blutvater ist nicht nur hier, er ist überall unter Berlin. Aber wenn sie ihn da draußen in Brand stecken, können sie ihn nicht töten. Diese hirnverbrannten Idioten! Verrecken sollen sie trotzdem. Elendig und langsam!« Mit hasserfüllten Augen starrte Sandy an die gegenüberliegende Wand und spuckte wüste Schimpfworte in die düstere, fast verlassene Halle. »Ich wär' verdammt gern dabei, wenn sie sie ausbluten lassen. Aber wem sage ich das. Du wärst sicher auch gern dort.«

»Ich?« Lisa schüttelte den Kopf.

»Natürlich. Wir reden von Alex und dieser verdammten Schlampe.«

»Mag sein. Aber ich will doch nicht, dass sie sterben.«

»Warum nicht? Denk daran, was sie dir angetan haben.«

»Sie haben gevögelt, nur gevögelt!« Lisa schniefte, aber sie konnte nicht verhindern, dass ihr eine Träne über die Wange rann. Das hier war alles zu bizarr, zu schrecklich. »Er hat mich verarscht, ja, meinetwegen auch mein Herz gebrochen, aber darauf steht doch nicht die Todesstrafe. Hallo? Wir waren nicht einmal richtig zusammen, er hatte mir keine Zukunft versprochen, wir hatten noch gar keine Zeit, uns Treue zu schwören und all das. Er …«

»Er hat dich beschissen!«, fiel ihr Sandy ins Wort. »Er hat dich flachgelegt und benutzt. Jetzt verteidige ihn nicht auch noch! Erzähl mir nicht, dass du benutzt werden wolltest!«

»Nein! Natürlich nicht. Aber ich wollte flachgelegt werden!« Lisa atmete tief durch. Hatte sie das wirklich gewollt? Ja, natürlich, aber auch noch viel mehr. »Jetzt hör mir mal zu. Ich wollte ganz sicher nicht, dass er mit einer anderen vor meinen Augen in die Kiste springt. Ich hatte mich verliebt, ich wollte mit ihm ins Bett und am nächsten Morgen gemeinsam aufwachen. Ich wollte mit ihm frühstücken und mit ihm zusammen sein, bis wir uns auf den Geist gehen würden, vielleicht auch für immer, aber so weit habe ich nicht gedacht, ich habe nur gedacht: *Ja, das ist es.* Ich wollte ihn kennenlernen, ihm zeigen, wer ich bin und was ich am Leben liebe, was mich glücklich macht. Ich wollte herausfinden, was ihn glücklich macht, ich wollte mit ihm ans Meer oder auch einfach in den nächstbesten Zug steigen und schauen, wo wir ankommen. Einmal wirklich einsteigen, und das nicht allein. An dem Abend war ich mir sicher, ich könnte mit ihm glücklich werden. Ich wollte nichts mehr, als das herausfinden. Ich war sicher, dass wir zusammenpassen würden. Und der blöde Arsch hat's versaut. Dafür könnte ich ihm in die Eier treten, und ich wünsche ihm, dass diese Frau ihn verlässt und sein Herz bricht. Er soll wochenlang unter Einsamkeit leiden, so richtig leiden, im Bett dahinvegetieren und Läuse kriegen. Aber ich will doch nicht, dass er stirbt!«

Sandy sah sie an. In ihren Augen lag ein Schimmer der alten Sandy, zumindest glaubte Lisa, sie seien nicht mehr ganz so kalt und raubtierhaft. »Ach, Lisa, du bist einfach zu lieb für diese Welt.«

»Zu lieb?«

»Ja. Schau dich doch um, das Leben, die Wirklichkeit, alles ist traurig und dunkel. Auch du hast dem Schwein alles Mögliche an den Hals gewünscht. Du hast mit mir die Voodoopuppe aus seinem Shirt gebastelt. Das war dein Instinkt, dein Bauchgefühl, du wolltest deine Rache! Doch jetzt hörst du wieder auf dein anerzogenes schlechtes Gewissen, diese Möchtegernmoral, die nur dazu da ist, uns ruhigzustellen, ein Sedativum für unseren wahren Willen, der Kerker unserer freien Natur. Du bist weich geworden und würdest dich mit Läusen zufriedengeben.«

»Läusen und furchtbarer Einsamkeit«, murmelte Lisa.

Als sie an das Voodoo-Shirt dachte, war ihr unbehaglich. Das war ein Scherz gewesen, sie erinnerte sich nicht einmal mehr genau daran, was sie Alex alles an den Hals gewünscht hatte. Wenn es Vampire gab, konnte es sein, dass dann auch Voodoo funktionierte? Hatte sie ihm den Tod gewünscht, und deshalb würden ihn die Vampire jetzt erwischen und töten? Nein, das konnte nicht sein, durfte nicht sein. Nein, nein, sie jagten ihn, weil er ihren Blutvater angezündet hatte. Es hatte nichts mit ihr zu tun.

»Und Einsamkeit, wochenlange Einsamkeit. Meinetwegen«, erwiderte Sandy mit einem verächtlichen Schnauben. »Das ist nicht viel für einen Kerl, der dich grausam betrogen hat und versucht, deinen zukünftigen Vater zu töten.«

»Meinen zukünftigen ... Was? Ach so, ja.« Lisa sah zu Boden und räusperte sich, holte tief Luft. »Aber was, wenn ich wirklich keine von euch werden will? Wir waren doch Freundinnen ...«

»Wir sind Freundinnen!« Sandy starrte sie an. »Warum sollten wir keine mehr sein?«

»Weil du mich mit Gewalt hierhergeschleppt hast!«, fuhr Lisa auf. »Weil du mich zu etwas zwingst, das ich nicht will! Das ist keine Freundschaft!«

»Es ist nur zu deinem Besten.« Sandy legte ihr die Hand auf den Arm. »Du wirst es verstehen, wenn du erst eine von uns bist. Vorher ...«

»Ich will aber nicht! Wie oft denn noch? Ich kann dieses ganze gehirngewaschene Sektengeschwätz nicht mehr hören!«

»Wir sind keine Sekte! Wir sind die Krone der Evolution!«

»Schöne Krone, die nur daran denkt, andere zu töten! Das ist Degeneration, nicht Evolution!« Lisa schrie sich alle Angst und Wut aus dem Körper, schrie sie Sandy ins Gesicht. Sollte diese sie doch deswegen sofort zu dem verfluchten Blutvater hinüberschleifen, aber sie müsste sie schleifen! Lisa würde nicht mehr mitkommen wie ein braves Lamm. Von wegen zu lieb!

Sandys Hand, die noch immer auf Lisas Arm lag, packte schmerzhaft zu und zerrte sie tatsächlich auf die Beine. »Ich denke, es ist genug Zeit verstrichen. Der Boden ist ruhig, er wird dich willkommen heißen.«

»Aber ich ihn nicht!«

»Du wirst! Und dann wirst du auch verstehen!«, beharrte Sandy. Sie schrie und wirkte dabei doch weniger aggressiv als verzweifelt, weil sie nicht erklären konnte, was ihr so wichtig war. Sie atmete durch und fuhr ruhiger fort: »Der Vater hat uns allen den Weg des Bluts gezeigt, einem nach dem anderen, und jeder, wirklich jeder von uns hat ihn verstanden. Du kannst seine Größe erst dann ermessen und begreifen, wenn du Teil von ihr geworden bist. Vorher kannst du doch gar nicht urteilen.«

»Größe ist nicht alles! Und ich will sicher nicht Teil eines blutsaufenden Mobs werden! Das weiß ich, ohne es auszuprobieren!« Lisa versuchte vergeblich, sich loszureißen, doch Sandy schleifte sie einfach weiter. Lisa wusste, dass sie keine Chance hatte, aber es ging nur noch darum, sich zu wehren. Sich nicht zu ergeben. Widerstand bis zum Schluss, und vielleicht würde ja irgendwas geschehen. Irgendwas. Der letzte Funken Hoffnung in ihr wollte nicht erlöschen.

In diesem Moment wurde Jos Knurren lauter, plötzlich klang es überrascht und gierig. Patschende Schritte rasten herbei, eine Kette schepperte über den Boden.

Lisa und Sandy wirbelten herum. Tatsächlich hatte sich seine Kette aus der Wand gelöst, vielleicht war das Beben von vorhin schuld, dass sie sich gelockert hatte, vielleicht hatte auch nur das ständige Ziehen und Zerren etwas bewirkt. Auf jeden Fall stürzte der riesige Vampir jetzt herbei, den Mund gierig aufgerissen, Schaum tropfte von seinen Lippen.

Sandy stieß Lisa weiter auf die schwarze Tür zu, in die äußerste Ecke der Halle, und zischte: »Bleib hinter mir.«

Lisa drückte sich gegen die kahle Wand, ihr Herz schlug wild.

»Halt!«, brüllte Sandy Jo entgegen und baute sich breitbeinig vor Lisa auf. »Sie gehört ihm. Du kannst sie nicht trinken.«

Jo stürmte herbei, bremste keuchend direkt vor ihr ab und schlenkerte mit dem Kopf hin und her, lugte mal links, mal rechts an ihr vorbei, auch über sie hinweg; er war fast einen Kopf größer als Sandy. Gierig stierte er mit seinen hervorquellenden Augen auf Lisa. Sie waren braun wie dunkler Bernstein und doch eisig.

»Durst«, presste er zwischen den rissigen Lippen hervor. Es war das erste klar artikulierte Wort, das Lisa von ihm hörte. Seine Stimme war ein tiefes raues Grollen, dunkler als der langgezogene Donner in einer Gewitternacht. Sie rollte über Lisa hinweg, und Lisa zuckte zusammen, als könnte sie jeden Moment der Blitz treffen.

»Nein. Nicht sie«, erwiderte Sandy. Ihre Stimme zitterte, war jedoch laut und deutlich. Nicht einen Zentimeter wich sie zurück.

»Niemand ist sonst hier. Du darfst sie mir nicht verweigern. Darfst nicht!« Geifer troff aus seinem Mundwinkel. »Sie ist Mensch.«

»Sie wird eine von uns.«

»Nein. Sie nicht. Sie riecht anders. Du darfst sie mir nicht verweigern.« Er leckte sich über die geschwollenen Lippen und reckte den Hals nach Lisa.

Sie wich zurück, bis sie mit dem Rücken gegen die Wand stieß.

»Nicht sie!« Sandy wurde lauter, doch das Zittern verschwand nicht ganz aus ihrer Stimme.

»Sie ist frei! Ich darf sie trinken. Er erlaubt, dass ich sie trinke.« Mit der Rechten langte er an Sandys Schulter und schob sie zur Seite. Als er Lisa anstarrte, schimmerte unstillbarer Hunger in seinen Augen.

Sie konnte nichts tun als zurückstarren. Das Kaninchen vor der Schlange, erstarrt und aller Hoffnung und jedes Kampfgeists beraubt, ein hypnotisiertes, wehrloses Opfer.

»Nein!« Sandy stieß den Hünen zur Seite und baute sich wieder zwischen ihm und Lisa auf.

»Durst!«, grollte er und blitzte sie an.

»Nein!«

Zweimal schnaufte er tief durch, dann sagte er: »Halbe-halbe.«

Die Erstarrung fiel von Lisa ab. Sie ging in die Knie, tastete auf dem Boden herum, doch sie konnte nichts finden, das sie als Waffe hätte verwenden können. Keinen Stein, nichts. Warum sollten auch irgendwo einfach Waffen herumliegen?

»Nein!« Sandys Stimme klang schneidend. Sie wirkte so winzig im Vergleich zu Jo, doch zugleich entschlossen. »Ich sagte Nein!«

»Durst!«, grollte Jo.

Lisa tastete über die Wand, ob sich irgendwo ein Ziegel lösen ließ. Nichts. Der Mörtel war steinhart, und sie riss sich einen Fingernagel ein. Auf keinen Fall wollte sie in Jos Hände fallen, von ihm ausgetrunken werden und weggeworfen wie eine leere Verpackung. Sie wollte kein Vampir werden, doch genauso wenig das Opfer eines Blutsaugers. So wollte sie nicht sterben, so nicht. Sie wollte überhaupt nicht sterben, aber ganz sicher nicht so.

»Nein!«, keifte Sandy ein weiteres Mal.

Dann ging alles schneller, als Lisa wahrnehmen konnte. Fauchend fielen die beiden Vampire übereinander her, Lisa wusste nicht, wer den Kampf begonnen hatte. Sie wälzten sich ineinander verkeilt über den Boden, stießen sich gegen die Wände und droschen aufeinander ein. Ihre Kleidung wurde zerfetzt, Haut aufgerissen, Verputz staubte von der Mauer, wenn einer von ihnen mit Wucht dagegenprallte. Sandy war um so vieles kleiner, und doch schien sie nicht chancenlos. Nicht völlig. Sie schlug schneller zu als er, trat und kratzte, riss an seinem Ohr und hämmerte die Faust nach seiner Nase, als wolle sie ihm den Knorpel bis ins Hirn hochdreschen. Doch Jo konnte gerade noch ausweichen und schlug ihr den Ellbogen aufs Ohr.

Wie wahnsinnig droschen sie aufeinander ein, aber keiner von beiden biss zu. Als wollte keiner das Blut eines anderen Vampirs vom selben Vater trinken. Das Blut von Schwester und Bruder.

Dann tauchte Sandy zu langsam unter einem Schlag hinweg, und Jo stieß sie um, warf sich auf sie, packte ihren Kopf und drückte ihn auf den Boden. Sandy schlug um sich, krallte ihre Finger in seinen Arm, so dass die Haut aufplatzte und Blut herausspritzte. Doch ihn schien das nicht zu kümmern, er hatte sie fest im Griff. Mit gebleckten Zähnen hob er ihren Kopf und drosch ihn auf die Erde. Wieder und wieder, bis Sandys Hinterkopf eine richtige Kuhle in den feuchten, schweren Boden gedrückt hatte.

Leise schlich Lisa an der Wand entlang. Sie musste hier weg, sofort. Solange die beiden so sehr auf ihren Kampf konzentriert waren, achteten sie nicht auf sie. Sie wusste, wie es hinausging, dort hinten wartete die Tür in die Freiheit.

Jo presste seine Daumen auf Sandys Augen und knirschte: »Durst.«

Verzweifelt schlug Sandy die Fäuste gegen seine Arme, aber er ließ nicht los. Sie schrie, während er sich daran machte, ihr die Augäpfel aus dem Kopf zu pressen.

»Scheiße«, fluchte Lisa. Sandy hatte sich nur für sie auf diesen Kampf eingelassen. Sie war irre und ein Vampir, aber sie war ihre Freundin gewesen und wollte um alles in der Welt verhindern, dass dieser Besessene ihr Blut trank. Und was tat sie? Sich verdrücken.

Aber was sollte sie schon ausrichten? Sie war nur ein schwacher Mensch, sie konnte nichts tun. Zudem wollte Sandy sie zu einem Vampir machen, und wenn sie ihr half, dann …

»Scheiße«, sagte sie noch einmal und packte die Kette mit den fingerdicken schwarzen Gliedern, die noch immer um Jos Hals hing. Sie war schwer und wäre ihr fast wieder aus den nervösen Fingern geglitten. Dann riss sich Lisa zusammen und legte den Mittelteil der Kette zu einer Schlinge zusammen. Mit aller Kraft und Konzentration warf sie diese um seinen Kopf. Bevor er überhaupt merkte, was ihm geschah, was eben auf seine Schultern geklatscht war, zerrte sie mit Gewalt und Wut am Ende der Kette. Die massiven Eisenglieder zogen sich fest um seinen Hals, gruben sich in seine Kehle.

Überrascht japste er und ließ von Sandy ab, wirbelte herum. Seine kalten Augen erkannten Lisa, und er begann zu grinsen.

»Durst.«

Das langgezogene Wort rollte über sie hinweg, lähmte sie, begrub allen Kampfgeist. Lisa stolperte zurück und verfluchte sich für ihre Dummheit. Warum war sie nicht einfach geflohen?

Jo stürzte sich mit gebleckten Zähnen auf sie. Wie konnten Augen, die so voller Gier brannten, nur gleichzeitig so kalt und tot sein? Das rechte Ohr hing halb abgerissen an seinem geschorenen Schädel, das linke Jochbein war geschwollen. Seine blutbeschmierten Hände waren riesig und kamen immer näher. Hände, die ihr mühelos das Genick brechen konnten.

Kurz bevor seine Arme sie packen konnten, seine Zähne sich in ihre Kehle graben, wurde er zurückgerissen. Die Kette schlang sich enger um seinen Hals, Hautstückchen wurden zwischen den einzelnen Ringen zerrieben, eine Ader platzte.

»Noch sind wir nicht fertig«, zischte Sandy mit heiserer Stimme. Sie hielt das Ende der Kette in den Händen und zerrte wieder daran.

Jo kippte zu Boden, und sie warf sich auf ihn, ohne die Kette loszulassen. Gurgelnd zappelte Jo mit den Beinen, doch er konnte sich nicht mehr befreien.

Lisa sah nicht genau, was geschah, nur Sandys verdreckten angespannten Rücken, der Jos Kopf verdeckte, und ihren mit Erde und Blut verklebten Hinterkopf. Vernahm sein Röcheln und ihr angestrengtes Keuchen.

Irgendwann hörte das Zappeln und Röcheln auf.

Als sich Sandy erhob, schien es Lisa so, als wäre Jos Hals zu einem Brei aus Haut, Fleisch und Blut zermanscht, der Kopf völlig abgetrennt vom Körper, selbst die Wirbel schienen zersplittert und Teil des Matschs. Lisa würgte und wandte sich schnell ab.

»Du hättest fliehen können«, sagte Sandy. Ihre Stimme klang dünn, in ihrem Blick lag nun mehr Entsetzen als Kälte. Zweifel. Sie blutete aus mehreren Wunden, ihre Kleidung bestand nur noch aus Fetzen. Der Hals war gerötet, hier hatte Jo sie gewürgt.

»Ja.« Mehr brachte Lisa nicht hervor. Sie konnte Sandy nicht länger anblicken. Sie hätte nicht nur können, sondern auch fliehen sollen. Jetzt war es zu spät und alles vorbei.

»Danke.«

»Schon gut. Du hast ja für mich gekämpft.«

»Ja.« Sandy sank auf die Knie und starrte ihre Hände an, der linke kleine Finger war unnatürlich verdreht, die rechte Schulter hing tiefer als die linke. Sandys Gesicht war von Kratzern übersät, der rechte Oberarm war klaffend aufgerissen, und unter dem linken Auge bildete sich eine dunkle Schwellung, das Lid des rechten hing halb über das Auge herab und zuckte. Am Hinterkopf quoll noch immer Blut unter dem Haar hervor. Das alles beachtete sie nicht, sie murmelte heiser vor sich hin: »Ich habe einen von uns angegriffen. Ich habe einen von uns getötet. Für einen Menschen.«

»Aber ich soll doch eine von euch werden.«

Sandy lächelte sie mühsam an. Das Blut trocknete in ihrem Gesicht, nur die Oberlippe platzte erneut auf. »Noch bist du es nicht. Ich habe mich gegen die meinen gestellt. Gegen meinen Bruder. Das ist mein Ende. Unser Ende.«

»Es ist niemand hier. Niemand weiß, wie Jo gestorben ist.«

»Doch«, sagte Sandy müde. Sie kniete noch immer auf dem Boden, schien keine Kraft mehr zu haben, sich zu erheben. »Er. Er weiß es. Er weiß alles, was seine Kinder tun. Und er ist ein strenger Vater.« Sie wippte vor und zurück. »Ich habe einen Bruder getötet. Ich habe ihn getötet.«

34

Alex hatte sich seit fünf Minuten nicht von der Stelle gerührt. Er beobachtete seinen Arm, wie die Wunde verkrustete, und konnte spüren, wie sich darunter neue Haut bildete, wie Muskelfasern wieder zusammenwuchsen. Pochend klang der Schmerz ab, Alex spürte, wie das Leben in seinen Arm zurückkehrte. Es ging so schnell, viel schneller als zu Zeiten, als er noch Mensch gewesen war. Gebissen, jedoch Mensch. Nirgendwo war eine Gasleitung explodiert. Aus dem schwarzen Loch in der Erde, wo der Blutvater gehaust hatte, drang kein Rauch mehr, nur noch der Gestank nach Moder und Kompost.

»Wir müssen los«, sagte Danielle zum hundertsten Mal. »Sie werden uns suchen.«

»Ich weiß«, sagte Alex zum ebenfalls hundertsten Mal und rührte sich nicht. Er saß einfach da und betrachtete sie. Sie war verdreckt, Frisur und Kleidung zerstört, angeschlagen, ein Hauch Furcht lag in ihrem Drängen, Erschöpfung, und doch strahlte sie mehr Erotik aus als jeder herausgeputzte Hollywoodstar auf dem roten Teppich, mehr als jede Tänzerin, die er je an einer Stange gesehen hatte. Ihre Schönheit war unmenschlich, sie hatte ihn überhaupt hierhergebracht. Hätte er sie im *Gilgamesch* nicht angesprochen, wäre er jetzt nicht in diesem Tunnel. Dann wäre er jetzt zu Hause und würde friedlich schlafen.

Oder alpträumen, dachte er. Es hatte keinen Sinn, ihrer Schönheit die Schuld an seiner Lage zu geben. Sie hatte ihn nicht aus einer heilen Welt gerissen. Anstatt friedlich zu schlafen, stünde er viel eher wieder einmal auf einer Brücke, um sich in den Tod zu stürzen, ohne zu wissen, warum, oder woher dieser Drang zum Selbstmord kam. Ein Drang, den sie ihm erklärt und den er seit Tagen nicht mehr gespürt hatte. Seit er die Schwärze in sich mit seinem Speichel ausgespuckt hatte, wieder und wieder. Zwar hatte sie gesagt, man könne nicht alles erklären, was das Vampirische anbelangt, aber das eine glaubte er nun verstanden zu haben: die Schwärze in ihm, Asche wie die Kreatur aus der Scheune, der verbrannte Blutvater von irgendwo.

»Dann komm jetzt!« Sie hielt ihm die Hand entgegen, um ihm aufzuhelfen. Lange schlanke Finger, in denen so viel Kraft steckte, dreckig und aufgeschürft, doch keiner der vorn weiß lackierten Fingernägel war abgerissen. Stabil wie die Krallen einer Raubkatze.

Zögernd griff er zu und ließ sich auf die Beine ziehen.

»Küss mich«, flüsterte er mit trockenem Mund, als er vor ihr stand, so nah an ihren vollen Lippen, so nah, dass er ihren Duft nach Gewitter und schwülen Sommernächten über den ganzen Gestank hinweg einatmete. Es war ihr Duft, kein Parfüm, wie er anfangs gedacht hatte.

»Mach keinen Unsinn, wir müssen los«, sagte sie mit rauer Stimme, aber sie blieb vor ihm stehen, die Lippen leicht geöffnet.

»Ich weiß«, sagte er und küsste sie. Er konnte nicht anders, dieses Verlangen war gegen jede Vernunft und so rücksichtslos wie seine jahrelange Sehnsucht nach dem Tod. Ihre Zungen berührten sich, und Alex' Hände wanderten über Danielles Rücken hinab, packten ihren Hintern und pressten sie an sich. Nichts anderes war mehr wichtig. Sollte die ganze Welt in den Abgrund stürzen, er musste jetzt mit Danielle schlafen. Wenn schon Apokalypse, dann wollte er sie mit einem Orgasmus erleben.

Er krallte sich in ihren Rock und zerrte ihn hoch.

»Nicht hier«, stöhnte Danielle und grub die Hände in sein Haar, schmiegte sich an ihn.

»Wo dann?«

»Wenn alles vorbei ist.«

»Das ist kein Ort.«

»Nicht jetzt.« Sie legte ihm die Hand auf die Brust, stieß ihn aber nicht von sich, sondern fuhr ihm mit den Nägeln über die nackte Haut, kniff ihm spielerisch in die Brustwarzen.

»Aber später ist vielleicht zu spät«, flüsterte Alex, die Lippen ganz nah an ihrem Ohr, und presste sie gegen die kalte Wand des Tunnels. Sein Verstand tobte und schrie, sie mussten weg hier, sofort, aber er hatte keine Kontrolle über seinen Körper.

»Nein.« Danielle krallte die Finger in seine Brust, ihre Augen brannten. »Wir haben keine Zeit.«

»Wir können doch ganz schnell machen.« Alex nestelte an seinem Gürtel herum, öffnete die Schnalle und den obersten Knopf seiner Hose.

»Was ist mit … Lisa?«, fragte Danielle. Sie atmete weiter erregt, doch in ihren Blick hatten sich Traurigkeit und Furcht gemischt. Als hätte sie eine Frage gestellt, die sie nicht stellen wollte, eine Frage als letztmögliche Verzweiflungstat.

Welche Lisa?, wollte Alex im ersten Moment ausstoßen, doch dann tauchte ihr Gesicht aus seiner Erinnerung auf, legte sich über Danielles Züge, und sein Herz schlug heftig, es schmerzte und schien zu zerreißen. Ihm wurde flau im Magen, Angst wallte in ihm auf, doch noch immer wollte er Danielle vögeln. Jetzt sofort, schnell und hart. Und zugleich wollte er losrennen und Lisa retten, er wusste nicht mehr, wovor und warum, er konnte nicht denken, nur begehren, alles, was zählte, war der Augenblick, die Gier nach Befriedigung, aber sein Herz schlug anders, seit Lisas Gesicht in seinen Gedanken aufgetaucht war.

»Ich kann nicht, bevor wir nicht … Und du auch nicht, das weißt du«, keuchte er und schob mechanisch seine Hose nach unten.

»Ja«, sagte Danielle, die über Jahrtausende von Männern und Frauen bis zur Selbstaufgabe begehrt worden war, ohne je selbst einem Menschen zu verfallen, und die nun einem solchen unbekannten, verzehrenden Verlangen hilflos ausgeliefert war. Sie, die tausendfach Vergötterte, die jedoch nie geliebt hatte und nie wirklich geliebt worden war.

Auch Alex wusste in diesem Moment, dass er sie nie lieben würde, immer nur begehren, das jedoch mit jeder Faser seines Körpers. Dass er Lisa liebte, auch wenn er nicht benennen konnte, warum. Und dass dies alles keine Rolle spielte, solange er nicht von Danielle lassen konnte. Er hatte Lisa vor ihren Augen verraten, und er würde es wieder tun, weil er nicht anders konnte. Dafür hasste er sich und Danielle, und er schrie diesen Hass hinaus, dass er von den Tunnelwänden widerhallte.

Er schrie vor Verzweiflung und drang stehend in Danielle ein, ihre Beine hielt er rechts und links seines Beckens auf den Händen. Sie klammerte sich an ihn wie eine Ertrinkende, eine Kämpfende, krallte die Fingernägel tief in seine Haut, bis Blut hervorquoll. Nicht genug, um auf die Erde zu tropfen, aber dennoch. Immer härter und schneller stieß er zu, bis er schließlich kam, bis sie beide kamen, zusammen, wie stets.

Mit dem Orgasmus schwappte die Angst um Lisa wieder über ihm zusammen, die Angst vor den Vampiren, vor dem Erwachen des Blutvaters. Alex hatte einen Teil von ihm gesehen, nur eine Wurzel, eine der Gliedmaßen, und er hatte nicht die geringste Ahnung, wie viele es waren.

»Lisa«, murmelte er. Sein Kopf drehte sich, die Muskeln in seinen Waden und Armen zuckten unkontrolliert. Er atmete heftig.

»Lass mich wenigstens erst runter, bevor du den Namen deiner süßen Kleinen murmelst«, giftete Danielle.

Ohne eine Entschuldigung zu murmeln, ließ Alex ihre Beine los.

Er nahm die gesamte Welt um sich wieder wahr, nicht nur Danielle, erinnerte sich wieder an alles und schämte sich, dass er seiner Lust nachgegeben hatte. Jetzt, danach, verstand er nicht, warum er sich von ihr hatte beherrschen lassen.

Da hörte er schlurfende Schritte ganz in der Nähe und riss den Kopf herum. Konnten die Vampire sie so schnell gefunden haben?

Doch es war kein Vampir, der sich ihnen näherte. Nur ein paar Schritte entfernt tapste ein Mann mit frischer Platzwunde am Kopf und geschlossenen Augen heran. Sein Hemd war blutbesudelt, die Nase gebrochen. Nur langsam kam er näher; er hinkte und zog ein Bein nach. Mit der erhobenen rechten Hand umklammerte er einen rot lackierten Wagenheber wie eine Keule.

Nach einem Augenblick erkannte Alex den Fahrer, der vorhin versucht hatte, sie zu überfahren. Der Mann bewegte sich vorsichtig wie ein Schlafwandler. Er hatte seine tote Frau zurückgelassen und ließ ein kurzes, abgebrochenes Schnarchen hören. Schritt für Schritt kam er auf sie zu, den Wagenheber noch immer drohend erhoben. Sein Gesicht zuckte, als leide er Schmerzen, Tränen liefen ihm aus den geschlossenen Augen über die Wangen.

Wie hatte er sie gefunden?

»Er träumt«, sagte Danielle, als hätte Alex die Frage

laut gestellt. Jetzt konnte auch er ein ganz leises Wimmern hören, der Mann war in Alpträumen gefangen.

Langsam wich Alex zurück, Danielle zog er an der Hand mit. Gegen Vampire hätte er kämpfen können, aber nicht gegen diesen bemitleidenswerten Mann. Selbst wenn er sie mit dem Wagenheber erschlagen wollte – er war viel mehr Opfer des Blutvaters als Alex und Danielle.

Danielle löste sich aus seinem Griff. Sie ging dem Fahrer entgegen, bedächtig und selbstbewusst. Sein Atem wurde heftiger, sein Gesicht war nun völlig von Angst, Schmerz und Wut verzerrt.

»Ganz ruhig. Es ist nur ein Alptraum«, sagte Danielle mit sanfter, eindringlicher Stimme.

Doch der Mann holte mit dem Wagenheber aus, hob ihn weit über die Schulter, um mit aller Wucht zuzuschlagen, und Alex rief: »Vorsicht!«

Trotz der geschlossenen Lider ließ der Mann den Wagenheber genau auf Danielles Kopf niedersausen. Ohne Mühe fing sie den Angriff ab, wand ihm das Werkzeug aus der Hand und umarmte ihn. Sie drückte ihn ganz fest an sich und murmelte immer wieder: »Wach auf. Das ist nur ein Alptraum. Wach auf.«

Der Mann zappelte und schlug um sich, er versuchte sogar, sie zu beißen, aber er konnte ihr nichts anhaben. Alex beobachtete, wie immer mehr Tränen flossen, während das Zucken der Gesichtszüge allmählich abnahm. Er schielte kurz nach unten, bemerkte jedoch keine wachsende Ausbuchtung in der Hose des Mannes.

»Pst. Es ist nur ein böser Traum.«

Die Lider des Träumenden zitterten, während Danielle weiter auf ihn einredete, seine Wangen, der ganze Körper schüttelte sich wie unter einem Weinkrampf. Schließlich hoben sich seine Lider und gaben den Blick frei auf ängstlich hin und her huschende Augen, in denen sich kein Erkennen zeigte. Der Mann nahm seine Umgebung nicht wahr, doch er hörte auf zu zittern. Auch die Augen beruhigten sich, und er starrte leer vor sich hin, fast wie ein Blinder. Er konnte nicht blind sein, er war doch eben noch Auto gefahren!

Danielle küsste ihn auf die Wange, dann auf die Lippen. Ganz sanft, nur ein Hauch, dann ließ sie ihn los. Lächelnd sank der Mann zu Boden, setzte sich einfach in den Staub, lehnte sich an die Tunnelwand und schluchzte vor sich hin. Da er dabei nicht aufhörte zu lächeln, wirkte es fast wie Erleichterung.

»Komm mit«, sagte Danielle zu Alex und deutete weiter in den Tunnel hinein.

»Da lang?«

»Irgendwo dort muss eine weitere Haltestelle sein. Oder ein Lüftungsschacht. Wenn er vom Reichstag gekommen ist, dann kommen die Vampire auch von da. Ich habe keine Lust, ihnen in die Arme zu laufen.«

»Und wenn der Blutvater nur will, dass wir das glauben? Wenn es eine List war?«

»Das müssen wir riskieren.« Danielle lächelte vorsichtig. »Aber das glaube ich nicht. Wir haben ihn verletzt, er ist stinksauer, von seinem ganzen Wesen her rachsüchtig. Und er muss schnell handeln, bevor wir verschwunden sind. Da bleibt keine Zeit für ausgeklügelte Pläne.«

»Aber du bist sicher, dass sie kommen?«

»Was würdest du tun, wenn dich jemand anzündet?«

»Ich …? Okay, laufen wir.« Alex joggte los, weiter in den Tunnel hinein, Danielle an seiner Seite. Er hätte sonst was dafür gegeben zu wissen, wo sie diesen Blutvater erwischen konnten. Zu wissen, wo Lisa jetzt war. Weiter und weiter eilte er.

Lisa.

Unvermittelt blieb er stehen und drehte sich um. Er sah nach vorn und zurück, hin und her.

»Was ist?«, fragte Danielle.

Lisa, dachte Alex. Sie war alles, was jetzt zählte. Er rannte dahin zurück, wo sie hergekommen waren. Lisa hatte keine Zeit mehr. Wenn es noch nicht zu spät war.

»Hey!«, schrie Danielle. »Hast du mir zugehört? Von da kommen die Vampire!«

»Ja. Und nur sie wissen, wo Lisa ist.« Er stürmte weiter.

»Spinnst du?« Danielle hatte ebenfalls kehrtgemacht, er hörte ihre Schritte, wie sie langsam aufholte.

»Sie wissen, wo der Blutvater ist. Wolltest du kämpfen oder dich verstecken?«

»Idiot!«, knurrte sie. Aber sie folgte ihm weiter durch den Tunnel, den Vampiren entgegen.

35

Sandy saß auf dem Boden und wippte mit dem Oberkörper vor und zurück. Dabei wiederholte sie wieder und wieder, dass sie einen Bruder getötet habe und *Er* ein strenger Vater sei. Lisa sah ihr bestimmt seit einer Minute dabei zu, vielleicht auch seit zwei oder fünf, und vermied es, den toten Jo anzublicken. Doch immer wieder musste sie zu der schwarzen Tür hinüberschauen.

Dahinter lauerte er, der Vater aller Vampire, jedenfalls hatte sie es so verstanden. Der, der Sandy zu dem gemacht hatte, was sie jetzt war, besessen von Rache und Blutdurst. Er wusste, was Sandy getan hatte, und er wollte sie dafür strafen. Er war so mächtig, dass die starken Vampire vor ihm zitterten. Warum kam er dann also nicht aus dieser Tür getreten? Wartete er darauf, dass Sandy als gehorsame Tochter zu ihm hineinkam, um sich ihre Strafe abzuholen? Oder war es tatsächlich möglich, dass er von alleine nicht herauskonnte?

Lisa starrte auf die schwarze Tür, die vielleicht zwei Meter fünfzig oder drei Meter hoch war und nicht viel breiter als eine normale Wohnungstür. Nach Sandys Worten war er gigantisch, lebte unter ganz Berlin, natürlich passte er nicht durch diese Tür.

»Sandy?«, fragte sie.

»Ich hab ihn umgebracht. Ich hab ihn umgebracht«, murmelte diese ohne Unterlass. Sie reagierte nicht auf Lisa, achtete nicht auf sie oder sonst irgendwas.

Jetzt war ein guter Zeitpunkt zur Flucht, der perfekte Zeitpunkt, aber wieder hielt Lisa irgendetwas zurück. Sie musste Sandy mitnehmen, er würde sie sonst töten, hatte Sandy gesagt.

Aber hatte Sandy nicht auch gesagt, dass er noch nicht erwacht war? Dass seine Zeit erst kommen würde?

Das klang wie das typische Geschwätz eines religiösen Fanatikers oder Irren. Nur hatte Lisa noch nie die Fantasiegebilde eines Irren leibhaftig vor sich gesehen, Vampire inzwischen jedoch schon. Sie schielte zu der schwarzen Tür hinüber, behielt sie im Blick und wartete darauf, dass sie sich öffnete. Doch nichts geschah. Seit Minuten war Jo tot, und nichts geschah.

»Ich habe ihn getötet. Ich habe ihn getötet.« Sandys Murmeln setzte sich in Lisas Ohren fest, bohrte sich in ihr Hirn. Es machte sie beinahe ebenso wahnsinnig wie Jos Knurren zuvor.

»Sandy! Ich geh jetzt.« Lisa erhob sich und machte einen Schritt in Richtung Ausgang.

»Ich habe ihn getötet. Ich habe ihn getötet …«

»Verdammt! Sandy!«

»Ich habe ihn getötet …«

Lisa ballte die Hände zu Fäusten, schrie, um Sandys Gemurmel zu übertönen, und trat ihr ins Kreuz.

»Autsch!«

»Reiß dich zusammen!«

»Aber ich hab ihn getötet.« Diesmal sah Sandy sie an, starrte nicht mehr wie tot vor sich hin. Bedauern, Entsetzen, Furcht und Verwirrung lagen in ihrem Blick.

»Er wollte mich töten, und er wollte dich töten. Er war wahnsinnig!«

»Er war mein Bruder, und er war durstig«, murmelte Sandy. Sie würgte und beugte sich vor, als wollte sie sich übergeben.

Sofort ging Lisa neben ihr auf die Knie und hielt ihr die Haare aus dem Gesicht, hielt sie fest, wie ihre Mutter es immer getan hatte, als sie klein gewesen war, murmelte beruhigende Worte.

Sandys Stirn war kalt. Sie würgte und würgte, doch sie brachte nichts heraus außer zähen, schleimigen Speichel, durchsetzt mit etwas, das kleine Brocken dunklen getrockneten Bluts sein konnten, soweit Lisa das im schwachen Licht der Halle erkennen konnte. Wahrscheinlich hatte Jo sie mit einem Schwinger irgendwie verletzt.

»Geht's wieder?«, fragte sie.

Sandy nickte und wischte sich mit der Hand über den Mund. Dann schüttelte sie den Kopf. »Ist doch alles egal. Er wird uns töten.«

»Das hast du schon gesagt. Aber bis jetzt ist er nicht herausgekommen aus seiner schwarzen Tür.«

»Das muss er nicht. Nicht bevor er erwacht ist«, sagte Sandy und spuckte wieder aus, als hätte sie noch einen widerlichen Nachgeschmack auf der Zunge.

Von seinem Erwachen hat sie eben schon geredet, dachte Lisa. Darüber hinaus hatte Sandy gesagt: *Der Blutvater ist nicht nur hier, er ist überall unter Berlin. Aber wenn sie ihn dort draußen in Brand stecken, können sie ihn nicht töten.*

Plötzlich waren diese Sätze in Lisas Kopf und ließen sie nicht mehr los. Wenn sie es richtig verstand und es stimmte, dann blieb ihnen tatsächlich Hoffnung. Sandy hatte betont, dass man ihn dort draußen nicht töten konnte. Bedeutete das nicht auch, dass dies im Gegensatz dazu hier gelingen konnte? Hier unten, hinter dieser Tür.

»Und wenn wir ihn zuerst töten?«, fragte Lisa. Ihre Stimme klang leise, piepsig und verloren in der riesigen Halle.

Sandy starrte sie entsetzt an. »Ihn töten? Er ist mein Vater, und in wenigen Minuten wird er deiner …« Ihre Stimme wurde mit jedem Wort leiser, als glaubte sie nicht mehr daran.

»Er will dich töten, verdammt noch mal!«, brauste Lisa auf. »Du sagst, ich soll Alex nicht schonen, weil er mich wie Dreck behandelt hat, weil er über mich redet, als hätte ich nicht mehr Hirn und Seele als eine gebrauchte Gummipuppe, aber du zögerst bei jemandem, der dich töten will?«

»Er ist nicht irgendjemand, er ist mein Vater, mein Blutvater, er hat mir gezeigt, wie …« Alle weiteren Worte gingen in Würgen unter. Sandy krümmte sich auf Knien, spuckte und spuckte, und ihr Speichel war fast schwarz.

Lisa war nicht mehr sicher, ob das wirklich getrocknetes Blut war, auf jeden Fall sah es nicht gesund aus. Widerliche, dunkle, zähflüssige Batzen.

»Er will dich töten, verdammt«, sagte sie, während sie Sandy wieder hielt und ihr über den Rücken strich. »Du kannst doch nicht warten, bis er dich holt. Das sprichwörtliche Schaf, das zur Schlachtbank geführt wird. Das bist du doch nicht.«

»Aber … ich kann nicht, ich kann ihn nicht töten.« Es klang verzweifelt.

»Wenn du deinen Bruder töten konntest, dann kannst du auch deinen Vater töten!« Lisa bereute diese Worte sofort, doch sie waren heraus.

»Aber es reicht doch, einen Bruder zu töten! Ich muss ja nicht weitermachen!«, schrie Sandy. Sie sprang auf, packte Lisa und presste sie gegen den nächsten Pfeiler. Lisas Hinterkopf schlug schwer gegen Stein, so dass ihr kurz schwindelte. »Du warst doch immer gegen das Töten!«

»Und du für Rache! Er hat Jo zu dem gemacht, was er war. Er ist schuld, dass Jo dich angegriffen hat! Er ist an seinem Tod schuld, nicht du. Du hast dich nur verteidigt! Dich und mich.«

Sandy brüllte und schlug ihre Faust neben Lisas Kopf gegen den Pfeiler. Dumpf traf Fleisch auf Stein. Dann sank sie zusammen, presste die Arme an den Bauch, würgte und spuckte. Wieder und wieder, während Lisa sie von hinten umarmte, festhielt und wie ein Mantra murmelte: »Lass es raus. Nur raus damit.«

Ein schwarzer Klumpen nach dem anderen klatschte auf den feuchten Boden. Kein Mensch konnte so viel Speichel produzieren. Es war, als würde Sandy eine ganze Raucherlunge heraushusten. Lisa wusste nicht, was das war, aber sie war sicher, dass es raus musste. So etwas konnte nicht gesund sein. War das Blut einer inneren Verletzung? Hoffentlich starb Sandy jetzt nicht, nicht in ihren Armen, auch nicht später.

Langsam beruhigte sich Sandy. Sie rappelte sich auf und murmelte: »Du bist verrückt.«

»Verrückt?«

»Weißt du, wie mächtig er ist?«

Lisa lächelte. Sie erkannte den Tonfall der Frage, erkannte in ihm die alte Sandy wieder, oder zumindest eine Andeutung von ihr. »Nein, weiß ich nicht. Wahrscheinlich wäre ich sonst schon längst abgehauen, als ich vorhin die Gelegenheit hatte.«

Sandy lächelte. Es sah gequält aus, aber wenigstens nicht mehr kalt.

»Sieh es einfach so«, sagte Lisa, die von einem plötzlichen Hochgefühl erfasst wurde, einer völlig irrsinnigen Euphoriewelle. »Wir sind zu zweit, und er ist ganz allein.«

»Sagte die eine Maus zur anderen, als sie sich gemeinsam auf den Tiger stürzten.«

»Du bist keine Maus«, sagte Lisa. »Und wir wissen, dass er durch Feuer verwundbar ist, oder?«

Sandy nickte und sah sie erstaunt an. Die Kälte war fast aus ihrem Blick gewichen. »Du weißt wirklich mehr, als ich dachte.«

Dann eilten sie durch die weitläufige Halle, trugen alle Fackeln, Kerzen und Laternen herbei, sammelten sie vor der schwarzen Tür und zündeten jede an, die nicht brannte. Dabei erklärte Sandy Lisa, dass sich hinter der Tür nur ein einziger übersichtlicher Raum befand und dass sie den Blutvater erst mit einem Pfahl im Boden festnageln mussten, bevor sie ihn in Brand setzen konnten.

»Einem Pfahl? Aus Holz?«

»Das ist egal. Lass uns irgendeine Fackel nehmen, am besten eine von diesen langen mit dem Metallrohr. Das Material spielt keine Rolle, Hauptsache, wir kriegen es durch ihn durchgerammt.«

Lisa nickte schweigend, langsam verblasste die Euphorie. Sie holten die Bank aus der Nische, auf der sie gesessen hatte, und brachen sie entzwei. Das alte, trockene Holz würde ausgezeichnet brennen.

»Wie wollen wir an ihn rankommen?«, fragte Lisa und ließ den Blick über die Laternen schweifen. Ihre Flammen waren so hilflos klein.

»Ich bring dich einfach zu ihm, gefesselt, als wäre nichts geschehen.« Sandy zerrte Jos Hose von seinen Beinen und riss sie in Streifen.

»Und dann?«

»Hoffen wir, dass wir ihn lange genug ablenken können, bis wir bei seinem Herz angelangt sind.«

»Wir hoffen …?«, murmelte Lisa.

»Ja. Mehr als hoffen bleibt uns nicht.«

»Und was ist mit ihm?« Lisa nickte in Richtung Jo, vermied aber, ihn anzusehen.

»Keine Ahnung. Wir erwähnen ihn gar nicht.«

»Ich denke, er hat seinen Tod gespürt?«

»Ja. Aber vielleicht irritiert unser selbstverständliches Schweigen ihn lange genug, bis wir zuschlagen können.«

»Vielleicht.« Lisa nickte und biss sich auf die Lippe. Das war mit Sicherheit kein sonderlich raffinierter Plan, aber es klang vielversprechender, als schreiend und mit brennenden Fackeln in den Händen hineinzustürzen.

Lisa fragte nicht, warum Sandy jetzt doch bereit war, ihren Blutvater zu töten. Sie befürchtete, dass sie ihre Meinung wieder ändern könnte, wenn sie darüber nachdachte, dass sie ihre Loyalität wiederentdeckte oder ihre Angst vor ihm.

»Ich hab dich belogen«, sagte Sandy leise, als sie alles zusammengetragen hatten.

»Belogen? Lässt du mich jetzt doch im Stich?«

»Unsinn. Du hast mich vorhin gerettet, du bist meine Freundin und nur meinetwegen hier. Nein, wegen Alex hab ich dich belogen. Er hat nichts von dem gesagt, was ich dir erzählt habe. Er ist sicher nicht normal im Kopf, aber auf irgendeine verquere Art liebt er dich. Was das mit dieser Nephilim vor deinen Augen sollte, weiß ich nicht, aber er hat so einen seltsamen Rettertick dir gegenüber, er wollte dich vor mir warnen. Vor uns Vampiren. Ich kann dir nicht sagen, was er genau für dich empfindet, nicht einmal, was er ist. Er ist kein Mensch, das ist klar, aber auch kein richtiger Vampir. Vielleicht ein Vaterloser, aber ich weiß doch selbst viel zu wenig, ich war ja nur ein paar Tage ...« Sandy zuckte mit den Schultern. »Das ist jetzt alles egal. Ich wollte nur sagen, dass ich dich angelogen habe.«

»Warum ...?«

»Weil ich wollte, dass du eine von uns wirst.«

»Nein. Warum sagst du es mir jetzt?«

»Weil ich nicht sicher bin, ob ich nachher noch kann. Besser, ich werde das los, bevor wir uns in den Tod stürzen. Das war die letzte sichere Gelegenheit dazu. Du solltest es einfach wissen. Es tut mir wirklich leid.«

»Schon gut.« Lisa atmete schwer durch. Darüber würde sie nachher nachdenken, sofern es ein Nachher gab. Nein, nicht *sofern*. Es würde eins geben, es musste einfach. »Wir werden nicht sterben.«

»Ich hoffe es. Aber ich weiß nicht, was mit mir geschieht, wenn mein Vater stirbt.«

Lisa krampfte es Herz und Magen zusammen. An diese Verbindung hatte sie noch gar nicht gedacht. Sie klappte den Mund auf, brachte jedoch kein Wort heraus, sah Sandy einfach nur flehend an und schüttelte den Kopf, als könnte sie damit den Gedanken aus der Welt wischen.

»Jetzt komm schon. Wir werden es herausfinden«, sagte Sandy und bemühte sich um einen leichten, lässigen Tonfall. »Dreh dich um, gib mir deine Hände.«

Noch immer bedröppelt von der Vorstellung, Sandy würde sterben, ganz egal, wie dieser Kampf ausging, gehorchte sie. Sandy packte ihre Hände und fesselte sie mit Streifen von Jos Trainingshose an eine mannshohe verlöschte Fackel, die bis vor kurzem noch am Kopf der Halle in der Erde gesteckt hatte. Sie zog das Seil nicht fest, machte nur einen schwachen Knoten, und doch fühlte sich Lisa plötzlich hilflos. Angst kroch ihr unter die Haut.

Was, wenn Sandy ihre Entscheidung doch wieder umwarf und Lisa einfach ihrem Blutvater übergab, wie sie es die ganze Zeit vorgehabt hatte? Möglicherweise hoffte sie, ihn so zu besänftigen und sich ihr Leben zu erkaufen. Wenn sie bei einem Sieg über ihren Vater tatsächlich starb, wäre das ihre einzige Hoffnung zu überleben.

Lisas Mund war trocken, sie wusste nichts zu sagen. Es war ohnehin zu spät. Wenn das hier keine List gegen den Blutvater war, sondern die perfide Vorbereitung auf das Ritual, gegen das sie sich die ganze Zeit gewehrt hatte, oder wenn er ihre List sofort durchschaute, dann stand sie in wenigen Sekunden gefesselt und wehrlos vor ihm. Das Eisen der Fackel lag kühl auf ihrer Haut, die Pulsadern in ihren Handgelenken pochten wild, und die locker gebundenen Stoffstreifen schienen schwer zu sein wie die Kette um Jos Hals.

»Ist es zu fest?«, fragte Sandy.

Lisa schüttelte stumm den Kopf.

»Gut. Dann wollen wir.«

Lisa versuchte, sich innerlich zu wappnen. Trotz aller hastiger Beschreibungen von Sandy wusste sie nicht, was sie erwartete, wusste nicht, wie der Blutvater aussah. Ein Wesen, das unter ganz Berlin lebte, konnte kaum menschliche Formen haben, konnte nicht aussehen wie seine bluttrinkenden Kinder. Mehr Zeit für

Erklärungen blieb jedoch nicht, er konnte jederzeit erwachen, sobald Sandys Geschwister die Nephilim erwischt hatten. Jederzeit konnten die ersten Vampire zurückkehren, oder es konnte einer auftauchen, der die Erschütterung gespürt hatte, jedoch nicht wusste, wo Alex und die Nephilim zu jagen waren, und sich deshalb einfach hierher begab.

Mit einem grimmigen Nicken öffnete Sandy die Tür, und Lisa folgte ihr durch einen kurzen Flur in einen Raum, der vielleicht zehn oder fünfzehn Meter durchmaß. Die Wände waren einfach aus der Erde gegraben und hielten ohne jede sichtbare Stütze, auch die Decke rieselte nicht herab. Wahrscheinlich wurden sie von einem dichten Wurzelgeflecht gehalten oder von einem vergrabenen Gestänge. Vier Laternen hingen in den Ecken und tauchten alles in ein schwaches Licht.

Nichts erinnerte an einen kultischen Raum, wie Lisa ihn aus Kirchen, Tempeln oder dem Fernsehen kannte, es gab weder einen Altar noch irgendwelche Schriftzeichen oder Bilder an den Wänden. Nichts, was der Verehrung oder Huldigung des Blutvaters diente. Dies war viel weniger ein Kultraum als die Halle, aus der sie kamen. Er war nicht für ihn errichtet worden, sondern für seine Kinder, damit sie zu ihm gelangen konnten. Er war der Boden des Raums.

Es sah aus, als wäre dort ein Wesen mit dem Bauch nach oben vergraben worden, das an eine riesige Spinne mit unendlich langen Beinen erinnerte und zugleich an eine runzlige, schwarze Krake. Der Boden hob und senkte sich langsam, als würde er atmen. Aus ihm wuchsen zahlreiche Gliedmaßen, die an haarige Beine erinnerten, an die schlangengleichen Arme eines Tintenfischs oder die knorrigen Wurzeln eines alten Baums. Die meisten gruben sich neben dem Wesen in die Erde, zwei oder drei führten quer durch den Raum in die Decke hinauf, dicker als das Bein eines Elefanten, und einige kürzere ragten einfach nur reglos in die Höhe und schienen zu warten. Ein bizarres Durcheinander aus endlosen, teils zuckenden, teils reglosen Gliedmaßen.

In der Luft hing ein leises Schlürfen und Saugen, ein Schmatzen und Gurgeln. Leise, ganz leise, wie ein fernes Echo, die Ahnung vergangener Geräusche, die sich in der schweren, modrigen Luft festgesetzt hatten.

Es legte sich wie eine Eisschicht auf Lisa. Sie musste sich zusammenreißen, um nicht zu schreien, so kalt und lähmend war diese eingebildete Berührung eines Geräuschs. Das atmende Ding im Boden strahlte so viel Wut, Hass, Trauer und Rachedurst aus, dass Lisa nicht weiterlaufen wollte. Ihre Füße blieben einfach stehen, doch Sandy stieß sie grob voran.

Am hinteren Ende des Raums ragte ein flacher Kopf aus der Erde, der Charakteristika von Käfer, Mensch und Hammerhai vereinte und dessen Augen ein Narbengewulst aufwiesen, als hätte ihnen jemand die Lider abgeschnitten. Es waren menschliche Augen ohne Iris und Pupillen, leblose weiße Flächen von Tellergröße. Der Kopf steckte auf einem langen Hals. Vier Zangen wie von Spinnen oder einem grotesken Käfer umgaben das breite Maul, das mit mehreren Reihen spitzer weißer Zähne gespickt war.

Aus der Decke hingen Wurzeln und wurmartige Dinge, die sich ihnen zuwandten, als sie den Raum betraten. Lisa verfluchte sich, dass sie nicht einfach davongerannt war. Sie wusste nicht, ob sie mehr Ekel oder Angst empfand.

»Vater, hier ist die Neue!«, intonierte Sandy, und Lisa hoffte verzweifelt, dass es wirklich die besprochene List war.

Sie durfte keine Angst haben, sie durfte nicht. Immer wieder sagte sich Lisa das lautlos vor. Sie durfte sie nicht zeigen, sich nicht von ihr lähmen lassen. Sie musste bereit sein zu handeln. Nur darauf kam es an. Ihre Knie waren so wacklig, dass ihre Beine einzuknicken drohten. Plötzlich war die Fackel, die an ihre Hände gefesselt war, unendlich schwer und drückte sie beinahe zu Boden.

»Ja, sie ist gefesselt«, antwortete Sandy auf eine Frage, die nur sie gehört hatte. »Sie hat sich plötzlich gewehrt, ein unvorhersehbarer Sinneswandel. Als Jo ausgerastet ist, wollte sie fliehen.«

Lisa vernahm nichts außer dieser Ahnung eines Schlürfens und spürte wachsenden Druck auf den Ohren. Blut rauschte in ihnen, irgendwas presste auf ihren Gleichgewichtssinn. Trotzdem tippelte sie einen winzigen Schritt weiter in den Raum hinein. Sie hatte das Gefühl, von jeder Wurzel und jedem Wurm beobachtet zu werden, gemustert wie ein sorgsam angerichtetes Buffet.

»Ich weiß nicht, warum. Es tut mir leid, Vater.« Sandy hatte den Kopf gesenkt und machte einen weiteren Schritt nach vorn, drängte Lisa weiter auf den bizarren Kopf mit den Insektenscheren zu. »Er ist tot, ja. Es musste sein, er hätte uns beide getötet, und es schien mir sinnvoller, dass Ihr nur ein Kind verliert und nicht zwei. Ich habe alles versucht, um ihn zur Vernunft zu bringen.«

Wieder einen winzigen Schritt voran, und noch einen. Eine der Scheren öffnete sich, eine Wurzel verfing sich in Lisas Haar, sie wanderte über ihre Kopfhaut wie der tastende Rüssel einer Fliege, nur war die Wurzel um vieles größer. Lisa schrie nicht, doch sie konnte nicht verhindern, dass sie zusammenzuckte.

Immer mehr Wurzeln und wurmartige Dinger, dünn wie Schnürsenkel oder dick wie ein Schiffstau, tauchten aus der Erde in den Raum, schwangen um sie herum wie ein neugieriger Schwarm, betasteten sie.

Lisa achtete nicht mehr auf das, was Sandy sagte, sie versuchte alles zu verdrängen, um nicht auszurasten und irr sabbernd zu Boden zu stürzen. Sie konzentrierte sich nur auf das, was sie zu tun hatte. Der atmende Boden unter ihren Füßen fühlte sich an wie die schuppige Haut eines Reptils, sie versuchte nicht daran zu denken, über was sie da schritt. Sie spürte sein Auf und Ab, das Vibrieren und das Schlagen eines Herzens. Immer deutlicher konnte sie es wahrnehmen, es war unangenehm, genau darauf zuzulaufen. Sein Herzschlag setzte sich in ihr fort wie ein Schlag, den man auf den Musikantenknochen erhielt. Ihr ganzer Körper vibrierte stechend im Rhythmus seines Herzens.

Das Maul erwartete sie, alle vier Scheren waren nun geöffnet, waren bereit, sie zu umarmen. Lisa ließ die

Furcht nicht an sich heran, achtete nur auf das Pochen unter ihren nackten Fußsohlen.

Und dann, als sie das Herz des Blutvaters überquert hatte, als sie gerade einen halben Schritt darüber hinweg war, umklammerte sie mit beiden Händen die Fackel, sprang hoch und zog die Beine an.

In den toten weißen Augen der dämmernden Kreatur zeigte sich keine Reaktion, doch die Scheren schnappten zu, dem Maul entwich ein Zischen.

Zu spät.

Die Spitze der Fackel, mit der sie bis vor kurzem noch in der Erde gesteckt hatte, traf auf die Brust der Kreatur, direkt über dem Herzen. Mit aller Kraft hielt sich Lisa fest, legte all ihr Gewicht in den Stoß mit diesem improvisierten Speer. Sie schrie auf, als die Fackel auftraf und das Seil in ihr Fleisch schnitt. Sie brüllte und wünschte nichts sehnlicher, als dass sich die Fackel durch seine Haut bohren mochte, hinein in sein Herz. Ein Herz, das eigentlich aus Stein sein müsste.

Auch Sandy hatte zugegriffen und drückte den Eisenpfahl mit aller Macht auf die schuppige Haut oder den Panzer der Kreatur. Es knackte, und die Fackel drang hinab, bohrte sich in das schlagende Herz. Zähflüssiges Blut spritzte heraus, ergoss sich heiß und beißend über Lisas gefesselte Hände und ihren Rücken. An die Fackel gebunden, sackte sie mit ihr hinab, saß schließlich auf dem Boden, dem Bauch des Blutvaters, und zerrte an dem lockeren Knoten, riss sich die Stoffstreifen von den Händen und mit ihnen ein paar Hautfetzen. Der Pfahl war gesetzt, sie musste raus zum wartenden Feuer. Der

Boden atmete, das Blut auf ihren Händen brannte. Panik packte sie, sie wollte weg, fort von hier. Sie kämpfte sich auf die Beine, Reste der Fesseln noch um das rechte Handgelenk geschlungen.

Die bizarren, saugenden Wurzeln und die wurmartigen Gliedmaßen schlugen nach ihr, peitschten ziellos und wild umher. Die Kreatur zuckte und schrie. Sie schrie, dass es die ganze Stadt im Mark erschüttern musste, so viel Schmerz und Wut, Leid und Hass steckten in dem Schrei. Hunderttausend Tode und zahllose Alpträume steckten in diesem Schrei, ein Schrei wie ein Sturm, und er traf Lisa mit ungeheurer Wucht. Sie wurde von ihm umgerissen und hatte das Gefühl, ihr Kopf müsste platzen. Vollkommen benommen lag sie auf dem Boden, der noch immer atmete, sich noch immer hob und senkte und nicht sterben wollte.

Irgendwas schlug nach ihr, riss ihr die Kleider in Fetzen und Striemen in die Haut, die Haut vom Fleisch und Haar vom Kopf. Ihr ganzer Körper fühlte sich taub an, sie konnte sich nicht wehren, nur alles über sich ergehen lassen.

Sie wurde gepackt und über den Boden geschleift, der mit jedem Augenblick heftiger atmete. Etwas zerrte sie zum Ausgang, etwas anderes schlang sich um ihren Knöchel und hielt sie fest. Sie strampelte, schlug um sich, konnte das Ding um ihren Knöchel abschütteln, presste die Hände auf die Ohren und schrie ebenfalls. Auch wenn ihre Brust zu bersten schien, klang ihr Brüllen furchtbar dünn und leise.

Und dann war sie endlich draußen. Sie wusste nicht,

wie und warum, doch der Schrei des Blutvaters verebbte, und die Taubheit fiel von ihr ab. Keuchend kämpfte sie sich auf die Knie. Neben ihr brach Sandy zusammen.

»Feuer«, hauchte sie noch.

»Nein«, keuchte Lisa.

»Feuer.« Ganz leise. »Jetzt.«

»Hilf mir«, verlangte Lisa und zog sich an einer Mauerritze auf die Beine, doch Sandy schwieg.

Bring es zu Ende, knurrte etwas in Lisa, *bring es erst zu Ende!*

Sie packte die nächste brennende Laterne, schmetterte sie durch die offene Tür in den Raum, der der Blutvater war. Dann schleuderte sie eine Fackel hinterher, noch eine und noch eine, und dann die zerbrochene Holzbank. Sie riss Fotos von den Wänden, Papier brannte gut, knüllte sie zusammen, warf sie hinein. Und wieder Laternen und Fackeln, Fetzen ihrer Kleidung, alles, was sie finden konnte.

Zischend fingen die Wurzeln Feuer, die wurmartigen Dinge auch. Qualm drang heraus.

Mit letzter Kraft stürmte sie wieder hinein, drei brennende Fackeln in der einen Hand, zusammengeknüllte Fotografien in der anderen. Alles zusammen warf sie direkt auf das durchbohrte Herz. Das herausströmende Blut der Kreatur fing Feuer, als wäre es Öl.

Plötzlich brach ein riesiger Tentakel durch die Wand, doppelt so dick wie Lisa selbst, und rammte sie zu Boden. Sie rollte sich ab, krabbelte panikerfüllt Richtung Ausgang, hörte, wie das Ding hinter ihr zu Boden klatschte, dumpf und schwer. Und sich nicht mehr rührte.

Flammen prasselten hinter ihr, eine Hitzewelle fuhr über sie hinweg, und Lisa krabbelte keuchend und hustend in die Halle hinaus.

Sandy hatte sich auf den Bauch gewälzt, würgte und brüllte vor Schmerz. Lisa packte sie, umklammerte ihren Bauch und drückte zu. Sandy übergab sich, schwarzer, blutender Moder schwappte aus ihr heraus, der dampfend auf die Erde klatschte. Er schien innerlich zu glühen wie Magma. Sie würgte und spuckte anderes hinterher, dann brach sie zusammen.

»Sandy!«, keuchte Lisa, doch ihre Freundin rührte sich nicht mehr. »Sandy! Nein!«

Sandy zuckte mit der Hand. Sie lebte!

»Erschreck' mich nicht so«, knurrte Lisa und packte sie an den Armen, zog sie quer durch die Halle, fort von dem Raum, aus dem immer mehr schwarzer stinkender Qualm drang. Sie mussten weg, bevor das Feuer herausdrang, bevor sie sich eine Rauchvergiftung holten. Meter um Meter schleppte sie sich und ihre Freundin voran, bis hinüber zur Treppe am Ausgang.

»Hier krieg ich dich nicht rauf.« Lisa atmete schwer, beugte sich nach vorn, die Hände auf die Knie gestützt. Sie konnte nicht mehr, es ging nicht mehr weiter, nicht, wenn sie Sandy tragen musste. »Ich bin zu schwach.«

»Danke«, murmelte Sandy.

»Nix danke! Es ist noch nicht vorbei. Wir müssen weiter«, schimpfte Lisa und zerrte an Sandys Arm. »Sonst bringt uns der Qualm um.«

Ganz langsam rappelte sich Sandy auf. Sie schwankte, hielt sich am Geländer fest. Lisa stellte sich hinter sie, gab ihr Halt und schob sie halb die Treppe hinauf. Oben taumelten sie Arm in Arm wie zwei Betrunkene weiter, in Schlangenlinien dem Ausgang entgegen. Voller Dreck und Blut und halbnackt, der größte Teil ihrer Kleidung hatte ja das Feuer gefüttert.

»Geht's? Brauchst du einen Arzt?«, fragte Lisa.

Sandy schüttelte den Kopf und lachte. »Ich bin ein Vampir. Wir wollen den guten Arzt mal nicht überfordern.«

Zwar begriff Lisa nicht, was das bedeutete, aber sie sparte sich eine Bemerkung und sagte nur: »Dann lass uns heimgehen.«

»Ich lebe!«, schrie Sandy. »Verdammt noch mal, ich bin nicht mit ihm draufgegangen!«

Tränen lachend und keuchend wankten sie weiter. Der nächste Taxifahrer würde sich freuen, sie zu sehen.

36

Alex stürmte an dem noch immer schluchzenden Fahrer vorbei, da durchlief ein Zittern die Tunnelwände, den Boden und die Decke. Obwohl alles sonst still blieb, meinte er doch einen Schrei zu vernehmen, fremden Schmerz, der gedämpft in seinem Kopf widerhallte, und doch so laut, dass er ins Straucheln geriet. Er presste sich die Hände auf die Ohren, doch das half nichts, der Schrei war nur in seinem Kopf.

In allen Köpfen, wie er an den verzerrten Gesichtern von Danielle und dem Fahrer erkannte, als er sich umdrehte.

Dann schwappte ein panisches Kreischen aus mehreren Kehlen den Tunnel entlang, es kam von der Haltestelle vor ihnen.

Die Wände strahlten Hitze ab, als hätten sie Fieber.

»Was ist das?«

»Das kann nicht sein«, murmelte Danielle, doch sie klang nicht entsetzt. Im Gegenteil, ihre Mundwinkel zuckten, als wollte sie unkontrolliert loslachen. Dann, als der Schrei verklang, lachte sie tatsächlich und fiel Alex um den Hals. »Er ist tot.«

»Was?«

»Tot! Er ist tot!«

Ungläubig starrte Alex sie an, doch dann bemerkte er, dass der Boden vollkommen ruhig war. Nicht das leiseste Vibrieren war mehr zu spüren. Auch in der abgestandenen Tunnelluft hatte er plötzlich das Gefühl, im Freien zu stehen, irgendwo weit draußen, ein Frühlingsabend nach einem reinigenden Gewitter. Er lachte los. »Das gibt's doch nicht. Meinst du, unser Feuer hat sich doch bis in seine Eingeweide gefressen?«

Danielle zuckte mit den Schultern. »Keine Ahnung. Eigentlich dürfte das nicht funktioniert haben, aber wir haben ein ziemlich fettes Teil von ihm erwischt.«

»Wer soll es denn sonst getan haben? Meinst du, irgendwer sonst hat was von alldem mitbekommen?«

»Selbst wenn, es ist unwahrscheinlich, dass ein Mensch das allein schafft.« Danielle schüttelte den Kopf. »Aber vielleicht ist doch noch ein Nephilim in der Stadt, von dem ich nichts weiß. Sonst waren es wirklich wir.«

Sie liefen weiter. Wie viel Anspannung auch von Alex abgefallen war, noch immer trieb ihn die Angst um Lisa voran. Sie spürten, dass der Blutvater tot war, doch was sonst geschehen war, wussten sie nicht. Sie erreichten die im Bau befindliche Haltestelle unter dem Reichstag, und da entdeckte Alex einen Körper, der auf den untersten

Stufen zum Ausgang lag. Ein toter Körper, dessen war er sich sogar auf mehrere Meter Distanz sicher.

Als er näher kam, erkannte er den Spinner mit den jetzt gebrochenen Haiaugen. Irgendwas war ihm aus dem Mundwinkel gelaufen, über die Wange auf den Boden hinabgetropft, und hatte ihm dabei die Haut verätzt. Doch viel schlimmer sah sein Brustkorb aus. Er schien von innen aufgebrochen zu sein, unter dem zerrissenen Hemd war das offen liegende Fleisch schwarz wie Graberde, wie verkohlt. Die wenigen Hautreste waren von Blasen übersät, sein Hals verdreht, als hätte er sich beim Sturz das Genick gebrochen.

Ohne Mitleid zu verspüren, eilte Alex die Treppe hinauf. Er bedauerte nur, dass der tote Vampir ihm nicht mehr sagen konnte, wo sie Lisa festhielten.

Weiter oben lag Andi auf den Stufen, ebenso zugerichtet wie der Tote eben. Der Schlagzeug spielende Andi, der nach Köln hatte ziehen wollen und für ein ominöses Projekt in Berlin geblieben war. Jetzt wusste Alex, was für ein Projekt das gewesen war. Jemanden so zu sehen, den er gekannt hatte, wenn auch nicht gut, drehte ihm den Magen um. Doch er konnte kein Mitleid empfinden, zu sehr sah er in ihm den Vampir.

Er lief an drei weiteren dahingerafften Vampiren vorbei, bis er schließlich mit Danielle im Freien stand. Auch hier wirkte die Stadt frisch, wie von einer unsichtbaren Last befreit. Es war tiefste Nacht, und doch brannte in vielen Fenstern Licht.

»Sie sind alle von dem Schrei aus dem Schlaf gerissen worden«, sagte Danielle.

»Sie haben ihn alle gehört?«, fragte Alex und atmete tief ein. Die Luft war so herrlich klar.

»Sie haben ihn geträumt. Sie alle sind aus Alpträumen aufgeschreckt.«

»Alle?« Alex blickte sich um, sah, wie viele Fenster erhellt waren, und dachte, dass nicht jeder Licht machte, wenn er aus dem Schlaf gerissen wurde. War am Ende ganz Berlin aufgeschreckt? »Hauptsache, es ist vorbei.«

Der Tod des Blutvaters hatte offenbar auch alle Vampire dahingerafft. Alex wusste nicht, warum er den Tod seines Blutvaters überlebt hatte, wahrscheinlich war er damals noch gar kein richtiger Vampir gewesen. Falls er es jetzt war.

Er hoffte, dass auch Lisa kein Vampir geworden war und noch lebte. Wenn wirklich alle Vampire tot waren, konnte ihr nun nichts mehr geschehen, wo sie auch steckte. Sie würde irgendwann nach Hause kommen, hoffte er. Dort hätte er die größten Chancen.

»Ich muss nach ihr sehen«, sagte er. »Kommst du mit?«

»Was soll ich da?«, fragte Danielle. »Sie verführen?«

Alex lächelte misstrauisch. Er bezweifelte nicht, dass sie das konnte. »Mir Gesellschaft leisten. Ich will sie nicht ansprechen, sie wird mich nicht sehen wollen. Ich will nur wissen, ob es ihr gutgeht, ob sie noch lebt.«

»Na, wenn du sie nicht willst, dann sollte ich vielleicht doch mein Glück versuchen.« Danielle grinste.

»Halt die Klappe und komm mit«, sagte Alex.

Sie saßen auf der Kante des Dachs, das Alex bereits kannte, und ließen die Beine baumeln. Unterwegs hatten sie eine Schachtel Filterzigaretten gezogen, weil es im Automaten keinen Tabak gab. Alex riss von zweien den Filter ab und zündete sie an, reichte eine weiter an Danielle. Es war seltsam, hier mit der Frau zu sitzen, die man begehrte, und auf die zu warten, die man liebte. Noch seltsamer war, dass Danielle das mitmachte, ohne zu fluchen. Wahrscheinlich war es einfach nicht die Nacht für Streit. Der Blutvater war tot.

Vielleicht wusste sie auch einfach, dass Alex mit ihr nach Hause gehen würde, und allein das zählte. Sie war ein Nephilim, woher sollte Alex wissen, was in ihr vorging?

Der Mond schien heute weißer zu strahlen als in anderen Nächten; obwohl er nicht einmal halb zu sehen war, wirkte er heller als in den Jahren zuvor.

Alex und Danielle rauchten schweigend, es gab nichts zu sagen. Sie hatten die Zigaretten noch nicht ausgedrückt, da tauchte unter ihnen ein Taxi auf. Tatsächlich hielt es vor dem Haus mit Lisas Wohnung. Und wirklich stieg Lisa aus, zusammen mit Sandy.

Sandy!

Warum war sie nicht tot, gestorben wie die anderen Vampire?

Alex war kurz davor, hinabzuklettern, da hörte er die beiden schnattern und lachen. Halbnackt, überzogen mit getrocknetem Blut und Erde und aufeinander gestützt taumelten sie zur Tür. Sandy hatte sich verändert, sie wirkte nicht mehr bedrohlich, nicht mehr kalt, sondern wie Alex. Er spürte die tiefe Abscheu nicht mehr.

Das Taxi fuhr an, die Haustür schwang auf. Lisa verschwand als Erste im Inneren, doch Sandy drehte sich plötzlich noch einmal um.

Sie hob den Kopf und sah Alex direkt an. Eine lange Sekunde starrte sie ihm in die Augen, dann lächelte sie und nickte. Nichts Feindseliges ging mehr von ihr aus.

Alex hob den Zeigefinger an seine Lippen und erwiderte das Lächeln.

»Komm schon«, hörte er Lisa rufen; es klang aufgedreht. Was ihr auch zugestoßen sein mochte, es schien ihr gutzugehen.

Als die Tür ins Schloss fiel, schnippte Alex die Kippe auf die Straße und erhob sich. Seine halbleere Packung Kaffee ließ er einfach stehen, er brauchte sie nicht mehr. Drüben ging Licht an.

Alex wandte sich ab und schlenderte langsam über das Dach zurück. Erst jetzt bemerkte er den leichten Wind und fröstelte.

Danielle schloss zu ihm auf. Sie hatte ihre Kippe noch und bot ihm den letzten Zug an. Er schüttelte den Kopf, und sie warf sie weg.

»Kopf hoch«, sagte sie. »Irgendwann wird sie vergessen, was du getan hast, und ich werde deiner überdrüssig und verschwinde. Dann kannst du ja erneut dein Glück bei ihr versuchen.«

»Soll mich das jetzt aufbauen, oder was?«, fragte Alex. »Die charmante Ankündigung, dass du irgendwann verschwindest?«

»Weiß ich nicht. Einfach die Wahrheit.« Danielle schlug ihm mit der flachen Hand auf den Hintern. »Aber jetzt lass uns erst mal feiern, dass der verfluchte Blutvater tot ist.«

Und sie gingen Arm in Arm weiter über die Dächer Berlins. Direkt vor ihnen musste irgendwann die Sonne aufgehen.

Epilog

Rot und gelb gefärbte Blätter hingen an den wankenden Bäumen vor den Fenstern der S-Bahn. Alex konnte nachts inzwischen ebenso gut sehen wie am Tag, und die Oktoberkälte machte ihm nichts aus. Obwohl er zitterte, fror er nicht, die dünne Jacke trug er nur, um nicht aufzufallen, der Kapuzensweater wärmte ihn ausreichend. Auch den Durst nach Blut hatte er im Griff, doch er sehnte sich nach Danielle, nach dem Sex mit ihr, sein Körper verlangte nach ihren Lippen, nach ihrem Geruch. Er zitterte, weil er ihre Berührungen vermisste.

Seit sie ihn Anfang September endgültig verlassen hatte, streifte er jede Nacht ruhelos durch die Stadt. Er schleppte Mädchen mit rosa Lippen und golden glitzernden Ohrringen ab und ließ sie am nächsten Morgen fallen wie ein Nephilim. Spätestens am Abend war das Zittern wieder da. Lisa anzurufen, hatte er nicht gewagt, nie war er über die ersten drei Ziffern ihrer Nummer hinausgekommen.

Und jetzt stieg sie in der *Hermannstraße* zu. Die roten, vom Wind zerzausten Haare fielen ihr offen auf den breiten Kragen des kurzen schwarzen Mantels. Ihr dickes Halstuch leuchtete grün und blau, die Farben verliefen ineinander wie Kleckse, die Stiefel waren weiß. Sie atmete heftig, als wäre sie zur Bahn gerannt, die dunkelroten Lippen umspielte ein Lächeln.

Alex spürte sein Herz schlagen, er krümmte sich vor Aufregung.

An der Hand hielt Lisa einen dunkelhaarigen Mann mit weichem, rundem Gesicht, den sie hinter sich herzog. Sie bugsierte ihn auf einen Sitz schräg gegenüber von Alex und setzte sich daneben. Er war einen Kopf größer als sie, glatt rasiert und nickte zu allem, was sie sagte. Sein Schal bestand aus matten Blau-, Braun- und Grüntönen und war kariert. Er himmelte Lisa an.

Alex sah sie unverwandt an. Sie wirkte stärker als damals auf der Brücke, doch ihre Augen leuchteten nicht, während sie mit ihrem Begleiter sprach. Alex' Herz schlug immer noch schnell. Er wusste nicht, ob er hinübergehen sollte.

Ihr Blick wanderte durch die Bahn und erfasste irgendwann ihn. Sie erstarrte.

Alex versuchte ein Lächeln, in dem sich zugleich tiefes Bedauern und eine Entschuldigung sowie Freude, sie zu sehen, spiegelte. Vermutlich wirkte es wie eine grenzdebile Grimasse.

In Lisas Mundwinkel zuckte es, und in ihren Augen

brannte weniger Abneigung, als er erwartet hatte. Langsam erhob er sich und ging hinüber. Sie blickte ihn weiterhin an und löste ihre Hand aus der ihres Begleiters.

»Hi Lisa«, sagte er und hielt sich an der hellgrauen Stange vor ihrem Sitz fest. Sein Mund war trocken. Er wollte sie so vieles fragen, ihr so vieles sagen, doch nicht vor diesem Typen. Er brachte nicht mehr heraus als: »Wie geht's?«

»Gut. Und dir?«

»Auch.« Er nickte. Alles, was er wissen wollte, konnte er nicht einfach so fragen. Der Typ war sicherlich ihr Freund, doch was hatte sie ihm erzählt? Also versuchte er es unverfänglich: »Wohnst du noch mit Sandy zusammen?«

»Ja. Sie hat sich verändert. Ist viel entspannter.«

»Schön.«

»Und du? Bist du noch mit deiner Freundin zusammen?«

»Nein. Ich bin wieder frei«, sagte Alex so nachdrücklich er konnte und fügte an: »Mit ihr war ich streckenweise nicht ich selbst. Ich hab großen Mist gebaut, den ich noch immer bereue. Furchtbar bereue.«

Etwas veränderte sich in Lisas Blick, er wurde offener, freundlicher, hoffnungsvoller, hungriger. Nur ein Hauch von Misstrauen blieb. Noch immer stellte sie ihren Begleiter nicht vor, und der saß stumm und ergeben daneben. In lockerem Plauderton sagte sie: »Jeder baut mal Mist. Hauptsache, man wiederholt ihn nicht immer wieder und schafft ihn aus der Welt.«

»Das werde ich, so gut es geht. Hab ich mir geschworen, aber bislang war ich zu feige. Ich hoffe, es ist noch nicht zu spät.«

Auf Lisas Gesicht zeigte sich keine Reaktion. Kein Lächeln, nicht das geringste Zucken. Ihre Augen bohrten sich forschend in seine. »Das weiß man nie. Aber ich glaube, du solltest dich trauen.«

»Danke. Werde ich.«

»Nichts zu danken.« Sie stand auf, kam ihm ganz nahe, berührte ihn aber nicht. Sie trug ein anderes Parfüm als im Mai, schwerer. »Wir müssen hier raus.«

»Nächster Halt *Ostkreuz*«, schepperte es aus den Lautsprechern. Lisas Begleiter erhob sie ebenfalls. Weder lächelte er, noch starrte er Alex misstrauisch an. Er folgte Lisa wie ein gut abgerichteter Hund.

Alex sah ihnen nach, als sie die Bahn verließen und die Treppe zur Hauptlinie hinabstiegen. Lisa drehte sich nicht um, doch sie hielt auch nicht mehr die Hand dieses langweiligen Typen.

Als sich die Türen schlossen, zitterte Alex nicht mehr.

LESEPROBE

*Sie waren immer hier.
Unter uns.
Sie haben gewartet.
In der Dunkelheit.
Jetzt ist ihre Zeit gekommen ...*

GUILLERMO DEL TORO
CHUCK HOGAN

Das Ende der Welt beginnt ...

Guillermo del Toro ist einer der bekanntesten Regisseure und Drehbuchautoren unserer Zeit. Zu seinen Filmen gehören *The Devil's Backbone, Cronos, Mimic, Blade II, Pans Labyrinth* sowie *Hellboy* und *Hellboy II*. *Pans Labyrinth* wurde mit drei Oscars ausgezeichnet. Derzeit bereitet Del Toro in Neuseeland die Verfilmung von J. R. R. Tolkiens Roman *Der kleine Hobbit* vor – nach den *Herrn der Ringe*-Filmen das kommende Kino-Großereignis. *Die Saat* ist sein erster Roman.

Chuck Hogan ist Autor internationaler Thriller-Bestseller wie *Endspiel* und *Mördermond*. Für *Endspiel* wurde er mit dem renommierten Hammett Award ausgezeichnet.

LESEPROBE AUS »DIE SAAT«

DIE LEGENDE
VON JUSEF SARDU

»Es war einmal«, erzählte Abraham Setrakians Großmutter, »ein Riese.«

Die Augen des kleinen Abraham begannen zu leuchten, und der Borschtsch in der hölzernen Schale schmeckte gleich besser – oder doch zumindest weniger nach Knoblauch. Er war ein blasser Knabe, mager und kränklich. Seine Großmutter, in der festen Absicht ihn aufzupäppeln, saß ihm gegenüber, während er seine Suppe aß, und unterhielt ihn mit einer Geschichte.

Eine *bubbeh meiseh*, eine »Großmutter-Geschichte«. Ein Märchen. Eine Legende.

»Er war der Sohn eines polnischen Adeligen. Und sein Name war Jusef Sardu. Der Herr Sardu war größer als jeder andere Mann. Er überragte noch jedes Dach des Dorfes. Bei jeder Tür musste er sich tief bücken, um hindurchgehen zu können. Aber seine Größe, sie war für ihn auch eine Bürde. Ein Geburtsfehler – kein Segen. Der junge Mann litt. Seinen Muskeln fehlte die Kraft, die langen, schweren Knochen zu tragen. Es gab Tage, da war für ihn allein schon das Gehen ein Kampf. Er benutzte einen Gehstock, einen langen Stab – länger, als du groß bist – mit einem silbernen Knauf in Form eines Wolfskopfes, dem Wappentier der Familie.«

»Und dann, Bubbeh?«, fragte Abraham zwischen zwei Löffeln.

»Dies war sein Schicksal, und es lehrte ihn Demut, wahrlich eine seltene Eigenschaft bei einem Adeligen. Er hatte sehr viel Mitgefühl für die Armen, die hart Arbeitenden, die Kranken. Ganz besonders die Kinder des Dorfes waren ihm lieb und teuer, und seine großen, tiefen Taschen waren prallgefüllt mit Flitterkram und Süßigkeiten. Er selbst hatte keine echte Kindheit gehabt, war er doch mit acht Jahren schon so groß wie sein Vater und mit neun bereits einen Kopf größer gewesen. Im Stillen schämte sich sein Vater für seine Zartheit und Größe. Aber der Herr Sardu war wirklich ein freundlicher Riese und wurde von seinem Volk sehr geliebt. Man sagte über ihn, der Herr Sardu schaue zwar auf jeden herunter, doch er sehe auf niemanden herab.«

Seine Großmutter nickte Abraham aufmunternd zu und erinnerte ihn daran, noch einen weiteren Löffel zu essen. Er kaute auf einer gekochten Roten Bete, wegen ihrer Farbe, Form und den kapillargleichen Fasern auch »Säuglingsherz« genannt.

»Und dann, Bubbeh?«

»Er war auch ein großer Naturfreund und hegte keinerlei Interesse für die Jagd, die ihm zu grausam erschien – doch im Alter von fünfzehn Jahren drängten sein Vater und seine Onkel ihn als Mann von Adel und Stand dazu, sie auf eine sechswöchige Expedition nach Rumänien zu begleiten.«

»Hierher, Bubbeh?«, fragte Abraham. »Der Riese – der ist zu uns hierhergekommen?«

»In den Norden des Landes, *kaddishel*. In die dunklen Wälder. Die Männer der Sardu-Familie kamen nicht, um Wildschweine, Bären oder Elche zu jagen. Sie kamen, um Jagd auf den Wolf zu machen, auf das Symbol der Familie, das Wappentier des Hauses Sardu. Sie jagten ein Raubtier. Der Überlieferung der Familie Sardu zufolge verlieh der Verzehr von Wolfsfleisch den Sardu-Männern Kraft und Mut, und der Vater des jungen Herrn glaubte, dass es auch die schwachen Muskeln seines Sohnes heilen könnte.«

»Und dann, Bubbeh?«

»Ihre Reise war lang und beschwerlich, auch schlechtes Wetter machte ihnen zu schaffen, und so hatte Jusef schwer zu kämpfen. Er hatte sein Dorf noch nie zuvor verlassen, und die Blicke, mit denen er unterwegs von Fremden bedacht wurde, beschämten ihn. Als sie den dunklen Wald erreichten, fühlte sich das Land um ihn herum lebendig an. Herden von Tieren durchstreiften den Wald bei Nacht, fast wie Flüchtlinge, vertrieben aus ihren Verstecken, Höhlen, Nestern und Schlupfwinkeln. So viele Tiere, dass die Jäger nachts in ihrem Lager nicht schlafen konnten. Manche wollten wieder heimkehren, doch die Besessenheit des ältesten Sardu war stärker als alles andere. Sie konnten die Wölfe hören, die in der Nacht heulten, und er wollte so verzweifelt einen davon für seinen Sohn, seinen einzigen Sohn, dessen Riesenhaftigkeit wie eine Seuche auf der Geschlechterfolge der Sardu lastete. Er wollte das Haus Sardu von diesem Fluch reinigen und seinen Sohn verheiraten, damit er viele gesunde Erben zeugte. Und so kam es, dass sein Vater am zweiten Abend, kurz vor Einbruch der Dunkelheit, der Erste war, der von den anderen getrennt wurde, als er gerade einen Wolf verfolgte. Die übrigen Männer warteten die ganze Nacht auf ihn und schwärmten unmittelbar nach Sonnenaufgang aus, um ihn zu suchen. Und an diesem Abend kehrte einer von Jusefs Cousins nicht mehr zurück. Und so ging es weiter und weiter, verstehst du?«

»Und dann, Bubbeh?«

»Bis nur noch einer übrig war – Jusef, der Riesen-Junge. Am folgenden Tag machte er sich auf den Weg und fand in einer Gegend, die sie zuvor bereits abgesucht hatten, die Leichname seines Vaters und all seiner Cousins und Onkel ordentlich vor dem Eingang einer Höhle aufgereiht. Ihre Schädel waren zwar mit großer Wucht zertrümmert, die Körper jedoch nicht angefressen worden, offenbar getötet von einer Bestie mit enormen Kräften, allerdings weder aus Hunger noch in Furcht. Er hatte keinen konkreten Hinweis darauf – doch er fühlte sich beobachtet, vielleicht sogar aufmerksam studiert, von einem im Dunkeln dieser Höhle lauernden Wesen. Der Herr Sardu trug jeden einzelnen Leichnam von der Höhle fort und begrub sie alle tief. Natürlich schwächten ihn diese Anstrengungen sehr und raubten ihm fast seine ganze Kraft. Er war wie ausgebrannt, er war *farmutshet*. Doch so allein und verängstigt und erschöpft er auch sein mochte – in dieser Nacht kehrte er zu der Höhle zurück, um dem Bösen, das sich nach Einbruch der Dunkelheit zu erkennen gab, entgegenzutreten und seine Ahnen zu rächen oder bei diesem Versuch zu sterben. Dies alles weiß man aus seinem Tagebuch, das viele Jahre später in den Wäldern gefunden wurde. Es war sein letzter Eintrag.«

Abrahams Mund war leer und stand offen. »Aber was war passiert, Bubbeh?«

»Niemand weiß das wirklich. Zu Hause, als aus sechs Wochen ohne eine Nachricht acht wurden und dann zehn, befürchtete man, die ganze Jagdgesellschaft sei verschollen. Ein Suchtrupp wurde zusammengestellt, der jedoch mit leeren Händen zurückkehrte. Dann, in der elften Woche, traf eines Nachts eine Kutsche mit zugezogenen Vorhängen auf dem Anwesen der Sardu ein. Es war der junge Herr. Er zog sich in seine Burg zurück, in einen Flügel mit leerstehenden Schlafgemächern und wurde nur noch selten gesehen, wenn überhaupt. Zu jener Zeit verfolgten ihn allerlei Gerüchte über das, was in den Wäldern Rumäniens geschehen war. Die wenigen, die behaupteten, Sardu gesehen zu haben – sofern diesen Berichten überhaupt geglaubt werden kann –, bestanden darauf, dass er von seinen Gebrechen geheilt worden sei. Einige raunten gar, er sei mit enormen Kräften zurückgekehrt, passend zu seiner übermenschlichen Größe. Doch so tief war Sardus Trauer um seinen Vater, seine Onkel und Cousins, dass er tagsüber nie wieder gesehen wurde und die meisten seiner Bediensteten entließ. Nachts rührte es sich in der Burg – man sah flackerndes Kaminfeuer hinter den Fenstern –, aber im Laufe der Zeit verfiel das Anwesen der Sardu zusehends. Dann jedoch behaupteten manche, den Riesen in der Nacht durchs Dorf streifen zu hören. Besonders Kinder erzählten sich die Geschichte, das *Pick-pick-pick* seines Gehstockes gehört zu haben, auf den Sardu sich nun nicht länger stützte, sondern den er benutzte, um sie aus ihren Nachtlagern zu rufen. Und ihnen Süßigkeiten und Flitterkram zu geben. Ungläubigen wurden die Löcher im Boden gezeigt, manche unmittelbar vor den Schlafzimmerfenstern, kleine gestocherte Löcher – wie von seinem Gehstock mit dem Wolfskopf.«

Die Augen seiner *bubbeh* verdunkelten sich. Sie blickte auf seine Schale und sah, dass der Großteil der Suppe verschwunden war.

»Dann, Abraham, verschwanden die ersten Bauernkinder. Und man erzählte sich, dass auch aus umliegenden Dörfern Kinder verschwanden. Selbst aus meinem Dorf. Ja, Abraham, als kleines Mädchen wuchs deine *bubbeh* gerade mal einen halben Tagesmarsch von Sardus Burg entfernt auf. Ich erinnere mich an zwei Schwestern. Auf einer Waldlichtung fand man ihre Leichen, so weiß wie der Schnee um sie herum, die offenen Augen vor Frost glänzend. Ich selbst hörte eines Nachts, von gar nicht so weit entfernt, dieses *Pick-pick-pick* – ein durchdringendes, rhythmisches Geräusch –, und schnell zog ich mir die Decke über den Kopf, um es nicht hören zu müssen, und danach habe ich viele Nächte lang nicht mehr geschlafen.«

Abraham verschlang das Ende der Geschichte mit dem Rest der Suppe.

»Irgendwann war Sardus Dorf praktisch menschenleer und verlassen, und auf dem Ort lag ein Fluch. Die Zigeuner, die mit ihren Wagen über das Land zogen und ihre fremdartigen Waren verkauften, erzählten von sonderbaren Dingen, die sich dort zutrügen, von Geistern und Erscheinungen in der Nähe der Burg. Von einem Riesen, der im Mondschein durch die Wälder streifte, wie ein Gott der Nacht. Sie waren es, die uns warnten. ›Iss und werde stark – sonst kommt Sardu dich holen.‹ Deswegen ist es wichtig, Abraham. *Ess gezunterhait!* Iss und sei stark. Kratz jetzt die Schüssel da aus. Wenn nicht – dann kommt er.« Seine Großmutter war zurückgekehrt aus diesen Momenten der Dunkelheit, der Erinnerung. Jetzt funkelten auch wieder ihre Augen vor Lebensfreude. »Sardu wird kommen. *Pick-pick-pick.*«

Und er aß auf, noch den kleinsten Rest der Roten Bete. Die Schale war leer, die Geschichte zu Ende, sein Bauch aber und sein Kopf waren voll. Dass er so gut aufgegessen hatte, erfreute seine *bubbeh,* auf ihrem Gesicht lag ein Ausdruck von wahrer Liebe zu ihm. In jenen vertraulichen gemeinsamen Momenten am wackeligen Esstisch der Familie waren sie, zwei Generationen voneinander entfernt, vereint und teilten sich Nahrung für Herz und Seele.

Ein Jahrzehnt später wurde die Familie Setrakian aus ihrer Tischlerei und ihrem Dorf vertrieben. Allerdings nicht von Sardu. Sondern von den Deutschen. In ihrem Haus wurde ein Offizier einquartiert. Dieser Mann, milde gestimmt durch die vorbehaltlose Güte seiner Gastgeber, die mit ihm genau an jenem wackeligen Tisch ihr Brot teilten, warnte sie eines Abends eindringlich, am folgenden Tag keinesfalls den Anweisungen Folge zu leisten, sich am Bahnhof einzufinden, sondern noch in dieser Nacht Haus und Dorf zu verlassen.

Was sie dann auch taten – die gesamte achtköpfige Familie floh mit allem, was sie gerade eben noch tragen konnten. *Bubbeh* jedoch verlangsamte die Flucht. Schlimmer noch – sie *wusste,* dass sie ihr Tempo drosselte, sie aufhielt, sie *wusste,* dass ihre Anwesenheit die ganze Familie in Gefahr brachte, und daher verfluchte sie sich und ihre alten, müden Beine. Die übrige Familie ging schließlich irgendwann voraus – alle bis auf Abraham. Er war inzwischen ein kräftiger, vielversprechender junger Mann, in seinem jugendlichen Alter bereits ein meisterlicher Holzschnitzer sowie ein aufmerksamer Talmud-Schüler mit einem besonderen Interesse am Sohar, den Geheimnissen der jüdischen Mystik. Abraham wich nicht von ihrer Seite und blieb mit ihr zurück. Doch als sie erfuhren, dass die anderen in der nächsten Stadt verhaftet worden waren und einen Zug Richtung Polen hatten besteigen müssen, bestand seine von Schuldgefühlen geplagte *bubbeh* darauf, dass sie sich um seinetwillen stellte.

»Lauf, Abraham. Flieh vor den Nazis. So wie vor Sardu. *Rette dich!*«

Aber davon wollte er nichts wissen. Er wollte nicht von ihr getrennt werden.

Am nächsten Morgen fand er sie auf dem Fußboden des gemeinsamen Zimmers im Haus eines mitfühlenden Bauern. Sie war in der Nacht aus dem Bett gefallen, mit kohlrabenschwarzen, sich häutenden Lippen, die Kehle dunkel angelaufen bis zum Hals, verendet an dem Rattengift, das sie genommen hatte. Mit der großzügigen Erlaubnis seiner Gastgeber beerdigte Abraham Setrakian sie unter einer blühenden Sandbirke. Geduldig schnitzte er ihr ein wundervolles hölzernes Denkmal voller Blumen und Vögel und all den Dingen, die sie am glücklichsten gemacht hatten. Und er weinte, weinte um sie – und dann lief er.

Er rannte um sein Leben, flüchtete vor den Nazis und hörte dabei die ganze Zeit ein *Pick-pick-pick* hinter seinem Rücken …

Das Böse war ihm dicht auf den Fersen.

Lesen Sie weiter in:

Kim Newman
Die Vampire

Vergesst, was immer ihr über Dracula und seine düstere Sippschaft zu wissen glaubt – dies ist die wahre Geschichte! Eine Geschichte, die damit beginnt, dass der Vampirjäger Abraham Van Helsing versagt: Es gelingt ihm nicht, Graf Dracula in Transsylvanien zu töten. Was verheerende Folgen hat: Der Fürst der Vampire wird zum Prinzgemahl Queen Victorias und versetzt mit seinen blutsaugenden Gesellen das London der Jahrhundertwende in Angst und Schrecken ...

»Ein Höhepunkt in der Geschichte der Horrorliteratur! Newman hat etwas ganz und gar Eigenes geschaffen.«
Publishers Weekly

978-3-453-53296-0

HEYNE

J. R. Ward
BLACK DAGGER

Düster, erotisch, unwiderstehlich – der Mystery-Bestseller aus den USA

Sie sind die geheimnisvollste aller Bruderschaften: die Gemeinschaft der BLACK DAGGER. Und sie schweben in tödlicher Gefahr, denn die BLACK DAGGER sind die letzten Vampire auf Erden. Doch Wrath, ihr ruheloser, attraktiver Anführer, weiß sich mit allen Mitteln zu wehren ...

»Grandios! J. R. Ward ist die Göttin der modernen Mystery.«
Nicole Jordan

978-3-453-53271-7

Band 1: **Nachtjagd**
978-3-453-53271-7

Band 2: **Blutopfer**
978-3-453-52301-2

Band 3: **Ewige Liebe**
978-3-453-52302-9

Band 4: **Bruderkrieg**
978-3-453-56510-4

Band 5: **Mondspur**
978-3-453-56511-1

Band 6: **Dunkles Erwachen**
978-3-453-53281-6

Band 7: **Menschenkind**
978-3-453-53282-3

HEYNE

Der neue russische Bestseller-Autor

Es ist das Jahr 2033.
Nach einem verheerenden Krieg liegen weite Teile der Welt in Schutt und Asche. Die letzten Menschen haben sich in die riesigen U-Bahn-Netze der Städte zurückgezogen. Doch sie sind nicht allein...

»Ein phantastisches Epos!«
Sergej Lukianenko

Kim Harrison

Spannend und sexy – die Mystery-Erfolgsserie um die mutige Vampirjägerin Rachel Morgan

»*Atemlos spannend und mit genau der richtigen Portion Humor. Kim Harrison sollte man auf keinen Fall verpassen!*« **Jim Butcher**

978-3-453-43223-9

Band 1: **Blutspur**
978-3-453-43223-9

Band 2: **Blutspiel**
978-3-453-43304-5

Band 3: **Blutjagd**
978-3-453-53279-3

Band 4: **Blutpakt**
978-3-453-53290-8

Band 5: **Blutlied**
978-3-453-52472-9